捧 读

触及身心的阅读

MASTERPIECES OF MYSTERY

迷人的推理

［美］约瑟夫·刘易斯·弗伦奇◎编选
［美］爱伦·坡 等◎著
李响林 魏思雯◎译

贵州出版集团
贵州人民出版社

图书在版编目（CIP）数据

迷人的推理 / (美) 约瑟夫·刘易斯·弗伦奇编选；(美) 爱伦·坡等著；李响林，魏思雯译. -- 贵阳：贵州人民出版社, 2024.8. -- ISBN 978-7-221-18374-3

Ⅰ.I14

中国国家版本馆CIP数据核字第20243YQ545号

MIREN DE TUILI

迷人的推理

〔美〕约瑟夫·刘易斯·弗伦奇　编选
〔美〕爱伦·坡　等　著　李响林　魏思雯　译

出 版 人	朱文迅
责任编辑	赵帅红
特约编辑	张进步
装帧设计	仙境设计
责任印制	刘洪鑫
出版发行	贵州出版集团　　贵州人民出版社
地　　址	贵阳市观山湖区会展东路SOHO公寓A座
印　　刷	宝蕾元仁浩（天津）印刷有限公司
版　　次	2024年8月第1版
印　　次	2024年8月第1次印刷
开　　本	889毫米×1230毫米　1/32
印　　张	11.5
字　　数	277千字
书　　号	ISBN 978-7-221-18374-3
定　　价	58.00元

如发现图书印装质量问题，请与印刷厂联系调换；版权所有，翻版必究；未经许可，不得转载

目录
contents

谜题故事
RIDDLE STORIES

前言
FOREWORD — 01

恐怖的怪床 ——〔英〕威尔基·柯林斯
A TERRIBLY STRANGE BED — 03

迷人的朋友 ——〔英〕威廉·阿彻
MY FASCINATING FRIEND — 23

胎记 ——〔美〕纳撒尼尔·霍桑
THE BIRTH-MARK — 43

瓦尔迪兹蓝宝石 ——佚名
THE GREAT VALDEZ SAPPHIRE — 65

遗失的房间 ——〔美〕菲茨·詹姆斯·奥布赖恩
THE LOST ROOM — 91

神秘卡片 ——〔美〕克利夫兰·墨菲特
THE MYSTERIOUS CARD — 111

长方形箱子 ——〔美〕爱伦·坡
THE OBLONG BOX — 141

希望的折磨 ——〔法〕维利耶·德·伊斯勒·亚当
LA TORTURE PAR L'ESPÉRANCE — 155

-I-

侦探故事
DETECTIVE STORIES

前言
FOREWORD　　　　　　　　　　　163

失窃的信 ——〔美〕爱伦·坡
THE PURLOINED LETTER　　　　165

可怕的绳子 ——〔美〕玛丽·E.汉肖、托马斯·W.汉肖 夫妇
THE ROPE OF FEAR　　　　　　185

苏格兰场的那些事儿 ——〔英〕罗伯特·安德森爵士
SOME SCOTLAND YARD STORIES　　207

自作聪明 ——〔英〕威尔基·柯林斯
THE BITER BIT　　　　　　　217

黑手 ——〔美〕亚瑟·B.瑞福
THE BLACK HAND　　　　　　245

瑞典火柴 ——〔俄〕安东·巴甫洛维奇·契诃夫
ШВЕДСКАЯ СПИЧКА　　　　　269

波西米亚秘闻 ——〔英〕柯南·道尔
A SCANDAL IN BOHEMIA　　　　295

消失的第十三页 ——〔美〕安娜·凯瑟琳·格林
MISSING：PAGE THIRTEEN　　　325

谜题故事
RIDDLE STORIES

前言

　　最近，一位杰出的美国小说家对我说："你有没有想过我们生活中最重要的是什么？那就是我们一直追求的思维上的锻炼。"现在，我推荐给大家的推理故事就是对我们思维的一种训练。当书本前的你跟随着一系列的事实进行推理时，你的大脑会得到充分的锻炼，也是在经历一次剧烈的思维运动。但是推理小说的价值不能仅仅局限在读者之中，作为写作水平的衡量标准，它理应在短篇小说领域占据一席之地。

　　人们对于推理故事的需求从未像现在这般强烈。当下，文学潮流瞬息万变，世界局势也变得十分复杂。人类对于世界的探索已经足够充分，几乎没有什么神秘可言。而神秘感是读者的兴趣所在，作者必须找到新的表达方式。因此，一方面，我们不断探寻人类社会的奇闻逸事；另一方面，我们着眼于超自然现象推理小说，以期给读者带来一些新鲜的刺激感。

　　谜题故事是推理小说中最为淳朴的文学形式。它可能包含一定的超自然元素，带有一丝神秘主义的色彩，但它的动机和揭示的主题必然是唯物主义的，与现实世界相关。从这种角度来讲，谜题故事与侦探小说非常类似。

　　一个好的谜题故事的主题要非常接地气，叙事方式要简单直接。如在《长方形箱子》中，爱伦·坡这位伟大的现代大师的天才之处就可见一斑，我们也可从中看到这一类型文学的雏形。本书精选的谜题故事系列内容广泛，是文学作品榜上的首选。

约瑟夫·刘易斯·弗伦奇

恐怖的怪床
A TERRIBLY STRANGE BED

〔英〕威尔基·柯林斯
Wilkie Collins

《恐怖的怪床》导读

1.《恐怖的怪床》的作者是英国小说家、剧作家威尔基·柯林斯（1824—1889），他以其悬疑小说而闻名世界。其代表作为长篇小说《白衣女人》和《月亮宝石》，后者是现代侦探小说的早期典范，确立了许多基本规则。

2.《恐怖的怪床》于 1852 年首发在英国作家狄更斯主编的文学周刊《家常话》上。柯林斯于 1851 年与狄更斯相识，这是他为《家常话》创作的第一篇故事。在为《家常话》创作了几篇故事之后，柯林斯于 1856 年加入《家常话》编辑部。

3.《恐怖的怪床》与其他五篇故事一同被收入柯林斯的第一部小说集《天黑之后》（1856 年出版）。在小说集中，柯林斯为这些故事都添加了前言，以贫穷的旅行画家威廉·克尔比为讲述者，将六个故事串联起来，本篇题目也被改为《旅行者讲述的恐怖怪床的故事》。

4. 柯林斯在《天黑之后》的序言中提到，《恐怖的怪床》的故事灵感来自他的艺术家朋友 W.S. 赫里克向他讲述的经历。

5. 美国知名作曲家罗伯特·阿什利将《恐怖的怪床》评价为："柯林斯写过的最激动人心的短篇小说，无论以维多利亚时代还是现代的标准来看，都是一流的故事。"

　　大学毕业后不久，我和一位英国朋友在巴黎待了一段时间。我们当时都还年轻，又是逗留在这样一个灯红酒绿的城市里，因此过得十分放荡。一天晚上，我们在巴黎皇宫[1]附近散步，犹豫着该去哪个娱乐场所消磨时光。我的朋友建议到弗拉斯卡蒂赌场[2]玩玩，但此刻的我对这个提议并不感兴趣。我对弗拉斯卡蒂赌场还是十分熟悉的，我在那里赢过也输过不少钱，开始仅仅是为了消遣，后来却完全失去了消遣的本意。这个体面的赌场全然是纸醉金迷的社会的畸形产物。说实话，我对它那体面且可怕的习气腻烦透了。

　　"看在老天的分上，"我对我的朋友说，"咱们还是到一个没有浮华外表的小赌场去，在那里，能够看到真正的下流社会里穷困潦倒的人赌博时的情景。比起那个奢靡的弗拉斯卡蒂赌场，咱们还是到一个不介意人们的衣着，对衣衫褴褛甚至衣不蔽体的人照样能敞开大门的赌场去吧。"

　　"很好。"我的朋友说，"咱们不用走出皇宫区，就可以找到你想去的那种地方。前面不远处就有一家赌场，据说那里要多低级就有多低级。"

　　一分钟后，我们就来到了那家赌场的门口，并走了进去。

　　我们把礼帽和手杖交给看门人，走上楼梯，进入了赌博厅。

1　巴黎皇宫：位于法国巴黎市中心的一座历史悠久的建筑，曾是法国皇室的宫殿，现在是政府办公场所和文化设施。

2　弗拉斯卡蒂赌场：位于黎希留街，是当时巴黎最著名的赌场之一。

我们一进去，赌客们就都抬起头来看我们，随即又低下头去。我们发现，那里聚集的人虽然并不多，却都是各行各业中典型的悲剧式人物。

我们来到这里就是想见识一下下流社会中的无赖，而这些赌客比我想象的还要差劲儿。在其他地方，还多少能看到一点儿喜剧色彩，但这里只有悲剧——一出缄默而怪异的悲剧。赌博厅里静得可怕，那个消瘦憔悴、披着长发的年轻人，深凹的眼睛狂热地盯着即将翻起的牌，始终一言不发；那个肥胖而肌肉松弛，脸上布满丘疹的玩家，执拗地在纸板上钻出一个个小孔，用来统计黑牌赢多少次，红牌又赢多少次，始终一言不发；那个满脸皱纹，眼神锐利，身着一件肮脏织布大衣的老汉，输掉了最后一分钱，无法再赌下去了，却依然用极度渴望的眼光在一旁观战，也始终一言不发。那个荷官的嗓音，在房间奇怪的气氛中显得低沉而粗拙。我到这地方来是为了娱乐，可是，眼前的景象却令我恨不得大哭一场。我很快就发现必须寻求一些刺激，否则我也会在不知不觉中感染上那种沮丧的情绪。不幸的是，我选择就近寻求刺激，走到赌桌旁开始赌起来。更不幸的是，我赢了，而且赢得很多，多得不可思议。好些赌客聚到我周围，用狂热而崇拜的目光盯着我下赌注，还窃窃私语道："眼前这个陌生的英国人就要把庄家的赌本通吃了。"

我们赌的是"红与黑[3]"，我在欧洲各个城市中都见过这种赌局。我从来都不是个货真价实的赌徒，我也从来没有留心或是学习过概率论——它可是所有赌徒心中的贤者之石[4]。我的心性还没

---

3 红与黑：一种赌博游戏。游戏中会发两排牌，分别标记为红色和黑色。

4 贤者之石：据说能将低质金属转化为黄金，被炼金术士所追捧。后来又引申为获取成功的关键。

有被赌博所侵蚀，只是将它当作娱乐消遣而已。我从来没有想过靠赌博来解燃眉之急，因为我压根就不知道缺钱是种什么滋味。我从来没有昏天黑地地滥赌，直到债台高筑，即便能赢上几个钱，我也会冷静地把钱装进口袋就走，不会被财运摆弄得晕头转向。我之所以时常光顾赌场，无非是去找乐子，打发空余时间而已，正如我逛舞厅、歌剧院一样。

可是这一回情况有些不同。这是我人生中第一次尝到沉湎于赌博是什么滋味。起初，我的手气好得令我难以置信；后来，可以毫不夸张地说，赌桌上的胜利已经使我如醉如痴、欣喜若狂了。当我经过一番盘算，计算好概率去下注时，反而会输钱；可只要我把一切交给运气，不假思索地下注，即使在局面有利于庄家的情况下，我也能稳赢。这说起来有些令人难以置信，可事实又的确如此。起初有几个人十分放心地把钱押在我的宝上，可是我很快就加大赌注，他们便不敢冒险了，相继退出赌局，屏息观看着我下注。

我一次次加大赌注，又一个劲儿地赢。房间里赌客们激动的情绪达到了高潮。每逢金币被推到我这一边，大家便用低沉的声音窃窃私语，各种语言皆有，有低声咒骂的，有失声惊叹的，场内沉寂的氛围瞬间被打破，乱哄哄的。连那个原本还算镇定的荷官也震惊于我的好财运，愤怒地将骰子掷到了地上。可是在场的人中有一位始终保持着冷静，那就是我的朋友。他走到我身旁，附在我耳边用英语催促我离开这个地方，毕竟今天赢的钱已经够多了。老实说，他连恳求带警告，说了好多遍，可那时的我已完全陷入了赌博的迷醉状态，很生硬地拒绝了他的提议。他不便再开口，最后愤懑地离去。

他走后不久，我身后有一个嘶哑的声音响起："亲爱的先生，您落了两枚拿破仑金币，请允许我物归原主吧。您的财运真旺。我在赌场上也算阅历丰富的了，可我从来没见过谁有您这样好的财运，从来没有！我以老军人的名义担保。赌下去吧，先生，大胆地赌下去！把庄家的赌本也赢过来！"

我转过身来，看见一个高个子男人，他穿着别有盘花扣、饰有横条的军服，带着惯有的礼貌，朝着我又是点头，又是微笑。

如果我当时神志清醒，应当看得出这个老军人相当可疑，他瞪着一双布满血丝的眼睛，胡子拉碴，鼻梁还折了一段；他的嗓音比营房里最坏的那号人的音调还要难听；他的那双手是我见过最脏的，即便在法国也是如此。但这些小小的缺点并没有引起我的反感。当时我兴奋得发疯，对于任何鼓励我继续赌博的人，我都打算与其称兄道弟。我接下了那个老军人递过来的一只鼻烟，拍了拍他的背，发誓道，他是世界上最诚实的人，是我所遇到的伟大的法国军队中最光荣的退伍军人。"赌下去。"我的军人朋友喊道，同时狂喜地打了一个响指，"赌下去，赢他一大笔！把庄家的赌本统统赢过来！我英勇的英国朋友，把庄家的赌本统统赢过来！"

我真的继续赌了下去。我连连得胜，一刻钟后，荷官便喊道："先生们，今晚庄家的赌本输完了。"所有的钞票，所有的金币，在我手边堆成了一堆。这个赌场的所有的流动资金，似乎都流进了我的腰包。

我把手伸到那堆钱里，大把地乱抓。"把这些钱都用手巾包起来，尊敬的先生。"那个老军人说，"包起来，就好像我们在军队里用手巾包晚餐一样。你赢的钱太多了，口袋都装不下。对了，就是这样，钞票什么的统统倒进去。多好的运气啊！等等，地板上还有一个拿破仑金币，这该死的小淘气，我终于把你找到了。那么先生,如果您允许的话,让我在每个边上都紧紧地打上两个结,这笔钱就会万无一失,丢不了了。你摸一摸,摸一摸,交运的先生!这又圆又硬的一大包钱,像炮弹一样。要是俄奥联军在奥斯特里茨战役[5]中向我们发射这样的金钱炮弹就好了,天哪,要是这样该多好!现在,我这个老掷弹手——当年的法国老兵还有什么可为你效劳的呢?只剩下一件事,邀请我高贵的英国朋友和我一起喝一瓶香槟酒。在咱们分别前,斟上一杯泛着泡沫的美酒,为幸运女神干杯!"

"当年的勇士,乐天的老掷弹兵,当然要喝香槟酒了。为老军人干杯!好哇,好!再为幸运女神干杯!好哇,好哇!"

"好极了。这位友好、亲切的英国人血管里流着欢乐的法国人的血液,再来一杯!哎?酒瓶空了。没关系,我再叫上一瓶酒,买上半磅夹心糖。"

"不用了。当年的勇士,刚才那瓶是你买的单,这一瓶该我了。来,干杯!为了法国军队,为了伟大的拿破仑,为了在座的朋友们,为了荷官先生,为了他老婆和女儿们,前提是他有的话,为所有的女士们,为世界上的每个人,干杯!"

喝完了第二瓶香槟酒后,我感觉自己好像一直在喝液体的火焰,脑子发热,像着了火似的。以前,我可从来没有喝得这么难受过。会不会是因为我极度兴奋,所以身体才对酒精特别敏感?还是香槟的酒精度数过高,抑或是我的胃功能完全失调?

"当年的法军勇士,"我兴奋地、发狂地喊道,"我好像浑身着火了,你怎么样?我浑身像火一样滚烫,我的法军英雄,你听见了吗?咱们再喝一瓶香槟酒,把那火焰浇灭吧!"

---

5 奥斯特里茨战役:指的是发生在第三次反法同盟战争期间,法军与俄奥联军于1805年12月2日在奥斯特里茨附近进行的一场大会战。

那个老兵摇了摇头，眼睛咕噜咕噜直转——真担心他的眼球会从眼眶里掉下来。他将那肮脏的食指放到断鼻梁旁边，突然庄重地喊了声："咖啡！"便立刻跑到屋里去了。

这位古怪老兵的叫唤似乎对在场的其他人产生了神奇的魔力，他们竟不约而同地起身离开了。他们也许想趁我酒醉时捞点儿好处，但现在看到我的新朋友善意地阻止我过度饮酒，只好放弃了在我赢来的钱上捞一票的如意算盘。不管他们是何动机，反正现在都成群结队地离开了。当那位老兵回来，在桌子的对面再次坐下时，房间里只剩下我们两个了。通过敞开的门，能看见那个荷官在前厅里独自进餐，现在这屋子显得格外寂静。

那个法国老兵的举止与原先相比也大为不同，他的神色变得出奇地庄重，和我说话时，再也不骂骂咧咧，再也不用打响指来强调语气，再也没有那么多大惊小怪的感叹词了。

"听着，亲爱的先生。"他用一种故作神秘的语调说，"这是一个来自老兵的忠告。我刚才到女主人那儿去了——她长得很漂亮，烹饪技术十分不错。我对她说，咱们很需要喝点儿浓烈香醇的咖啡——已经有点儿过于兴奋了，必须喝杯咖啡醒醒酒才能回去。你必须喝点儿咖啡，我通情达理的好朋友，你今天晚上带那么多钱回家，必须保持清醒，这也算对你自己负责。今夜在场的这些先生们都知道你是个大赢家，从某种观点来看，他们都是可敬的君子。可是亲爱的先生，他们到底是凡夫俗子，哪能没有一点儿小缺点？还用得着我多说吗？啊，不用说，你也明白我的意思。等你酒醒了，你得派人叫一辆轻便的马车。上了马车，把窗帘都拉上，然后叫马夫走灯火通明的大道。照我说的做，你和你的钱就会安然无恙，明天你会感谢我这个老兵的忠告的。"

这位老兵用多愁善感的语调结束了他的一番陈词，这时，咖啡也上来了，倒在两只杯子里。我贴心的朋友弯起身子，递给了我一杯。我口干舌燥，端起来一饮而尽。几乎是顷刻之间，我感到一阵头晕目眩，比原先醉得更厉害了。房间剧烈地旋转起来，站在我面前的老兵好像蒸汽机的活塞一样频频上下跳动。我耳鸣得厉害，几乎使我失聪，一种彻底迷失、无助和茫然的感觉笼罩着我。我从椅子上站起来，拼命抓住桌子以保持身体平衡，结结巴巴地说自己非常不舒服，不知道该怎么回去。

"亲爱的朋友，"那个老兵回答，此时他说话的声音也好像在上下跳动，"你醉成这样，还想回去，莫非是疯了？你肯定会把钱弄丢的。别人要谋你的财、害你的命，简直再容易不过了。我打算在这里睡，你也在这儿睡吧。这里的床铺挺不错，你选一张，睡一觉酒就醒了。明天白天再带着钱回家，这样就安全多了。"

此时，我只有两个念头，一个是我必须紧紧握住装满钱的手巾包，另一个是我必须马上找个地方躺下，舒舒服服地睡上一觉。于是我同意了在赌场过夜的建议，一只手抓住老兵的胳膊，另一只手紧握住钱包。荷官在前面带路。我和老兵经过一条过道上了一段楼梯，进入了给我安排的房间。这个老兵亲热地摇晃着我的手，提议第二天和他一起吃早餐。接着他领着荷官一起走了，留下我一个人在这房间里过夜。

我跑到洗手台前，端起茶壶喝了点儿水，然后把多余的水倒在面盆里，把脸浸在了里面。过了一会儿，我坐在椅子上，竭力使自己镇定下来，不久我就觉得好些了。从弥漫着污浊空气的赌场里出来，吸进了房间里的凉爽空气，我的肺感觉十分舒爽；从灯火通明的赌厅中走出来，看到卧室里柔和而摇曳不定的烛光，我的眼目清明了许多；加上用冷水洗面，有奇特的提神醒脑的功效，眩晕感消失了，也恢复了点儿理智。我首先想到的是在一个赌场里过夜实在是太过冒险。但是，在赌场关门以后溜出去，经过巴黎的大街小巷，在黑夜里独自带着一大笔钱回家更是冒险。以前我外出旅行时，曾在更恶劣的环境下过过夜。所以我还是决定住下，把门锁上，插上插销，用东西顶住门，设法挨到天亮。

室内我也做了检查，以保证歹徒不能闯入。我把床底和橱柜查看了一通；推了推窗户，看是否关严；掌着微弱的灯，放在壁炉上面。此时，壁炉中燃尽的木灰看起来就像羽毛一般轻盈。我感到万无一失了，才脱掉外衣，把装满钱的手巾包放在枕头下面，上床睡觉了。

不久，我感到非但不能入睡，甚至连眼睛都合不上。我浑身发热，完全清醒了过来。我身体里的每一根神经都在颤抖着，我的各种感官都变得异常敏锐。我在床上辗转反侧，变换着各种睡姿，不断寻找床铺上凉爽的角落，但毫无效果。我一会儿把胳膊搁在衣服上面，一会儿又把胳膊伸到衣服下面；一会儿把脚蹬直，碰到床尾，一会儿又把身体蜷缩起来，膝盖几乎碰到下巴；一会儿把弄皱的枕头抖开，把它放到凉爽的一边，拍平，安静地仰卧，一会儿又狠狠地把它对折，竖立在床板上，然后将身体压在上面，想试着坐起来。但是所有的尝试都是徒劳，我恼怒地呻吟着，意识到这将是一个无眠的夜晚。

我能干些什么呢？这里没有书可供阅读。我感到除非我能找出什么排遣烦闷的方法，否则肯定会陷入各种恐怖的幻想中，胡乱猜测各种可能的和不可能的威胁。总之，一定会通宵胆战心惊，忍受各种离奇古怪的恐怖幻想。

我撑起臂肘抬起身来。月光如水，从窗外直泻而入，把一切都照得通明。我环顾了一下整个房间，想看看有什么能辨识清楚的图画或者装饰品。当我的目光在墙壁间游移时，突然想起了那本耐人回味的小说——《室内环游》。我决定模仿这个法国作家在房间里寻找些令人赏心悦目的东西，以此来消除失眠的苦闷。我决定在心里给每件家具做一份盘存清单，并穷源溯流，从椅子、桌子、脸盆架开始展开丰富的联想。

在当时紧张不安的心境中，我感到拟一份盘存清单容易，但要我对家具展开各种联想太难了，因此不久我就无法跟随小说的思路思考下去了，或者说根本无法思考。我环顾这个房间，细看了每件家具，其余什么也没干。

首先，我注意到的是我睡的床。这是张四柱床，想不到在巴黎还能看到这样的床。是的，这是一张笨重的、英式四柱床。床顶大小适中，用印花棉布做衬里。床顶四周挂有流苏帐幔，厚实的帐子将床掩得严严实实的，不利于空气流通。刚走进房间时，我并没有特别留意床的外形，只是机械地把帐子撩到了帐柱上。然后，我注意到大理石面的洗手台。之前，我因为倒水过于急促，泼了一点儿在外面，现在水还在缓缓地滴落。洗脸架过去是两把椅子，我的外衣、背心和裤子都扔在上面。旁边是一把大扶手椅，上面蒙着肮脏的白色凸花条纹布，我的领带和衬衣领都搁在椅背上。再过去一点儿，是一张抽屉柜，上面的两个铜把手已经脱落，柜顶放着一个瓷墨水台作为装饰，虽然有点儿裂纹，但还是挺花哨的。稍远一点儿，有一张梳妆台，台面上有一面小小的镜子和一只硕大的针垫。再过去一点儿便是窗户了，这个窗户大得出奇。微弱的灯光还隐约地照出一幅颜色暗淡的古老图画。上面画着一个人，戴着一顶西班牙式的高帽，帽顶上有一束高耸的羽饰。这明显是一个皮肤黝黑、阴险邪恶的无赖，他用手遮住阳光，凝神向上瞅着，也许是在看那座将要把他吊死的高高的绞刑架。无论如何，从他邪恶的外表来看，这人完全是个罪不容诛的恶棍。

这幅画使我不由自主地向上看,仰视床顶。上面又阴又暗,十分无趣。我又回过头来看那幅画,数了一下那人帽子上的羽毛,这些羽毛色彩分明,三根白的,两根绿的。我仔细观察了那顶帽子,它呈圆锥造型,吉多·福克斯[6]一定喜欢戴这种式样的帽子。我不知道他在仰望什么,但肯定不是在仰望星空。毕竟这样一个亡命之徒,既不是占星家,也不是天文学家。他一定是在仰望那座高高的绞刑架,因为不久以后他就要被绞死。刽子手会不会拿走他的圆锥形帽子和羽毛?我又把羽毛数了一下,三根白的,两根绿的。

我一直在津津有味地玩这个很有趣的益智游戏,不知不觉,思绪就分散了。房间里的月光让我想起了英国的某个月明之夜,确切地说,那是在威尔士的一个山谷中的夜晚。举行完野餐派对后我驱车回家,在月光的抚照下,沿途的每一处风景都比平时更加优美。时隔多年,我一直没有想起过那次野餐派对,而且即使我想要回忆起那个场景来,隔了这么长时间了,怕也只能记起一鳞半爪,甚至一点儿也记不清了。人类之所以不朽,是因为有各种奇妙的官能,而这些官能中还有什么比记忆更伟大,更能显示出崇高的真理?如今我处在一间十分可疑的怪屋里,吉凶难料,甚至还会有生命危险,根本无法冷静地回忆过往。可我却无意中记起了某些事件的地点、人物、对话以及各种细微的情节,这些我曾经以为永远遗忘的东西,哪怕是在最舒适的环境下,也无法有意识地回想起来。究竟是什么东西在一瞬间产生了这样复杂而神秘的作用呢?不是别的,正是从窗户照进我卧室的这几缕月光。

---

6 吉多·福克斯:福克斯是17世纪"火药阴谋"的著名的参与者。他也因参与火药阴谋而成为有争议的人物之一。有些人视他为反抗压迫的自由斗士,而另一些人则视他为恐怖分子和国家叛徒。

我还在想着那次野餐派对，想着我们驱车回家时的欢乐氛围，想着那位多愁善感的姑娘，在月光下吟诵《恰尔德·哈罗德游记》[7]的情形……我正沉湎于过去的场景和欢愉之中，突然间，我的记忆中断了，我的注意力立刻回到眼前的事物上，感到它们跟以前比越发鲜明了。我发现自己不知什么缘故，又在盯着那幅图画。

我在看什么？

天啊！画上的那个人把帽子压到眉毛上了。不，帽子不翼而飞了，那顶圆锥形的帽子哪儿去了？还有那些羽饰，我记得是三根白的，两根绿的，它们又哪儿去了？都不见了。代替帽子和羽毛的是一个黑幽幽的东西，这东西把他的额头、眼睛和遮阳的手都盖住了，到底是什么呢？

难道是床顶在移动？

我翻了个身，向上凝视。我是疯了？醉了？做梦？还是头晕眼花？抑或是床顶真的在向下移动呢？整个床顶缓慢地、匀速地、悄悄地、可怕地下沉，一直向下，向在下面躺卧的我移动过来。

我的血好像凝固了。一种致命而麻痹的寒冷感笼罩着我。我在枕头上转过头，决定盯住画上的那个人，以此来检验床顶是否真的在向下移动。

我朝那个方向只看了一眼就知道了。我头顶那黑不溜秋的肮脏的帷幔再差一英寸就齐到他的腰部了。我屏息凝望着，只见床顶的帷幔稳定地、缓慢地向下移动，逐渐把整个人像和它下面的镜框给遮住了。

我绝不是个怯懦的人。我曾不止一次遇到生命危险，但从来没有一刻丧失过自制能力。可是当我开始确信床顶真的在移动，

---

7 《恰尔德·哈罗德游记》：英国浪漫主义诗人拜伦创作的一首史诗。这首诗由四卷组成，以描绘主人公恰尔德·哈罗德的冒险旅程为主线。

并且在稳定、持续地向我下压时，我浑身颤抖，感到无能为力，又万分惊恐。我在下面看着那个可怕的杀人机械缓缓地向我逼来，要在床上将我闷死。

我一动不动，一声不吭，大气都不敢出地向上瞅着。此时，蜡烛已经燃尽熄灭，月光照亮了整个房间。恐惧和惊慌如同绳索一般将我捆缚在床褥上，越束越紧。可那床顶丝毫没有停下来的意思，它悄无声息地一直在下降，下降，那床顶衬套的尘土味钻进了我的鼻孔。

在这危急关头，自卫的本能使我从迷乱状态中清醒过来，我终于能动了。我从床顶和床面的夹缝中翻滚下床铺。就在我无声地落到地板上的一刹那，那凶残的床顶正好擦到我的肩膀。

我来不及喘口气，顾不上擦掉脸上的冷汗，立即跪起来查看床顶。毫不夸张地说，我好像被符咒镇住了，动弹不得。哪怕我听到背后有脚步声，也没法转过身来。哪怕奇迹般地出现了脱逃的机会，我也无法动身逃跑。在这一瞬间，我的全部注意力都集中在了眼前的事物上。

床顶——连同整个顶棚和周围的流苏缓缓地向下移动，直到和床面贴紧，连一根指头也插不进去。我摸了摸床顶的四边，发现看似普通的四柱床的轻巧帐顶，实际上是一张很厚、很宽的褥垫，藏在床沿挂布和流苏的里面。我抬头一看，只见光秃秃的四根柱子矗立在那儿，显得异常丑陋。床顶的中心是根巨大的木质螺柱，一直通向天花板，显然是在天花板上的螺孔里转动，从而迫使床顶向下挤压，其原理和普通的压榨机一样。这个可怕的器械在移动时没有发出吱吱咯咯的声响，甚至一点儿声音都没有。现在上面的房间里也没有丁点儿声音。在一片令人畏惧的死寂中，在19世纪法国的文明首都，摆在我面前的竟是一架能令人窒息而亡的秘密杀人机器。只有在中世纪审判异端的宗教法庭上,在哈茨山[8]孤零零的黑店里,在威斯特伐利亚[9]神秘的特种法庭里,才会出现这种可怕的杀人机器。看着它,我全身不能动弹,连气都有些透不过来,但是我恢复了理智,在一瞬间悟出了这个精心策划的谋财害命案里的所有可怕细节。

我喝的咖啡里掺了过多的麻醉剂。而正因为麻醉剂过量,我才得以死里逃生。我当时浑身发热,并因此烦躁不已,躺在床上无法入睡,这才保全了性命。我实在是太过稚嫩,居然相信了这两个恶棍。他们把我引进这个房间,正是为了用这个万无一失的可怕的杀人机器,将我在睡眠中秘密处死,以达到谋财害命的目的。有多少人——多少个像我这样的赢家,如我今晚一样睡在这张床上,从此无声无息地消失在人世间?一想到这一点,我就不寒而栗。

但是不久,我的思路就被打断了,我看见这个杀人的床顶开始向上升起。据我估计,它在床面上停留了十分钟左右才开始上升的。显然是在楼上操纵机械的恶棍认为他们的目的已经达成了。这个可怕的床顶静寂无声地上升到原来的位置,速度和它下降时一样缓慢。当它到达四根床柱的顶端时,也就碰到了天花板。天花板上的螺孔和床顶上的螺柱都看不见了,床的外观和普通的床一模一样,床顶也和普通的床顶别无二致,眼睛再毒的人也看不出丝毫破绽。

现在我终于能动了。我站起身,穿上衣服,考虑该如何逃走。

---

8 哈茨山:位于德国中部的山脉。哈茨山区有独特的"巫婆"文化。在德国民间传说中,位于哈茨山区的戈斯拉尔附近的山是巫婆们的聚集地。

9 威斯特伐利亚:德国西部地区。它历史悠久,曾是神圣罗马帝国的一部分。

此时哪怕我发出一点儿响声，楼上的人就会知道闷死我的阴谋已经失败，肯定会另想办法立即置我于死地。我有没有发出响声呢？我竖起耳朵谛听，并向房门处张望。

没有！外边走道上没有脚步声，楼上也没有时轻时重的脚步声，到处一片死寂。我把房门上了锁，插上插销，又用床下的旧木箱把房门给顶住——现在想想，箱里可能装着各种可怕的东西，不禁毛骨悚然——但此时再挪动这只木箱打开房门是不可能不发出一点儿声响的，何况大门也在夜里闩上了，要从房内逃走，完全是痴心妄想。我只有一条生路，那就是从窗户逃走。我踮着脚尖儿，悄悄地走到了窗前。

我睡觉的房间在二楼，俯临着一条后街。我抬起手去开窗户，知道自己的安全就维系在这一行动上。肯定有人在时刻观察着这间谋财害命的小黑屋，只要窗框的任何部分发出一点儿响声，只要合页"嘎吱"一响，我就彻底完了。我像一个敏捷的盗贼一样，悄无声息地打开了窗户，俯视着下面的街道。贸然跳下肯定会摔死。我察看了房屋的外墙，发现在我的左边有一根粗水管，紧靠着窗户的外沿。我一看到这根水管就知道有救了。从我看到床顶向我压来的那一刻起，我终于能够自由呼吸了。

对于有些人来说，我所发现的逃脱方法既困难又危险，可我却觉得顺着水管滑到街上十分稳当。我一直在练习体操，始终保持着求学时期那种熟练的攀援本领。我深知在任何危险的地方攀上爬下时，我的头、手、脚都能够很好地相互配合。我的一条腿已经跨过窗台，突然想起放在枕头下面装满钱币的手巾包。我本不在乎这笔钱，丢下也无所谓，可我的报仇心理占了上风，打定主意要让这帮赌场的无赖既害不了我的命，又谋不了我的财。于是我回到床前，把那个沉甸甸的手巾包用领带捆在了背上。

-18-

我收紧领带，把手巾包捆得更贴身了一些。就在这时，我恍惚听到房门外有呼吸的声音。我不由得心生恐惧，感到一阵冷飕飕的寒气传遍了全身。原来什么都没有！走道里一片死寂。我听到的只是一阵轻轻吹进房间的晚风声。很快，我又爬到了窗台上，接下来，我用双手和双膝紧紧箍住了水管。

　　正如预料的那样，我轻而易举地顺着水管滑到了街上，没有发出任何声响。然后我立刻以最快的速度飞奔起来，跑到了附近的警察局分局去。此时，分局长和他手下的干员恰巧都在，他们应该正在为巴黎人纷纷谈论的一件神秘的谋杀案拟订破案计划。我上气不接下气地跑进来，用蹩脚的法语断断续续地向他们诉说我的历险故事。可以看出分局长起初怀疑我是个酗酒抢劫的英国人，但是听了一会儿后便改变了看法，还没等我说完，他就把所有的文件塞进了面前的抽屉里。他戴上了帽子，看我光着头，也递给我一顶。随后命令一队精明能干的警员带上各种撬门和凿开地砖的工具，亲切地挽着我的手，领我走出了警察局。我敢说，分局长小时候第一次被带去玩游戏时候的样子，也不会像现在去赌场破案这样高兴。

　　我们领着这样一支警察队伍走过几条街道，一路上分局长详细盘问了事情的经过，同时又祝贺我幸运地脱险。一到那家赌窟，警员们立即在房前屋后布上岗哨，同时砰砰地猛烈敲门。一个窗口亮起了灯光，分局长叫我藏在警员们的背后。接着，他们又砰砰地敲了几下，喊道："警察，开门！"听见这声厉吼，不知是谁从门后拨开插销打开了门。分局长走进过道，只见一个赌场伙计站在他面前，半披着衣裳，脸色苍白，然后他们之间立刻开启了一段简短的对话。

　　"我们来看在这幢楼里过夜的英国人。"

"几个小时之前他就走了。"

"没有这回事儿。他的朋友走了,他留下了。领我们到他的卧室去。"

"我向你发誓,分局长先生,他不在这里。他……"

"我也向你保证,伙计,他在这儿。之前他在这儿睡了一会儿,觉得你们的床不舒服,于是到我们那儿去投诉。喏,他就在我们的人当中。我到这儿来,是要查看一下他床上是否有跳蚤。雷诺丁!"他喊来一位警员,并指着那伙计说,"逮住他,把他的手反绑起来。"

随后,屋里的男男女女都被制伏了,打头的就是那个老兵。接着,我们去了我睡过的那间屋子,我也辨认出了我曾睡过的那张床。随后,我们又去了我睡过的屋子的楼上那间房。

在这间屋子里,任何东西看起来都没什么异常,分局长环顾四周后,命令大家安静下来。他在一块地板上重重地踩了两脚,随后喊人拿来蜡烛把他所踩的地方仔细查看一下,又命令把那里的地板小心地撬开。警员们立即照做了。我们看见在这个房间的地板和下面的天花板之间有一个橡木搭成的夹层。夹层里立着一个上了润滑油的铁箱,铁箱里有一根螺杆连接下面的床顶。后来又陆续发现了几节刚上过油的螺杆。用毛毡包裹着的杠杆以及重型压榨机上部的全套机械零件,设计得异常精巧,可以迅速和下面的装置连接起来,而拆卸后又不占地方。警员们将这些东西都拖到地板上来。分局长稍微费了点儿工夫,就把这台机器重新安装好了,又叫来几个警察操作,之后便和我到下面的卧室里去。我们看见那个令人窒息的床顶在向下降落,但这一次并不像上次那样一点儿声响都没有。我对分局长提出了这个疑问。他的回答很简短,却意味深长。"我的警员们,"他说,"是第一次操纵床顶下降，而输钱给你的那些人都是操纵多次的老手了。"

我们离开了这幢房子，分局长只留下两个警员看守，屋里的人都被当场逮捕后押送到了监狱。分局长在办公室录完口供后，又跟我到我所住的那家旅馆去拿我的护照。"你认为，"我把护照交给他时，问道，"我虽然死里逃生了，可是以前有没有人在那张床上被闷死过呢？"

"我在陈尸所里见过几十个被淹死的人。"分局长回答，"他们的笔记本里都有遗书，说他们在塞纳河自杀，是因为在赌台上输得倾家荡产了。我不知道到底有多少人走进那家赌场，像你那样赌赢了钱，睡在了你睡的那张床上，被闷死后，又被偷偷地扔进河里，由谋杀犯伪造一封遗书放在笔记本里。谁也不知道有多少人遭遇了此般厄运。这家赌场里的人竟能如此遮盖这张杀人床的秘密，连我们警察都浑然不知，而知道真相的人却早已被害。晚安！嗯，还不如说早安，福克纳先生。请九点钟再到我办公室里来一趟，回见！"

剩下的事两三句便可讲完。我被再三盘问；那个赌场被翻了个底朝天；犯人们挨个受审；其中两个罪行较轻的从犯供认不讳。我发现那个老兵原来是赌场的主人。法官已查实，他在多年之前曾因流氓习气而被开除军籍，之后又犯下各种罪行，还曾偷盗行窃——那些赃物都已交由失主认领。赌场的荷官以及为我煮咖啡的女人跟此案件脱不了关系。至于赌场所雇用的仆人，我们有理由怀疑他们有可能知道杀人机器的内情。但由于证据不足，只是将他们作为一般的窃贼和流氓进行处置。老兵和他的两个主要从犯都上了绞刑台。在我的咖啡里掺麻醉剂的女人被投入监狱，但具体被判多少年我已经不记得了。赌场里的伙计都被当作嫌疑犯处置，之后一直受到监视。很快，我成为巴黎的头号名人，热度足足持续了一周之久。我的经历还由三位著名的剧作家编成了剧本，可惜并未上演。因为审查官坚决不允许将那张赌场的床搬上舞台。

令人欣喜的是，在这次历险之后，我戒赌了。我再也不参与什么"红与黑"的赌博作为消遣了。一看到绿色的台布上放着纸牌和大堆金钱，那个在寂静又昏暗的夜晚缓缓下降的床顶就又会在我的脑海里浮现。

迷人的朋友
MY FASCINATING FRIEND

〔英〕威廉·阿彻
William Archer

《迷人的朋友》导读

1.《迷人的朋友》的作者是英国作家、戏剧评论家威廉·阿彻(1856—1924)。

2. 阿彻在向英国公众推介挪威著名剧作家易卜生的戏剧方面发挥了重要作用。1880年,他翻译的《社会支柱》在伦敦上演,这是易卜生的戏剧首次登陆英国。他独自翻译过,也与他人合作翻译过《玩偶之家》等众多易卜生的戏剧。

3. 阿彻是爱尔兰剧作家萧伯纳的朋友,萧伯纳的第一部戏剧作品《鳏夫的房产》,是萧伯纳根据他们的共同想法创作出来的,但这次合作尝试最后失败了。

一

我这个人生性孤僻。我虽然曾周游世界,但我一个朋友都没交到过。我知道对于我来说,放下自己的矜持和消除别人的羞怯一样困难。然而有些人总能迅速地和别人打成一片,然后从别人嘴里打听出自己想要的东西,这一切就像用针挑螺肉一样轻而易举。在我眼里,人就像牡蛎,只不过我恰好没有牡蛎刀,所以无法让人迅速地敲开心扉。我也不知道这是幸还是不幸,我的价值观与别人的价值观截然不同。因此,在我一生中,能像童话故事中的主角那样喊声"芝麻开门"就打开我心扉的人,不过两三个而已。我的这位迷人的朋友就是这为数不多的人之一。

几天前,我在摩纳哥度假,并准备赶往意大利与亲戚团聚。一天午后,我爬上了狗头山上的一个低缓的山坡,穿过一片长满橄榄树的梯田,开始漫无目的地攀爬。最后我找到了一处地势绝佳的地方:那是一块半圆形平地,地上长着一棵满是树瘤的老树,盘曲的树根占据了整个平地。我在那里坐了下来,阅读、小憩。在我脚下,稍往右看,就能看到摩纳哥的海岸线延伸进紫色的海洋。

我可以看到海角和蒙特卡洛[1]之间的干道上有来来往往的马车和行人,但我站得太远了,听不到任何声音。左边连绵的海岸线十分壮观;罗卡布鲁纳高楼林立,山脚处的芒通若隐若现,远处

---

[1] 蒙特卡洛:摩纳哥公国的一座城市,也是欧洲最知名的赌城之一。

就是意大利的边境线，它经过文蒂米利亚湾，一直延伸到最远处的博迪格赫拉角——它淡淡地勾勒在海天之间。辽阔的地中海上一艘帆船都没有。海浪画出一段段有规律的白色弧线，沿着海岸线向前延伸；水波轻柔，整个海面如镜子一般平静。世界上没有比这更美丽的景色了。我从口袋里拿出《星期六评论》杂志，很快就沉浸在一篇关于减税的文章中。

突然，一块小石头从山路上滚下来，发出咔嗒咔嗒的响声，打断了我阅读的兴致。这山路十分陡峭，一半是路一半是阶梯，我就是沿着这条小路爬上来的。此时，一位行人正沿着山路缓慢下坡，刚才那颗石头就是被他踩松滚落下来的。我认出了那个中年德国人（我猜他是德国人），过去几天里他一直在赌场的轮盘台前赌博。他的外貌并无特别之处，戴眼镜，矮鼻子，方下巴上长满胡茬儿，是典型的德国赌徒的形象。他路过时专注地看着自己的脚下，没有左顾右盼，也没有注意到我。但我坐的位置特殊，能在他拐过弯道前的一分多钟的路程里看见他。当他转弯时，我仍目不转睛地看着他，此时，另一个人也闯入了我的视野。

这第二个人也是从那条山路上下来的，但他行走时没有踩松石块。他脚步轻盈，行动灵活，一眨眼就与我擦肩而过了。他十分好奇地盯着那个矮胖的德国人。从他的步伐来看，他明显加快了速度。他是个身材苗条的年轻人，穿着一套英式裁剪风格的深色粗花呢西装，戴着浅棕色的宽檐帽。

就在我注意到他的时候，他把手伸进大衣内袋，从里面掏出了一样东西，可由于他已经走远，我看不清楚他掏的是什么。此时，一个小物件不经意间从他的口袋里掉了出来，悄无声息地落在他脚边，那貌似是钱包一样的东西。显然，他着急赶路，并没有注意到掉了什么，而是继续向前走着。我必须得提醒他一下，于是我说了一句"嗨！"——在任何国家都可以用来打招呼的一个词。他明显一惊，回过头看着我。我指着他掉下的东西，说："东西掉了！"他把手里的东西塞回了口袋里，然后转过身去看我指向的地方。"啊！"他用英语说，"是我的香烟盒！真是太感谢你了！"于是他弯下腰把它捡了起来。

"我还以为是你的钱包。"我说。

"钱包丢了烟盒都不能丢。"他笑着说。很明显，他不打算再继续追那个德国人。此时，那人已从视野中消失了。

"你的烟瘾这么大吗？"我问道。

"我追求的是烟的品质，而非数量。"他回答道，"一位西班牙朋友刚给了我一些上好的雪茄。"他走上台阶，来到我歇脚的小平台上，打开了烟盒。"要来一支吗？"他把烟盒递给我，脸上绽放出迷人的微笑。

当我正要从烟盒的左边拿起一支时，他把烟盒转了过来，将另一边递给了我。

"不，不！"他说道，"这些扁平的是我平常抽的牌子，圆的才是上好的。"

"我好像在抢劫。"我说着，抽出一支烟来。

"只要你有品位，那就算不上抢劫。"他说。然后他躺在我身旁的平地上，从一个金色的火柴盒里取出一根蜡梗火柴，点燃了我们的香烟。

他整个人的气质如此优雅，举止如此随和、迷人。闲聊几句之后，我就自然而然地和他成了朋友。我看着他用手肘撑着地面懒洋洋地抽烟。他摘下了帽子，露出一头又长又黑的卷发。他甩了甩头，把先前垂在太阳穴处的鬓发甩到了耳后。他的身材中等偏高，肤色较深，一双黑色的眼睛又大又温柔，眉毛弯弯的，鼻子小又宽（五官中就数它最不中看），唇形饱满而性感，下巴非常结实而圆润。他一点儿胡须也没有，不过上唇两侧发黑，说明就快长出新胡须来了。他的年龄应该不过二十岁。正如我所说，他的衣服是英式风格的，但大衣领子外侧有一大块黑色缎面的领饰，这不是任何一位深居简出的英国人敢尝试的。这个细节，再加上他纯正但又有些矫揉造作的英式口音，使我不由得相信他是在欧洲大陆长大的英国人——极有可能是在意大利长大的，因为他的口音里没有法语的腔调。他的声音悦耳而深沉，是轻柔的男中音。

他拿起我的《星期六评论》。

"这可是我们英国人在国外时的必备读物啊，"他说道，"这家报社是为数不多的让我引以为豪的英国机构之一。"

"我每周都订。"我说。

"我父亲也是。"他回答道，"他经常说，'真该死，我们跟美国人共享莎士比亚了，不过好在《星期六评论》完全是我们英国人自己的！'我父亲深受传统教育的影响。"

"估计还是好学校吧，"我热情地说，"我也是。"

"现在，我有点儿像激进分子。"我的新朋友答道，并对我抬头一笑。他的坦诚不令人反感，反而让人觉得十分迷人。我们由此展开了一场讨论。讨论的过程十分激烈，给我留下了很深的印象，如果我愿意记录下来的话，我甚至可以写出我们说的每一个字。他才华横溢，十分健谈，年纪轻轻但涉猎甚多、见多识广。"我在欧洲的每个国家都生活过，"他说，"除了俄国。不知为何，我对这个国家一直都提不起兴趣。"交谈中，我得知他是剑桥大学的学生，对在剑桥的生活及思维方式非常熟悉，这是我们之间的另一个纽带。他的激进主义也没那么可怕，实际上不过是些幽默的悖论而已。这番讨论让我想起富勒[2]描写的本·琼森[3]和莎士比亚在"美人鱼酒馆[4]"里的辩论大赛。在思想的茫茫大海中,我仿佛是一艘西班牙大帆船,我这位朋友则似一艘英国军舰,随时能够利用他的机智和想象力乘风破浪。一个小时过去了,我们聊得很愉快,我唯一不能接受的就是他的烟,那跟我之前抽的烟没什么两样。

"这烟怎么样?"他看见我扔掉了烟头之后问道。

他对一个完全陌生的人都如此慷慨,把自己最珍贵的东西都拿出来分享,如果我直言不讳的话,会显得很不得体。"非常好!"我答道。

"就知道你会这么说,"他严肃地回答道,"再来一根!"

"让我尝尝普通牌子的吧。"我说。

"不,不行!"他回答道。他突然用力地合上香烟盒,差点儿夹到我的手指,但很快又用他那迷人的微笑缓和了这个粗鲁的举动。接着,他用一种特别的腔调说了句:"我不会拿次等品来搪塞朋友的。"他重新打开烟盒递给我。如果拒绝的话,就等于我不喜欢他视若珍宝的东西。我只好又抽了一支,但依然没有尝出这烟有什么特别的味道;可能是因为我新交的这位朋友散发的气息太过强烈、迷人,使我对其他东西的感觉都变得麻木了。

我们躺在地上,一直聊到傍晚。红霞染红了天边,在海天交接处,之前无影无踪的科西嘉岛[5]不知道从哪里冒了出来,像一个幽灵峰,也像个鬼岛。我们起身,在迅速降临的夜幕中,穿过橄

---

2 富勒:指托马斯·富勒,一位英国学者、传教士和作家,他的著作有《英国名人史》等。

3 本·琼森:英国文艺复兴时期的一位重要剧作家和诗人,与莎士比亚齐名。

4 美人鱼酒馆:位于英国伦敦,是16世纪末17世纪初作家和知识分子们经常聚会的场所。

5 科西嘉岛:地中海上的一个法属岛屿,位于意大利本土和法国大陆之间。

榄园，走过柑橘园，返回了蒙特卡洛。

二

　　我与这位迷人的朋友相识的时间只有短短的四十八个小时，但在这段时间里，我们几乎形影不离。他与我住在不同的酒店里，我住在罗斯酒店，他住在巴黎酒店。不过第一天晚上，我说动他和我一起用餐，第二天早餐后我又去找他了。他坐在阳台上抽烟，而离他不远处的一张桌子旁正坐着前一天下午看到的那个德国人，他正吃着一顿相当丰盛的法式早餐。当他将盘子刮得干干净净，喝完最后一口酒后，就起身去了赌场。与我这位迷人的朋友闲聊了几分钟后，我提议一起漫步到摩纳哥城[6]，他同意了。我们一整天都待在一起，闲逛、游荡、闲聊、畅谈梦想。下午我们去赌场听音乐会，我又发现我的朋友很有音乐素养。接下来，我们进赌场待了一个小时，但我们都没有下注。那个德国人在轮盘桌前忙得不可开交，似乎赢了不少钱。当天晚上，我和我的朋友在他酒店的自助餐厅吃了晚餐。在餐桌的另一端，那个德国人一声不吭地坐在那里，旁若无人地大快朵颐着。

　　第二天早上，我的朋友如约来酒店找我，我抽着他的香烟（那口味我早已习惯了），和他讨论了当天的计划。我建议去更远的地方逛一逛。我问他去过埃兹[7]吗，它位于摩纳哥和维拉弗兰卡之间，曾经是古老的撒拉森强盗的巢穴，高耸在海拔一千英尺的岩

---

[6] 摩纳哥城：摩纳哥公国的首都。

[7] 埃兹：法国的一座山城。

石上。他说没去过那里。经过一番思量,他同意陪我一同前去。我们乘火车到达了海滨旁的站点,然后艰难地往上爬。天气非常好,虽然爬山的时候很热,但我们时不时会在橄榄树下休息,天南地北地闲聊,倒也十分惬意。

　　交往中,我发现我的这位朋友无时无刻不在散发着迷人的魅力——他的态度谦和又十分温柔,让人抑制不住地想与他亲近。有这样一位坦率、有共情心且兴趣广泛的朋友陪伴,对于我这种不合群的人来说,是多么幸运的一件事啊。他时不时地会引导我开口表达,引导的方式也十分温柔、亲切,这种新奇、愉悦的体验,让我对聊天的兴致变得十分高昂。我知道,像我这样沉默寡言的人很少会有这种感觉。在我一生中,只有那么三四次有想要将个人的生活细节和人生阅历倾诉给陌生人的冲动,要知道,我宁愿去死也不愿将这些透露给我最亲密的朋友。可冲动来袭时,我发现自己似乎受到一种无形的魔力的影响,那些连酷刑都无法逼我吐出的话,我会毫无保留地坦白。和这位迷人的朋友相处时,这种魔力对我的影响尤为强烈。我把从来没有告诉过任何人的话——向他倾诉,那些话我只对孤独的冰山诉说过,朝猛烈的风暴呐喊过,向平静的大海讲述过。

　　最后我将我最难以启齿的人生悲剧告诉了他。我到现在仍清楚地记得那个场景!我们当时正在一棵栗树下休息,长长的树影映在平整的草坪上。再往前爬一段山路,就是一个残破不堪的村庄,那村庄坐落在古老穆斯林要塞的断墙边。晌午时分,大海和天空一片寂静,在水天交接处,一缕白烟挂在天边,那儿应该有蒸汽船在蓝宝石般的苍穹下缓慢航行,只是距离太远,肉眼看不见而已。在一片静谧中,我和朋友聊着自己的经历。快到故事的高潮时,一位年迈的妇女弓着身子,背了一大捆木柴从我们身边经过,向村子走去。我当时曾突发奇想：这位老妇人是否能消化刚才我所描述的一切呢？虽然我的故事有些怪诞，可能会让人觉得低俗无理。但是我的朋友并没有因此而嘲笑我，他对我表现出来的同情既含蓄又温柔。只见他转过头，假装去看那位老妇远去的背影，而当他再次看向我时，他深色的眼睛湿润了，增添了一丝神秘。在那一刻，我第一次明白了朋友的意义。

下午，我们回到了蒙特卡洛。我在酒店收到一封电报，要我第二天早上去热那亚[8]。我几乎没有时间整理行李，只是仓促地吃了顿饭，就快到火车发车的时间了。我匆匆地写了一张便条给我的朋友，真诚地表达了突然分别的悲伤之情，并希望后会有期。

三

当我到达车站时，火车已经停在站台上了。火车上有一两节头等车厢，专门为法国段设计的，不过乘客异常地少。透过窗户，我在其中一节车厢里看到了那个德国人。他表情严肃，却容光焕发，我猜他应该是从赌桌上赢了不少钱。他的个性并不讨人喜欢，他的鼻子又扁又粗，可能有打鼾的毛病。平常的话，我会离他远远的，但不得不承认，从某种情感上说，他对我有一种吸引力，因为要不是他，我也无法结识那位和我相处了两天的朋友。我朝他的车厢里看去，他斜对面的座位上放了一件外套和一个手提箱，说明座位有人预订了，但他旁边还有两个座位是空着的。于是，我坐在他旁边等待火车出站。"先生们，快上车！"列车员喊道。

---

8 热那亚：意大利利古里亚大区首府。

紧接着,一个敏捷的身影跳上了车厢。是我那位迷人的朋友!看到我,他的脸上似乎闪过了一丝不悦,但这种表情很快就从他的脸上消失了,他热情地和我打起了招呼,语气中满是惊喜。很快,我们各自解释了匆忙离开的原因。原来他和我一样,也是收到了电报被要求赶紧离开,只不过去的不是热那亚,而是罗马;并且他和我一样,也留了一张字条,对他的不辞而别表达诚恳的歉意。火车沿着海湾疾驰而过,海面在晚霞的照耀下闪闪发光;在偶尔穿过山崖的隧道时,发出轰隆隆的响声。一个小时前,我们还在亲切地交谈,现在又续上了。我发现他比以往任何时候都更迷人。他天马行空的想象力像是被高度紧张的精神激发出来的,就像对未来抱有美好期待的人需要不断交谈来消磨时光一样。我猜他去罗马是为了一场十分惬意的约会,我向他暗示了这一点,他哈哈大笑,似乎肯定了我的猜测。与此同时,那位德国人坐在那里一动不动,在一个小笔记本上计算着什么。显然,他听不懂英语。

快到文蒂米利亚时,我的朋友站了起来,从行李架上取下他的手提箱,整理了一下里面的东西。由于他背对着我,我看不见他整理了什么东西。然后,他小心地把箱子锁好,放在身边。在文蒂米利亚,我们都必须下车接受意大利海关的检查。手提箱是我朋友携带的唯一一件行李。让我感到惊讶的是,他竟然给了海关官员一大笔贿赂,应该有两三块黄金。这样一来,海关对他的检查就只是做做样子,并不会打开箱子里面的隔层。而那个德国人有一个小皮箱和一个大公文箱,他十分得意地打开了箱子,像是在炫耀什么。我注意到官员看到里面的东西后,扬起眉毛,眼睛闪闪发亮。回到火车上,我们三个人重新坐回到原来的位置。德国人拿了一顶睡帽遮住眼睛,准备睡觉。天色已经完全黑了,不过月光很好。

"你的手提箱里是不是有很多上好的香烟？"我微笑着问他。因为意大利是严禁香烟入境的。我也很好奇他为什么要耍花招，贿赂海关官员，这与他直爽的性格不符。

"很遗憾，不是的。"他说道，"上好的烟都抽完了，现在只剩下普通牌子的了，你要尝尝吗？"他递出他的香烟盒，现在盒子里装的都是扁平的香烟。我们各自拿了一支，点燃烟后，他开始给我讲述他与比肯斯菲尔德勋爵会面时的情形。他讲得很详细，兴致很高，手里的烟吸了两口就不抽了，让它自己燃尽。我实在无法理解他对香烟的品位，这些他看不起的香烟在我看来，反而有一种特别的淡雅味道，那美妙滋味无法用语言描述。我沉浸在他活灵活现的讲述中。过去我就很钦佩比肯斯菲尔德勋爵，现在他又成了樱草会[9]的一员，我对他更是崇敬有加。可能是今天上午爬山太累，下午又赶火车的缘故，我开始昏昏欲睡。尽管我竭力保持清醒，但眼睛还是合上了。恍惚间，我仍然能听到我朋友的说话声和那位德国人的鼾声。浓浓的倦意将我带入梦乡，很快，我连这些声音也听不见了。我能感觉香烟从我的指间滑落，接下来的事情，我就什么也不知道了。

我睡得很沉，且时睡时醒。从我刚开始有意识到完全清醒，间隔了很长一段时间，大概有好几分钟。渐渐地，我听到了火车的轰鸣声，感受到了车身的晃动，但我当时大脑昏沉，不知道到底发生了什么。我睁开眼睛，盯了一会儿灯，隐约看到黄色的灯油在油灯瓶里来回晃动。在昏暗中，我看到行李架下白色方块内的"乘客须知"。再往下，就是德国人的手提箱了，箱子上的锁

---

[9] 樱草会：一个最初成立于1883年的政治上独立、文化上保守的议会外组织（并非政党）。

闪闪发光。那位德国人仍然在他的座位上睡觉，不过此时已经没有了鼾声。我抬起头，环顾车厢四周，紧接着，我吃惊得跳了起来。

我那朋友去哪儿了？

不见了！消失了！一点儿踪迹都没有。他的行李箱、大衣都不见了，只剩下他那根在窗框上的小烟灰盒里的没怎么抽的烟。他离开多久了？我看了看表，大约过了一个半小时了。

此时，我已经完全恢复了知觉。我朝那位德国人看去，想问问他我朋友去哪了。此时，他的头部前倾，我感觉他有窒息的危险。我走过去，低头看着他的脸。就在这时，我看到他靴子前的油布上，有一摊黑色的圆形物体，凸面上反射着灯光。我伸出手去摸，竟然是液体。然后再看看手指，都染成了血红色。我貌似大声地尖叫了一下，缩到车厢的另一端。过了一会儿，我冷静下来，想要找列车员的联系方式，但是什么也没找到。我要与一个死人共处一室，而且不知道要待多久，一想到这我就毛骨悚然。他是死了吗？从他头部的姿势来看，我几乎可以确定他被割喉了。不知怎的，我不由自主地靠近他，想要一探究竟。我抬起他的头，发现他不是因割喉窒息而死的，因为他的灰色胡须下没有刀痕。车身剧烈地抖动着，此时，他的头部再次向前倾，我惊恐地看到我在他灰色的睡帽上留下了两枚血指纹。此时我才注意到，他对面的窗户是开着的，一阵风吹来，吹开了他的外套翻领。他背心上是什么？我扯开他的外套，仔细查看：一个小小的三角形的洞贯穿心脏，周围单薄的衣物早已被血水浸透，形成了一个硬币大小的深色血渍。在我检查时，尸体失去了平衡，倒在了我的身上。

正在这时，不知从哪里传来一声喊叫，差点儿把我吓昏。当时的火车仍在全速行驶，车厢里只有我以及躺在我怀里的那具可怕的尸体，除此以外，什么也没有。此时，我又听到了那叫喊声，感觉离我非常近,仿佛就在我耳边。我鼓起勇气向四周查看,原来是列车员紧贴着窗户,并大声喊着"售票员!",他似乎也察觉到了有什么不对劲儿。他打开门,摇晃着走进了车厢。"天哪!"他惊呼。我一头扑进了他的怀里,并指着血泊中蜷缩的尸体。然后,我生平第一次晕倒过去,知觉全无。

当我苏醒过来时,火车已经停在了一个小车站,至今我还不知道那个车站的名字。周围一片嘈杂,我一个字都听不清。我站在站台上,被两名警员搀扶着。他们站在我两侧,身穿制服,头戴三角帽,帽子上还有警徽。我尝试着跟他们讲述我的遭遇,但都是白费力气。我不会讲意大利语,尽管火车上还有一两个法国人,但他们也没法替我翻译,要知道,在那种高度紧张的状态下,我连法语都不会讲了;再者说,就算他们帮我翻译,这些意大利人也不一定能听懂。我试图告诉他们当时车厢里与我们同行的另一位年轻人嫌疑更大,因为他现在已经逃得无影无踪了。显然这个售票员对此人没有任何印象,他只是摇了摇头,用意大利语说了句"我听不懂",然后继续询问我是否是普鲁士人。此时,火车已经延误了一段时间了,车站长、列车员和当地的官员匆忙商议后,决定把这件事交给热那亚当局处理。火车上,两名警员坐在我两侧,我们仨都面向火车头的方向。那具尸体就直直地躺在对面的座位上,被柏油帆布包裹着。我在这样可怕的氛围中,在四五个小时的煎熬里,前往热那亚。

接下来的一周,我都待在一座意大利监狱里,那里的环境非常糟糕。幸运的是,我的朋友们赶到了热那亚,帮我改善了生活条件。后来,我被无罪释放了,因为没有任何证据证明我有谋杀的嫌疑。虽然刚开始大家都对我说的话有所怀疑,但是后来法国的列车员、摩纳哥的售票员以及巴黎酒店的工作人员的证词都证实了我口中的那位朋友确有其人。但他现在已经消失得无影无踪，同他一起消失的还有被害人的手提箱，里面放着这几天他赢来的钱。然而，抢劫似乎并不是罪犯的主要动机，因为受害人的手表、钱包和身上的珠宝都没有被碰过。获释后，我私下里从热那亚的德国领事那里得知，被谋杀的那个人虽然是普鲁士人，但在俄罗斯生活了很长时间，有人怀疑他与圣彼得堡警方有秘密联系。事实上，人们认为他在蒙特卡洛赌博的赌本是叛国得来的钱。那些无政府主义者（如果真是他们出的手）只是想拿回这个叛国贼的钱，然后用沾着他们朋友鲜血的钱向他们的敌人复仇。

四

大约两年后的一个下午，我碰巧去梅费尔街区[10]，造访了一位在社交和政治界都颇有名望的女士，她很看重与我的友谊。她的客厅里挤满了人，茶杯欢快的碰撞声与女士们说话的声音交织在一起，十分悦耳。我凑到了女主人周围的一群人当中，他们正热烈地讨论着爱尔兰强制法案[11]，这可是当时最热门的政治话题，我对此也很感兴趣。但我有一个毛病，那就是当周围有几个人同时讲话时，我很难心无旁骛地继续说，零零碎碎的声音都会进入我的耳朵，扰乱我的意识。有时候，别人会抱怨我心不在焉，但实际上是我的听觉过于敏锐。不一会儿，我的注意力就被一位女士的声音给吸引住了，此时，她就坐在圆形软垫凳的另一侧。

---

10 梅费尔街区：被认为是伦敦最繁华和高档的区域之一。

11 爱尔兰强制法案：19世纪时期英国议会通过的一系列法案，旨在对抗爱尔兰的革命运动和民族解放运动。

她聊得很开心。当我回头张望时，发现她的听众中甚至有一位前内阁部长也在饶有兴致地听着。她背对着我，头发乌黑，齐肩的短发垂落在斗篷华丽的毛领上。

"这件事让他很难过，"她说，"也给他带来了无法弥补的伤痛。我的那位朋友向我倾诉他的痛苦遭遇时，我甚至连他的名字都不知道。他追求的那位女士美丽、富有、才华横溢，优点数不胜数。他的情敌是一位长着浓密胡须的澳大利亚农场主，而我的那位朋友蓄着一撮让他颇为得意的八字胡，那微微上卷的胡须造型在部队里十分流行。当时，他们一行三人在瑞士旅行，但那位澳大利亚农场主独自去爬山了，给我的这位朋友留了好几天时间与那位女士独处。第一天，他使出浑身解数，可差点儿把事情给搞砸了。第二天早上，为了一举赢得那位女士的芳心，他把自己精心打扮了一番，但是令人沮丧的是，他把装有剃须刀的梳妆箱落在了他上一次歇脚的地方。没办法，他只能求助当地村子里的理发师，那理发店里还兜售各种文具、布料、五金产品和药物，简直就是瑞士版的怀亚特利百货商场[12]。理发师抓住了他的鼻子，将他的头摆正，在他的脸上涂了肥皂沫。这时，他从镜中看到门突然开了。天哪！走进店里的竟然是那位让他魂牵梦萦的女神！他吓了一跳，结果理发师一刀划在了他的下巴上。他俩的眼睛在镜子里还对视了一阵；片刻后，他看到她的嘴唇颤抖着，然后她尖声大笑起来，冲出了理发店。你们要是知道那位男士有多么自命不凡，你们就会多么地同情那个女士。我的那位朋友告诉我这个故事时，我就很同情那个女士。说回到那位先生吧，他的心早已沉到谷底，但他表现得十分绅士。他决定对这次意外不予理会，

---

[12] 怀亚特利百货商场：伦敦最早的百货商店之一，拥有大量的零售商店、餐厅、电影院和其他娱乐设施。

对那位女士再次展开了猛烈的追求。起初，她很恭敬地接待他，但当她抬眼看到他下巴上的胶布时，再次狂笑不止，于是不得不从房间里跑了出去。'她现在在墨尔本，'回忆起这件事情时，那位先生的声音近乎哽咽，'我向你保证，亲爱的朋友，现在我每次拿着剃须刀的时候，都有一种冲动：也许哪一天想不开了，我就用剃须刀把自己了结了。'"

我的脑袋嗡嗡作响，头晕目眩。她讲这个故事时是那么的冷酷无情，那么的轻描淡写。殊不知，这个悲剧故事就是我的亲身经历！

这件事，我没有对任何人说过，除了他——我的那位迷人的朋友。

不知道我周围的人有没有看出我的紧张情绪，我从座位上站起来，径直走到房间的另一侧，看到了这位演讲者的面容。她有一双深邃的黑眼睛，两片饱满、性感的嘴唇，上唇上有一层若隐若现的绒毛，还有一头乌黑亮丽的头发。我太清楚那浑厚的女低音是谁的了！她就是我那位迷人的朋友！

在我还没有完全意识到她的真实身份之前，她起身将空茶杯递给内阁大臣，向大臣以及他的同伴鞠了一躬，然后向女主人走去，很显然她这是打算告别。与 X 夫人诚挚地握过手后，转身离开时，她与我目光相接。她丝毫没有表现出吃惊，脸色也没有任何变化，她只是微微地扬起修长的眉毛。而当她高挑的身影从我身边经过，快要走出房间时，她对我投来了迷人而又无法抗拒的微笑，那笑容，正是那天晚上在橄榄地里，那位迷人的朋友给我递烟时的微笑。

我匆忙冲向 X 夫人。

"刚才离开房间的那位女士是谁？"我问道。

"哦，那是 M 女男爵，"她回答道，"她有一半英国血统，一半波兰血统。她是我女儿在格顿学院的密友，是一个非常有趣的女人。"

"她是政客吗？"我问。

"不是，我就不喜欢她这一点。她不爱国，常常拿自己国家的毛病和苦难开玩笑。你想见她吗？后天和我们一起吃饭吧，她会过来的。"

我如约赴 X 夫人家吃饭，但那位女男爵并没有来，据说她是家里有急事，匆匆赶回波兰了。

一周后沙皇被刺，震惊了全世界。

在之后的某一次聚会上，我的一位评论家朋友向众人讲述了我的遭遇。一位小说家听后连连称奇，最后问道："你不觉得你的朋友可能是德国人被害案的帮凶吗？"

"他是否也参与了暗杀沙皇的案件？"一位图书编辑也插了一嘴，"要不然，他为什么不直接冲出 X 夫人的房子，去最近的警局，让警察来追查他那位迷人的朋友？"

"多么荒谬的问题！"一位浪漫派作家叫道，从座位上站了起来，在地板上来回踱步。"哪位男士能抵御得了与那位女士共进晚餐的诱惑？而且，他们不是还一起吃饭，一起抽烟、闲聊过吗？难道我们要像对待一个庸俗的罪犯那样对待一个犯罪艺术大师吗？难道我们如此卑劣，硬是要将这位谋杀女神送往监狱吗？我们又不是侦探，干吗要刨根问底呢？"

"所以我的朋友这样跟我说，"评论家朋友冷冷地说，"虽然不够有说服力，但我觉得有些道理。咱们私下里说，我觉得他更多是为自己的安全考虑,而不是仰慕那个谋杀犯。他知道那个德国人的下场,所以不想重蹈覆辙。"

"所以他就在一旁袖手旁观?"一位颇有些政治头脑的演员说道。

"我倒宁愿说是放任自流,或者更确切地说,是放任谋杀。"编辑笑道。

"那位迷人的朋友的行李箱里装的到底是什么?"贝阿特丽斯问道,"她这么急切地贿赂海关官员,到底是想藏匿什么?"

"我想是她的女装吧,"评论家回答道,"尽管我无法解释其中的某些细节。"

"那她真是个了不起的女人,"贝阿特丽斯用不容置疑的语气说,"她能把一件体面的礼服和装饰品放进一个小小的手提箱里。"她补充道,"不过,我很早就怀疑她是个女人了。"

"为什么?"大家异口同声地问道。

"哦,因为她很容易就能从他口中套出话来。"贝阿特丽斯回答说。

"所以,"那位浪漫派作家说道,"你觉得不管受害人是否意识到这一点,他必须承认,那位迷人的朋友身上有一种永恒的女性魅力?"

"不错。"

胎记
THE BIRTH-MARK

〔美〕纳撒尼尔·霍桑
Nathaniel Hawthorne

《胎记》导读

1.《胎记》的作者是美国小说家纳撒尼尔·霍桑（1804—1864），代表作品有长篇小说《红字》《有七个尖顶阁的房子》等。

2.霍桑的作品属于黑暗浪漫主义，将充满象征主义的浪漫和深刻的心理主题结合起来，接近超现实主义。

3.《胎记》首次发表于1843年3月的文学杂志《先锋》，后被收入1846年出版的霍桑短篇小说集《古宅青苔》。

4.《胎记》与爱伦·坡的《椭圆形肖像》有异曲同工之处，因为这两篇作品中有着类似的情节；英国作家王尔德受《椭圆形肖像》影响创作了小说《道连·格雷的画像》。

5.霍桑通过《胎记》表达了这样一种观点：对艺术或知识的痴迷，可以把一个人从普遍的人性中分离出来，使他在追求理想的过程中，不再关注其所处的现实世界——虽有缺陷但能维持生命。

6.美国作曲家让·艾克尔伯格·艾维于1980年至1982年间将《胎记》改编为独幕歌剧。

19世纪下半叶，出现了一位科学奇才，一位在自然科学的各个领域都享有盛誉的专家。在我们的故事开始前不久，他被一种精神力量吸引着，这种力量比其他任何化学反应都更强烈。他将实验室交给了助手打理，将自己那张被炉火熏黑的脸洗得净白，又清理好了手上残留的酸性物质；追求了一位美丽的女士，并同她结为夫妻。在当时，对电的相对较新的发现以及对其他自然科学的各项发现，仿佛打开了通往神秘世界的门，因此，人们对科学的兴趣甚至超越了对女人的痴迷。那些科学的狂热追逐者们相信，卓越的思维能力、丰富的想象力、探索的精神乃至包容的内心都能在探索科学的过程中得到所需的养料。这种探索会使强大的智慧得到进一步升华，直至科学家能够掌握造物主的奥秘，并且再创造出一个全新的世界。

我们不知道故事的主人公——埃尔默是否也有这种人定胜天的信念，不过他的确全身心地投入到了科学研究中，而且没有什么能够使他减弱对科研的激情。他对娇妻的爱也许比对科学的爱更为浓烈，但这爱情只有和对科学的爱交织在一起，并且将科学的力量与自己的力量合二为一时，才会显得更强烈。

于是，这种结合出现了，并产生了惊人的后果和深刻的教训。

婚后不久的某天，埃尔默坐在那里端详着自己的妻子，脸色越来越难看，最后，他终于开口了：

"乔治亚娜，"他说，"你难道从来没想过去掉脸上的这块胎记吗？"

"确实没有，"她微笑着说，可是看到丈夫一脸严肃，便羞红了脸，"实话告诉你吧，常有人说这胎记十分迷人，我也就当真了。"

"哦，长在别人脸上可能是的，"她的丈夫答道，"但在你的脸上却绝非如此。不，亲爱的乔治亚娜，造物主将你创造得近乎完美，而这个微不足道的缺陷着实让我感到震惊。在我看来，与其说它是缺陷，不如说它就是一块世俗的标记，一个不完美的象征。"

"使你震惊，埃尔默！"乔治亚娜喊道。她很伤心，脸蛋顿时气得通红，接着泪水便夺眶而出，"那你为什么要把我娶过来？你该不会爱上一个令你感到震惊的人吧！"

要弄清楚这段对话，就不得不提在乔治亚娜左脸的中央处的一个奇特的胎记，这个胎记仿佛深深地烙在她脸上的肌理中。通常情况下，她的肤色健康红润，而胎记却呈现出一种深红色，在绯红色脸颊的映衬下，轮廓显得不甚分明；当她脸红时，那胎记就变得更加模糊，最后消失在浮上面颊的红晕之中，整张脸看起来容光焕发；但是，倘若她的情绪发生变化，面色变得苍白时，那胎记就会显现出来，如同雪地上的一抹鲜红，十分显眼。这常常让埃尔默觉得十分可怕，因为它的形状与人的手有些相似，只是非常微小。

乔治亚娜的爱慕者们常常说，在她出生时，一位仙女将自己的手放在她的小脸颊上，留下了这个印记，让她拥有了迷倒众生的魔力。多少为她意乱情迷的男子为了能够亲吻她面颊上的印记而奋不顾身。然而，不可否认的是，不同脾性的人对这个仙女手印的态度截然不同。一些吹毛求疵的人——清一色的全是女性，将这个印记称为"血手"，她们声称这个胎记完全破坏了乔治亚娜的美丽形象，让她看起来丑陋不堪。但这种说法极其荒谬，就像是说，大理石雕塑中的一小块蓝色污点会把鲍威斯[1]的夏娃变得像怪物一样荒谬。对于男性而言，如果这个胎记无法让人看起来更加迷人，还不如消失不见，这样世界便会多一个毫无瑕疵的美女活标本了。放在以前，埃尔默几乎，甚至可以说完全没有考虑过这件事，可是婚后他才发现，自己抱有的正是这种心态。

倘若她没有生得如此美丽，众人在嫉妒心的驱使下还可以找到别的对象嘲讽，而埃尔默会因为这个迷你的小手印对乔治亚娜更加喜爱。这块胎记时而朦胧，时而消失，时而明显，随着乔治亚娜的心情变化而变化。但是，一想到如果没有这个缺陷，她会无比完美，他便越发觉得与妻子生活在一起的每一刻都变得无比煎熬。这是人类致命的缺陷。造物主总会在人类的身上留下各种各样难以磨灭的印记，或许是为了暗示生命短暂，抑或是想要告诉人们只有经历磨难才能臻于完美。这块深红的胎记代表着一只无可逃脱的命运之手，即使是最崇高、最纯洁的尘世造物也难逃命运的摆布，使他们堕落、沉沦，与最卑微的人为伍，甚至与蛮族相类，让人类的躯体像蛮族一样归于尘土。这么一想，埃尔默确信那块胎记象征着妻子一生难逃的罪孽、痛苦、堕落和死亡。很快，他就沮丧地认为这块胎记也会给他带来苦恼和恐惧，而且远超乔治亚娜的美貌赐予他心灵或精神上的欢愉。

在那些本该是他们最幸福的时刻里，他总会不由自主地想到这个灾难性的话题，不，他不是有意为之，有时还极力回避。起初，那胎记像是一件无足轻重的小事，可后来把它与自己一连串的想法与感觉关联起来，就成了一切问题的根源。清晨，埃尔默

---

[1] 鲍威斯：美国著名雕刻家。

一睁开眼,就看到了妻子脸上这块象征着缺陷的胎记;夜幕中,他们坐在壁炉旁时,他的眼睛偷偷地打量着妻子的脸颊,借着摇曳的火光,他看见那只幽灵之手忽隐忽现,在他挚爱的妻子的脸庞上留下了宿命般的印记。很快,乔治亚娜每每看到丈夫的凝视就会不寒而栗。他只需挂着那种惯常的怪异表情朝她一瞥,她桃红色的脸颊就会变得惨白,那深红色的胎记就会显现出来,如同雪白大理石上的红宝石浮雕。

一天晚上,天色渐暗,在朦胧的光线中几乎看不到乔治亚娜脸上的胎记,她自己头一次主动聊起这个话题。

"你还记得吗,亲爱的埃尔默?"她勉强露出一丝微笑,"你还记得昨天晚上梦到的这只可憎的手吗?"

"不,我什么都不记得了!"埃尔默吃惊地回答道。但随后又以一种平淡、冷漠的语调来刻意掩饰他内心的真实想法,"也许会梦到吧,因为睡前心里一直想着它。"

"你真的梦到了?"乔治亚娜连忙问道,因为她担心眼泪随时会落下打断她想说的话,"这么可怕的一个梦,我不相信你会忘记它。这句话你总该记得吧:'它现在在她的心脏上——我们必须把它去除掉!'再想一想吧,我的丈夫,无论如何你都要回忆起那个梦。"

当万能的睡神无法将梦境幽灵囚禁在自己的混沌世界,而是任凭他们冲破禁锢,让现实生活中的我们被内心深处隐藏的秘密惊吓到,那时的心情一定是非常低落的。埃尔默现在回想起了自己的梦境。他梦见自己和助手阿米纳达一起尝试着通过动手术来移除掉那块胎记。但是手术刀切得越深,那手掌形的胎记就扎得越深,最后,那小小的手掌似乎都抓进了乔治亚娜的心脏了,但是他还是毫不留情地将它给切除掉了。

当他完整地回忆起昨天的梦境时，埃尔默坐在妻子身旁，深感愧疚。人们内心中真实的想法总会在梦境里显现出来，然后将我们清醒时掩埋在潜意识里的自欺行为和盘托出。直到现在，他才意识到那个念头一直在残暴地主宰着他的内心，为了使自己得到安宁，他的内心甚至盘算出了解决办法。

"埃尔默，"乔治亚娜严肃地说道，"我不知道去除这个致命的胎记会让我们两个付出怎样的代价，也许我会留下永久性的残疾，也许这个胎记早已与我的身体融为一体，想要舍弃就得付出生命的代价。可即使真的不惜一切代价了，将这个在我出生前就紧紧攥着我脸颊的小手印移除掉是有可能的吗？"

"我最亲爱的乔治亚娜，这个问题我已经再三思量过了，"埃尔默连忙打断她说，"我确信，它是完全可以移除的。"

"哪怕只有一线希望，"乔治亚娜接着说道，"无论有多么大的风险，我都愿意试一试。危险什么的我已经不在乎了。当这个讨厌的胎记让你对我既生恐惧又生厌恶的时候，生命就成了负担，既然生命已是负担，那么我也愿意舍弃它。所以，要么帮我把这个可怕的胎记去掉，要么就了结了我这悲惨的人生吧！你精通科学知识，还取得了瞩目的成就，这个是全世界都知道的，难道还不足以移除这个小小的、两个指甲盖大小的胎记吗？为了你内心的平静，为了不让你可怜的妻子陷入癫狂，你就不能把它消除吗？"

"我最高贵、最可爱、最温柔的妻子！"埃尔默兴高采烈地喊叫着，"不要怀疑我的能力，我已经深思熟虑过了，别说是让我消除你脸上的胎记，就是让我创造出一个仅次于你的人出来也不在话下。乔治亚娜，你让我能更加深入地了解科学的奥秘了，我完全有能力让你这一侧脸颊和另一侧一样完美。亲爱的，如果我将造物主最杰出的作品上的瑕疵去除，那将是多么伟大的一项成就啊！即使皮格马利翁[2]雕刻的少女获得生命，他也不会像我这般欣喜若狂！"

"那么，就这样说定了，"乔治亚娜说着，露出一丝微笑，"埃尔默，哪怕你最后发现这块胎记和我的心脏连在一起了，也别手下留情。"

埃尔默温柔地亲吻了她的脸颊——她的右脸颊——而不是长着绯红色手印的那侧脸颊。

第二天，埃尔默将他的计划告诉了妻子，以便有机会进行更细致的思考和持续观察，这是制定手术方案所必需的步骤，同时，乔治亚娜也可以安心休养，这对手术是否能成功至关重要。首先，他们要与外界隔离，住在宽敞的公寓里面。这个公寓同时也是埃尔默的实验室，在其青年时代，他曾在这个实验室辛勤钻研，最终发现了自然界里的一些元素的奥秘，令欧洲学术界赞叹不已。这位面色苍白的科学家曾安静地坐在实验室里，探秘过最高的云层和最深的矿井；弄清了火山喷发的原因；他解开了喷泉的奥秘，弄清楚了泉水为何会从黑暗的地心喷涌而出；也研究明白了为什么有的泉水清澈透亮，有的富有药用价值；同样也是在这里，他研究过人体的构造，试图探索大自然是如何吸取天地精华和精神力量，并最终创造出人类的。

虽然这项研究被埃尔默搁置多年，但不得不承认这样一个真理：我们伟大的自然之母虽然在光明正大地创造着生命，但是却极其小心地保守着自己的秘密，一直在戏弄我们。也就是说，大自然假装公开秘密，给我们展示的仅仅是结果而非过程。如果有人无视

---

2 皮格马利翁：希腊神话中的塞浦路斯国王，热恋自己所雕的象牙雕像，由于祈祷虔诚，爱神阿芙洛狄忒为之感动，赋予雕像生命。他遂娶这位少女为妻。

这个真理，那就必然会碰壁。诚然，自然之母允许我们破坏环境，却很少修复生态，她就像一个充满戒备心的专利持有者一样，绝不允许其他人侵占她的专利。

现在，埃尔默重新开始了这项几乎已被他遗忘的研究，不过，他并未执着于当初的目的或者意愿，因为这项研究涉及的许多生理学知识也是治疗乔治亚娜时必须解决的难题，也就是说，他现在的目的就是治愈乔治亚娜。

他领着乔治亚娜跨过实验室的门槛的时候，乔治亚娜不禁打了个寒战。埃尔默满心欣喜地朝妻子的脸上看去，想要安慰她。当他看到妻子白皙的脸颊上依然清晰可见的胎记时，着实吃了一惊，肩膀也禁不住抖动起来了。他的妻子见状当场昏厥了过去。

"阿米纳达！阿米纳达！"埃尔默一边大喊着，一边用力跺着地板。

这时，从里面的屋子立刻走出来一位身材矮小但十分壮实的小伙，他头发蓬乱，脸颊被炉子上冒出的烟熏得脏兮兮的。他是埃尔默的助手，虽然他对科学原理一窍不通，但是他总能随叫随到，并且能够细致地完成埃尔默交给他的实验任务，算得上十分称职了。他力气大，头发凌乱，满脸烟尘，有一种难以言状的粗糙感，似乎能够很好地展现人类的物质属性；反观埃尔默，他身形消瘦，脸色苍白，一脸智慧，恰好代表了人类的精神特质。

"快把门打开，阿米纳达，"埃尔默说，"再点一只香锭。[3]"

"是，主人，"阿米纳达回答，而后凝视着乔治亚娜已经失去知觉的身体，喃喃自语道，"她要是我老婆，我才不会让她去掉那块胎记呢。"

---

3 香锭：带有香味的硬块制剂。

乔治亚娜恢复意识后,她闻到房间里有一股沁人心脾的芳香,温和的香味使她从死亡般的昏厥中苏醒过来。周遭的一切仿佛被施了魔法,原先那个昏暗、阴沉、烟气弥漫的房间(埃尔默青年时期,曾在这里探求科学知识)变成了一个漂亮的公寓,正好可供这位可爱的女士作为隐居的寓所。墙上悬挂着华丽的窗帘,看起来既高贵又优雅,其富丽的程度足以让其他任何室内装饰都黯然失色;帘子从房顶垂到地面,华美、厚实的折纹将墙上的棱棱角角都遮挡起来,仿佛要将这个房间与外界隔绝开。在乔治亚娜看来,这房间仿佛是云中楼阁。为了避免阳光与某些物质产生化学反应,干扰实验过程,埃尔默在房间里点燃了香薰灯,它们发出了五颜六色的光,最终融合成柔和的紫色光线。埃尔默跪在妻子旁边,热切地看着她,没有一丝担忧,因为他对自己的科学水平非常有自信,他感觉自己似乎有种神力,能够在妻子旁边画上一个魔法圈,避免她被任何邪祟侵入。

"我这是在哪儿?啊,我想起来了。"乔治亚娜虚弱地说道,她用手遮住脸颊,生怕丈夫看到那可怕的胎记。

"别害怕,亲爱的!"他喊道,"别躲着我!相信我,乔治亚娜,我现在看着这块瑕疵挺兴奋的,因为一想到马上就能把它去掉,我就欣喜若狂。"

"哦,饶了我吧!"他的妻子难过地说道,"拜托你不要盯着它看了,我怎么都忘不了你刚刚颤抖的样子。"

为了安抚乔治亚娜,同时也为了帮助她忘掉现实生活中的烦恼,埃尔默利用自己渊博的科学知识向妻子施展了一些轻松而有趣的"光影魔术"。只见一些飘忽的影子、无形的意念以及虚幻的美景都在她面前舞动起来,在一道道转瞬即逝的光束里留下了它们的舞步。尽管乔治亚娜对这些光学知识有一些模糊的概念,但是这幻景简直趋于完美，足以使她相信她的丈夫拥有驾驭精神世界的能力。当她想要从这幽居之所看外面的景色时，她的想法很快便得到了回应，外面的风景依次从眼前掠过，人物、风景得到了完美的呈现，虽然与现实世界中的场景有一些难以言说的差别，但是在光影的魔力下，这些图画、人物形象、阴影看起来比实物更加好看。当她看腻了这些景象后，埃尔默让妻子看向一个盛有泥土的器皿，她虽然没什么兴趣，但还是照做了。很快，她便惊奇地发现，有株嫩芽正破土而出，接着长出了纤细的枝干，叶子也渐渐舒展开来，然后在叶片丛中还长出了一朵娇艳、美丽的花。

"简直太不可思议了！"乔治亚娜惊叫道，"我都不敢碰它。"

"没事，摘下它，"埃尔默回答，"摘下它，尽情地吸取它转瞬即逝的芬芳吧。这朵花一会儿就会枯萎，除了那褐色的种子之外，什么都不会留下。不过，这些种子会不断地孕育出生命短暂的花朵来。"

乔治亚娜一碰到那朵花，花很快就枯萎了，叶子呈炭黑色，仿佛被火烧焦了一样。

"刺激素[4]太强了。"埃尔默若有所思地说道。

为了弥补这次实验的失败，他提出要用他自己发明的科学方法为她画一幅肖像画。这幅肖像画需要用光线去照射一块打磨过的金属板。乔治亚娜答应了，可当她看到成品时，还是吓了一跳，因为她发现这幅画像的面目模糊难辨，而在脸颊的部位出现了一只小小的手掌印。埃尔默一把抓起金属板，将它扔到了一罐有腐蚀性的酸性液体中。

不过很快，他就将这些尴尬的失败经历忘得一干二净。在他

---

4 刺激素：能刺激植物生长发育的物质。

做化学实验的间隙,埃尔默来到乔治亚娜身边,满脸通红,精疲力竭。可是一见到乔治亚娜,他就容光焕发,兴致勃勃地谈起自己的科学才能。他谈起炼金术士悠久的历史,说他们孜孜求索只为能找到一种万能溶剂帮助他们从廉价、寻常的物质中提炼出黄金。根据科学常识,埃尔默似乎相信,这种溶剂是完全有可能找得到的。"但是,"他说道,"能有这种能力的科学家,他们往往智力超群,往往不会自降身份,将自己的能力用在这种事情上。"对关于长生不老药,他的观点也十分独特。他透露说自己已经调制出了一种药剂,能够帮人延长数年的寿命,或许还能使人长生不老。但是那样会打破自然界的平衡,会引起全世界的人们,尤其是未服用长生不老药的人们的咒骂。

"埃尔默,你说的都是真的吗?"乔治亚娜问,又惊又恐地望着他,"拥有这种能力太可怕了,我做梦都不敢这么想!"

"哦,别害怕,亲爱的,"埃尔默说,"我不会用这些有违自然规律的东西来影响我们的生活的,我只是想让你相信,相比之下,去除你脸上的胎记是一件多么容易的事。"

一提到胎记,乔治亚娜就习惯性地蜷缩起身子,脸颊仿佛被火红的烙铁烙过一样。

埃尔默又回到了实验室。乔治亚娜能远远地听见丈夫在锅炉房盼咐阿米纳达的声音。阿米纳达回复的语调听起来十分刺耳,粗鲁且怪异,比起人声,更像是野兽的咕噜声或者嚎叫声。离开数小时后,埃尔默又一次来到了妻子的房间,向她提议去他的陈列室参观他的化学品和自然珍宝。在化学品陈列室,埃尔默向妻子展示了一只小瓶子。据他介绍,里面装的是最强力的芳香剂,能够使整个国家的空气中都弥漫着芳香。"这小瓶子里装的东西价值连城。"他一边说着,一边将芳香剂喷洒了一些在空中,房间中迅速弥漫着沁人心脾的芳香，让人神清气爽，心情愉悦。

"这又是什么呢？"乔治亚娜指着一个盛有金色液体的水晶球问道，"它看起来真漂亮，一定能使人延年益寿吧。"

"从某种意义上说，是这样的，"埃尔默回答道，"更确切地说，这是不朽丹药。这是这个世界上人工调制出的最珍贵的毒药。有了它，我可以控制任何人的寿命。其剂量的多少，可以决定一个人是苟活几年再死还是即刻暴毙。在我看来，如果为了数百万人的福祉而剥夺国王的性命是正当的，那么，不管王宫的戒备有多森严，我也能轻而易举地取他性命。"

"你为什么要存放这么可怕的毒药？"乔治亚娜惊恐地问。

"别误会，亲爱的！"她的丈夫微笑着说，"它的好处比坏处大多了。你看！这是一种非常神奇的化妆品。洗脸时，只需在盆子里滴几滴，脸上的雀斑就会被一洗而光，去掉雀斑就像洗手一样简单。如果剂量大一点儿，就会让人血色全无，把面色红润的美女变成脸色苍白的幽灵。"

"你打算用这种药剂来清洗我的脸吗？"乔治亚娜不安地问道。

"哦，不，"她的丈夫赶忙说，"它仅仅适用于表面。你的情况需要一种更为深层的治疗法。"

与乔治亚娜谈话时，埃尔默总会细致地询问她的感受，关心她幽居于此是否舒适以及房间的空气是否适宜。丈夫的话有一种特别的暗示，不由得让乔治亚娜觉得身体真的有些不适，而这种不适要么与刚刚吸入的芳香空气有关，要么是受到了食物的影响。她似乎觉得——当然这有可能是她的幻想，她体内开始翻江倒海，一股奇怪的、莫名的感觉传遍了全身，她的内心有种半带痛楚半带愉悦的刺痛感。每当她鼓起勇气看向镜子的时候，镜子里的自己面色苍白，而绯红的胎记印在脸颊，十分刺眼。她现在比埃尔默还要憎恨这块胎记了。

就在丈夫专心致志地进行化合物分析时,乔治亚娜开始翻阅他的科学图书馆的藏书,以打发枯燥无味的时光。在一堆发黑的古书中,她读到了不少传奇故事和诗集,都是中世纪哲学家的作品,包括艾伯塔斯·马格努斯[5]、科尼利厄斯·阿格里帕[6]、帕拉塞尔斯[7],以及一位著名的修道士[8]——他发明了一尊能够预言未来的铜像。这些古博物学家的学识都超越了他们所生活的时代,不过他们也深受所处时代的影响,轻信万事皆有可能。因此当时的民众乃至他们自己都认为他们从自然中获取了超自然的力量,并且从物理学中获取了支配精神的能力。早期的皇家协会会报也是同样的荒诞不经,充满想象力。协会的会员对自然的力量知之甚少,不断地记录着所谓"奇迹",或者尝试着提出创造奇迹的方法。

不过,对乔治亚娜来说,最引人入胜的是她丈夫写的一大卷书。在书中,他将自己科学生涯的每次实验都进行了详细的记载。包括实验的目标、改进后的研究方法、最终的成败以及原因。这本书记录了他的研究经历,同时也记录了他热情洋溢、满怀抱负、充满想象力、务实勤勉的人生。他心无旁骛地研究物质,并将物质精神化,使其摆脱所受的本身属性的束缚,又以其强烈的渴望来追求永恒。在他看来,一块平平无奇的泥块也有灵魂。乔治亚娜越读就越崇拜她的丈夫,对他的爱就越浓烈,但也越来越不像之前那样完全信赖他的判断了。尽管他成就颇丰,但她也注意到,

---

[5] 艾伯塔斯·马格努斯:日耳曼哲学家与神学家。

[6] 科尼利厄斯·阿格里帕:日耳曼医生与神学家。

[7] 帕拉塞尔斯:德裔瑞士医生、炼金术士。

[8] 修道士:指罗杰·培根,英国具有唯物主义倾向的哲学家、自然科学家及实验科学的前驱。西方历史上有关此人的传说纷纭,其中之一便是铜头的故事。据传培根造了一只铜头,只要他能听到铜头说话,他的种种计划便可大功告成。反之,则会失败。

丈夫渴求达到的辉煌成就最终几乎都以失败告终。科学研究就是这样的，像探宝活动，总是充满着未知。这一卷书中虽然记录了很多让他声名鹊起的成就，但仔细看并不难发现，里面的内容平平无奇，而且都是一些失败的记录。这卷书不仅仅是伤感的忏悔，还是一个个生动的例证，证明了人这种混合物其精神总是被肉体拖累，却还只能借助物质来发挥机能，也证明了人类崇高的天性受制于肉体是一件多么绝望的事情。也许任何一个领域的天才都会在埃尔默的记录中看到自己的影子。

这些想法使乔治亚娜深受触动，她把脸埋在摊开的书卷上，哭了起来。这一幕恰好被她丈夫撞见了。

"巫师的书很危险哦，"他微笑着说，脸上却流露出不安和不悦的神情，"乔治亚娜，那卷书中有几页内容我自己看都容易失去理智，你可要当心别让它伤害到你。"

"可它让我更加崇拜你了。"她说。

"啊，等这次成功了以后，"他说，"再来崇拜我好了。我肯定是受之无愧的。好了，跟我来，我来找你是想听听你美妙的歌声。给我唱首歌吧，亲爱的。"

她婉转的歌声如流水一般流淌开来，滋养着他干涸的心灵。听完，他便带着孩子般的满足和喜悦，转身离开了。他还向她保证只需再忍耐一下，继续在此幽居一段时间，手术一定能够成功的。埃尔默刚离开不久，乔治亚娜就忍不住地紧随其后。她忘了告诉他过去的两三个小时内，身体有一些奇怪的症状。这个症状与脸上这个要命的胎记有关，她没有疼痛，但是全身都焦躁不安。她紧紧地跟着丈夫，第一次闯进了实验室。

首先映入眼帘的是滚烫的火炉，炉内烈火熊熊，从炉顶累积的炭灰的厚度来看，这炉子应该用了许多年了；一套蒸馏设备也在全力运行着,房间里还堆满了曲颈瓶、试管、圆筒、坩埚以及其他的化学实验仪器;还有一台发电机随时待命;房间的空气十分沉闷,还夹杂着实验过程中化学物质释放出来的一些刺鼻的气体。这个房间布置得十分简洁、朴实,墙上没有任何装饰,地上也只铺了一层地砖,让看惯了华丽、典雅装饰的乔治亚娜觉得这里十分怪异。但是,房间里唯一吸引她注意力的是埃尔默本人。

他面色苍白、神情焦虑、聚精会神地站在火炉旁,仿佛炉内蒸馏的液体会炼成不老丹还是致命毒药全靠他的眼神助力。这神情与他鼓励乔治亚娜时欢快、乐观的样子是多么地迥然不同啊!

"注意点儿,阿米纳达!小心点儿,你这凡夫俗子,给我当心点儿!"埃尔默嘀咕个不停,与其说是在训诫助手,不如说是在自言自语,"现在只要稍有差池,就前功尽弃了。"

"哦!哦!"阿米纳达嘟囔着,"快看哪,主人,快看!"

埃尔默连忙抬起头,看见乔治亚娜,脸先是涨得通红,接着变成惨白。他冲向她,一把抓住她的胳膊,由于用力过猛,她的胳膊上留下了一道指印。

"你怎么到这儿来了?难道你不信任我吗?"他喊道,"你要把你那胎记上的该死的霉运带到我工作的地方来吗?药水还没制好,真是多管闲事,走吧,快走!"

"不,埃尔默,"乔治亚娜说着,语气无比坚定,"你没有资格冲我抱怨。你不信任你的妻子!你向我隐瞒了实验过程中所有的焦虑情绪。埃尔默,别以为我经不起事,你应该告诉我,我们要承担的风险。别担心我会退缩,我的风险可比你的小多了!"

"不,乔治亚娜,"埃尔默有些不耐烦地说,"这绝对不行。"

"我都听你的。"她平静地回复。"听着,埃尔默,无论你给我什么药,只要是你亲手端给我的,我都会一饮而尽,哪怕是毒药。"

"我敬爱的妻子,"埃尔默十分感动地说,"我以前从来都不知道你的品行有多么的高贵,心胸有多么的宽广。我不会对你有任何隐瞒了。我现在告诉你吧,这个深红的小手印,看起来是在你的表皮上,实则已经深深地渗透到了你的身体里面,这完全超乎了我先前的认知。我已经在你身上用了一些药剂了,药效很强,除了不能改变你的生理结构,其他什么效果都能达到,可现在看来,好像没什么作用。我们还剩下唯一的方法没有尝试,如果还是失败,那我们就完了。"

"你为什么不早点儿告诉我呢?"她问。

"因为,乔治亚娜,"埃尔默低声说,"这很危险!"

"危险?只有一件事情是危险的。那就是我脸上这块可怕的印记!"乔治亚娜叫道,"去掉它!去掉它!无论付出什么代价,否则我们俩都会崩溃的!"

"你说得太对了,"埃尔默难过地说,"现在,亲爱的,回到你的房间去吧。再过一会儿,一切成果都将接受检验。"

他带她回到了房间,离开时庄重又温柔。不需要任何言语,丈夫此时的神情就可以告诉她这次的风险有多大。他离开后,乔治亚娜陷入了沉思。与以往任何时候相比,她此时对埃尔默个性的判断都更加全面、公正。一想到丈夫对她的爱,如此纯洁、如此崇高,她就欣喜不已;一想到丈夫只追求完美,不接受任何瑕疵,不愿意接受一个稍逊于完美的世俗之物,她的心也忍不住颤抖起来。埃尔默对她的爱情比那种要忍受对方缺陷的卑贱爱情崇高得多。在她看来,为了现实生活而将完美的爱情降格,本身就是对神圣爱情的亵渎。她全心全意地祈祷,希望自己能够满足他崇高而又深沉的爱情观,哪怕只有一会儿也好。但是她也知道,他是不会满足的,因为他的精神追求总在不断前进,不断上升,且这种追求每时每刻都在被超越。

丈夫的脚步声打断了她的思绪。他端着一只水晶高脚杯,杯里盛着清水一般的无色液体,看起来晶莹剔透,像是长生不老药。埃尔默脸色苍白,可这似乎不是由于害怕或疑虑,而是心情极度亢奋和精神过度紧张所致。

"这药水调制得太完美了,"他回答道,并以此回应乔治亚娜期待的目光,"除非我所学的一切科学知识都欺骗了我,否则它不可能失败。"

"若不是为了你,亲爱的埃尔默,"乔治亚娜说,"我宁愿死,也不愿用其他任何方式抹去这块胎记。如果我软弱一些、盲目一些,生活得就能快乐一些;而我如果坚强一些,就要怀着希望一直忍受下去。对于我这种性情的人,生命只是一个可悲之物。可是看清了自己之后,我想我是所有人之中,最适合赴死的。"

"你最应该奔赴天堂,而不是堕入死亡!"她的丈夫回答道,"不过好端端的,说什么死啊?这种药剂绝对不会失败的。你看看它在这株植物上的效果吧。"

窗台上有一株患病的天竺葵,叶子上布满了黄斑。埃尔默在天竺葵的根部倒了少许药剂,很快,根部吸收药剂之后,叶片上黄色的斑点立刻消失不见了,转而呈现出一片葱郁。

"不用证明了,"乔治亚娜平静地说,"把高脚杯给我吧,只要你一句话,我便心甘情愿去冒险。"

"那么,你喝吧,我高贵的妻子!"埃尔默高声赞美道,"你的心灵无比纯洁,你的形体,很快,也将变得完美无瑕!"

她将药剂一饮而尽,然后将高脚杯递到丈夫手上。

"味道不错,"她露出平静的微笑,"我觉得它像是天堂中的泉水，因为它有一种莫名温和的芳香和甘甜，纾解了我多日来的焦虑。亲爱的，让我睡会儿吧。我的思绪包裹着我的灵魂，如同落日下环绕着玫瑰花的叶子一样。"

她勉强地说出最后几个字，语气轻柔，似乎发出那些冗长的音节已用尽了她所有的力气。话音刚落，她便昏睡过去。埃尔默坐在她床边，带着男人特有的情感凝视着她的面庞，仿佛他存在的全部意义就是为了这次的实验。与这种情感交织在一起的，是他从事科研的理性与科学态度；即使是最细微的症状也逃不过他的眼睛，包括妻子面部的潮红，略微不规则的呼吸，眼皮的跳动，身体微小的颤抖；等等。时间一分一秒地流逝，他将这一切都记录在他的书中。这卷书上的每一页都留下了他认真思索的印记，不过这些经年累月的思索都要在最后一页上揭晓答案。

他一边做着笔记，一边盯着那该死的胎记，每看一眼都禁不住打个寒战。而其中的一次，在一种奇怪的、莫名的冲动驱使下，他亲吻了那块胎记。他亲吻时，沉睡中的乔治亚娜不安地动了动，还喃喃自语，像是在抱怨什么，这也让埃尔默不由得缩起了身子。他又一次打量起妻子来，药剂已经开始起作用了。那深红色的手掌印原本在乔治亚娜雪白的脸颊上十分显眼，现在，它的轮廓已经变得模糊了。伴随着妻子的每一次呼吸，那胎记好像没有之前那么明显了。如果说，胎记的存在是可怕的，那它消逝的过程更是令人印象深刻。如果你曾见过天空中消失的彩虹，那么你肯定能想象到这块神秘的印记是怎样在乔治亚娜的脸上褪去的。

"天哪，它几乎看不见了！"埃尔默抑制不住内心的狂喜，自言自语道："我几乎看不到它了。成功了，我成功了！现在它只有一点儿淡淡的玫瑰色，如果她脸上稍微有点儿血色的话就看不见它了。但是，乔治亚娜的脸色还是这么苍白！"

他拉开窗帘,让自然光照进房间,也洒在她脸上。几乎同时,他听到了一声粗俗、嘶哑的窃笑声,那是他的老伙伴阿米纳达发出的声音。

"啊,傻瓜!啊,你这俗人!"埃尔默疯狂大笑着,"你确实是个好帮手!无论是身体还是精神上,都为实验做出了贡献。笑吧,你这世俗之人,你有权利放声大笑了。"

埃尔默的喊叫声将乔治亚娜从沉睡中吵醒。她缓缓地睁开眼,盯着丈夫特意为她放好的镜子。当她看到那块深红的胎记已经变得难以察觉时,乔治亚娜的嘴角露出一丝微笑。那深红色的手印曾经那么扎眼,如同灾难般地毁掉了他们的幸福生活。她满面愁容地看着丈夫,埃尔默不解这愁容缘何而起。

"我可怜的埃尔默!"她自言自语道。

"可怜?不,应该是最富有,最快乐,最幸运的!"他喊着,"我无与伦比的新娘,我们的实验成功啦!你现在是完美的!"

"我可怜的埃尔默,"她重复道,语气十分温柔,"你的目标如此远大,你的行为如此高尚!为了追求高尚纯洁的爱情,你已放弃了俗世所能赐予你的最美好的东西,不要为此而悔恨。埃尔默,亲爱的埃尔默,我就要死了!"

天哪,这番话太真切了!那绯红的手印已经揭开了生命的奥秘——它是一个连接天使灵魂与凡人之躯的纽带。随着她脸颊上最后一丝深红——那是人类缺陷的唯一标志——从她脸上完全消退,至此,这个完美的女人也停止了呼吸,她的灵魂在丈夫的身边停留片刻,便飞向了天国。然后,又传来了阿米纳达沙哑而得意的笑声!就这样,尘世间的死亡战胜了不朽的精神(虽然此时的精神尚处于待开发的混沌之中,并未到达完美状态),并为自己永恒的胜利而欣喜不已。倘若埃尔默获得了更高级的智慧,他也没必要牺牲自己原来天堂般幸福的生活了。但人只能活一次,他受不了短暂的尘世,无法看到死后的世界,也未能在眼前的生活中发现完美的未来。

瓦尔迪兹蓝宝石
THE GREAT VALDEZ SAPPHIRE

Anonymous

佚名

《瓦尔迪兹蓝宝石》导读

1.《瓦尔迪兹蓝宝石》最早的发表时间及作者均不详。

2. 它曾被收录在1909年出版的故事集《锁与钥匙图书馆：经典的神秘和侦探故事》中。该故事集收录了柯南·道尔、威尔基·柯林斯、罗伯特·斯蒂文森等作家的十六篇作品，其中就有包括《瓦尔迪兹蓝宝石》在内的五部佚名作品。

我比任何人都了解瓦尔迪兹蓝宝石，连它现在的拥有者也不例外。我可以轻松地告诉你它的由来：最开始它由斯里兰卡人发现，后来被西班牙冒险家偷走，然后由红衣主教[1]买走献给教皇，后由教会的宠儿接收，之后被放荡、轻浮的公爵夫人抵押了出去，现在为一位声名显赫的教士所有，还成了他们家族的传家之宝。

我即将出版的《宝石秘史》一书中，有整整一章的篇幅都是介绍瓦尔迪兹蓝宝石的，包括它的重量、大小、颜色和价值等详细信息。现在，我要讲述的是一个与它有关的历史事件，由于特殊的原因，这篇文章不会被公开发表。实际上，我也希望读者能对此事严格保密。

在我开始写《宝石秘史》一书时，我从未见过真正的瓦尔迪兹蓝宝石。直到去年春天，我与侄子托马斯·阿克顿爵士一起住了一个晚上，这才与它有了近距离的接触。我侄子他们要举行一场晚宴，在我的建议下，他们也邀请了诺斯彻奇教堂主教和他的女儿——继承人潘顿小姐出席。

我清楚地记得那是一顿非常美味的晚餐。事实上，我也是有部分功劳的，因为我给他们找来了一位新厨师，一个颇有天赋的年轻意大利人，同时也是我俱乐部里的那位顶级主厨的学徒。我们一起仔细审查了菜单，菜品新颖，令人耳目一新，但又不至于让那些纯真的乡下客人感到不安。

---

[1] 红衣主教：天主教的最高级主教。由教皇直接任命，分掌罗马教廷各部和许多国家重要教区的领导权。

尝完第一口例汤后,我悬着的心终于放下了。我朝桌子的另一端望去,想与莱塔交换一下眼神,以示庆祝。但不知怎的,她好像没有什么反应。莱塔是少数几个懂得维持餐桌气氛的女士之一。开胃菜之前,她从不谈任何严肃话题,她会招呼在座的绅士安静下来专心用餐,还会将她的交际才华保留到甜点上桌之后。此时,她漂亮的脸蛋泛起潮红,虽然笑容有些勉强,但她和邻座的哈利·兰多爵士聊得无比投机。

为了不让客人们失望,我和莱塔审阅了一遍客人名单,选出了合适的人来会见我们的新邻居兰多夫人。这不是一场粗陋的乡村聚会,也不是一场花哨的城市派对,而是二者的巧妙融合。但不巧的是我迟到了,客人们都在客厅时,也没来得及和他们打招呼。这都怪莱塔。因为她进到我的房间,并对我的衣着指手画脚。我也由着她,一直以来,我的穿着都是由最优秀的男仆负责,所以现在,我也不知道要怎么穿才得体。她的品位通常是无可争议的,但今天她有一种女性特有的偏执,让我十分生气,因此我才在晚宴上迟到了。

"保罗叔叔,你要戴你的蓝宝石吗?"她惊讶地说道,"哦,为什么不戴红宝石呢?"

"对于宴会服饰,你总是有自己的理解,"我温和地提醒她,"今天餐桌上用的是压花德比瓷器,旁边还有兰花装点,戴红宝石的话,看上去会显得十分粗鲁。现在如果你用利摩日瓷器套装,白色蜡烛和黄色的丝绸——"

"哦,但我还是很失望,我想让主教看到你的红宝石,或者有雕刻图案的宝石也行。"

"亲爱的,我就是为了主教才戴这块蓝宝石的。你要知道,他的女儿是瓦尔迪兹蓝宝石的继承人。"

"我当然知道,可他的蓝宝石是你的三倍大,你戴它有什么用呢?亲爱的保罗叔叔,拜托你戴红宝石好嘛!"

看得出来,莱塔非常认真,我最后选择了让步。唉,谁叫我是她叔叔呢。这看似是件小事,却牵涉诸多麻烦事儿。纽扣、袖扣、手表链原先都是经过精挑细选用来搭配蓝宝石的,现在都得换。我选择的翡翠则需要更华丽的金色作陪衬。餐点钟声响起时,我刚好把珠宝盒放回保险箱,这珠宝盒是我父母给我留下的一笔丰厚的财产。

那天晚上翡翠上身的效果非常好。当潘顿小姐表现得令人厌烦时,我就看着它,寻求些许安慰。

潘顿小姐身材苗条、皮肤泛黄、年轻跋扈,也不甚健谈。当我提到她父亲的那块著名的蓝宝石时,她显得异常激动。"我的蓝宝石,"她纠正道,"尽管在法律上归我所有,我却不能从中获得任何利益。"她还告诉我,这些宝石是华而不实的装饰品,毫无用处,而且考虑到异教徒,也应该将它们都处理掉。我没有接着这个话题和她聊下去,而她接着和博耶斯曼一家谈起了禁酒会的工作。这时,我环顾一周,发现餐桌的座次安排得有些混乱。对面的座位没问题,但我们这边的人数不对。哪一位是多余的呢?我倾身向前,想看看什么情况。汤姆的一侧是兰多夫人,另一侧是谁?我隐约看到一个人,她戴着粉色和绿色的羽饰,正在用餐。在羽毛的映衬下,她的脸呈绿色,鼻子上有一抹粉色,下巴生得像胡桃钳似的,这是一张陌生的脸。一双锐利的灰色眼睛斜视着整个餐桌,看到她也注意到了我,我的眼神迅速避开了,只注意到她袖口有尖褶边,戴着一堆闪亮的戒指,用她那双爪子一样的手熟练地使用刀叉吃饭。她是谁?不时能听到她操着尖酸的嗓音对汤姆说话,那笑声也让人毛骨悚然。乍一听,像是猛禽的尖叫声或豺狼的吼叫声。我以前听过这种笑声,那笑声肆意而粗犷,总让我觉得自己像只待捕的兔子一样手足无措。

每次笑声响起时,我都能看到莱塔的扇子猛烈地扇动,她变得十分紧张。真是个可怜的姑娘!我从来没有如此渴望晚宴早点儿结束过,同时向她表达我的支持和同情,虽然我不清楚她是否需要。

最后上的是冰淇淋,同时服务员还将一个对折好的菜单放在我旁边。我偷偷打开看了下。上面写着:"不要让B.到会客厅。"B.是谁呢?当然是主教。我很乐意效劳。但是为什么要这么做?该怎么做?不管为什么,首先得考虑一下怎么让他避开会客厅。我是领他去图书室、台球室还是暖房?我并不知道是否会成功,而且我更担心的是,我把他带到那里后,接下来该做些什么。

主教是一位威严而庄重的中世纪风格的教士,胸膛宽阔、声音沉稳、举止威严。我能想象到他手持权杖,站在众教徒前,将异教徒送上刑架并给他扣上指夹板的场景。可我就是无法想象出他坐在一堆装帧考究的珍本中看书的场景,也无法想象出他屈尊降贵,在种满树蕨和兰花的盆栽旁安静地抽雪茄的场景。我曾经发过誓,凡是莱塔要求的,我必须照做。大不了用之前的老套路,把门一锁,然后宣布,谁酒杯里面还有一滴酒,就给他来一枪。

女士们起身离席了。排在最前面的女士朝汤姆媚笑,用她的粉色羽毛朝他挥动着,她锐利的眼睛像鹰一般看向我们,仿佛在搜寻着自己的猎物。她正走着,突然停了下来,把现场弄得一片混乱。

"啊,亲爱的主教!您来了,刚才怎么没看见您!一会我们一定要好好聊聊。再见!"她将扇子举过我的肩膀,朝他挥了挥,然后继续往前走。莱塔最后经过我时,一脸的绝望。

"卡威切特夫人!"有人惊呼道,"我简直不敢相信自己的眼睛。"

"我以为她已经死了或在服劳役,没想到会在这里见到她。"有人在我身后悄悄地说道。

"哪个卡威切特?不会是那个卡威切特什么的母亲吧。"

"就是他。那个卡威切特什么的,"汤姆耸耸肩,表示同意,"不用再讨论了,她是我的客人。说来也是运气不好。我在巴克斯顿遇见了他们,觉得和他们相处得非常愉快。卡威切特还帮了我一把,要不是他,我还差点儿下注了。为了表示感谢,我才邀请他们过来的。这是人之常情,你应该理解。没想到,今天下午晚饭前,她带着行李过来了,并打算待上一周。如果卡威切特也来的话,可能会待上两周。"大家发出了同情的叹息声。"没办法。我告诉大家这些只是为了说明,如果不是这样,我是绝对不会邀请这类人来赴宴的;但事已至此,就请不要再提了。"尽管如此,大家对卡威切特夫人的讨论仍不绝于耳,一个故事接着一个故事地传开了。大家为了顾及汤姆的面子,说话很小声,但是完全能听清楚。

"卡威切特?啊,是的。他卷入了罗林斯离婚案,对吧?真是个坏蛋。他在龙骑兵卫队里因为打牌作弊,还是扒窃什么的被开除了。还记得蔚蓝俱乐部的那场闹剧吗?骇人听闻的丑闻曝光,还有伪造信件的事。对,那就是他的母亲。她本应该服刑十四年的,但是不知为何,后来对她的指控都被撤销了。还有那个可怜的法拉尔斯,那个银行家,这女人知道了他的商业机密,还以此勒索他,逼得他自杀。"

我听得很起劲儿,完全忘记了主教。这时,我感觉肘部有一阵低低的喘息声,把我吓了一跳。他靠在椅子上,宽阔的下颚剃得光光的，一片惨白。他犀利的双眉耷拉下来，目光呆滞，威武的身姿蜷缩在座椅上。他用颤抖的手试图倒酒，酒瓶碰在玻璃杯上，酒洒得到处都是。

"您是不是觉得房间太热了，我们去图书室好吗？"

他匆忙站起来，像只小羔羊一样顺从地跟我走了出去。

我们一进入大厅，他便恢复了过来，并和善地拒绝了我提供的白兰地、苏打水以及各种医疗建议。他要求立刻准备马车，并把潘顿小姐叫来。

我只得使出浑身解数完成他交代的事。

"很遗憾您不能多待一会儿，大主教。我本来想向您展示一下我那几颗宝石的，当然，我那几件都是残次品，与您的收藏相比，简直不值一提。"

主教双手捂住心口，喘息急促。

"头晕又发作了，"他微笑着解释道，"你是想说瓦尔迪兹蓝宝石对吧？有空的话，"他强作镇定地继续说道，"我可以拿来给你看看。但是现在它在我的银行管家那里。"

这时，潘顿小姐的脚步声在大厅里响起。"阿克顿先生，您作为著名的珠宝鉴赏家，"主教匆忙说道，"您的收藏品很有价值吗？如果是的，请保管好它们。在客人走之前，不要把戒指脱下来，也不要把珠宝盒的钥匙从口袋里掏出来。"他凑到我耳边，匆匆地说完这几句话，意味深长地看着我，然后便带着女儿离开了。我回到了客厅，心中满是疑惑。

"什么！亲爱的主教走了！"卡威切特夫人尖叫道。她坐在最中央的软垫上，大部分男士都围在她旁边，显然都被她的话所吸引了。"我真想和他叙叙旧。他可怜的妻子是我最好的朋友。米拉·蒙塔纳罗，那位伟大的银行家的女儿。难以置信，那个乖戾的小狂人竟然是我可怜的米拉的女儿。这位蒙塔纳罗家族的继承人竟然穿着一件价值两便士的黑色花边礼服!想想她母亲的美貌和华丽的服饰,这差别也太大了吧!她戴过蓝宝石吗?有人见过她戴吗?据说,那颗瓦尔迪兹蓝宝石吊坠价值数千万,周围还镶嵌着十一颗硕大的宝石!"虽然没人回应她,但她还是自言自语得不亦乐乎,"我今晚本来想刺激下主教的。我每次戴这件首饰时,他都气得发疯。"

说着,她在颈部的蕾丝花边上摸索着,从脖子上的天鹅绒带子上抓出了一个吊坠。当她移开手时,我倒吸了一口凉气。一个形状不规则的蓝宝石在我们面前闪耀着蓝色的光芒。多美的一颗宝石啊!即使在这么差劲儿的灯光下,宝石仍然散发出纯正、浓郁的矢车菊蓝,它色泽轻柔、纯净夺目、明暗交映,真是一块让人过目难忘的宝石!我不禁伸出手,但卡威切特夫人却往后退了几步,并发出妩媚的尖叫声。"不!不!你不能再靠近看了。告诉我你觉得它怎么样。漂亮吗?"

"太棒了!"我只能发出这句感叹,目瞪口呆地凝视着那块宝石光彩夺目、蔚蓝色的光辉,陷入了一种恍惚状态。

她发出了尖锐的嘲笑声。

"伟大的阿克顿先生竟然被皇宫区的小作坊骗了!这要是传出去,对博加尔茨公司来说真是一波很好的广告!说白了,他们是完美的欺诈艺术家。你还记得他们在第一届巴黎展览会上的展品吗?他们在那里展示了各种著名宝石的仿制品,但我从来没有想到这些仿制品竟然能够欺骗阿克顿先生,想都不敢想!"她又发出了一阵嘲笑声,周围的白痴们也都哈哈大笑起来,仿佛他们早已经看穿了一切。我感到十分困惑,无法回应,但幸运的是我没乱说话。"至于为什么我花了一大笔法郎买下这个仿制品,就恕不奉告了！"她继续说道，合上扇子敲着自己紧闭的嘴唇，活像一只渴望被哄着说话的鹦鹉，眨拉着眼睛看着我们所有人，"这是一个非常古怪的故事。"

我不想听她的奇闻轶事，尤其是我看到她故意卖关子时。我真正想做的是再看一眼吊坠。但是她把它塞回了蕾丝衣中，我只看得见与天鹅绒带衔接的吊坠扣头，上面镶有三颗小蓝宝石。即使从远处看，我也能清楚地分辨出它们是仿制品，质量很低劣。此时，我陷入了一种奇怪的自我怀疑的谜团里。难道那块大宝石也是次品吗？我会被品质如此低劣的假货给迷惑住吗？这让我感到慌乱和困惑。我希望找个安静的环境好好思考一下，是的，我得好好睡上一觉。

莱塔给我安排的是整个庄园最好的房间。为了方便大家理解，我必须解释一下它的地理位置。我的卧室位于房子的东南角，它正对着位于东侧走廊的起居室，其余部分是汤姆和莱塔的套房。我的卫生间位于南侧走廊，紧挨着另外一间主客房，最初是一个更衣室。透过卫生间，我注意到一对女仆正在为客人准备房间，当发现隔壁的住户是卡威切特夫人时，着实让我吃了一惊。

主教临走时对我说的奇怪的警告让我感到不安。就算对面住着的是卡威切特夫人，我也算十分安全的。通向她房间的门已经废弃不用了，而且还上了锁，钥匙都由管家保管，十分安全。而且在她那边是看不到这扇门的，因为这扇门所在的凹处被一个大衣柜完全遮住了。而我这边又挂着一面厚厚的隔音门帘。尽管如此，我还是不放心，决定不用那个卫生间了。然后，我把我的个人财物都搬走，将卧室与卫生间的门上了锁，还拖了一张沉重的脚凳挡住了门口。

然后我把我的翡翠放在保险箱里。我的保险箱嵌在了起居室的墙壁中,墙外是一张橡木雕刻的古老书桌,书桌的下半部分刚好可以遮住保险箱所在的地方。我连平时戴的戒指都收起来了,只留下一颗质量较差的猫眼石在平日里佩戴。当莱塔敲门进来向我道晚安时,我刚刚把一切都处理妥当。她看起来满脸泛红,疲惫不堪,似乎随时都要哭出来。"保罗叔叔,"她开始说,"你赶紧去伦敦吧,等我派人找你时你再回来。"

"亲爱的!"我惊讶得说不出话来。

"我们这儿来了个瘟神。"她愤怒得直跺脚,"我们现在能做的就是闭门不出。哦,关于主教,我感到十分抱歉和惭愧。我会好好照顾他的,也不会让他碰到那个女人。保罗叔叔,你已经尽力了,你做得非常好,虽然一切都是徒劳的。我只能寄希望于晚餐前客厅昏暗的灯光以及合理的就餐安排,但愿今天他们没有碰面。"

"亲爱的,麻烦解释一下。为什么主教和卡威切特夫人不能碰面?为什么要对她格外警惕?"

"为什么?我以为每个人都听说过主教那个可怕的妻子,她几乎让他操碎了心。如果他为了钱而娶她,那他活该,但是事实并非如此。兰多夫人说米拉非常漂亮,当初非常爱她的丈夫。但后来不知怎的,米拉受到了卡威切特夫人的蛊惑,到处惹是生非。她先是离开了她的丈夫——那时候他还只是一个乡村教区的牧师;后来,米拉又搬去了城里生活,与流氓厮混在一起,声名狼藉。你一定听说过她的奇闻轶事。"

"亲爱的,我只是听说过她的蓝宝石。而且,那时候我还在巴西。"

"你当时在伦敦就好了,这样你就会知道她是怎样的一个人。当时,她丈夫不让她戴那块瓦尔迪兹蓝宝石,为此她非常愤怒。

那块蓝宝石在蒙塔纳罗家族已经传了几代了，米拉从她父亲那里继承了宝石，然后传给她的小女儿——主教是受托人。由于妻子的行为不检点，主教觉得有责任把小女儿带走，送到乡下的老姑姑那里抚养，还将这颗蓝宝石锁了起来。现在，卡威切特夫人拿着这块宝石到处开玩笑，说她在巴黎博览会上弄到了一个赝品，跟真品别无二致，拿出来照样有人感兴趣的。难怪主教提都不愿提及那块宝石。"

"她会在这里待多久？"我沮丧地问道。

"直到卡威切特勋爵过来陪她去巴黎拜访一些美国朋友。谁知道什么时候去！快去伦敦吧，保罗叔叔！"

我愤怒地拒绝了她的请求。我现在能做的事情就是陪伴在他们身边，帮助他们渡过难关。而且我说到做到，那颗劣质的猫眼石我一戴就是六个星期！

每每想起那段时间，我都会不寒而栗。那个可怕的老太婆，真是越看越讨厌，不光如此，我们对她的了解也越来越深了。莱塔信守诺言，那段时间既不接受邀请，也不发出邀请。除了老将军费尔福德、医生和杜贝利夫妇外，我们不与任何人来往。老将军酷爱打牌，他晚饭后无论去哪里都要找人打桥牌；医生是一个喜欢运动的鳏夫；杜贝利夫妇是一对举止轻浮、行为放荡的年轻夫妇，他们在豪华别墅里租住了一年。卡威切特夫人对这里的生活似乎非常满足。她痛快地享受着庄园里的优雅生活和美食，坐在莱塔的大四轮马车上兜风，品尝多梅尼科做的晚餐，仿佛永远吃不饱似的。她总是迫不及待地攫取一切可以得到的东西：玩惠斯特牌赢来的几先令、甜点中最好的水果、书房墨水瓶里的邮票，只要是有机会拿到手的，她一个都不放过。有时我会为她感到可怜，因为她太贪婪、太恶毒、太孤独。她总让我想起一些邪恶的老海盗，驶入一个宁静的港口，寻求补给并修理他们那受损的船只，他们被迫与当地人友好相处，但他们骨子里还是海盗，他们的鼻孔正在嗅寻战利品的气息，他们的灵魂渴望着再次进行劫掠。什么时候是个头呢？恐怕要等到她那些杰出的美国朋友抵达巴黎后了，不过短期内似乎也没戏。提起那些美国朋友，她就会喋喋不休地炫耀起来："他们非常讨人喜欢，来自芝加哥的博库姆家族是英国波久姆家族在美国的分支，你知道吧！"她最初本想去诺斯彻奇拜访主教，但后来得知主教正在该教区的另一边主持坚信礼，最后也没去成。

一天下午，我独自一人坐在窗前，玩弄着保险箱的钥匙，正想着要不要打开保险箱赏玩我收藏的珠宝。这时，我注意到了公园下可疑的动静：一个黑影从一棵树后躲到另一棵树后，然后翻过花园的围栏，他没有走花园的小路，看起来有些古怪。我抓起望远镜，对准他必经的一块空地观察了起来。他大步跨过草地，再次躲了起来，但速度不够快，我还是认出他来了。天哪！是主教！他头戴一顶软帽，身披长袍，手持长棍，看起来像个偷猎者。

出于某种本能，我匆忙走过去迎接他。我打开暖房的门，他像被追赶的兔子一样冲了进来。没有过多的解释，我领着他上了宽敞的楼梯，来到我的房间。他一头栽倒在椅子上，擦了擦脸。

"阿克顿先生，你一定很吃惊，"他喘着气说道，"我马上会解释给你听的，谢谢。" 还没等我加入苏打水，他一口气喝下我倒好的白兰地，脸色看起来好多了。

"我摊上大麻烦了，你得帮帮我。今天我遇到了一件让我震惊的事，非常非常地震惊。"他停顿了一下，定了定神。"阿克顿先生，我必须要完全信任你，我别无选择了。说说你的看法吧。"说着，他从胸口的口袋里拿出一个盒子，打开了，"我答应过你会让你看看瓦尔迪兹蓝宝石，看吧！"

是瓦尔迪兹蓝宝石！这一大块闪闪发光的蓝色水晶看起来完美无瑕、色泽纯正。我拿起它，在上面哈了口气，拿出放大镜，在不同的光线下观察着。但它似乎有什么问题，我也说不上来。十个专家中有九个会认定这块石头是真品，但很不幸，我就是那第十个。我是凭借一种神秘的本能做出的判断，迄今为止，这种本能还从未让我看走眼过。我看着主教，他也看着我，我们之间已无须多言了。

"卡威切特夫人给你展示过她的蓝宝石吗？"他的问题出人意料，"她给过吧？那么，阿克顿先生，作为一名珠宝鉴赏家、一位诚实的绅士，请告诉我，这两者中哪一个是瓦尔迪兹蓝宝石？"

"不是这个。"一时间，我不知道该说什么好。

"你是我最后的希望。"他顿了顿，把脸埋进臂膀里，发出一声沉重的叹息声，动静之大，让他前面的桌子都震动起来。而我站在一旁，因为自己如此仓促就做出了判断而自责。他抬起苍白的面孔看着我说："我曾经反对过她的某些阴谋，从那时起我就成了她的敌人，她发誓要让我垮台、声名狼藉。她永远不会原谅我的，她是个言出必行的人。而我将以一个骗子托管人的身份活在世人面前。我既不能归还我负责保管的贵重物品，也无法弥补损失。我只能讲述一个匪夷所思的故事。"他低下头，再次呻吟道，"但谁会相信我呢？"

"至少我会相信。"

"啊，你？是的，阿克顿先生，你认识她。她把我的妻子从我身边夺走，天知道她对可怜的米拉施加了什么样的魔法。她鼓动她与我对抗，最终让她离我而去。可怜的米拉在巴黎做的骇人听闻的蠢事和奢靡行为也都是受她蛊惑的。我都不忍心再说下去了。她最后把她一个人扔在那里，不管不顾，任由她病死。我赶到时，我的妻子发着高烧，奄奄一息，而卡威切特夫人和她的同伙早已没了踪影。她精神错乱了，临终前也没有认出我来。她心中一定承受了某种我永远都不会知道的痛苦。在最后的时刻，她从长期的昏迷中苏醒，对护士说：'告诉他把蓝宝石找回来——是她偷走的。她还抢走了我的孩子。'那是她的临终遗言。护士听不懂英语，以为她在胡言乱语。但我听明白了，我知道在那个时刻她是清醒的。"

"你当时做了些什么？"

"我还能做什么呢？我见到了卡威切特夫人，她嘲笑我，拒绝招供，更不愿物归原主。我找了几位知名珠宝商，假装请他们检查宝石的镶嵌情况，所有人检查过后，都对宝石大为赞赏，没有看出宝石有任何问题。我还请了一位著名的矿物学家来看，他也没有发现任何问题。"

"也许他们是对的，我们是错的。"

"不，不是这样的。你听我说完。我后来听说有一位老荷兰人以其仿制技艺而闻名，我就去找他。他告诉我，蒙塔纳罗家族为了参加巴黎展览会，特许他复制了瓦尔迪兹宝石，连镶嵌物都一模一样。我给他看了这个，他立刻声称这是他自己的作品，并指出了宝石上面的私人标记。这个标记你必须用放大镜才能找到，那是个希腊字母 β。他还告诉我，他在一年多以前就把它卖给了卡威切特夫人。"

这么说来，情况的确不容乐观。

"确实如此。我的联合托管人最近去世了。我也不敢再指定其他人。如果我女儿的丈夫同意改姓蒙塔纳罗，我就必须在她婚礼上将这颗蓝宝石交给她。"

主教的脸苍白得吓人,额头上渗出了汗水。我绞尽脑汁想找些安慰的话。

"潘顿小姐也许一生都不会结婚。"

"但是她肯定会结婚的!"他喊道,"这个消息让我现在备受打击。我的牧师,我辖区的牧师,告诉我他要去赤道附近的非洲国家做禁酒传教士,居然还有胆子说我的女儿并不反对和他一同前往!"他的愤怒达到了顶点,起到了短暂的兴奋作用。他坐直了身子,双眼闪出怒火,眉头阴沉。我很同情那位牧师。随后他又痛苦地瘫坐下去。"我必须得交出蓝宝石,重新确认,再次估值。我该怎么面对这一切呢?之前不光彩的事将被曝光,从前的丑闻将再次被公之于众!就算我愿意和卡威切特夫人和解,可她提的数额也太离谱了。她要的不仅仅是我的钱。阿克顿先生,帮帮我!为了你自己的家族利益,帮帮我!"

"您刚才说'我的家族利益'是什么意思?我不明白。"

"如果我女儿没有孩子,她的下一个近亲就是可怜的马默杜克·潘顿,他现在人在戛纳,生命垂危。他没有结婚,也不可能结婚。如果他去世了,你的侄子托马斯·阿克顿爵士就会继承那块蓝宝石。"

我的侄子汤姆!莱塔,或者莱塔的孩子,有可能成为伟大的瓦尔迪兹蓝宝石的继承人!我看着眼前那个闪闪发光的蓝宝石赝品,血液涌向我的脑袋。"那个女人耍了什么阴险的把戏,把宝石给掉包了?"我激动地问道。

"一定是她在伦敦最后一次佩戴蓝宝石时发生的。我就不应该让她离开我的视线。"

"首先,您必须阻止潘顿小姐的婚姻。"我模仿他本人的语气专横地说道。

"想都不要想，"他无助地承认，"小米拉的性格与我有一些类似。她知道自己的权利，她一定会来拿回她的珠宝的。我希望你替我保管这个东西。如果它在家里，她会逼我拿出来，或者去银行打听。如果它在你这，我们还可以争取时间，哪怕只有一两天。"他突然停了下来。此时，马车轮子碾过外面的石子路时发出了巨大的声响，我们惊恐地看着对方。十万火急，主教必须得走。我急忙把他领下楼，走出暖房。而就在这时，门铃响起，混乱中我们似乎都失去了理智，他把珠宝盒子塞到我的手中。我丝毫没考虑到即将承担的可怕责任，将其装进口袋，看着他消失在了温柔的夜色中。

那天晚上，我感触颇多。我对那位喜欢嘲弄别人的毒妇深恶痛绝；对那位在出生前就被剥夺巨额财产继承权的继承人感到十分愤慨；而对自己和主教两个无法走出困境的白痴表示蔑视。所有的这些都在我脑海里沸腾，翻滚着。我只能幻想着多梅尼科放假了，厨房女佣配餐失误，让那个毒妇患上痛风或黄疸，这样就可以一了百了了。

"保罗叔叔！"可爱的莱塔在第二天早上蹦蹦跳跳地进到我的房间，"我有好消息告诉你。她，"她用纤细的食指指向走廊的方向，"要走了！她的美国朋友博库姆一家终于到巴黎了，还派人来信，让她去巴黎大酒店与他们会合。"

我震惊不已。我们终于迎来了解脱，但是我再也无法接触到卡威切特夫人和那颗瓦尔迪兹蓝宝石了。

"咦，你怎么一点儿都不开心呢？我可是很开心的。我们打算举办一场晚宴来庆祝一下。汤姆热情好客，但是这段时间没有举办什么娱乐活动，这让卡威切特夫人十分恼怒。我们必须找个日子请布朗利一家来聚聚，他们会很高兴见到什么女爵之类的客人,或者像杜伯利-帕克斯一家那样时髦的人。然后我们也可以请布隆菲尔德一家,展示我们结婚时他们送的那套糟糕的塞夫尔现代甜点餐具。"见我没有异议,她便继续说着,同时用柔软的脸颊蹭着我的肩膀,像只小猫一样发出咕噜咕噜的声音,"现在我想让你做一件事,好给我和布隆菲尔德夫人找点儿乐子。她非常希望看到你的红宝石,虽然我知道你很讨厌她,也很讨厌她送的那套塞夫尔瓷器。"

"什么!你要我戴着红宝石和那些糟糕的瓷器坐在一起?我不会的。如果是我的话,我会这么办:我有一整套红宝石,它们有上等的醋栗那么大个。只需你在餐桌上摆上波希米亚风格的玻璃花瓶和烛台,并且让园丁把那些毫无香气、庸俗逼人的人工养殖的花用来做装饰,这样一来,一切看起来就会很协调。"莱塔噘了噘嘴。突然,我想到了另外一个主意。"或者我会按照你的意愿做,但有一个条件。你得让卡威切特夫人戴上她的大蓝宝石参加晚宴,而且不要告诉她这是我的主意。"

接下来的几天,我的生活如同噩梦一般。蓝宝石,就像一对幽灵,在我的周围日夜缠绕着我。我备受折磨,感觉自己似乎抓住了宝石的影子,又看到了实物诱人地在眼前晃动。主教似乎也没有意识到我精神上的困扰,没有对我进行任何实质性的帮助。而且一想到如果发生盗窃、火灾、地震等情况,我就会惊恐不已。

我履行了对莱塔的承诺,在晚宴上勉强地戴上了我美丽的红宝石。从房间出来时,我正好在走廊里撞见了卡威切特夫人。她穿着晚礼服,颈部的那颗硕大的蓝宝石闪烁着缕缕寒光。莱塔也是说话算话的。我整个心灵都被这颗令人陶醉的宝石所吸引,在回答卡威切特夫人的提问时有些结结巴巴、心不在焉。真是难以置信!主教的那个蓝宝石竟然是个皇宫区的赝品!我的手指颤抖着，呼吸急促而猛烈，渴望着能拥有它。她一定看到了我垂涎的眼神，脸上洋溢着恶毒又自鸣得意的神情，走在我前面，下了楼梯。我们走到了客厅门口时，她突然停住，嘀咕着一些我听不懂的话就匆匆回房了。

该到的人都到齐了，还多了一个人。从汤姆脸上的表情看，这个人应该是不怎么受欢迎的。他站在壁炉边与一位客人交谈，此人身材高大、肩膀厚实、脸色蜡黄、胡须浓密还耷拉着双眼，并不时从眼角闪出一丝狐疑的目光。当我走近时，这目光就贪婪地盯着我的红宝石看。这目光让我感觉有种莫名的熟悉感。直到卡威切特夫人从我身边经过，惊呼道：

"终于来了！我的调皮捣蛋的儿子！阿克顿先生，这是我儿子，卡威切特勋爵！"

正在相互客套的时候，我突然停了下来，茫然地盯着她。那块蓝宝石不见了！现在她身上唯一的装饰是一个镀金的十字架，上面有一个像酸味糖果一样的玛瑙。

"我得把我的吊坠收起来。"她悄悄地解释道，"扣子不知怎么就坏了。"她的鬼话我一个字也不信。

用餐时，卡威切特勋爵并没有给大家带来多少乐趣，而是一直与杜伯利帕克夫人进行秘密的交谈。席间，我听到了几句含糊不清的话，好像是与卡威切特夫人在诺斯彻奇的一本赛马小册子有关。我这才想起赛马季已经开始了，明天就是"赛马日"。晚饭后，大家热烈地讨论着要去费尔福德将军的驯犬俱乐部举行派对。卡威切特夫人显得异常兴奋，并试图说服我也参加。莱塔明确地拒绝了，而汤姆则阴沉着脸接受了。

晚上，当我把我的红宝石锁好时，我突然想起了卡威切特勋爵的眼神。那贪婪的眼神和他母亲的很像！我格外仔细地检查了一遍锁、保险箱、壁橱、桌子和门,我全部都试了一遍。最后走到浴室,轻轻一推,门就开了。这应该是女仆的杰作。她明显是趁我不在房间里把它彻底清洁了一遍,真是多管闲事。她把我的家具都堆在一起,并用布给遮起来了。地毯和帘子都不见了,倒是多了几把新扫帚。当我四处查看时,耳边突然传来一个声音,把我吓了一跳。是卡威切特夫人的声音!

"我告诉你,我一分钱都没有!我离开这里还得借钱买火车票,他们会很乐意借给我的。"

原来,不仅门帘被拿掉了,为了方便清理衣柜后面的污垢,后门也被打开了。见此情形,我觉得还是回卧室的好。

"你别跟我说,"我听得出,是卡威切特的咆哮声。"你在这儿白待了这么久。你是在为吉尔伯恩婴儿床筹集款项,或者为穷困的爱尔兰地主募捐,我可太了解你了。现在我可不想因为区区一两百英镑就把自己给毁了。我早就告诉过你,这匹小马驹赢定了。如果我上周拿一两千英镑押在它身上,我们也许早就成为百万富翁了。把你的钱都给我。就算没有钱,你也肯定有值钱的东西。你偷的那颗蓝宝石在哪儿?"

"我可没有偷,我可以给你看收据。我所有的财物都是合法所得的。就算我给了你,你能拿它怎么办?它又不是真的瓦尔迪兹宝石,卖不出去的;即使是真的蓝宝石,你也不可能把它切成小块去卖吧。"

"如果它是假的,你为什么总是对它如此惴惴不安?别担心,我会有办法的,交出来吧。"

"没办法,它不在我这儿。我离开伦敦前,拿它筹钱去了。"

"你敢发誓,它不在那个衣柜里吗?要我说,诅咒你自己的话你也敢说的。我要亲自看一看,把钥匙给我。"

我听到了搏斗声和叮叮当当的响声，接着衣橱门被猛地打开了，一道光线从衣柜背面的缝隙中射了过来。我悄悄地靠近，透过缝隙看到了一个可怕的景象。卡威切特夫人穿着一件法兰绒外套，她头发稀疏、豁牙露齿、肤色暗淡，用干瘦、颤抖的食指指着她的儿子。由于缝隙太小，看不到她儿子此时的反应。

"别找了，把钥匙扔过来，不然我就把所有房客都吵醒。托马斯爵士是个治安官，一见你就会把你关起来。"她说着，抓起了铃索，"我要控告你，我会对他说你对我构成了威胁。是的，你要是被关进监狱，我就会让你在那待一辈子。我早就想这么干了。去年夏天考斯[2]的宾馆抢劫案你还有印象吧，嗯？警察会不会对一两个线索心怀感激呢？还有……"

卡威切特用道歉的语气说了几句粗话，啪的一声将钥匙扔在床上，砰地把门关上了。我蹑手蹑脚地爬上床，浑身颤抖着。

面对这种可怕而又复杂的新情况，我有些沮丧。我现在明白了为何卡威切特勋爵会那么贪婪地盯着我的红宝石看了。我的红宝石现在肯定十分安全，但那颗蓝宝石可就不一定了！如果他不相信他的母亲，卡威切特夫人在穷凶极恶的儿子面前还能撑多久？无疑，她肯定有自己的阴谋，想要整垮主教，否则她为什么不早就与他达成和解呢？但是假设她受到惊吓，失去理智，允许儿子夺走蓝宝石，或者同意将其切割，那该是多么糟糕的事！我在冷汗中度过了一夜。

恐惧一整天都袭扰着我。吃早餐时我也忧心忡忡，卡威切特夫人微笑着走过来，让我陪她，也好看着她那淘气的儿子，防止他与那些可怕的赌徒厮混在一起。

---

2 考斯：英格兰的一个港口城镇。

整整一天,我和莱塔都在安静地放空。我们俩共进晚餐时,恐惧无时无刻不在袭扰着我。但当我独自一人坐在客厅的壁炉前,等待马车队归来时,恐惧也环绕着我,让我痛苦不已。我尝试着读报纸让自己分心,泡了一壶浓茶,但那天晚上,火没有让我感觉到一丝暖意,茶也没有让我有一点儿振奋。主教陪我坐着,一脸的绝望。他的苦恼,以及继承人潘顿小姐受到的不公正待遇时时困扰着我。不知道是不是精神高度紧张的缘故,我仿佛听到了一些神秘的响声,给午夜的庄园增添了一丝阴森、可怕的气息。似乎有人迈着沉闷的脚步踏过走廊,在每扇门口都倾听动静,接着是门闩轻轻的咔哒声,以及木板咯吱咯吱的响声,上锁的卫生间还传来窸窸窣窣的声响。终于,车轮声和前门的门铃声打破了所有的幻象。我听到卡威切特夫人与她的朋友们高声告别,她的脚步声在走廊里回响。她走近时还在轻声哼唱着一首小曲。从她发出的动静可以猜出,她卧室的房门在她回来之前就被打开了。这会是谁干的呢?汤姆睡眼惺忪地准备回到自己的房间,我探出头问他:"卡威切特勋爵在哪里?"

"你没见过他吗?他几个小时前就走了。没回来吗?好吧,他不回来更好,我可不想再见到他了。"汤姆的眉头紧锁,语气粗鲁,"他明白了这一点也好。"不知道究竟发生了什么,汤姆显然对他十分厌恶,但也没有解释原因。

我不知为何莫名地感到放松,回到壁炉前,给自己泡了一杯更浓的茶。一盏茶之后,我暖和多了,却又激动得不知所措。肯定有办法拿到真正的蓝宝石。我现在感觉只要我集中精力,肯定能想到解决的办法。嗯,或许我的担心是多余的。主教是个有一些神经质的老者,也许他自始至终都弄错了,博加尔茨可能也弄错了,至于我,我不可能弄错,我也不会承认自己会弄错。我烦躁不已,十分恼火,自己与自己较着劲儿。后来,我发觉如果我看不到那颗蓝宝石,就坐立难安,于是我打开保险柜,取出了那个珠宝盒。

灯光下,蓝宝石看起来确实与众不同。我坐下,凝视着这块宝石,几乎无法理智地做出判断。我突然想起了博加尔茨的标记。我拿出了放大镜,将吊坠对着灯光。我看到那块宝石上赫然刻着一个希腊字母 β!突然,门外传来敲门声,我还没来得及开门,门把手便轻轻转动起来,站在门口的竟然是卡威切特勋爵!我将珠宝盒快速藏进了浴袍口袋,盯着他看。夜色中,他头发凌乱,神情绝望,声音嘶哑,眼睛红肿,看起来精神不是很好。

"不好意思,打扰了,"他客气地开口道,"明天我们要搭早班火车离开了,我看见你房里的灯还亮着,我想就我母亲的一点儿事情咨询下您。"他的目光在房间里游移,我怀疑他是在找我的保险柜。"你对宝石很在行,对吧?"

"朋友们都这么说。请坐。不过要我说的话,我可没多少机会鉴赏珠宝。"我谨慎地回答道。

"但你写过一本关于宝石的书,你一见他们就能认出真假,对吗?现在我母亲给了我一件东西,希望让您估下价,也想听听您的意见,看看我该如何处置它。"

"如果它值钱,我当然能帮你估价。是这个吗?"我兴奋得发狂了,因为我猜到他掌心里握着的是什么。他将瓦尔迪兹蓝宝石递给了我。

那宝石闪烁着,像一颗巨大的蓝色星星!当我从他手里接过它时,我自嘲地笑了笑,但我怎么敢当面说它是赝品呢?这就像指责天上的太阳是廉价的仿制品一样荒谬。我犹豫不决,含糊其辞。我的道德勇气在哪儿?我精心编造的谎言在哪儿?

"我可以给你一个最权威的判断,这是高仿品,仿的是诺斯彻奇主教那块著名的蓝宝石。"他此时一脸怒气,很显然是相信了我的话。我继续欣喜地说道:"这是由蓝宝石之前的主人,就是那位已故的莱昂·蒙塔纳罗先生命令约翰内斯·博加尔茨仿制的,我可以给你他的地址,你可以自己去查。"

"把它还给我!"他打断了我的话(他其他的几句话更蛮横,但勉强还能接受)。但我向他摆了摆手,蓝宝石无时无刻不在吸引着我,我怎么舍得放手呢。我把玩着它,抚摸着它,让它展示出不同的色调。我必须把两块宝石放在一起比较一番。我必须看到它将那个微不足道的赝品给比下去。我陷入了一种奇特的狂热——我找不到其他词来形容我此刻的心情了。

"你想看看原件吗?巧的是,刚好我这里有。主教把它交给我保管。"

当我从口袋里拿出珠宝盒时,卡威切特的眼睛中闪烁着贪婪的光芒。他把瓦尔迪兹宝石放在一张纸上,我把另一个"宝石"连同盒子放在它旁边。乍一看,他们没有什么分别,只是假宝石的环扣很小,而真宝石的环扣是纯金打造。卡威切特急切地俯身过来查看,桌子一歪,灯也摇摇晃晃地摔倒了,整个屋子都暗了下来。

"别动!"卡威切特喊道,"煤油洒得到处都是!"他抓起我的沙发毯,扔到桌子上,而我只能无助地站在那里。"好了,现在没事了。炉子上有蜡烛吗?我有火柴。"

他点燃了蜡烛,脸色有些苍白,但看起来非常兴奋。"如果那些煤油洒得到处都是,那就麻烦了,"他平静地说道,"希望没有给你造成什么损失。"我用颤抖的手掀起地毯。两颗宝石还是我放置的样子。不!我差点儿又把它放回去。原来盒子里的宝石的环扣有三颗假宝石，现在那个环扣变成金的了！

卡威切特匆忙地拿起另一颗宝石。"所以你觉得这是垃圾？"他问道，他的眼睛里闪烁着邪恶的光芒，语气中带有一丝羞辱的意味。

"彻头彻尾的垃圾！"我断然地宣称，关起盒子，把它放在口袋里，"卡威切特夫人一定知道的。"

"啊，好吧，太令人失望了，不是吗？再见，可能我们很难再见了。"

我热情地与他握手。"再见，卡威切特勋爵。能够认识你和你的母亲，我很高兴，也很荣幸，我向你保证。"

此后我再也没有见过卡威切特一家。第二天主教驱车而来，精神好了很多，因为潘顿小姐拒绝了那个牧师的求婚。

"那无关紧要，主教大人，"我热忱地对他说，"我们之前的判断是错的。您手中的那颗宝石才是真的，我敢对天发誓。卡威切特夫人佩戴的蓝宝石只是一个出色的仿制品。我亲眼看到了它上面有博加尔茨的标记，一个希腊字母 β。"

遗失的房间
THE LOST ROOM

〔美〕菲茨·詹姆斯·奥布赖恩
Fitz-James O'Brien

《遗失的房间》导读

1.《遗失的房间》的作者是爱尔兰裔美国作家、诗人菲茨·詹姆斯·奥布赖恩(1828—1862),他被认为是科幻小说写作的早期实践者。

2.在爱伦·坡去世后的十年间,奥布赖恩被认为是恐怖小说的领军作家。

3.《遗失的房间》最初发表于1858年9月的《哈珀新月刊》。

4.洛夫克拉夫特是奥布赖恩的崇拜者,他的小说《埃里希·赞恩之曲》被认为借鉴了《遗失的房间》。

天热难耐，太阳已经下山许久了，但热力仍旧不减，空气仿佛都静止了。金合欢树的叶子悬挂在细小的茎蔓上，盖满了整个窗台。我抽着雪茄，那烟雾几乎没往上飘，而是围绕在我身边形成了一团淡蓝色的云雾，我懒洋洋地挥了挥手才将它驱散。我解开衬衫的领口，胸腔费力地起伏着，努力吸入一些清新的空气。城市的噪声似乎被包裹在睡梦中，蚊子刺耳的嗡嗡声打破了这片寂静。

　　我躺在那里，双脚搭在一把椅子的靠背上。我的思维进入了一种无意识的运动状态，我突发奇想，打算大致盘点下我房间里主要的家具。这也符合我当前的心境。在弥漫着朦胧暮色的房间里，它们的形状被隐隐地勾勒出来。不过描述这些物品对我来说是件信手拈来的事，而且我坐的位置很特殊，可以将我所有的财产一览无余，连头都不用转。

　　首先映入眼帘的是由卡拉姆制作的一张怪异的石版画。从远处看，它只是白墙上的一个黑点，但我的心仔细地审视了图片中的每一个细节。画面描绘的是一片荒无人烟的午夜景色，前景中央有一棵幽灵般的橡树。风猛烈地吹着，参差不齐的树枝上挂着零星的病恹恹的叶子，被强风吹得向左侧倾倒。一团碎云在天空中飘过，狂风中，雨水几乎与地平线平行。而远处的荒野一直延伸到无尽的黑暗中。不知是幻想，还是艺术家有意为之，在黑暗中，似乎有些模糊的身影飞向太空。在巨大橡树下站着一个人，狂风将他的披风紧紧地缠绕在他身上，帽子上的羽毛被吹得竖立起来，看上去像是受了惊吓一般，直挺挺地立着。他用双手抓住披风的两侧，捂着脸，因此看不清他脸上的表情。这幅画似乎没有什么主题，也没有什么故事情节，但它有一种怪异的力量吸引着我，也正是由于这个原因，我买下了这幅画。

画下面的圆形黑点，是一顶吸烟帽[1]，帽子前面绣着我的家徽。正因如此，我从没戴过它。虽然我知道当我将其端正地戴在头上，让它长长的蓝色丝绸流苏垂在脸颊时，一定非常衬我。我还记得制作这顶吸烟帽的情形：我花了很大力气才弄到一枚徽章，想用它来装饰帽檐的前部。绣工灵巧的小手将彩色的丝绸铺在刺绣架上，她紧抿着嘴唇、皱起眉头，仔细思量该如何描绘云朵。直到最后，当她那双小手把帽子放在我的头上时，那一刻如天堂般美好，我才戴了几秒钟，就兴奋得不得了。我像国王一样履行我的皇家特权，立即向我唯一的臣民征收了一项税费，她也十分乐意。啊！帽子还在那里，但是绣工已经不在了。她为我织造那顶丝绸帽子时，阿特洛波斯[2]剪断了她的生命之网！

那台巨大的钢琴笨拙地矗立在门左边的角落里，在忽明忽暗的霞光中显得格外突兀。我虽有一架钢琴，但我既不弹琴也不唱歌。只是看着它就能让我感受到音乐的存在，也会让我颇感安慰，这种对于音乐的痴迷，就像一个牢不可破的魔咒一样，一直萦绕在我心间。想想就十分惬意：贝利尼、莫扎特、契玛罗萨、波波拉、格鲁克这些音乐家，或者他们的灵魂都沉睡在那个笨重的琴箱里。那里还躺着不朽的歌剧、奏鸣曲、清唱剧、夜曲、进行曲、歌曲

---

1 吸烟帽：一种软帽，形状像矮胖的圆柱体，顶部通常有繁复的刺绣和流苏。它在1840年至1880年期间很流行，通常由男士在私人住宅中佩戴，以遮盖头发上的烟味。女性通常会亲手缝制吸烟帽，送给男性伴侣当礼物。

2 阿特洛波斯：希腊神话中的命运三女神之一，掌管死亡。

和舞曲，组成了一首首动人的乐曲。虽然我从来没碰过那架钢琴，但是我对它的投资完全得到了回报。有一次，作曲家布洛基塔来看我。他就像被磁铁吸住了一样，本能地走向我的钢琴，调了调音，开始演奏。从深夜直到天亮，他坐在那里弹奏了一整夜，而我则默默地抽着烟，躺在窗前倾听着。布洛基塔的即兴演奏狂野而怪异，有时会令人止不住地心痛。在那乐曲声中，琴弦似乎在痛苦地呐喊；迷失的灵魂在忧郁的序曲中尖叫；痛苦的灵魂在远离爱与和谐的黑暗中摸索，发出模糊的嘶吼声，那声音在他的演奏中逐渐明晰；爱的使者忧郁地漫游在遥远的荒野中，或在潮湿而阴暗的柏树下低语着无人回答的悲伤；可恨的小矮人在污浊的沼泽中嬉戏和歌唱，以怪异的音调将骑士引向他的坟墓。这就是布洛基塔在那个夜晚的演出。他最终合上钢琴，在寒冷的早晨匆忙离去。他让我对这架钢琴永远无法忘怀。

那些悬挂在镜子和门之间的雪地靴让我想起了在加拿大的漫游时光。我们在茂密的森林中长途跋涉，根据冰层上细小的蹄印追踪北美驯鹿的踪迹，直到可怜的生物绝望地躲进一小丛刺柏林，然后被我们无情地射杀。我还记得当地人加布里埃尔和一个名叫弗朗索瓦的混血儿割开驯鹿的喉咙时热血倾泻在雪地上的情景；加布里埃尔搭建的雪屋很暖和，我们三个人挤在一起睡得很舒服；脚下燃起的篝火，将周围的树影投射在无边无垠的黑暗森林中，勾勒出各种魔鬼般的形状；我们吃了顿丰盛的烤鹿排作为早餐，加布里埃尔宿醉不醒，他那晚一直在偷喝我的白兰地酒。

那个悬挂在壁炉架上的无柄匕首让我心潮澎湃。它是我孩提时在一座古老的城堡里发现的，这座城堡曾是我母亲的一位先祖居住过的地方。那位先祖在历史上确有其人，他行事乖张，是位年迈的海霸王。他居住在爱尔兰海岸的西南角，他拥有肥沃的英尼斯基兰岛屿，与克利尔角隔海相望，它们之间是汹涌澎湃的大西洋，当地渔民称其为"恐怖海峡"。这里的冬天尤其可怕。某些天里，船只几乎无法在此处航行，克利尔角与爱尔兰岛的通信常会被切断。

这位名叫弗洛伦斯·奥德里斯科尔爵士的年迈海霸王有着波澜壮阔的一生。弗洛伦斯爵士站在城堡的顶端俯瞰着海洋，一有满载着货物的船只从南方驶往商业城市戈尔韦时，他就扬起他的船帆，将船和船员拖入港口。他就是这样生活的。按照我们现代的观念来看，这显然不是一个正当的谋生方式，却与当时的道德观相符。不出所料，弗洛伦斯爵士的霸道行径给他招致了大麻烦，不堪其扰的商人在英国法庭上对他提出了控诉。这位爱尔兰海盗便启程前往伦敦，准备在广为称道的伊丽莎白一世女王面前为自己辩护。他有一个非常突出的优点，那就是他英俊的面容。他并非凯尔特人的后代，而是西班牙和丹麦的混血儿。他拥有北方人的高大身材、炯炯有神的眼睛和伊比利亚人的深色头发。这或许可以解释为什么他在英国宫廷停留的时间比原先预想得要长。当地一位历史学家曾记载，与其他普通大臣相比，英国女王对这位爱尔兰首领表现出了超乎寻常的喜爱。

弗洛伦斯爵士在离开之前，把财产交给了一个名叫赫尔的英国人管理。由于爵士长时间没有回来，这个人就设法讨好当局，并获得了他们的青睐，以至于他们愿意支持他的几乎所有计划。在英国逗留许久后，英国法庭赦免了弗洛伦斯爵士的所有罪行，让他得以返回家园。然而，家园早已不复存在。赫尔将弗洛伦斯爵士通过各种非法途径获得的财产据为己有，并拒绝交出土地。向法律求助是徒劳的，因为官员都站在赫尔这边；向女王求助也无济于事，因为她已另有新欢，早就将这位可怜的爱尔兰骑士忘到了九霄云外。因此,这位海盗在人生中最美好的时光里不断尝试着夺回他的领地,最后都以失败告终。最终,年迈的他只能待在他的海滨城堡和英尼斯基兰岛,这是那位英国人唯一无法篡夺的地方。我祖先的这个古老故事从那个挂在墙上的无柄匕首中隐约地浮现出来。

  我按照上述方式,迷迷糊糊地清点着我的个人财产。当我挨个查看每件物品时,由于房间已经很暗了,我无法看清它们的轮廓。与这些物品相关的记忆一个个在我脑海里浮现,于是我不得不打开了回忆的闸门。我仔细地慢慢回味着,直到我的雪茄燃得只剩一小段烟蒂,我几乎无法将它夹在嘴里。与此同时,我觉得夜越深我就越感到压抑。我想了各种办法,都没法缓解我的身体,这时,烟蒂已经烫到我嘴巴了。我气愤地将它扔出窗户,并俯身看着它落下去。烟头落在了金合欢树叶上,喷出一团红色的火花,然后滚落下来,掉在花园里的黑暗小路上,在昏暗的树间和闷热的花丛中微弱地闪了一下。也许是雪茄烟蒂的红色暖光与花园里的寂静黑暗之间的对比,或者是微弱灯光下的树叶轻轻摇曳给我的错觉,我也不清楚,但直觉告诉我,花园里很凉快。我想,出去转一圈吧,不管怎么样,它都不会比这个房间更热了。而且无论气氛多么沉闷,户外总会有一种自由、宽敞的感觉。我被这个想法驱使着,站起身来,点燃了另一支雪茄,走过漫长而错综复杂的走廊,迈向主楼道。如果当我跨过门槛,知道自己再也不能踏进这个房间时,我的心境应该与此时截然不同吧!

  我住在一个非常大的房子里,我占了二楼的两个房间。房子是老式建筑,所有的楼层都通过一个巨大的环形楼梯相连,这个楼梯从建筑物的中心盘旋而上,每个平台都延伸出长长的迂回走廊通向各个神秘的角落。二楼居高临下,它的隐蔽角落和曲折走廊似乎无穷无尽,看不到尽头。走廊和通道就像几何曲线一样,无限延伸。当初设计这幢房子时,应该就是不想让人走回头路。整栋房子阴森森的,倒不是因为面积大,是因为里面空空如也,十分怪异。楼梯、走廊、大厅和门厅都没什么装饰物,看起来十分凄凉;墙壁上空空荡荡的,墙裙上没有任何雕饰,屋檐处没有怪异的面具挂饰,楼梯平台没有大理石花瓶。整个住所都弥漫着凄凉阴郁和死气沉沉的氛围,这在美国的住宅中很罕见。把胡德的鬼屋打理一番,重新粉刷一遍,差不多也就这个样子了。仆人们也是神出鬼没,很少出现。我连按了三次铃,才把满脸阴郁的女仆唤来。而那位来自刚果的男仆形如鬼魅,即使他来了,但见他满脸怒气、恶狠狠的模样,你又会觉得他还不如不来。他慢慢地、悄无声息地在路上蹒跚前行,直到他从阴影中走出来,他那黑暗的身影就像是被他主人的强大力量逼迫着露面的恶魔。当所有房间的门都关闭后,长长的走廊上没有一丝光亮,除了走廊尽头的那一盏摆在桌上的小油灯,会时不时散发出刺眼的红色闪光,那是供晚上入住的客人点蜡烛用的。这样一番悲伤和孤寂的景象,怕是超出了任何人的想象。

  我喜欢沉思和久坐,又好静,感觉这个房子正合我意。这儿很少有房客,所以我估计房东的生意可能不是很兴旺;而这些房客可能受到了此处阴郁气氛的影响,他们十分安静,行动如鬼魅一般。我几乎没有见过房东,但每个月都会有人将账单放在我的桌子上,而我在外面散步或骑马时,那位男仆会将回执送给我。总的来说,与纽约的繁华相比,我住的这个房子十分阴郁、冷清。除了我,估计没有任何人看得上这破地方。

  我沿着宽敞、黑暗的楼梯摸索着往下走,想去外面吹吹风。当我进入花园时,确实感觉外面比里面凉快些。我抽着雪茄,走在幽暗的柏树林荫道上,感到十分惬意。这里很黑暗,盛开的花朵从小径的两旁冒出,只露出一片片锥形的花瓣,叶子和花朵都被隐藏在黑暗之中;树木也是模模糊糊的,看起来像是悬挂着的云团。此情此景,我们的想象力能够完全被激发出来。眼前漆黑一片,黑暗绵延无尽,可以任凭想象力自由驰骋。我悠闲地走着,脚步声在长满青苔的小径上回荡,这带给我一种双重的感受。在这一片静谧中,我感到孤独,但同时又感到有人陪伴。这一切被一阵脚步声给打乱了,那脚步声不像是我走路的回声,让我不禁觉得似乎有人跟着我。正想着,突然有人从巨大的柏树后走出,说道:"先生,能借个火吗?"此时我虽有些惊讶,却并未被吓到。

"当然。"我答道。我想看看说话者是谁,但周围一片漆黑,什么也看不见。

那个人往前走了走,我给他递了支雪茄。关于这个与我搭话的人,我只知道他个子一定很矮。因为我虽个子不高,但给他递雪茄时还是不得不弯下了腰。用我的哈瓦那雪茄给他点烟时,他使劲儿吸了一口自己的雪茄,将其点燃。那一瞬间,我似乎看到了他长长的、凌乱的头发。只是这火光一闪而逝,以至于我甚至不能确定这是他的实际形象还是我的幻觉。

"先生,这么晚了你还出来。"这个陌生的人这样跟我说道,又说了半句"谢谢",把我的雪茄递还给我。我摸着黑接了过来。

"跟平时差不多。"我冷冷地回答。

"嗯!那你喜欢晚上出来闲逛吗?"

"这取决于我的心情。"

"你住在这里吗?"

"是的。"

"这个房子怪异吧?"

"我只觉得它很安静。"

"嗯!你迟早会发现它的怪异之处的,相信我。"他说得很认真。与此同时,我感觉到他骨节分明的手指在我的胳膊上按了一下,像一把钝刀刺痛了我。

"我才不相信你的胡话。"我粗鲁地回答道。他那根骨瘦如柴的手指让人觉得恶心,我毫不犹豫地甩开了。

"无意冒犯,无意冒犯。"那个人用一种奇怪而压抑的嗓音快速地嘟囔着,要是声音再大一点儿就会刺耳,"你再生气也无法改变我说的事实。很快你会发现这是个奇怪的房子,所有人都觉得这里不正常。你知道谁住在这儿吗?"

"先生,我从来不关心别人的事。"我厉声说道。因为这个人的举止荒唐,加上我也一直看不清他的长相,这让我十分厌烦,想快点儿将他撵走。

"这么说,你还不知道?我知道,我知道他们是什么人。嗯,嗯,嗯!"他说着最后三个字的时候,声调不断地升高。直到最后一个字,他的声音变成了一声尖锐的尖叫,可怕的回音在这寂静的小径上回荡着。"你知道他们吃什么吗?"他继续问道。

"先生,我不知道,也不关心。"

"哦,但是你会关心的。你必须关心。你应该会关心。我来告诉你他们是谁。他们是一群巫师,他们食人肉,吃腐尸。当你从他们身边经过时,你有注意到那一双双贪婪的眼睛吗?你有注意到你们餐桌上的饭菜吗?在深夜,你有听到走廊传来沉闷、怪异的脚步声吗?你有听到有人偷偷地转动你房门的把手吗?当他们经过时,你难道就没感觉到自己被一股力量包裹着,让你毛骨悚然、不寒而栗吗?哦,你有!你经历过所有这些事!我知道!"

他急切的语速、低沉的语调、热忱的口音让我感到极为不安。

实际上,他这么一说,我倒是回忆起了一桩桩怪事。我此时身处一片深不可测的黑暗之中,不禁打了个寒战。

"嗯!"我故作镇定,神秘地对他说,"你是怎么知道的?"

"我怎么知道的?因为我是他们的敌人,我的耳语会让他们战栗。因为我有猎犬一般的韧性,追踪他们的行迹;像老虎一样隐秘潜伏,搜寻猎物。因为……因为我曾经是他们中的一员!"

"卑鄙小人!"我激动地喊道。他语调急切,让人不由自主地产生高度的紧张感,"那么,你的意思是说你……"

话音未落,我被一种无法控制的冲动驱使着,伸出手朝说话者的方向盲目地抓去。我的指尖似乎触摸到一块像玻璃一样光滑的表面,不过那东西瞬间从我的指尖溜走了。一声尖锐而愤怒的嘶嘶声在黑暗中响起,仿佛某种物体迅速地从我身边呼啸而过。最后,我的本能告诉我,花园里只剩我一个人了。

我突然有一种不祥的预感,直觉告诉我,可能有些不幸的事情会发生在我身上。我迫不及待地想返回自己的房间。我转身,沿着黑漆漆的柏树巷道盲目地跑着,每当看到路边一团团黑漆漆的花丛,我的心就不由得一紧,生怕是什么人藏在那里。我的脚步迈得很快,回声响彻整个花园,仿佛有人在后面跟着我一般。路上,丁香花的树枝延伸到人行道上,貌似一只只带钩的手,试图在我路过时抓住我。路上总有一些令人讨厌的障碍,让我难以通行,似乎要把我永远困在这里一般。

最终,我回到了花园宽敞的入口处。我一跃而起,跳了四五级台阶,冲过大厅,跨上了宽敞的楼梯,再次穿过昏暗、阴郁的走廊,上气不接下气地在我房门前停了下来。第一次一口气跑这么远,我停了一会儿,重重地倚在门板上,喘着粗气。然而,还没等我把全身的重量都压上去,门突然开了,我身体前倾,跌跌撞撞地走了进去。令我惊讶的是，我刚刚离开时漆黑一片的房间现在却光芒四射。在强光下，我的瞳孔迅速收缩，但除了那耀眼的光芒，我什么也看不到。这一切发生得如此突然，让我困惑不已。几分钟后，我才意识到房间不仅灯火通明，还有人在里面！我惊愕万分，但脚似乎被粘住了，嘴也说不出一句话。我靠在墙上，茫然地注视着这个怪异的场景。

这怪诞的一幕有点儿像福布拉斯[3]小说中的场景，或者是格拉蒙特的《回忆录》中的描述，抑或是尼古拉斯·富凯[4]富丽堂皇的府邸。

在房间中央的桌子周围，我原先在那儿扔了一些书和文件，但现在那儿坐着六个人。三位男性，三位女士。桌子上还堆满了各种奢侈品，银丝细工的器皿里堆满了香甜的东方水果，透过镂空的网眼，锃亮的果皮闪烁着耀眼的光芒；雪白的绸缎桌布上摆着小巧的银盘，盛满了多汁而芳香的肉块。那银盘样式十分精美，想必出自本韦努托[5]之手；形状各异的酒瓶摆满了桌面，有莱茵河地区的细长酒瓶、荷兰式结实的酒瓶、西班牙式坚固的酒瓶，还有意大利风格的草编玻璃瓶；酒瓶周围摆满了形状不一、颜色各异的酒杯，有德国的大容量酒杯，也有身形纤细的威尼斯式酒杯。房间中弥漫着一股奢侈和享乐的氛围，每一盏灯似乎都在空气中散发着微妙的香气。地板上有一个很大的花瓶，里面插满了白玉兰、晚香玉和茉莉花，散发出沁人心脾的香味。

房间里的住客似乎很享受这物欲横流的氛围。这些女人们异

---

3 福布拉斯：法国作家让·巴蒂斯特·鲁韦·德·古弗雷使用的笔名，并用该笔名发表了小说《福布拉斯骑士的爱情》，该作品讲述了一个年轻人的浪漫的冒险故事。

4 尼古拉斯·富凯：法国路易十四时代初期的财政大臣，执政期间敛财无数，生活奢靡。

5 本韦努托：意大利著名的金匠和雕塑家。

常美丽,她们的装束奇特、色彩鲜艳;她们的身材丰满、柔软有弹性;她们的眼睛深邃而妩媚、嘴唇丰润饱满。三个男人戴着半面具,我只能看到他们厚实的下颚、尖尖的胡须和结实的喉部,他们肌肉结实的颈部直直地伸出紧身外衣,像根巨大的石柱。他们六个人都侧躺在桌子旁的罗马式长椅上,大口大口地喝着葡萄酒,摇头大笑。

我背靠着墙,茫然地盯着这幅酒池肉林般的景象,站了大约有三分钟的时间,似乎没有任何狂欢者注意到我的存在。最后,两个女人从长椅上站了起来,走过来,分别拉住我的手,把我带到桌子旁。我麻木地听从了她们的要求,坐在她们两个人之间的一张长椅上,任由她们搂住我的脖子。

"来,喝一杯,"一个女人说着,倒出一大杯红酒,"这可是伏旧庄园[6]少有的佳酿;还有,"她把一瓶琥珀色的酒推到我的面前,"这是意大利葡萄酒。"

"你得尝尝这个,"另一个人说着,把银盘拿到自己面前,"这里有橄榄油煎肉排,这是鱼片,里面塞满了糖炒栗子末。"她说着,不等我回答,就开始给我夹菜。

看到这些食物,我想起了花园里那个陌生人的警告。这突然袭来的记忆使我恢复了其他感官。我跳了起来,双手把女人推开。

"魔鬼,"我几乎喊出声来,"我才不要吃这些恶心的东西,我知道你们是什么。你们是巫师,食人肉,吃腐尸。我警告你们,快走开,给我老老实实地滚出我的房间。"

我的这番慷慨陈词引得他们哈哈大笑。那些男人乐得在沙发上打滚,脸上的面具因为身体的抽搐而不停地颤抖。那些女人笑

---

[6] 伏旧庄园:法国勃艮第葡萄酒产区中的一个著名的葡萄园。

得直叫，把手中细长的酒杯举得老高，然后转向我，狂笑着扑到我怀里。

"是的，"刺耳的笑声稍稍平息后，我继续说，"我说，立刻滚出我的房间！我可不想你们在这恣意狂欢！"

"他的房间！"我右边的女人尖叫道。

"他的房间！"左边的女人跟着叫道。

"他的房间！他说这是他的房间！"所有人都喊道，他们又一次笑得前仰后合。

"你怎么知道这是你的房间？"最后，在笑声再一次稍稍平息之后，我对面的一位男士问道。

"我怎么知道？"我气愤地反问道，"我怎么会不认识自己的房间？我怎么会搞错呢？那是我的家具，我的钢琴……"

"他把那个叫钢琴。"我旁边的女人们尖叫着，当我指向那架承载着我对布洛基塔记忆的钢琴时，他们再次狂笑不止，"哦！是他的房间。那儿，那儿是他的钢琴！"

他们说到"钢琴"两个字时，着重加强了下语气。我有些疑虑，回过头，想仔细看看我说的那架钢琴。虽然此时，我对这些不速之客的到来感到非常惊讶，还将他们与我在花园里听到的离奇故事联系起来，但我仍然隐约地觉得，这一切是他们趁我不在时使的障眼法，而狂欢宴会也不过是他们制造的一番恶作剧，我就是他们捉弄的对象。但当我转头，看向原本的那架巨大而笨重的钢琴时，映入眼帘的却是一台巨大而肃穆的管风琴，一根根音管朝着天花板高高耸立。我反复回忆，确认它所在的位置就是我放置钢琴的地方。我开始慌了，茫然地四下张望着。

不光是钢琴，房间里的一切都变了。那把与我渊源甚深的老式无柄匕首变成了一把土耳其弯刀，挂在一条深红色丝带上，手柄上的宝石在灯光的照射下熠熠发光；我珍爱的那顶帽子变成了一顶骑士头盔，顶部有一条金龙正在飞舞；卡拉姆的那张奇怪的石版画也已不复存在了，取而代之的是墙上的一处镂空，其形状和大小与之前的版画完全相同。就在那镂空处，版画中的情形一一上演了，那场景和画上的比例相同，并且有真实的人物在上面。那棵古老的橡树还在那里，暴风雨依旧。我看到橡树的树枝在暴风雨中摇摆，乌云在风中飞驰。而那个披着斗篷的人已经离去，在他原来的位置上，我看到了一群男女手牵手围绕着那棵大树跳舞，吟唱着怪异的曲调，伴着呼啸的风声，仿佛上演着一场神秘的大合唱。曾和我在加拿大荒原上驰骋数日的雪鞋已经消失，取而代之的是一双款式奇特的、微微向上卷曲的土耳其拖鞋。

一切都变了。我怀念的旧物件都被陌生的物品所替代。不过，屋子的各种替代物总能让我想起以前的物品。它们周围似乎还残留着原来物件的影子，只是暂时改变了形状而已。我本想向外宣称这个房子是我的，但是，没有哪件东西是归我所有了，一切都变了样。我看向窗外，想看看那棵金合欢树，哪知窗外竟是一棵棕榈树！又长又滑的棕榈叶摇摇摆摆地伸进格栅窗。然而它摇曳的姿态和我最喜欢的那棵金合欢树一模一样，似乎对我低语着："虽然我们看起来像是棕榈叶，但我们是金合欢树叶。是的，就是伴你抽烟冥想，看蝶听雨的金合欢树叶！"所以，总的来说，这个房间看似是我的，却又不完全是我的。我完全无法将它的身份和外观协调起来，我感到十分压抑，几乎无法呼吸。我无法协调本质与表象，我的意识混乱，逻辑不清。

"嗯，你确定这是你的房间吗？"坐在我左边的女孩问道，还递给我一大杯泛着泡沫的香槟酒，笑得邪恶。

"这房子是我的，"我顽固地回答道，粗鲁地打翻了酒杯，酒在白色的桌布上，溅得到处都是。"我知道房子是我的。你们是骗子和巫师，想要把我逼疯！"

"嘘！"她温和地说，一点儿也不为我的粗暴行为生气，"你别激动。让阿尔夫弹奏些音乐来安抚你吧。"

在她的示意下，一位男子坐在风琴前。一阵短暂的、狂野的、激烈的前奏过后，他开始演奏了一首回忆交响曲。那曲调黑暗而阴郁，让人不禁痛苦地颤抖，还会联想出一个漆黑、凄凉的夜晚，一块礁石，周围一片漆黑，但是能听见大海愤怒的咆哮声。礁石上似乎有一对情侣，一个还活着，而另一个已经死了，他紧紧地搂着她温柔的脖子和赤裸的胸膛，努力地温暖她冰冷的身体，想让她起死回生。冷风中，他自己的生命也在一点一点地消逝。演奏到这里时，屋里充斥着哀伤的小调，那和弦就像海鸟的哀鸣，抑或是死神来临前的预兆。当那个男人演奏的时候，我激动得无法自持。我凝视着他，仿佛在听布洛基塔的琴声。我曾经和他度过一个愉悦而又痛苦的夜晚，现在仿佛昨日重现。我盯着那个叫阿尔夫的男人，那双手和布洛基塔的手一样灵巧。他坐在那里，身穿斗篷和外套，腰带上系着长剑，脸上戴着黑色天鹅绒面具。他尖尖的胡须和在风中凌乱的黑发，都深深地烙在我的脑海。

"布洛基塔！布洛基塔！"我愤怒地从沙发上跳起来，奋力地掰开紧紧环绕在我脖子上的臂膀，就像甩开可恨的枷锁，"布洛基塔！我的朋友！求求你和我说说话！让这些可怕的巫师离开我。我恨他们，让他们离开我的房间。"

那个弹管风琴的人对我的呼唤毫无反应。他停止了弹奏，最后一个音符渐渐变成了一声忧伤的呻吟。在场的其他人再次发出一阵嘲笑声。

"你为什么还要坚持说这是你的房间呢？"坐在我旁边的女

人微笑着说。她面带善意,但在我看来,那面容十分可憎。"你也看过我们的家具,看了房间的整体布局,你也清楚你弄错了,这不是你的房间。请安心与我们在一起吧,我们非常欢迎你,不要再操心你的房子了。"

"安心?"我气愤地回答,"与你们这群幽灵一起生活,吃着可怕的食物,看恐怖的景象,我怎么安心?决不!决不!天知道你们对这个地方施了什么魔法,但我知道这就是我的房间。你们必须离开!"

"冷静点儿!冷静点儿!"另一个魔女说道,"让我们来好好解决这个问题吧。这位可怜的绅士似乎十分固执,想要闹事。可是我们并不想惹麻烦,我们喜欢静谧的夜晚,尤其像今天,月亮被厚实的云层遮得严严实实的,这可是我们的最爱。对吧,朋友们?"

这群怪异的听众脸上露出可怕而邪恶的微笑,不过在面具之下,这笑容很快就消失了。

"现在,"她继续说,"我有一个提议。这位先生声称这房子是他的,我们就这样拱手让给他,未免太荒谬了。然而,我也希望在公平的情况下,满足他想享有房屋所有权的愿望。毕竟,一个房间对我们来说并不重要,我们可以轻轻松松地找到其他房间。但是面对如此蛮横的要求,我们岂能将房子白白送出?不过,我们愿意冒险放手一搏,也就是说……"她转向我,"为了这个房间,我提议我们来赌一把。如果你赢了,我们立马交出房间;如果你输了,你就自愿离开,并且永远不再打扰我们。"

我陷入了重重谜团,感到痛苦不堪,绝望之下,我意识到他们不会听从我的意愿而自行离开。当她提出这个建议的时候,我很高兴,认为这是一个收回寓所的绝佳机会,根本没有考虑到自己的得失。我有一种模糊的认知，即我可以通过她的提议，立马拿回我的房间，重获宁静。

"我同意！"我急切地喊道，"我同意。只要能摆脱你们这群妖魔，我什么都愿意！"

那个女人敲了敲桌上的一个小金铃，铃声还没停，一个小个子拿着一个银托盘走了进来，上面放着骰盒和骰子。看到这个发育不良的人时，我打了个寒战，因为他有点儿像侍奉我的那个恐怖的男仆。

"现在，"我旁边的那位女士说着，一手抓起一个骰盒，一手塞给我另一个，"点数大的赢。我先来吧？"

我点了点头。她摇晃着骰子，当她投出十五点时，我感到如释重负。

"轮到你了，"她带着嘲弄的微笑说道，"但在你投之前，我得重申一下我们之前的提议。你可以选择与我们一起生活，并且成为我们中的一员，我们也会让你了解我们的秘密，并且享受无上的乐趣。来吧，现在改变主意还不算太迟，加入我们吧！"

我愤怒地咒骂着，紧张的身体不由得痉挛起来，然后将骰子扔在桌上。骰子不停翻滚着，就在那短暂的一瞬，时间仿佛停止了，我感受到了一种从未有过的紧张感。最后，它们停在了我面前。一阵恐怖而令人发狂的笑声在我耳边响起。我再次确认一下骰子的点数，但眼前一片模糊。晕了几分钟后，我逐渐恢复了视力，当我清楚地看到我只掷出了十二点时，我绝望地倒在了沙发上，生无可恋。

"输了！他输了！"我旁边的那个女人尖叫着，发狂地大笑，"输了！他输了！"那些戴着面具的人声音低沉地喊道。"滚出去，懦夫！"他们都喊道，"你不配与我们为伍。记住你的承诺，滚出去!"

然后,仿佛有一股无形之力抓住了我的肩膀,将我推向门口。我挣扎着,大声呼救,恳求他们的怜悯,但这一切都是徒劳。我听到的只有他们的嘲笑声,在他们的大笑声中,我像醉汉一样摇摇晃晃地朝门口走去。我刚跨出门槛,管风琴就奏出了一曲狂野的凯旋曲。那股无形的力量推动着我,我步履蹒跚地走到了空荡的走廊。当门迅速关闭的一瞬间,我瞥了一眼那个永远离我而去的房间。这时,那房间突然起了变化,就像被影子遮住了。灯熄灭了,那些妖艳的女人和戴面具的男人都消失了,鲜花、水果、明亮的银器和奇异的家具迅速褪色。大约十分之一秒的时间,我再次看到了我自己原来的房间。那里有在黑暗中摇曳的金合欢树、桌上乱七八糟的书、幽灵般的石版画、我心爱的吸烟帽、加拿大的雪地靴、祖传的匕首,而管风琴也被钢琴替代,布洛基塔坐在那里,演奏着动人的乐曲。

下一刻,门猛烈地关上,我呆立在走廊里,惊得目瞪口呆,一脸绝望。

当我恢复了一部分理智之后,我疯狂地冲向那扇门,怀着一丝希望,想着要把门撞开。但是,我的手碰到的是一堵冰冷而坚实的墙壁。没有门!我沿着走廊在两边摸索了好久,连一条让我燃起希望的缝隙都没有发现。我疯狂地冲下楼,大声呼喊。没有人应答。在门厅里,我遇到了那个男仆。我抓住他的衣领,要求他把房间给我。那个小鬼露出了他那锯齿状的可怕的白牙,用力挣脱开我的双手,咯咯笑着逃出了走廊,留下我一个人在那绝望地尖叫。我跨着大步,穿过几堵黑黑的墙壁,走在高大阴郁的柏树下,树影似乎要将我吞没。花园里空无一人,只有我脚步的回声。我没遇见一个人,也找不到一个人,所有的悲伤和绝望只能独自承受。

  从那以后,我再也没有找到我的房间。无论我到哪里,都寻不到它的踪迹。我还会找到我的房间吗?

神秘卡片

THE MYSTERIOUS CARD

〔美〕克利夫兰·墨菲特
Cleveland Moffett

《神秘卡片》导读

  1.《神秘卡片》的作者是美国记者、作家、剧作家克利夫兰·墨菲特（1863—1926）。

  2.《神秘卡片》于1896年2月首发于《黑猫》杂志，因故事没有结局，这种新颖的创作方式给这篇故事蒙上了神秘色彩，使这部作品在当时受到广泛关注。同年8月，他又在《黑猫》上发表了一篇名为《神秘卡片揭秘》的故事作为后续，即本篇的第二部分——揭开卡片的神秘面纱。后半部分故事将悬念感提升了数个层级。

  3.《神秘卡片》上半部分的故事难以用常理解释，墨菲特在揭秘时用到了当时心理学家们尚在初步探索的人格分离理论，并集合了超自然的桥段。而当代作家爱德华·D.霍克在他发表于《艾勒里·昆恩推理杂志》（1975年10月）的《间谍与神秘卡片》中，对其做出了更合理解释。

一

来自纽约的理查德·伯韦尔肯定会因为没有学好法语而悔恨不已。原因是这样的：

就在伯韦尔抵达巴黎的第二天晚上，彼时，他的太太和女儿还在伦敦拜访朋友，他感到很孤独，就想要去剧院转转。在看完每日娱乐活动的安排表后，他决定去参观费利斯·贝尔热剧院[1]，据说，这里是巴黎的一处著名景点。中场休息时他走进了一座花园，花园的设计十分精巧——处处点缀着鲜花、灯饰以及喷泉，人们漫步其中，十分惬意。当他找到一把三条腿的椅子坐下，准备欣赏这新奇的花园美景时，注意到了一位美丽的女士款款走来。她身着礼服，看起来颇有品位，十分引人注目。她挽着一位绅士，与伯韦尔擦肩而过。这位绅士相貌平平，唯一引人瞩目的特征是他戴着一副眼镜。

没走几步，那位女士便离开了她身边的那位绅士，像是忘记了什么一样，折返回到伯韦尔身边，十分敏捷地在他的桌子上放置了一张卡片。伯韦尔从不以情场高手自居，但看到这一幕时，他几乎不敢相信自己的眼睛。那位女士并没有久留，而是重新回到那位戴眼镜的绅士身边，像一个公主般优雅地离开了这里。伯韦尔呆呆地看着那张卡片，只见上面用紫色墨水写了一些法语单

---

[1] 费利斯·贝尔热剧院：是法国巴黎的一家著名的夜总会和剧院。该剧院不仅是一家娱乐场所，也是一个重要的艺术舞台，吸引了许多优秀的艺术家和表演者。

词，遗憾的是他不懂法语，自然无法理解上面的含义。

毫无疑问，此时他已经没心思去看演出或者欣赏周围的风景了。相比于那位惊鸿一瞥的神秘女子，周围的一切都显得平淡而俗气。他现在唯一的愿望就是弄清楚卡片上那几个字的含义。

他叫了一辆马车，驱车前往他住的大陆酒店。一进到酒店，他就直接来到酒店办公室，拉住经理，请求他把那些法语单词翻译成英语。任务量也不大，总共不超过二十个单词。

"当然可以。"经理以法国人特有的礼貌回答道，并看了看卡片。可是他读着读着，面色逐渐凝重，然后不可思议地看着伯韦尔先生，惊呼道："先生，你是从哪儿得到这个的？"

伯韦尔正准备解释事情的来龙去脉，但被经理打断了。"够了，够了。你必须离开酒店。"

"你这是什么意思？"伯韦尔惊讶地问。

"你必须——立刻离开酒店——必须离开！"经理激动地命令道。

伯韦尔听后火冒三丈，他激动地表示如果这家酒店不欢迎他，愿意接纳他的酒店多的是，起码在巴黎多的是。虽然心有不悦，他还是带着一种高傲的姿态，付了账单，取回了行李，驱车沿着和平街前往贝尔维尤酒店，在那里过了一夜。

第二天早晨，他遇到了酒店老板，从面相上看，这位老板还是十分和善的。伯韦尔觉得昨天晚上发生的事实在是太过荒谬，便把自己的遭遇一五一十地告诉他了。老板是个很有同情心的听众，这让他感到宽慰不已。

"那家伙简直是个傻瓜，"老板说道，"让我看看那张卡片，我来告诉你上面写的是什么。"但他读着读着，脸色和态度有了一百八十度的大拐弯。

"这件事干系重大，"他严肃地说，"我现在明白了为什么我的同行拒绝招待你了。很抱歉，先生，我也只得请你离开了。"

"什么意思？"

"简单来说，就是你不能留在我们这里。"

说完，他转身离开，无论愤怒的伯韦尔怎么说，老板也没给他任何解释。

"咱们走着瞧。"伯韦尔被彻底激怒了。

此时已接近中午，伯韦尔要和一位来自波士顿的朋友共进午餐，那位朋友和他的家眷下榻在阿尔玛酒店。伯韦尔把行李放上马车，让车夫直接将行李送到他朋友的住所，想要和他商议后，再确定新的住所。当他的朋友听到他这两天的遭遇后，十分愤怒。这让伯韦尔倍感安慰，因为这位朋友长期旅居国外，思维和行为上早已潜移默化地受了国外的影响。

"亲爱的朋友，法国人就喜欢犯这种愚蠢的错误，不用理会他们。你只需将行李卸下，在我这儿住下。这里很舒服，保证让你宾至如归，大家在一起相处也会很愉快的。首先让我为你准备点儿饮品，压压惊吧。"

两个人喝了几杯曼哈顿鸡尾酒后，伯韦尔的朋友起身，说是要叫家人们下楼。刚走两三步，他便回过头来说："让我看看那个神秘卡片上到底写了些什么内容吧，为什么会给你惹了这么多麻烦。"

当他看到那张卡片时，他突然向后一步，惊呼：

"天哪，伙计！你的意思是说——这简直是——"

然后，他突然拍了一下自己的脑袋，离开了房间。

他离开了大概五分钟，当他回来时，脸色苍白。

他神经紧张地说："我非常抱歉，我的妻子头痛得厉害，我们不能陪你吃午餐了。"

伯韦尔立刻意识到这只是一个牵强的借口，同时也因为朋友的这一举动感到很受伤。他满心疑惑地起身离开，没有再说一句话。那张可恶的纸片上到底写了些什么？他现在决心不惜一切代价解开这个谜团。

离开朋友家，伯韦尔搬到了歌剧院附近的一个舒适的小旅馆里。经历了这些耻辱的经历后，他没敢让旅馆里的任何人看到那张卡片。

整个下午，他脑袋里想的都是那张神秘卡片，还想尽各种办法想要了解上面写的具体内容，以免陷入更多的麻烦。那天晚上，他再次去了一趟费利斯·贝尔热剧院，希望能找到那个神秘的女人，他现在迫切地想知道她究竟是谁。他甚至觉得她可能是个外表靓丽的虚无主义者，或是他在小说中经常读到的俄罗斯间谍。但他无法找到她，连续三个晚上，他都在同一个地方度过。与此同时，那张卡片在他的口袋里像个烫手的山芋，让他焦虑无比。他不敢想象在这紧张的情绪中，遇到一两个熟人该多尴尬啊。他买了一本法英词典，试图逐字逐句地理解其中的意思，但还是没弄懂。对他来说，那几行法语就像天书一样，实在是难解其意。这是伯韦尔人生中第一次为自己在大学里没学好法语而感到后悔。

为了弄清楚神秘卡片上的具体内容，或者干脆将其忘个一干二净，他尝试了各种方法，不过均以失败告终。别无它法，他只能把卡片交由一位干练、可靠的安全顾问来处理。他们在一间私人寓所里交谈了起来。伯韦尔给他看了那张卡片，令他稍感轻松的是，他的顾问并没有表现得十分不悦，但他对卡片上的内容闭口不谈。

"先生，关于这份文件的性质以及内容，你现在还是不知道为好。明天我将亲自去先生的旅馆拜访你,届时你将知道一切。"他说道。

"真的有那么严重吗?"可怜的伯韦尔问道。

"非常严重。"顾问回答道。

接下来的二十四小时里,伯韦尔都在极度焦虑中度过。他设想过种种可怕的可能性,后悔没有一开始就撕碎那张可恶的卡片。一想到这,他便伸手将其抓起,想要将其撕成碎片,然后一了百了。然而,美国人骨子里的那种倔劲儿又显露了出来,他下定决心无论发生什么,一定要把事情查个水落石出。

"毕竟,"他推断道,"捡起一张一位女士在他桌上掉落的卡片总不至于被定罪吧。"

第二天,他的顾问驾车前来,还带了一个身着制服的官员。他们要求伯韦尔和他们一起前往警察局总部,看起来,像是犯了什么重罪似的。

"为什么?"他问道。

"只是走个流程。"顾问说道。

当伯韦尔还在抗议时,那位身着制服的警员说:"先生,你最好和我们一起去,无论如何,你都必须去。"

一个小时后,另一名官员对他进行了严格的盘查,盘问了他的年龄、出生地点、住所、职业等诸多信息,弄得他晕头转向,最后才发现自己被关进了巴黎古监狱[2]。伯韦尔不知道他为什么会被关在那里,也不知道他将会有什么样的遭遇。但就在当天傍晚,他成功地向美国大使馆递送了一条求助信息,要求他们立即对美国公民进行保护。然而,直到深夜,大使馆秘书才来到监狱。接

---

2 巴黎古监狱:位于巴黎市中心,曾是皇家住所,也曾是监狱。

-117-

下来是一次激烈的面谈，伯韦尔言辞激烈，那位法国官员猛打着手势，语速飙得飞快，而一旁的大使馆秘书则冷静地倾听着双方的意见，闷着头抽着一只上好的雪茄，默不作声。

"我会将你的案子呈报给美国大使，明天你就知道结果了。"他起身要走时说。

"你们太过分了！你的意思是说——"他话还没说完，秘书充满异样地瞥了他一眼，转身离开了房间。

当晚，伯韦尔在牢房里过了一夜。

第二天早上，那位态度暧昧的秘书又拜访了伯韦尔，并告诉他事情已经安排妥当，他很快就能重获自由了。

"不过，我必须告诉你，"他说道，"我可是花了很大力气才将你保出去的，但条件是你必须在二十四小时之内离开法国，并且永远不得再次入境，无论如何都不行。"

伯韦尔疯狂地咆哮、恳求，但无济于事。那位秘书不为所动，坚决拒绝解释为什么要如此对待他。

"这是你的卡片，"秘书递给了他一个大信封，上面盖有大使馆的印章，"我建议你把它烧掉，然后永远不要再提这件事了。"

那天晚上，可怜的伯韦尔乘火车去往伦敦，他心中充满了对法国的仇恨，以及复仇的渴望。他发电报给妻子，让她在车站等他。伯韦尔想了很久，犹豫着要不要告诉她这件倒霉事。最后，他决定保持沉默。然而，凭借女人的直觉，妻子能够感受到他正承受着某种精神压力。他也很快地意识到对妻子隐瞒这个让他内心痛苦的秘密是不可能的，尤其是当她开始谈论他们去法国旅行的计划时。伯韦尔没有任何理由给妻子泼冷水，因为这趟法国之旅，他们已经期待多时了。可是现在，他摊上了这档子事，是不可能再踏上法国的国土了。

于是他将事情原原本本地告诉给了妻子,她听后有些哭笑不得。一张小小的卡片竟掀起了如此大的波澜,真让她有些难以置信。他的妻子法语十分流利,强烈要求看看那该死的卡片上到底写了什么内容。伯韦尔提议去意大利旅行,试图来转移她的注意力,但也只是徒劳。很明显,在她看到那张神秘卡片之前是不会做出任何让步的。他一开始是拒绝的,但最后他还是妥协了。尽管他知道再次拿出那张晦气的卡片会引发一些可怕的后果,但是他对即将发生的事情是没有一点儿心理准备的。他的妻子看了卡片,顿时脸色苍白,呼吸急促,差点儿倒在地上。

"我就说了不让你看。"他说道。

看到妻子那么痛苦,他又变得温柔起来,紧紧握住她的手,请求她保持冷静。"至少你得告诉我这卡片说的是什么,"他说,"我们可以一起承受,你一定要相信我。"

但她似乎被激怒了,将他从身边推开,并以一种陌生的口吻称,她再也不会和他生活在一起了。"你是个怪物!"她大喊道。这是他从她嘴里听到的最后一句话。

他想尽一切办法想要与妻子重归于好,但都失败了。伯韦尔已接近癫狂,乘坐最早的一班开往纽约的轮船离开了伦敦。他在不到两周的时间里遭受的痛苦,比他一生遭受的还要多。因为这张卡片,愉悦的旅途已经泡汤了,重要的商务安排也取消了,眼看着自己的家庭破裂,所有的幸福和快乐都毁于一旦,他觉得无比煎熬。航行过程中,他几乎没有离开过自己的船舱,他躺在那里,巨大的痛苦让他极度虚弱。在绝望中,唯一能给予他精神上支撑的是他童年的伙伴杰克·伊夫利斯——他是这个世界上最勇敢、最忠诚的人。他能够与他共享成功的喜悦,也能与他共渡生活上的难关。即便是面临最糟糕的处境,伊夫利斯也会找到某种方法，让他摆脱噩梦的困扰。船刚刚抵达纽约港口，登船板还未放下，他便急忙冲向岸上。见到等候已久的伙伴，伯韦尔上前紧紧地握住了他的手。

"杰克，"他开口说道，"我现在的处境很糟糕，而你是世界上唯一能帮助我的人。"

一个小时后，伯韦尔坐在朋友的餐桌前，谈起了事情的经过。

伊夫利斯非常友善，听着伯韦尔的故事，几度落泪。

"理查德，"他说，"这件事情听起来有些匪夷所思，但我相信你，我们能够一起面对。但我们不能稀里糊涂地遭人算计。让我看看那张卡片。"

"这就是那该死的卡片。"伯韦尔说着，把它扔在桌上。

伊夫利斯打开信封，取出卡片，目光落在那些纷乱的紫色字符上。

"你能读懂吗？"伯韦尔激动地问道。

"当然可以。"他的伙伴说。但是下一刻，伊夫利斯脸色苍白，声音打战。然后他紧紧握住伯韦尔的手。"理查德，"他慢条斯理地说，"你给我带来了最糟糕的消息。糟糕到哪怕我的独子死去，我也不会像这般难过。"

看着伊夫利斯激动的情绪和痛苦的表情，伯韦尔知道这件事并不简单。

"说吧，伙计。"他喊道，"不用给我留情面。所有的一切我都能承受，我唯一不能接受的就是被蒙在鼓里的痛苦。告诉我那张卡片是什么意思。"

伊夫利斯喝了一口白兰地，低着头，双手紧握在一起。

"不，我做不到，也不能这样做。"

然后他再次沉默，皱着眉头。最后他庄重地说道：

"不，我想不到其他的办法。我们一起共事，一生都对彼此坦诚，永不离开彼此。我宁愿事业失败，失去生命，也不愿看到这种情况发生。但我们必须分开了，老朋友，我们必须得分开。"

他们坐在那里谈到深夜。无论伯韦尔怎样劝说，怎样表现，都无法改变他朋友的决定。他们之间，唯一有商量余地的是他们的股权归属，即要么伊夫利斯买断伯韦尔的股份，要么伯韦尔买断伊夫利斯的股份，这样双方以后也不会存在经济上的纠纷。他的朋友一直很慷慨，在财务问题上，也非常公正，但他与伯韦尔分开的决心是坚定不移的。于是他们分道扬镳了。

老伙伴的背弃，让伯韦尔感到似乎整个世界都在与他为敌。从收到神秘卡片的那天起到现在，只过了三周时间，但他失去了在这个世界上自己所珍视的一切——妻子、朋友和事业。如何处理这张不幸的卡片成为他现在颇为头疼的问题。

他不敢把卡片展示给别人看，却也不敢销毁它。他痛恨它，却又不愿放弃它。伯韦尔回到家中，就像藏匿炸药或者毒药一样，把这可恶的东西锁在保险柜里。然而，他每天还是会拿出那张卡片，厌恶地端详着神秘的紫色字迹。

绝望中，他最终下定决心学习那种让他厌恶的语言，以求能解读出这张可怕卡片的含义。然而他心底里也害怕那一天的到来。

伯韦尔抵达纽约还不到一周。一天下午，当他穿过23号大街前往法语老师那里时，他看到一辆马车从百老汇大街驶来。他朝车里瞥了一眼，一张熟悉的面孔引起了他的注意。当他再次看过去时，立刻认出了坐在车上的就是递给他卡片的那位女人。他立刻跳上另一辆马车，命令车夫跟上那辆车。最后，他找到了她的住所。他还去那里拜访过几次，但得到的回复总是说她非常忙，无法见客。后来，就听说她生病了。仆人说她病情恶化，请了三名医生来会诊。伯韦尔找到其中一位医生,告诉他有件性命攸关的事,必须见见那位女士。那位医生心地善良,答应了他的请求。在他的帮助下,当天晚上,伯韦尔来到了那位神秘女人的床前。尽管她的脸因疾病而消瘦,但看得出来她仍然十分美丽。

"你还认得我吗?"他战战兢兢地问,弯下身子,一只手紧紧地抓着装有神秘卡片的信封,"你还记得一个月前在费利斯·贝尔热剧院见过我吗?"

"记得。"她端详着他的脸,喃喃地说。注意到她会英语后,他松了口气。

"那么,求你告诉我,卡片上写的到底是什么意思?"他喘着气,激动得颤抖着。

"我给你这张卡片,是希望你能够——"

说到这里,一阵可怕的咳嗽使她全身痉挛起来,她虚弱地倒在床上。

一种极度绝望的痛苦折磨着伯韦尔的心。他疯狂地从信封中抓出卡片,凑到她脸旁。

"告诉我!快告诉我!"

她使尽全力,抬起瘦弱的身体,靠在枕头上,手指抓住床罩。然后,她深陷的眼睛不停地颤动着,最后艰难地睁开双眼,惊讶地盯着那张不祥的卡片。她颤抖的双唇轻轻地抖动了起来,似乎想说些什么。伯韦尔充满渴望地低下头希望能听到些什么。这时,女人的脸上拂过一丝微笑,双唇再次颤抖起来。他把头凑得更近了,几乎贴到了她的嘴唇。接着,伯韦尔将目光转向了那张卡片,似乎想暗示她,让她解读一下卡片的内容。

由于害怕,伯韦尔大喊一声从座位上跳了起来,眼珠几乎要从眼眶里蹦出来。与此同时,那个女人重重地倒在了枕头上。

卡片上所有的文字都消失了！变成一片空白！那个女人躺在那里，已经没了气息。

二　揭开卡片的神秘面纱

我从医三十年，一直遵守着保密原则，相较于其他医师，我要严谨细致得多。现在，我选择把下面的记录公布于众，一方面是为了医学的发展，另一方面，在更大程度上是为了给知识分子一个警告。

一天上午，一位男士到我的办公室来咨询一些一直困扰着他的问题。我对他印象颇深，倒不是因为他苍白的脸色、憔悴的容貌，而是从他眼角流露出的那种刻骨铭心的悲伤，他似乎对生活已经失去了希望。我为他开了一张处方，并建议他尝试一下航海旅行。他听后，似乎打了一个哆嗦，说自己已经航海旅行过很多次了。

缴费时，我注意到他的手相有些特别，他手掌的土星丘[3]处有一个被两个圆环包围着的十字标记。

这里我得解释一下，我在相当长的一段时间里热衷于研究手相。我拿到学位后，曾去过一些东方国家旅行，并且花了数月来钻研这项迷人的艺术。我阅读了各种有关手相的书籍，而且在我的藏书中，与手相相关的书籍应该是最全的，各种语言、各种版本，应有尽有。在我一生中，我给上万人看过手相，其中有些比较有趣的，我还拍摄了照片。但像今天看到的这样可怕的手相，

---

[3] 土星丘：手指根部的位置所隆起的部分因为形似山丘所以得名掌丘，掌丘又分为水星丘、太阳丘、土星丘、木星丘、金星丘、地丘和太阴丘等；土星丘的位置是在中指基部之下。

我还是第一次见,现在回想起来,我仍然会不寒而栗。

"恕我冒昧,"我一边说着,一边握着他的手,"能让我看一下您的手掌吗?"

说这话时,我试图表现得漫不经心,好像这件事对我而言并不重要。我一言不发,并时不时地压弯他的手掌。接着,我从桌子上拿起一个放大镜,更加仔细地观察了起来。至此我便确信,我没有弄错:他手掌的土星丘上确实有两个邪恶的圆圈,圆圈中有个罕见的十字形标志,这预示着极端的好运或者厄运,不过是后者的可能性更大些。

在我的审视下,他感到有些不安,随后,他带着一丝犹豫,鼓起勇气问道:"我的手有什么不寻常之处吗?"

"是的,"我说,"确实不同寻常。请告诉我,十多年前,你是不是经历了一些非同寻常又异常可怕的事情?"

他吓了一跳,看来,我猜得八九不离十了,看见他的掌纹与位于金星丘[4]处的生命线相交,我补充道:"那个时候,你是不是在国外?"

他脸色变得煞白,用那双悲伤的眼睛直直地盯着我。我拿起他的另一只手,他的手指短而粗,拇指十分厚实,手指的上关节有着惊人的力量。我仔细地对比了他两只手的掌纹和掌丘,一遍遍地凝视着土星丘上那个不祥的十字形标志。

"这些年,你的人生被一种邪恶的力量所笼罩,非常不幸。"

"天啊,"他坐在椅子上,虚弱地说道,"你怎么知道这些?"

"看你的手相很容易能知道的。"我说着,试图引导他说出他的过去,可他似乎如鲠在喉,欲言又止。

---

4 金星丘:手掌中拇指根处隆起的一部分。

"我还会来找你的。"他说着,并且没有告诉我他的名字或者生活中的任何细节就匆匆离开了。

在接下来的几周里,他来了好几次,在我面前,他慢慢地有了自信。他主动和我谈起他的身体状况,似乎对此非常焦虑。他甚至坚持让我仔细地检查他的各项器官,特别是他的眼睛,他说自己经常为他的双眼感到困扰。对他进行常规检查后,我发现他患有一种罕见的色盲症,其症状的表现形式时常发生变化,并与某些幻觉或周期性发作的精神异常有关。但是对于自己的病情,他又讳莫如深,不管我怎么劝说,他都不愿开口。每次他来访,我都会重新查看他的手相,而且每看一次,都让我更加坚信他的人生经历十分神秘,只要肯花些精力,一定可以揭开谜底。

我对这位郁郁寡欢的病人充满了好奇,却又不敢追问太多。但是接下来发生的一起悲剧向我揭示了我一直以来渴望了解的秘密。一天深夜,实际上是凌晨四点左右,我接到一个紧急电话,有人受了枪伤,让我前去救援。当我俯身查看时,才发现伤者竟是那位神秘的朋友,我这才意识到他是一个富有且地位显赫的人,因为他的寓所装饰精美,里面摆满了艺术珍品,还有一群仆人精心照料他的生活起居。从他随行的仆人口中得知他是理查德·伯韦尔,纽约最受尊敬的公民之一。事实上,他也是一位知名的慈善家,多年来一直致力于为穷人做好事。

但最令我惊讶的是,屋子里出现了两名警员,他们告诉我伯韦尔先生因涉嫌谋杀罪被捕。警员们向我保证,是考虑到伯韦尔在社区中的知名度和地位,才允许他在自己的家中接受治疗。不过,他们接到的命令是必须紧密监视他。

时间紧迫,我没有继续追问下去,立即开始检查伤者。我发现他的背部有一处枪伤,大约位于第五根肋骨的位置。通过更细致的检查，我发现子弹离心脏很近，如果立即取出会非常危险。于是，我给他服用了些安眠药，让他先睡下。

我从伯韦尔的床边起身离开，找到了警员，从他们那里了解到了事情的经过。几个小时前，在沃特街上，发现了一具被肢解的女尸，十分吓人。案发地点就在沃特街沿着河边的一条漆黑小路上。凌晨两点左右，一批《美国信使报》的印刷工人在回家途中听到了呼救声，便立即赶去救援。当他们靠近时，看到一个男人从人行道旁的树丛里跳出来，冲进夜色中，全速逃离了现场。

他们怀疑此人就是作案多起却一直逍遥法外的凶手，于是紧追这个仓皇逃跑的男人。他在迷宫一般的街道中横冲直撞，像松鼠一样发出短促的叫喊声。就在他们差点儿追丢的时候，其中一名印刷工人朝着男人逃跑的影子开枪射击，男人应声倒地，发出痛苦的哀嚎。待他们匆忙上前，发现他正在地上打滚。而此人正是理查德·伯韦尔。

当我得知我的那位忧郁的朋友与这起恶性事件有关时，我惊呆了。第二天，我从报纸上得知警方判断失误，我才松了口气。验尸官和陪审团的证词充分证明了伯韦尔是无辜的；他在病床上的证言本身也可以证明他是无辜的。他被问及为什么那么晚还在沃特街附近，伯韦尔表示那天晚上他在佛罗伦萨教堂，向一些命途多舛的人发表了演说。后来他和一位年轻的传教士一起去探望一位住在富兰克福街上的妇女——那位女士身患肺结核，在死亡的边缘徘徊。这种说法得到了传教士本人的证实，他证明伯韦尔将那位可怜的妇女照顾得无微不至，直到她死后才离开。

另外一个疑点也调查得很清楚了，那就是印刷工人在黑暗中抓错了人。他们都说，在他们追凶的过程中，听到凶手说了几句法语——那几位印刷工人是法国人，因此他们很确定。可事实上，伯韦尔不仅不懂法语,而且连基础的法语知识都不会。

还一个有利因素是在案发现场的一些发现。有人用粉笔在门和门槛上写了一些猥琐和下流的话。这些话也是用法语写的,而且粗俗不堪,简直是对警察的公然挑衅。现场的笔迹专家一致认为伯韦尔的字迹优美文雅,不可能写出那样畸形的字体。

此外,伯韦尔被逮捕时,在他的衣物或身上没有发现任何打斗的痕迹,既没有外伤也没有血迹。最后,他被无罪释放。法官也对女子的死因做出了判决,即该女子死于某个或某些不明身份的人之手。

第二天下午,我去探望他,发现他的病情非常严重,便立刻指示护士和医务人员准备手术。他此时命悬一线,关键就在于我能否取出弹头了,而我知道成功的机会非常渺茫。伯韦尔先生意识到自己的情况危急,招呼我过去,想做一番临终陈述。这时,一个仆人走进房间,俯在我耳边说楼下有个男士坚持要见我,并声称有重要的事要商议。伯韦尔听到了之后,情绪变得焦虑起来,费力地抬起身子,激动地说道:"告诉我,他是一个戴眼镜的高个子吗?"

仆人犹豫着,不知道要不要告诉他。

"你是不会说谎的,我知道是他。在我死之前,他会一直缠着我的。请把他赶走,医生,我请求你不要见他。"

为了让我的病人稳定下来,我传话给那个陌生人说我不能见他,并悄声告诉仆人让那个人第二天早上来我办公室一趟。然后,我转向伯韦尔,请他冷静下来,为接下来的手术节省体力。

"不,不,"他说,"我现在需要用我所剩无几的体力告诉你一些事情,以找寻真相。在我的一生中,始终有一股可怕的力量支配着我,你是唯一一个能理解,并有能力研究这股神秘力量的人。我在遗嘱中已经做出了安排，让你在我去世后从事这项研究。我知道你会满足我的心愿的，对吗？"

他的眼神极度哀伤，我的心情也不由得变得沉重起来，只能握住他的手，保持沉默。

"谢谢你。我知道你是一位忠诚的朋友。麻烦告诉我，你对我进行了仔细的检查，对吗？"

我点了点头。

"检查时用尽了所有的医学方法？"

我再次点头。

"除了这颗子弹，你发现我还有什么异常的地方吗？"

"正如我之前跟你说过的，你的视力有问题；我想等你好一些了，再对你的眼睛做一次更加彻底的检查。"

"我不会好起来了。我不是说我的眼睛，我是说我自己、我的灵魂，你就没有发现任何问题吗？"

"当然没有。整个城市都知道你品性善良，生活美满。"

"啧，啧，他们什么都不知道。在过去的十年里，我一直与穷人们打交道，做慈善。大家似乎都忘记了十年前我是怎样忙于赚钱，怎样经营着一个幸福家庭的。但是西部有一个白发苍苍、心情沉重的男人没有忘记；伦敦有一位孤独、寡言的女人没有忘记。那个男人是我的合作伙伴，可怜的杰克·伊夫利斯；而那个女人就是我的妻子。但是这两个人现在都已经离我而去了。医生，你说为何一个人会受到这般诅咒——他的分享会给爱人和朋友带来痛苦。一个心中只有善念的人为何常常会被邪恶的阴影笼罩呢？我没有任何过错，但是为何会频频地受到各种指控呢？这次的谋杀案也是，平白无故地就套在我头上，我感觉罪恶的阴影始终笼罩着我。

"多年前,我和妻子过着幸福的生活,后来,我们的孩子出生了。几个月后,这个无助而脆弱的小生命被人扼杀在摇篮里。我们不知道这件事是谁干的,因为事发的当天晚上,家里除了我和妻子之外没有其他人。毫无疑问,这是一起谋杀案,因为在孩子的脖子上还留有凶手的指痕。

"几年后,在我和合作伙伴马上就要大赚一笔时,我们保险柜被劫,一切前功尽弃。有人在夜里打开了我们的保险箱,这不是一般的盗贼干的,因为他知道保险箱的组合密码,而密码只有我和我的合作伙伴知道。当这些事情发生时,我是勇敢面对的,但随后发生的一切让我感觉似乎有一种诅咒在笼罩着我。

"十一年前,我与妻子和女儿一起出国。因公务需要,我得去趟巴黎,于是,我把妻女留在伦敦,希望几天后我们能在巴黎会合。但事与愿违,因为那可恶的诅咒依然笼罩着我。我在法国巴黎待了还不到两天,就发生了一系列匪夷所思的事情,彻底地摧毁了我的生活。我收到了一张白色卡片,上面用紫色的墨水潦草地写了一段话,但是就是这张卡片彻底毁掉了我的人生。虽然这听起来有些荒谬,但它确实发生在我身上。卡片是由一位女人递给我的,她十分美丽,双眸像星星一样动人。不过很久以前,她就去世了。但我不知道她为什么要伤害我,希望你帮我找出答案。

"你也知道的,我不懂法语,我想把卡片上的文字翻译出来,这是很正常的想法吧。于是,我把卡片给其他人看。但没有人告诉我它的意思。更糟糕的是,无论我把它展示给谁,在哪里展示,厄运马上就会降临到我身上。我先是被一家酒店赶到另一间酒店,接着一位老熟人也和我断了联系,再接着我就被逮捕入狱,到最后我被勒令离开法国。"

病人有些体力不支,稍作停顿后,又努力继续说了下去:

"当我回到伦敦时,我相信我深爱的妻子会给我一些安慰。但她看完那张卡片后,对我冷言冷语,将我赶走。最终,在深深的绝望中,我返回纽约,找到亲爱的老朋友杰克。我向他展示了卡片的内容后,他选择与我断交。我不知道卡片上的内容到底是什么,也许我永远不会知道,因为时隔多年,墨水已褪色了。我把卡片和其他文件放在我的保险柜里,后面会交给你的。但我希望你在我离世后能解开我生命的谜团。还有……关于我的财富,在你还没有想好如何处置前,你必须好生照看。没有人比这座城市的贫民更需要我的救济,我想要把钱捐给他们,除非……"

伯韦尔强忍着心中的苦楚继续说着,我一边鼓励一边安抚着他的情绪。

"除非你发现我做了什么坏事……是的,我必须说出来,我并不是像世人所认为的那样是个好人……哦,医生,如果你发现我在无意中伤害了任何人,我希望那个人,或者那些人,能继承我的财产。答应我。"

说完这些,伯韦尔神情激动,浑身发烫。我答应了他的要求,他的情绪才稍稍平静了下来。

不久之后,护士和医务人员进来准备给他做手术。当他们准备给他打麻药时,伯韦尔把他们推开,坚持要把保险箱中的铁盒子拿出来放到他的床边。

"卡片就在这里。"他把颤抖的手放在铁盒子上,"你要记得你对我的承诺!"

这是他的最后一句话,因为他没有挺过这场手术。

第二天早上,我收到消息称昨天的那位陌生人要求见我。然后一个风度翩翩、表情坚毅、个子高大、皮肤黝黑、戴着眼镜的男士来到了我房间里。

"伯韦尔先生已经去世了,对吗?"他开头便这样问道。

"谁告诉你的?"

"没有人告诉我,但我知道了他的死讯,谢天谢地。"

陌生人的态度十分诚恳,我觉得他这么说肯定有他的理由,于是我专心倾听起他的话。

"为了让你相信我接下来的话,我先告诉你我是谁。"他递给我一张名片,我看完就惊讶地抬起眼睛,因为上面有一个非常响亮的名字,很显然,这个陌生人是欧洲一位非常知名的学者。

"先生,见到您真是荣幸之至。"我恭敬地说。

"说这句话的应该是我才对。我需要你帮个忙,而且请不要对外透露我与伯韦尔的关系。之所以告诉你,一方面是出于我的正义感,另一方面,是为了医学的发展。医生,我必须告诉你,你的这位病人就是沃特街案的凶手。"

"不可能!"我大声喊道。

"等你听完我的故事,就不会这样说了。故事发生在十一年前,他第一次到访巴黎的时候。"

"神秘的名片!"我惊叫道。

"啊,看来他告诉过你他的经历,但他没有告诉你在巴黎第一天晚上发生的事吧,那天他第一次遇到我的姐姐。"

"你的姐姐?"

"是的,那张卡片是我姐姐给伯韦尔的,当初是想向他示好,不承想给他带来了那么多的痛苦。当时她身体不好,于是我们不得不离开印度进行长途旅行。唉!都怪我们一路上耽搁得太久,姐姐在纽约待了几周就去世了。我相信她的病情急剧恶化就是对伯韦尔的情况过度忧虑所致。"

"奇怪,一个普通的纽约商人怎么会与一位东方贵妇人扯上关系呢？"我喃喃道。

"事实就是如此。你要知道，我姐姐身体不好，主要原因就是过度痴迷于研究玄学。我曾试图劝她放弃，但无济于事。她曾经交了一些术士朋友，并从他们那里学到了一些关于灵魂的东西，好在她没有学会。有时候，和她在一起时，我经常会看到一些奇怪的现象，但我也没当回事。直到发生巴黎的那档子事，我才意识到她身上确实存在着超自然的力量。当时是晚上十点左右，我们驱车从博伊斯家返回寓所。突然，我姐姐用手捂住胸口，发出了一声痛苦的尖叫。然后用印地语匆匆地向我解释说，河对岸发生了可怕的事情。说着，她用手指向那里。她告诉我们必须立刻赶过去，还叮嘱车夫要快马加鞭，争分夺秒。

"看她如此笃定，我选择相信她，并告诉车夫按她的指示驾驶。马车迅速地穿过那座桥，驶入圣日耳曼大道，然后向左转，穿过塞纳河边的窄街。在她的指引下，我们东拐西拐、忽左忽右地在马路上穿梭着。她似乎受到了某种神秘力量的指引，一直催促着车夫加速前进，没有一丝犹豫。最后，我们驶进了一条漆黑的巷口，里面阴森森的，又窄又颠，马车几乎无法前行。

"我们匆忙穿过漆黑的小巷，周围没有人，看不到一丝光亮。突然，一阵沉闷的尖叫声打破了寂静，姐姐碰了碰我的胳膊，惊呼道：

"'就在那里，快拿出你的武器，我们要不惜一切代价抓住那个人！'

"一切发生得如此突然，我都不记得中间打斗的过程。只记得几分钟后，我紧紧地抱住那个男人，长期的丛林训练使我的体格十分强壮，任凭他如何挣扎都无法逃脱。我将他捆住之后，发现一个可怜的女人在地上，她满含着泪水，痛苦地呻吟着，断断续续地说那个男人想要勒死她。搜身后，我在那男人的身上发现了一把形状奇特、十分锋利的长刀。他随身携带这么可怕的武器，其目的可想而知。

"当我把那个人拖回马车时，我惊讶地发现，他并不是我预想中的穷凶极恶的杀人犯，而是一个风度翩翩的绅士。从他的面容和气质来看便可以证实我的判断：他双眼炯炯有神、手指白皙、言谈谨慎，一身富裕人士的打扮。

"'这怎么可能呢？'马车开动后我用印地语问姐姐。这个囚犯就默默地坐在我的对面。

"'他是一个库洛斯人[5]，'她打了个寒战说，'他的灵魂十分邪恶。像他这样的人，全世界也许就只有两三个。'

"'可是他的面容看起来很和善啊。'

"'那是你还没有看到他的真面目，很快你就会见识到了。'

"周遭发生的匪夷所思的事以及姐姐那些奇奇怪怪的言论让我目瞪口呆，不知道说什么好。一路上，我们都沉默不语，直到马车停在蒙托公园旁的小庄园门口。

"我永远无法准确地描述出那天晚上发生的事情，对于这种超自然现象来说，语言是苍白无力的。当时，我只是听从姐姐的指示紧盯着这个人，老鹰都不会像我那样盯着它的猎物看。姐姐一开始用十分温和的语气询问他，他似乎有些尴尬，茫然不知所措，并声称自己对所发生的事情一无所知，也不知道自己是如何来到河边那条漆黑的巷子里的。当我问起那个受伤的女人以及他的野蛮行径时，他都茫然地摇头，这激起了我的愤怒。

"'弟弟，不要冲他发火，他并不是在撒谎，是他体内的另

5　库洛斯人：具有善恶双重灵魂的人。

一个灵魂在作祟。'

"我姐姐又问了他的名字和国籍，他毫不犹豫地回答道，他叫理查德·伯韦尔，是一个来自纽约的商人，刚刚抵达巴黎，这次是和妻子、女儿一起来旅游的，一切听起来都很合理。但让人感觉奇怪的是，他说的是英语，而且似乎对法语一无所知，而我和姐姐都清楚地记得他对那个女人讲的是法语。'毫无疑问，'姐姐说道，'他确实是个库洛斯人；而且他的另一个灵魂知道我在这里，知道我是其主人。看，看！'她尖声喊道。与此同时，她把眼睛凑到那个人的脸前，从瞳孔中射出的强烈的光芒似乎要将他灼伤。我不知道姐姐对他施加了何种力量，也不知道她说了什么咒语，这个面容和善、身份体面的美国公民瞬间发生了变化。此刻，在我姐姐的脚下趴着的是一个邪恶、肮脏的恶魔。'现在你看到的就是他身上的恶灵，'我姐姐说道，'你看他不停地扭动和挣扎，我的降魔本事起作用了。弟弟，你该不会认为我这本事是从所谓的智者那里学来的吧？'

"随后发生的事情让我毛骨悚然，如果不是证据确凿，我是不会相信眼前发生的一切的。这个丑陋、矮小的生物蜷缩在地上，与之前那个风度翩翩的商人有着天壤之别。他用古法语和我们交谈，言语中尽是对神明的亵渎，他的言语之粗鄙，足以使撒旦[6]感到羞愧。他自顾自地说着，讲述了许多骇人听闻的事件，很多事件我们不仅闻所未闻，而且超出了我能够理解的范畴。从我姐姐的话来推断，这些邪恶的故事似乎与我们的现代生活或周围的世界没有任何关联。他听从我姐姐的命令，要他停止就停止，让他继续就继续。

---

6 撒旦：原为上帝所造的天使之一，因其狂妄自大，企图篡夺上帝之位而堕落成为魔鬼。

"'以前的事情不用提了,说说你附在伯韦尔先生身上以后都干了些什么吧。'

"他后面提到的一些事情我是比较了解的:他提到了纽约、他的妻子、一个婴儿、一个朋友。他说他勒死了婴儿,劫走了朋友的钱。当他要继续说下去时,我姐姐打断了他。

"'你在杀死婴儿时是怎么做的,再做一遍!站起来,站起来!'她再次念起了咒语。这个恶魔立刻向前扑去,弯起它那爪子般的手,再现了掐死婴儿的那一幕。他脸上的表情如同地狱里最可怖的恶魔,让人不寒而栗。

"'你当时是怎么劫走朋友的钱的,你再做一遍!站起来,站起来!'她又念起了咒语,恶魔也很听话地照做了。

"'我们得把这些拍下来为日后所用。'姐姐说着,吩咐我仔细地看住这个恶魔,直到她回来。她离开了房间之后过了好一会儿,带回了一个黑盒子,那是一个摄影器材,除此之外,还有一些其他东西,我猜是一些更新颖、更奇特的摄影仪器。然后,她拿出了一张由精美的东方纸压缩而成的白色卡片,把刚刚恶魔的那两个可怕的姿势拍了下来。拍完后,这张卡片看起来还是和之前一样洁白无瑕,没什么特别,除非有人拿着它仔细瞧,才能发现其中玄机。

"除了这两张以外,还有第三张卡片,卡片上的人似乎有两副面孔,我姐姐说,那两张脸,代表的是两个灵魂,分别是那个面容和善的善灵和面目狰狞的恶灵。

"然后我姐姐要我拿来笔和墨水,我把装满紫色墨水的钢笔递给她。姐姐把那支笔转交给库洛斯人,让他在第一张卡片下面写上:'我是如何杀害我的孩子的';在第二张卡片下面写上:'我是如何抢劫我的朋友的';在第三张卡片下面写上:'这就是理查德·伯韦尔的灵魂'。奇怪的是，这些字是那个恶魔用古法语写的，但伯韦尔根本不懂法语。

"我姐姐正准备结束和那个恶魔的交谈，突然想到另外一件事情。她像之前那样盯着那个恶魔，眼里射出强烈的光，对它说道，'在你所有的罪行中，哪一件是最恶劣的？我命令你，快说出来！'

"然后那个恶魔说自己曾经杀害了一些虔诚的女教徒，并把她们的尸体埋在一间房子的地下室里，上面盖着一扇厚重的门。

"'那个房子在哪里？'

"'在皮克普斯街19号，古教堂的墓地的旁边。'

"'那是什么时候的事？'

"听到这句话，恶魔突然开始激烈地反抗，他在地板上扭动着，那扭曲的姿态十分骇人，同时嘴里嘟囔着一些莫名其妙的话。但姐姐似乎能听懂他说的是什么，因为她不时地打断它，语速很快，语气严肃，而且最终使他屈服了。

"'够了，'她说，'我已经知道一切了。'然后她再次念起了咒语，像之前一样盯着它，眼睛里射出强烈的光芒，恶魔身上的那层丑陋的外皮逐渐褪去，渐渐地变回了那个诚实、正直、面相和善的绅士——来自纽约的伯韦尔先生。

"'对不起，女士，'他言语笨拙，但非常恭敬，'我一定是吃错了什么药，今晚有些不对劲儿。'

"'是的，今晚你的状态确实不对。'我姐姐说道。

"后来，我陪同这个人前往他住的大陆酒店，然后回到我姐姐的住处。我和我姐姐一直谈论到深夜。我看到她十分紧张，担心这对她的健康不利，便敦促她去睡觉，但她不愿意。

"'不，我肩上的责任太重了。'她说道。然后她又讲了一堆理论，并试着解释给我听，我听不太懂，但我能理解的是：有一种比瘟疫更可怕的邪恶力量，正威胁着所有的人类。

"'在生命轮回的过程中'她说道，'当纯洁的灵魂准备投胎时，库洛斯灵魂就会瞅准时机，侵入新生儿的身体。然后这两个灵魂就会在婴儿体内共生共存，伴其一生。丑恶的邪灵也会以人的躯体为载体危害人间。我觉得以后还会见到可怜的伯韦尔先生，这是我的职责所在。也许他永远记不起我们是谁，因为今晚发生的一切太过震撼，超过了人体能感知的范畴，自然不会给他留下任何印象。'

"第二天晚上十点多，我姐姐坚持让我陪她去一趟费利斯·贝尔热剧院——那个我们压根不怎么去的音乐花园。我当即表示反对，但她说：'我必须去，它就在那里。'听到这句话，我不禁打了个寒战。

"我们驱车去到了那个地方，进去之后，很快便发现理查德·伯韦尔坐在一个小桌子旁，享受着这个新奇、欢乐的场面。我姐姐犹豫了一会儿该怎么办，之后便松开了我的胳膊，走到那张桌子前，在伯韦尔的跟前留下了那张早已准备好的卡片。片刻后，她重新回到我的身边，她美丽的面容上泛起一丝怜悯。我们没做过多停留，很快就离开了。此时伯韦尔先生一脸诧异，显然，他并不认识我们。"

我一直聚精会神地听着这位学者的奇谈怪论，始终一言不发，但现在我终于忍不住提出了一个疑问。

"你姐姐为什么要给伯韦尔留下那张卡片呢？"我问道。

"她希望让他认识到自己可怕的那一面，也就是让他纯洁的灵魂认识到还有另一个邪恶的同伴。"

"那她成功了吗？"

"唉！很遗憾，没有成功。虽说卡片上的画面对别人而言是显而易见的，但他自己什么都看不到。因为对于库洛斯人来说，他们压根儿就不会承认自己的恶行。"

"可是多年来，他品行端正，广为人知，他已经成为大家的楷模了。"

但学者摇了摇头，说："我承认，他的行为确实有所改善，这主要是因为我按照我姐姐的意愿对他进行了一系列实验。但他身上的恶灵并未被驱除。医生，很抱歉告诉你，这个人不仅是沃特街案的凶手，还是一直被警方追捕的女性肢解案的真凶，在过去十年间，他犯下的累累罪行一直困扰着欧洲和美国的警察。"

"你既然知道这些，"我站起身说，"那为什么不去揭发他？"

"因为无法提供证据，而且我曾向我姐姐发誓，只会将他用于这些灵魂实验。与我现在能给世界带来的伟大的知识相比，他的罪行又算得了什么呢？"

"伟大的知识？"

"是的，"学者充满热情地说，"医生，现在我可以告诉您，不久之后，全世界都将知道，只要记忆还存在，就有可能迫使人们揭露出他们脑海中最深层的秘密，因为记忆只是大脑产生物质图像的能力，这些图像可以通过思维射线投影到外部，并在照片底片上留下影像，就像我们平时拍摄照片一样。"

"你是说，你可以将我们身上的善灵和恶灵拍摄出来吗？"我惊叫道。

"的确如此，曾被你们的一位西方小说家模糊理解的双重灵魂真实存在的这一伟大真理，已经被我在实验室里用相机证明了。而我的目的是：在恰当的时机，将这宝贵的知识交给一些精挑细选的人，让他们把这个知识妥善地利用起来，并传承下去。"

"太棒了,太棒了!"我大声喊道,"现在请告诉我,皮克普斯街的那座房子,你去过没有?"

"我们去过,但是那里的建筑已经倒塌五十年了,所以我们没有继续搜寻[7]。"

"那张名片上的字迹,您还记得吗?因为伯韦尔告诉我,那些字已经褪色了。"

"我有那张卡片的照片,是我姐姐当时特意拍下的。因为我觉得钢笔并不好用,写的字迹会褪色。这张照片我明天会带给您。"

"请将它带到伯韦尔的家里来。"我说道。

第二天早上,那个人如约来访。

"这是那张卡片的照片。"他说道。

我从伯韦尔的铁盒里拿出信封,拆开了信封上的封条,拿出了卡片。"这是那张原始的卡片,"我说道,"我一直等你来看呢。你看,上面的文字确实消失了,卡片似乎一片空白。

"你这样握着它是不对的。"那个人说道,当他把卡片倾斜一点儿时,我看到了永生难忘的恐怖画面。顷刻之间,我明白了,这张卡片对于他的妻子和他的朋友来说是多么难以接受。没错,画面中的人正是伯韦尔,铁证如山。图片上展现的正是他被诅咒的人生,在那张卡片上,妻子看到的是一个母亲永远无法原谅的罪行,合作伙伴看到的是一个朋友永远无法原谅的过失。想象一下,自己所爱之人的脸突然在你的眼前变幻成一个痛苦的骷髅,然后变成一团腐败物,最后变成地狱中最丑陋的恶魔,带着所有

---

[7] 多年后,巴黎的工人在皮克普斯街进行挖掘时,发现了一扇沉重的门,被埋在一堆碎石和一个古老的墓地下面。人们打开门后,发现了一个地窖,里面有许多女性骸骨,墙上用法语刻着一些污言秽语。专家们称这些文字可以追溯到两百多年前。他们还宣称,这种书写方式与纽约沃特街谋杀案门上的字迹完全相同。因此,我们可以认定一切都是恶灵转世重生后干的。这个邪恶的灵魂在十七世纪坑杀了那么多女性,又在十九世纪末杀害了沃特街上那个可怜的女人。

的邪恶和耻辱的印记,斜着眼睛看着你,那该是多么痛苦啊。而他们看到的,就是这样的画面!

"让我们把这两张卡片放在棺材里吧,"学者意味深长地说,"我们已经尽力了。"

为了尽快处理掉这张令人讨厌的卡片(说不定卡片上还有那邪恶的诅咒),我拉住了学者的胳膊,一起走进了摆放伯韦尔尸体的房间。伯韦尔临终时,我在他旁边,他明明走得十分安详。但是现在,当我们把这两张白色的卡片放在他胸口上时,那位学者突然碰了碰我的胳膊,指着伯韦尔可怕、扭曲的脸,轻声说:"看,即便人都死了,恶灵也跟着他。我们快点儿合上棺材吧。"

长方形箱子
THE OBLONG BOX

〔美〕爱伦·坡
Allan Poe

《长方形箱子》导读

1.《长方形箱子》的作者是美国作家、诗人、编辑、文学评论家爱伦·坡（1809—1849）。

2.爱伦·坡最初想把《长方形箱子》交给编辑纳撒尼尔·帕克·威利斯，让他在《新镜报》上发表，但威利斯认为这篇小说更适合放在莎拉·约瑟法·黑尔编辑的礼品书《欧泊》上。最终该小说于1844年8月28日首发于费城的《美元报纸》头版，9月刊载于黑尔编辑的女性杂志《戈迪女士的书》。

3.在创作《长方形箱子》时，爱伦·坡回忆起了多年前自己作为士兵驻扎在莫尔特里堡（为保卫南卡罗来纳州查尔斯顿而修建的防御工事）的经历，因此将故事里主角所搭乘的船的航线定为查尔斯顿至纽约。

4.故事中怀亚特的名字很可能源自托马斯·怀亚特教授。托马斯·怀亚特是一位作家，爱伦·坡在《贝壳学家的第一本书》中翻译了他的作品。

5.故事部分取材于约翰·C.柯尔特谋杀塞缪尔·亚当斯的事件，该事件占据了当时纽约媒体的头条。

6.学者杰拉德·肯尼迪在《论爱伦·坡》中将这个故事视为讽刺作品："通过叙述者怪诞的曲解，《长方形箱子》巧妙地讽刺了侦探的英雄形象。"

7.1969年，导演戈登·赫斯勒拍摄了电影《长方形箱子》，该电影结合了爱伦·坡的几个经典恐怖主题。

几年前,我在哈迪船长的那艘漂亮的"独立"号邮船上预订了舱位,准备从南卡罗来纳州的查尔斯顿前往纽约。如果天气允许的话,我们将于六月十五日起航。六月十四日那天,我提前来到船上,把即将入住的客舱收拾了一番。

　　我翻看了旅客名单,发现旅客很多,女性旅客也比平常多。此外,我还在名单上看见好几个熟悉的名字。在众多名字中,我欣喜地发现了青年艺术家科尼利厄斯·怀亚特的名字。他是我在C大学时的同窗,当年我们俩走得很近,交情很不错。和其他艺术天才的秉性差不多,怀亚特天性喜怒无常、孤僻、敏感,却不失热情,且待人真诚。

　　我发现怀亚特用他的名字订了三间客舱。我再次查看了下旅客名单,发现他是为自己、妻子和两个妹妹订的客舱。船上的客舱十分宽敞,每间都有上下两个铺位,不过床铺很窄,只能睡下一个人。如此看来,怀亚特他们一行四人只需订两间客舱就够了,为何要多订一间呢?那时,我的情绪不太稳定,常常会对一些琐事感到异常好奇:我不得不承认,对于这间多出来的客舱,我做过各种荒谬可笑的猜测。这事本来与我毫不相干,但我还是绞尽脑汁地想解开这个谜题。最终总算想出了一个答案,"当然是留给仆人的,"我说,"我怎么那么傻,为什么没有早一点儿想到这个答案?"但是当我再次查阅名单时,并没有发现有仆人与他们随行。事实上,他们本来是想带一名仆人的,因为名单上原本写着"仆人"二字,只不过后来又被划掉了。"哦,那个房间是放额外的行李的,肯定是这样。"我自言自语道,"有些东西他肯定是不想放在船舱里,而是打算放在自己的眼皮底下。我明白了!应该是那幅画。为了它,怀亚特还与那位意大利的犹太人尼科利诺讨价还价了很久。"这个答案让我颇为满意,暂时打消了我的好奇心。

我和怀亚特的两个妹妹很熟,她们是一对可爱、聪明的姑娘。怀亚特和妻子新婚不久,虽然我与她素未谋面,但他经常在我面前提起她,并且用他一贯的热情语调将她描绘成一个才貌双全的绝世佳人。因此,我非常渴望认识她。

我登船的时候,船长告诉我,怀亚特一家待会儿也会上船来。于是我故意在船上多逗留了一个钟头,希望能与怀亚特夫人见上一面。后来,有人传来消息,说是怀亚特夫人的身体有些不舒服,明天船起航时才会登船。

第二天,我从酒店赶往码头时,在路上遇到了哈迪船长。"由于某些情况,"他说,在我看来这是一个愚蠢且常用的借口,"我觉得'独立'号可能要延迟一两天才能起航,等一切准备就绪,我会派人通知你的。"我觉得有些莫名其妙,因为当时天气很好,还吹着和煦的南风,反正肯定不是天气原因。尽管我百般追问,仍得不到任何答案。除了回去,耐着性子等候登船通知外,我别无选择。

都快过去一个星期了,我还是迟迟没有收到登船通知。最后,轮船出发的消息终于传来,我立即赶往码头。船上挤满了乘客,闹哄哄的,大家都在为这趟航行做着准备。我登船后,过了十来分钟,怀亚特一家也到了。一行人中有怀亚特、怀亚特的妻子以及他的两个妹妹。和往常一样,怀亚特满脸的不高兴。然而,我对他的脾性十分了解,所以我并不在意。他甚至没有给我介绍他的妻子，但他那聪明可爱的妹妹玛丽替他解了围，三言两语间就让我们相互认识了。

怀亚特太太的脸被一层面纱遮得严严实实。当她扬起面纱向我回礼时，我才看清了她的容貌，坦白说，我感到非常惊讶。要不是因为我对怀亚特足够了解，知道我这位艺术家朋友对女性美丽的描述容易夸大其词的话，我可能会更加震惊。当谈及"美"这个话题时，我知道他很容易陷入纯粹的想象当中。

事实上，怀亚特夫人绝对是个相貌平平的女人。虽然不能说她长相丑陋，但也差不多。然而，她又打扮得十分考究。我想她一定是以智慧的头脑和持久的魅力俘获了怀亚特的心。她和我简单寒暄了几句后，就随怀亚特进入了客舱。

这会儿，我那爱管闲事的癖好又发作了。毫无疑问，他们没有带仆人。我四处打量着，看看他们有没有带其他的行李。过了一会儿，一辆装有长方形松木箱子的马车到达了码头。他们额外的行李应该就是这个箱子。箱子一到，船就立刻起航了。不久，就安全地越过了浅滩，向大海驶去。

正如我所说，那个箱子是长方形的，长约六英尺，宽约两英尺半。我仔细地观察着它，试图对它进行更准确的估量。箱子虽然形状很奇特，但我一看就知道它里面装的是什么，也更加确信之前的猜测是正确的。大家应该还记得，我曾预测过，我的这位艺术家朋友额外携带的行李应该是一些画作，或者说至少有一幅画作，因为我知道他为了一幅画，已经与尼科利诺周旋好几个星期了。从箱子的外形来看，除了列奥纳多[1]的《最后的晚餐》的复制品，我想象不出还有什么其他的东西能装进去；而这幅复制品，

---

1 列奥纳多：指列奥纳多·达·芬奇，意大利文艺复兴时期画家、自然科学家，"文艺复兴后三杰"之一。

是由佛罗伦萨的小鲁比尼绘制的,后来由尼科利诺收藏。现在看来,那幅画是归我的这位艺术家朋友所有了。一想到自己如此聪明敏锐,我就十分得意,不禁咯咯地笑出声来。这是怀亚特第一次对我隐瞒他的艺术收藏,他明显是打算趁我不备,在我的眼皮底下偷运一幅精美的画到纽约,还以为我对此毫不知情。我迟早得好好拷问他一番。

然而,有一件事让我感到有些烦恼。那个箱子并没有被运到怀亚特额外预订的那间客舱,而是被安置在怀亚特自己的客舱里。它几乎占据了整个地板,这无疑给我的这位艺术家朋友和他的妻子带来了极大的不便。尤其是箱子上用焦油或油漆涂写的大写字母散发出一股强烈而令人不悦的气味,对我而言,这种气味令我作呕。箱盖上涂了这样一些字样:

阿德莱德·柯蒂斯女士收

纽约州奥尔巴尼市[2]

由科尼利厄斯·怀亚特先生负责照看

此面朝上

请小心搬运

我知道,那位奥尔巴尼市的阿德莱德·柯蒂斯女士是我那位艺术家朋友的岳母,但我感觉,上面的地址是专门用来迷惑我的。我当然能想到,这个箱子和里面的东西最后肯定会送到我那位愤世嫉俗的朋友在纽约钱伯斯街[3]的工作室,绝不会送到其他地方。

---

2 奥尔巴尼市:美国纽约州首府,位于该州东部,哈德逊河西岸。

3 钱伯斯街:位于纽约曼哈顿区。

在海上航行的头三四天,天气很好。尽管是逆风行驶,但我们一离开海岸线,风向就变了,开始朝北吹去。乘客们热情高涨,纷纷开始交流起来。不过,怀亚特和他的妹妹们却是个例外,他们表现得很僵硬,不禁让人觉得他们的举止有点儿不礼貌。我对怀亚特的行为并不太在意。他似乎比平时还要阴郁。但对于他的各种怪癖我是有心理准备的。反倒是他的妹妹们的怪异举止,让我有些想不通了。整个航程中,她们都把自己关在客舱里,虽然我多次劝说,但她们坚决拒绝与船上的任何人进行交流。

相比之下,怀亚特夫人要讨喜得多。换句话说,她十分健谈。在海上,健谈可是个不小的优势,使她与大多数女士的关系变得极为亲密。但让我深感惊讶的是,她还明目张胆地和男人们调起情来。事实上,她把大家"逗"得很开心。可与其说她是逗别人笑,不如说她一直在被人取笑。绅士们很少谈论她,但女士们对她的评价是"心眼不坏,相貌平平,毫无教养且庸俗不堪"。让人不可思议的是,她们竟然还议论怀亚特怎么会娶这样不堪的女人。大家都觉得怀亚特是为了钱,但我知道根本不是这样。因为怀亚特告诉我,她没有给过他一分钱,他也没有想过从她身上获得任何财产。他说他纯粹是因为爱情才和她结婚的,不掺杂任何其他因素,而且他的妻子也非常值得他去疼爱。当我想起我朋友的这些话时,不禁感到十分困惑。难道他失去理智了吗?除此之外,我不知道该作何解释。他如此文雅、聪明,如此挑剔,对人的缺陷有如此敏锐的感知,对美的事物又有如此深刻的洞察力,怎么会喜欢上这位尽是缺点的女士?当然,这位女士似乎也特别喜欢他,尤其是在他不在场的时候,她会频繁地引用"我心爱的丈夫怀亚特先生",让人觉得十分别扭。与此同时,所有人都能注意到她的丈夫在非常刻意地避开她,在大部分时间里都把自己关在客舱里。可以说,他完全住在里面了,任由他的妻子在船上的公共场合随意地消遣他。

我的所见所闻显示,这位艺术家朋友可能遭到了命运莫名其妙的捉弄,抑或是受到了某种情绪的驱使,最终被迫与一个完全配不上他的人结合。而这种结合很快让他心生厌恶。我打心底里同情他,但也不会因为他婚姻不幸就原谅他对我隐瞒长方形箱子的事实。因此,我必须给他点儿颜色看看。

有一天,他走上了甲板,我习惯性地扶着他的胳膊一起散步。他的抑郁情绪似乎没有丝毫消减(有这种妻子,不抑郁才怪呢)。他的话很少,显然有些闷闷不乐。我讲了几句玩笑话,他也只是苦着脸笑了笑。可怜的家伙!一想到那败兴的妻子,他哪还有心思欢笑呢?最后,我决定跟他聊聊那个长方形箱子。我开始旁敲侧击,想让他知道我不是那么好骗的,也不会相信他那故弄玄虚的把戏。我便开口影射道:"那个箱子的形状真奇特啊。"说完,我会意地笑了笑,眨了眨眼,用食指轻轻地戳了戳他的肋骨。

听到我这无伤大雅的玩笑话后,怀亚特像疯了一般,反应十分激烈。起初,他盯着我看,好像无法理解我话中的弦外之意。等他回过神来后,便直直地盯着我,那对眼珠似乎要从眼眶中掉出来一般。他的脸先是涨得通红,接着变得一片惨白。随后,他似乎觉得我这番话十分有趣,开始大笑起来。让人没想到的是,他越笑越大声,笑了有十多分钟的样子。最后,他重重地摔倒在甲板上。当我跑过去扶起他时,他竟面如死灰,脸色十分难看。

我立刻请人来帮忙,费了很大力气,终于让他恢复了意识。醒来后,他含混不清地说了一大堆话。最后,我们给他放了血[4],

---

[4] 指的是"放血疗法",在那时的西方很流行。

并让他卧床休息。第二天早上，他的身体已经完全恢复了。至于他的精神状态，我不好多说。在余下的航行时间里，船长建议我避免与他接触。他似乎也认为怀亚特有些精神错乱，还警告我不要对船上的任何人提起这个事情。

在怀亚特病情发作后，又发生了几件事情，进一步引起了我的高度好奇。有一天晚上，我喝了很多浓茶，精神变得很亢奋，睡不着。事实上，连续两个晚上我都几乎无法入眠。和其他单身男性一样，我的客舱与餐厅连通，都在主舱。怀亚特的三个房间在尾舱，只有一个小小的滑动门将其与主舱隔开，而这个门即使在晚上也从不上锁。由于我们几乎一直在逆风航行，而且风势相当大，船明显向着下风处倾斜；每当船向右倾斜时，连接舱室的滑动门就会自动打开，但没有人会费心去关上它。由于天气炎热，我的房门总是敞开的，在我的铺位正好可以清楚地看到尾舱——怀亚特先生的客舱正好在我的视野范围内。有两个晚上，我睡不着，曾清楚地看到怀亚特夫人每晚十一点左右时就小心翼翼地从怀亚特先生的客舱里溜出来，进入他们额外预订的客舱，一直待到天亮，然后被她的丈夫叫回去。他们实际上是分居的。看样子，他们应该是要准备离婚了。现在，我终于弄清楚怀亚特为什么要多订一间了。

除此之外，还有一个情况让我非常感兴趣。在那两个不眠之夜，就在怀亚特夫人走进那间额外的客舱后，我听到她丈夫的房间里传来一阵奇怪的声音。那声音很轻微，听起来像是出于谨慎而刻意降低音量所致。我仔细聆听了一会儿，经过一番思索，我终于知道那是什么声音了——应该是那位艺术家朋友用凿子和木槌撬开长方形箱子时发出的声响。但那声音听起来十分沉闷——木槌的头部似乎被毛布或棉布包裹了起来，以免发出的声音惊动其他乘客。

根据他房间里的动静，我可以准确地听出他是何时打开的箱盖，也能听出他是何时完全移开的箱盖，还可以听出他是何时把箱盖轻轻地放在下铺上的——我知道他把盖子放在床铺上是因为地板上没有多余的空间了，而且盖子还与床铺的边缘碰撞产生了轻微的声响。之后，就是一片死寂。直到天亮，我都没再听到什么其他的声音。不过，我似乎听到了一阵低声啜泣或喃喃自语的声音。那声音极度克制，几乎听不见，我一度以为那呢喃声是我自己想象出来的。我想我应该是耳鸣了，那应该不是怀亚特的哭泣或叹息声。根据我对怀亚特的了解，他只是纵情于他的嗜好，沉浸在对艺术的热情中罢了。他打开长方形箱子，就是为了好好欣赏他珍藏的画作。他高兴都来不及，怎么会偷偷地哭泣呢？一定是哈迪船长那浓浓的绿茶惹的祸，让我产生了一些奇怪的幻想。这两个晚上，每到黎明前夕，我都能清楚地听到怀亚特先生把长方形箱子的盖子盖上，并用被布包裹着的木槌钉钉子的声音。做完这些，他便穿着整齐，走出客舱，去叫醒怀亚特夫人。

我们已经在海上航行了七天，此时吹来一阵强劲的东南风，将船吹离了哈特拉斯角[5]。不过，我们对此早有准备，因为糟糕的天气已经持续一段时间了，轮船上上下下都被布置得十分妥当。随着风力不断加强，我们最后只能收起船帆，调转方向，让船泊在海面上。

就这样，我们平安地度过了四十八个小时。事实证明，这艘船各方面的性能都很优异，船舱也没有进水。然而，过了一段时间后，风暴竟加强成了飓风，船上的后帆被狂风撕成了碎片，船身在一个个巨浪中被抛入波谷。在这场事故中，我们失去了三名

5　哈特拉斯角：美国北卡罗来纳州的外滩群岛——哈特拉斯岛上一狭长、弯曲的沙洲所形成的岬角。

船员，厨房和几乎整个左舷的围栏也被冲垮了。我们回过神来后，趁前桅顶帆还没被撕成碎片，赶紧拉起了一面支索帆。幸好应对得当，在接下来的几个小时，船比之前更加平稳了。

狂风继续刮着，没有丝毫减弱的迹象。索具[6]难以承受强大的风力，绷得紧紧的。在风暴来袭的第三天，下午五时许，船尾处的桅杆被狂风刮倒，横在了甲板上。我们想要将它搬走，但由于船身一直在剧烈地晃动，前后花了一个多小时，也愣是没能成功。这时，一位船员走过来报告，说船舱里的水已有四英尺深。更糟糕的是，水泵被堵住了，几乎无法使用。

我们困顿不已，但幸好最后想到了减轻船身重量的方法：我们尽可能地将船上的货物都扔掉，并将剩下的两根桅杆也砍断了。船身重量的问题解决了，但是水泵还没有修好，船舱里的积水越来越深。

日落时分，风暴开始显著减弱，海浪也变小了不少。我们仍然抱着微弱的希望：能搭上一艘救生艇逃生。晚上八点钟，云朵被风吹散，露出了一轮满月。那皎洁的月光像是上帝给予大家的恩赐，极大地鼓舞了大伙儿低落的情绪。

经过不懈的努力，我们终于成功地把大型救生艇从船侧取下。整个过程十分顺利，没有发生任何意外。"独立"号上的所有船员和大多数乘客登上救生艇之后，便迅速撤离了。历经千辛万苦，他们终于在轮船失事的三天后安全抵达了奥克拉科克海湾[7]。

包括船长在内，还有十四名乘客留在船上，我们都寄希望于船尾的小艇。我们顺利地把小艇放了下来。小艇安然地浮在水面

---

6 索具：指与绳缆配套使用的器材。

7 奥克拉科克湾：位于美国北卡罗来纳州。

上,没被海水淹没。船长和他的妻子都登上了那艘小艇,同行的还有怀亚特先生一家、墨西哥军官夫妇及他们的四个孩子和我,还有一个黑人仆从。

船上的空间有限,除了一些必备的器材、食材和身上的衣服,我们根本放不下其他东西。在这种性命攸关的时候,也没有人想着拿其他的东西上船。我们划着小艇,离开了"独立"号一段距离后,怀亚特先生站在船尾,冷冷地要求哈迪船长将船往回划,去拿他那个长方形的箱子。这让在场的所有人都震惊不已。

"怀亚特先生,请你坐下!"船长有些严厉地回答道,"你再乱动,会害大伙儿翻船的。"

"我的箱子!"怀亚特先生仍然站着,大声喊道,"听我说,哈迪船长!我要拿回我的箱子。你不能也不会拒绝我。它没多重,不碍事的。以你母亲的名义,也看在老天的分上,我恳求你回去,让我拿上那个箱子!"

有那么一瞬,船长似乎被我的艺术家朋友的恳求给打动了。不过,他很快就恢复了冷静,并严厉地对他说道:

"怀亚特先生,你一定是疯了,我可不会听你的。我说了,请你坐下,要不然你会把这艘小艇弄翻的。不要动,抓住他!抓紧他!他要跳到海里了!哎,我就知道,这下,他准会没命的。"

船长正说着话时,怀亚特先生一头扎进了海里。因为我们在"独立"号的背风面,风势不是很大,再加上他用超人般的努力,奋力地在水里划动着,终于成功地抓住了一根悬挂在前甲板上的绳子。不一会儿,他便回到了船上,疯狂地冲进了船舱。

与此同时,我们已经被冲到了船尾处。没有了大船的保护,只能任凭汹涌的海浪摆布。我们想要努力地往回划,但在暴风雨中,我们的小船像羽毛一样漂泊无依。我们回头看了一眼怀亚特,深知这位不幸的艺术家将殒命于此。

我们离"独立"号越来越远了。这时,那个疯子在甲板梯口出现了,他凭着一股巨大的力气,把长方形的箱子整个拖了出来。我们惊讶地盯着他的一举一动,只见他迅速地用一根粗绳将箱子和自己绑在了一起。转眼间,他和箱子一起落进海里,消失了。

我们盯着怀亚特落水的地方,悲伤地划着桨,在周围停留了一会儿后,我们还是划走了。在接下来的一个小时内,大家都沉默不语。最后,我率先打破了沉默。

"船长,你有没有发现,怀亚特和他身上绑的箱子,怎么一下子就沉了下去?这不是很奇怪吗?先前看怀亚特把自己和箱子绑在一起,我本来还抱着一丝幻想,希望这箱子的浮力能帮他浮上水面,救他一命。"

"他们肯定会沉下去,"船长回答道,"而且会立刻沉下去。不过,只要箱子里的盐溶解了,他们很快就会浮起来的。"

"盐?箱子里怎么会有盐?"我惊呼着。

"嘘!"船长指了指怀亚特夫人和他的两个妹妹,"这些事情我们以后再聊吧。"

我们历尽磨难,最后侥幸逃生。上帝还是十分眷顾我们的,就像眷顾那艘大型救生艇上的乘客一样。最终,经历了四天的艰辛旅程,九死一生之后,我们的船终于停在了洛亚诺克岛[8]对面的海滩上。我们在这里待了一个星期,营救人员对我们还不错,最后我们还拿到了去往纽约的通行证。

"独立"号失事的大约一个月后,我偶然间在百老汇遇到了哈迪船长。我们自然而然地提到了这场灾难,还特别提到了可怜

---

8 洛亚诺克岛:是美国北卡罗来纳州的沿海岛屿。

的怀亚特的悲惨命运。终于，他告诉了我事情的原委：

我的艺术家朋友为自己、妻子、两个妹妹和一个仆人预订了船票。他的妻子，也真如他所描述的那样，是一位美貌出众、才华横溢的女士。在出发的前一天，也就是六月十四日早上，这位女士突然生病去世了。年轻的丈夫悲痛欲绝，但现实又不允许他推迟前往纽约的行程。他必须把心爱的妻子的遗体送回到她母亲那里，但世俗偏见会阻止他这样做。而且，如果事情败露，九成以上的乘客宁可放弃乘坐这艘船，也不会愿意和一具尸体同行。

正在他进退两难时，哈迪船长想到了一个权宜之计。他请人将怀亚特夫人的遗体进行部分防腐，并装在一个适当尺寸的箱子里，与大量的盐一起作为货物运到船上。他不能向外人提及他夫人去世的消息，因为大家都知道，怀亚特先生为他妻子预订了船票。因此，在航行期间，必须有个人来扮演他的妻子。怀亚特女士的女仆就是个不错的选择。原本为这个女仆预订的额外的客舱现在正好派上用场了。经过仔细核查，船上没有人认识怀亚特生的妻子。因此，白天的时候，这位女仆尽其最大的努力扮演她的主人；到了晚上，这个冒牌的怀亚特夫人就睡在另一间卧室里。

哎呀！因为我太过粗心、好奇和冲动，竟犯了个天大的错误。最近，晚上我都睡得特别沉。睡梦中，怀亚特先生的面容一直萦绕在我的脑海里，而他那歇斯底里的笑声将永远在我的耳边回荡。

希望的折磨

LA TORTURE PAR L'ESPÉRANCE

〔法〕维利耶·德·伊斯勒·亚当

Villiers de l'Isle Adam

《希望的折磨》导读

1.《希望的折磨》的作者是法国作家、诗人、剧作家维利耶·德·伊斯勒·亚当（1838—1889）。亚当的作品常具有神秘与恐怖元素，以及浪漫主义风格。

2. "Android"一词出自亚当于1886年发表的科幻小说《未来的夏娃》，他在小说中用这个词来称呼外表像人的机器人。

3.《希望的折磨》于1888年8月13日首发于巴黎文学期刊《吉尔·布拉斯》，同年与亚当的另外7篇短篇小说一同被收录于他的故事集《新残酷故事》（1888年出版）。在此之前的1883年，亚当出版了故事集《残酷故事》，收录了他的28篇短篇小说。

4. 意大利作曲家路易吉·达拉皮科拉于1942年至1948年间，将该故事改编为歌剧《囚徒》。

5. 法国导演皮埃尔·巴德尔将该故事改编为同名电影，于1964年11月12日上映。

许多年前的一天，夜幕降临的时候，塞哥维亚的多明我会[1]的第六任修道院长、西班牙宗教审判所的第三大审判官、尊者——佩德罗·阿布伊兹·伊斯皮拉，在三位随从的簇拥下向地牢走去。三名随从中，有一名修士，还有两名圣裁会成员，他们手持灯笼在最前面带路。接着，门闩吱吱作响，大门徐徐打开，他们进入了一个散发着恶臭的房间。在昏暗的灯光下，隐约看见一些钉在墙上的铁环，一个沾满鲜血的刑架、一个火盆和一个水罐。在一堆麦秆上，坐着一名犯人，他面容憔悴、年龄不详、衣着褴褛，还有一条重重的铁链挂在他脖子上。

这名囚犯就是阿拉贡[2]的犹太人拉比·亚设·阿巴伯内尔，他被指控放高利贷，蔑视穷人。在被羁押于此的一年多时间里，他每天都要遭受酷刑。然而，他无知又嘴硬，拒绝放弃自己的信仰。

像所有的犹太人一样，他以数千年的血统为傲，为他的祖先而自豪。他是欧托尼耶和伊普西波娅的后代。正是这种自豪感，赐予了他承受痛苦和折磨的勇气。他精神坚定，拒绝屈从，也拒绝接受救赎。尊者佩德罗·阿布伊兹·伊斯皮拉眼含着泪水，走近颤抖的拉比，并对他说：

"孩子，你在牢狱中所受的折磨即将结束。你这般顽固不化，我不得不对你使用更加严酷的手段，对此我深感遗憾。我努力地

---

[1] 多明我会：天主教托钵修会主要派别之一，除了传教以外，还致力于高等教育。

[2] 阿拉贡：指阿拉贡王国，是1035—1707年时伊比利亚半岛东北部阿拉贡地区的封建王国。

想用手足之情来教化你，但我的能力也有限。你就是一棵不结果子的无花果树，最终只能枯萎[3]，但只有上帝才能审判你的灵魂。也许仁慈的主会在你生命的最后时刻照亮你那尘封的心灵。希望如此吧，以前也有先例。今晚你好好休息吧，明天你将被放在永恒之火上处以极刑。孩子，你知道吗，他们会将你放在火焰边缘慢慢炙烤。死亡至少要两个小时（通常要三个小时）才会来临，因为我们会在犯人头部和心脏部位缠上结冰的绷带。明天一共有四十三个人要受火刑，你是最后一个。你将有足够的时间向上帝祷告，经过圣火的洗礼，将自己献祭给上帝。愿你在天父的光辉中安息。

说完这些话后，修道院长示意同伴们解开囚犯的锁链，然后亲切地拥抱了他。接着修道院长走上前，低声请求犹太人原谅自己为了救赎囚犯的罪恶让他遭受的不少苦；然后两个随从默默地亲吻了他。仪式结束后，众人纷纷离去，留下囚犯一人孤独、迷茫地待在黑暗的牢房里。

拉比·亚设·阿巴伯内尔嘴唇皲裂，形如枯槁，神情呆滞地凝视着紧闭的牢门。紧闭？这个词不知不觉地在他的脑海中唤起了一种模糊的幻想，想着想着，他似乎透过门与墙之间的缝隙看到了灯笼的亮光。他此刻意识模糊，内心充满了不切实际的幻想。他费力地朝那奇异的景象爬去。然后，非常轻柔而谨慎地把一只手指伸进裂缝中，将门拉向他自己。太好了！出于偶然，仆人在门还没关紧时就拧动了钥匙，生锈的插销没有插进插销孔，所以门压根就没关。

---

3 出自《圣经》中耶稣所讲的寓言，天主教会认为"不结果子的无花果树"喻指犹太教堂或不信仰基督教的犹太人。

拉比紧张地朝外张望。在黄昏的余晖下,他首先分辨出了一堵半圆形的墙壁,墙上盘旋着锯齿状的螺旋式阶梯。在他的对面,五六级台阶之上,有一个黑色的入口,入口通向一条宽敞的走廊,而只有站在正下方才能看到最前面的拱门。

他趴在地上,向那个黑色大门爬去。是的,这里确实有一条走廊,一眼望不到尽头。走廊里光线很暗,一盏盏灯从拱形的天花板垂下,按照固定的间隔一字排开,稍稍地驱走了一丝沉闷的气氛。向前方看去,远处依然笼罩在一片黑暗当中。环顾四周,这里没有一扇门!在左边,有一排格栅,格栅的一端深深地嵌入墙体,留下一个个洞口。透过洞口,射进来几缕傍晚的霞光,在地砖上留下了一排绯红色的光束。周围寂静得可怕。然而,在那过道的远端,也许就有一扇逃生的门!拉比不再犹豫不决,而是变得异常坚定,因为那是他最后的希望。

他毫不犹豫地在地上爬行。为了不被人发现,他紧贴着墙,在洞口下方行进,尽力与黑漆漆的长墙融为一体。他缓慢地匍匐前进,强忍住全身伤口的疼痛,不让自己喊出声来。

突然,他听到了一阵脚步声逐渐靠近。他剧烈地颤抖着,恐惧让他窒息,视线也开始模糊。好吧,毫无疑问,这回死定了。他躲进一个凹处,吓得半死,静静等待着。

那是一个仆人在匆匆赶路。他手里紧握着一件可怕的刑具,然后消失了。惊恐中,拉比感觉自己的生命都快终结了。他在地上躺了近一个小时,无法动弹。他害怕如果因为越狱被抓,自己就会受到更多的折磨,于是有点儿打退堂鼓了。但逃生的希望在他的灵魂深处轻声呼唤着,也许这就是上帝的指引,它总在人们最艰难的时候给人以安慰。拉比坚信,奇迹就在他眼前。为了不浪费仅有的逃生机会,他开始向前爬。虽然痛苦和饥饿让他精疲力竭，身上的伤痛让他浑身颤抖，但他还是选择继续前进。那条阴森的走廊似乎在神秘地延长，而他，仍在前进，注视着幽暗的前方，他猜那里一定是出口。

哦！哦！他再次听到脚步声，不过这次的声音听起来缓慢而沉重。黑暗中走来两名宗教审判官，一人穿白衣，一人着黑袍。他们低声交谈着，似乎在讨论一些重要的事情，因为他们谈话时的手势非常激烈。

看到这个场景，他的心在剧烈地跳动，几乎让他窒息；他的破烂衣服被冷汗湿透，让他痛苦万分。拉比·亚设·阿巴伯内尔静静地躺在墙边，张大着嘴巴，闭上眼睛，在灯光下向上帝祈祷。

两名宗教审判官就站在他对面的灯光下，看样子是因为在他们辩论的过程中发生了一些意外。其中一位，一边听着同伴的话，一边面无表情地盯着拉比看！可怜的拉比一开始没有注意到，等他发现时，他似乎再次感受到火热的钳子在烧灼他的肉体，然后自己身上又多了一道伤口。他头晕眼花、气喘吁吁、眼皮止不住地颤动。当审判官的长袍触碰到自己时，他打了个寒战。彼时，那位审判官在非常专注地答话，非常认真地倾听。虽然他的目光看向拉比这边，但是并没有看见他。这听起来虽然有些奇怪，但也解释得通。

事实上，几分钟后，这两个阴森的身影朝着拉比来时的方向继续缓缓前行，低声交谈着。他们竟然没有看见拉比！此时，他的思绪极度混乱，一个念头闪过他的脑海：难道我已经死了，所以他们看不见我？拉比的脸紧紧地贴着墙壁，突然，他仿佛看到了两只凶猛的眼睛正注视着他！瞬时，他睡意全无。吓得他惊恐地把头向后一甩，头发竖了起来！事实上，这些都是他的幻想。他的手在石头上摸索着，发现墙上有两个洞孔。审判官的那双眼睛还在他脑海中，映射到墙上，便使那洞孔看起来就像人的双眼一样。

前进！虽然有些荒谬，他还是加快了速度，朝着他幻想的解救之地前进。那黑暗处离他仅仅只有三十步远的距离了。他跪在地上，双手支撑着身体，全身匍匐向前，加速前行，很快就到了走廊尽头那块让人毛骨悚然的、黑漆漆的地方。

突然，可怜的拉比双手感到一阵凉风沿着地面传来。两侧墙中间矗立着一扇门，风就是从门下面的缝隙吹进来的。

哦，天哪，如果那扇门能打开就好了。拉比的身体里的每根神经都充满了希望。他从上到下仔细检查了一遍，尽管他几乎无法在周围的黑暗中分辨出门的轮廓。他用手扫过门面，发现这扇门没有插销，没有锁！他站了起来，轻轻地推了一下，门就这样悄无声息地打开了。

"哈利路亚！"拉比喃喃自语，看着眼前的景象，感激不已。

那扇门通向花园，花园上空星光闪烁。这里是春天，自由和生命的象征。远处是一片田野，伸向蜿蜒的蓝色山脉。那里才是自由之地！哦，逃脱吧！他必须夜以继日地穿过前面的那片芳香的柠檬林，进入山区，才能完全安全。微风轻拂，他深深地吸了一口气，感觉到自己的肺部舒展开来，他心潮澎湃，感觉自己像拉撒路[4]一样重获了新生！为了再次感谢赐予他这份恩惠的上帝，他伸出双臂，抬头望向天空，欣喜若狂！

然后他仿佛看到上帝展开双臂靠近自己，朦胧中，他感觉到那双手臂环绕着他，拥抱着他，他被人温柔地拥在胸前。他定睛

---

4 拉撒路：《圣经·约翰福音》中记载的人物，他病危时没等到耶稣的救治就死了，但耶稣一口断定他将复活，四天后拉撒路果然从山洞里走出来，证明了耶稣的神迹。

一看，一位高大的身影站在他面前。他垂下眼睛，呆若木鸡，气息急促，惊恐无比。

真是让人毛骨悚然！他竟然被宗教审判官、尊者佩德罗·阿布伊兹·伊斯皮拉紧紧抱住，他满含泪水地注视着他，就像一个善良的牧羊人找到了迷路的小羊羔一般。

那个黑袍牧师热情澎湃，紧紧地拥抱着这个可怜的犹太人，由于动作幅度太大，不小心将自己的马尾衬扯到了胸口。拉比瞪大着双眼，在那位苦行僧的怀里痛苦地喘着粗气。他隐约意识到：那天晚上发生的所有事情都是预先安排好的酷刑，那就是给他逃生的希望。那位宗教审判官一脸诧异，用一种半同情、半责备的语气在他耳边喃喃细语。由于长时间斋戒，他说话的气息中都带着些许燥热。

"什么，我的孩子！在得救之夜，你竟然想离开我们？"

侦 探 故 事
DETECTIVE STORIES

前言

　　现代侦探小说之父——爱伦·坡是一位美国作家。他的许多作品，诸如《失窃的信》《莫格街凶杀案》等，至今都无他作可匹敌。

　　在众多侦探角色中，要数夏洛克·福尔摩斯更为人所知。而以夏洛克·福尔摩斯为代表的诸多侦探角色皆以奥古斯特·杜宾为原型。要知道，当爱伦·坡创作出杜宾时，连美国人自己都没有意识到其在未来的意义之重大，影响之深远。法国的侦探小说流派完全建立在爱伦·坡的作品风格之上，英国的柯南·道尔则借鉴了爱伦·坡和法国作家的风格，现代的美国小说家们又借鉴了法国和英国作家的作品。然而，时至今日，纵观侦探小说，能够创作具有"严谨想象力"的侦探角色的作家仍是少数，奥古斯特·杜宾算一个；狄更斯如果再晚几天辞世，也许能创作出另一个——他的最后一部作品《艾德温·德鲁德之谜》[1]成了永远的未解之谜。有一位仍在世的著名作家曾说过，如果狄更斯的寿命再长一点儿，他或许能成为除爱伦·坡之外的最优秀的侦探小说家。

　　已问世的侦探小说大多基于两种推理方法：分析和演绎。前者以爱伦·坡的作品为代表，后者以柯南·道尔的作品为代表。现今的部分侦探小说在创作时关注并应用了最新的科学发现，取得了不俗的成果。该领域的代表人物是亚瑟·B. 瑞福，他也是第一位用这种方式创作侦探小说的作家。亚瑟·B. 瑞福是一位美国作家，本侦探小说集就收录

1　《艾德温·德鲁德之谜》：狄更斯没来得及写完这部作品就去世了，因此这部作品没有结尾。

了他的作品《黑手》。《黑手》试图在其有限的篇幅中,描画出刑侦手段的发展过程。

约瑟夫·刘易斯·弗伦奇

失窃的信
THE PURLOINED LETTER

〔美〕爱伦·坡
Allan Poe

《失窃的信》导读

1.《失窃的信》的作者是美国作家、诗人、编辑、文学评论家爱伦·坡（1809—1849），他以诗歌和短篇小说（尤其是神秘小说和恐怖小说）而闻名世界，被认为是侦探小说的开创者，也是发展科幻小说类型的重要贡献者。

2.柯南·道尔说："爱伦·坡的每部侦探小说都是整个文学流派发展的根源……在他为侦探小说注入生命之前，侦探小说在哪里？"

3.《失窃的信》是爱伦·坡以虚构的C.奥古斯特·杜宾为主角的三篇侦探小说中的第三篇，另外两部是《莫格街凶杀案》和《玛丽·罗热疑案》。这三篇小说被认为是现代侦探故事重要的先驱。

4.《失窃的信》于1844年首次发表于文学年鉴《礼物：圣诞、新年和生日礼物》。该小说很快被众多期刊和报纸转载，1845年被收入《埃德加·爱伦·坡故事集》中。

5.《失窃的信》发表前，爱伦·坡在写给美国诗人詹姆斯·拉塞尔·洛厄尔的信中说："它也许是我最好的推理小说。"

6.爱伦·坡在故事开篇引用了所谓古罗马哲学家塞涅卡的话，但这句话并未在已知的塞涅卡作品中出现，而是来自意大利文艺复兴早期诗人彼特拉克的文集《论命运的补救之方》。爱伦·坡可能是从英国小说家塞缪尔·沃伦的小说《一年一万》中引用了这句话。

> 智慧忌惮过度聪明。
>
> ——塞涅卡

那是十九世纪秋天的一个傍晚，天色刚暗，微风阵阵。在巴黎圣日耳曼街区杜诺街三十三号三楼的一间狭小的书房里，我的朋友，C.奥古斯特·杜宾正和我一样，一边抽着海泡石烟斗，一边打坐冥想。我们已经像这样享受了一个小时，房间内寂然无声，宁静而肃穆。若此时有人透过窗户看上一眼，大概会觉得屋内的两人正心无旁骛地沉浸于眼前缭绕的烟气。不过，至少我还在琢磨刚刚谈论的话题——"莫格街凶杀案"和"玛丽·罗热疑案"。所以，当我们的老朋友——巴黎警察局局长 G 先生，他碰巧在此刻破门而入时，我竟隐隐有些期待。

多年未见的老友登门拜访，我们自然是十分欢迎的，虽说他有时并不讨人喜欢，但多数时候是位有趣的朋友。局长说，他有一桩很棘手的案子想要讲给我们听，顺便看看杜宾有没有什么建议。杜宾本来已经起身要去点灯，听他这么一说又一屁股坐下，任凭屋内一片黑暗。

"如果这件事需要仔细思考的话，"杜宾解释了没有点灯的原因，"黑暗的环境再合适不过了。"

"你又有了一个古怪的观点。"局长说。在他看来，一切无法理解的事物都是"古怪的"，他的生活也因此被"怪人怪事"团团围住了。

"确实。"杜宾并不否认,递给客人一支烟斗和一把舒适的座椅。

"那么,这个案子有多棘手?"我问道,"该不会比行刺、暗杀还要棘手吧?"

"不会,不是那种事。其实很简单,不是什么大事,本来我们可以自己解决的,但我一想,这么古怪的一件事,杜宾先生可能会感兴趣。"

"很简单但又很古怪的一件事吗?"杜宾说。

"嗯,差不多,但又不完全是这样。唉,被这种小事绊住,我们也很郁闷。"

"也许就是因为事情太简单了,你们才会被绊住的。"我的朋友说。

"净胡说!"局长大笑着回答。

"真相也许显而易见。"杜宾说。

"天哪,这是谁说的?"

"显而易见。"

"哈哈哈!啊哈哈哈哈哈哈!"看得出我们的客人被逗笑了,大笑着说:"杜宾啊,你真是长在了我的笑点上!"

"所以,到底是什么案子?"我问。

"啊,这就告诉你们。"局长坐正,深吸一口气说,"我会长话短说,不过在此之前,先说好,这事要保密,如果有别人知道我跟你们讲过,我的职位可就不保了。"

"讲吧。"我说。

"也可以不讲。"杜宾说。

"好吧,事情是这样:一位权贵私下里告诉我,皇宫中遗失了一份重要文件。他知道小偷是谁,因为有人目睹了小偷的偷窃过程,并且可以肯定的是文件还在小偷手里。"

"为什么能这么确定?"杜宾问。

"很好判断,"局长回答,"这份文件的性质很特殊,一旦小偷公开它,必然会引发事端。虽然现在还无事发生,但迟早会出事。"

"能再多说点儿吗?"我说。

"可以,但我可是冒着极大的风险告诉你们这些的。是这样,文件的持有者可以凭此文件掌握某种极高的权力。"局长像往常一样打着官腔。

"我还是不太明白。"杜宾说。

"还不明白?好吧好吧,某个人——你们先别管是谁——如果他看到了这份文件,就会怀疑有一位权贵背叛了他。文件的持有者可以利用这一点威胁这位权贵,因为他可以毁掉这位权贵的名誉和一切。"

"但是这个威胁,"我反驳说,"建立在小偷知道文件的主人已得知真相的基础上,哪个小偷敢——"

"这个小偷,"局长说,"是D部长。他敢,他什么都敢做,不管合不合规矩。他偷得那叫一个明目张胆啊。我就直说了吧,重要文件其实就是一封信。收信人独自在皇宫的卧室中,正准备读信时,另外一位权贵突然进来了,而她尤其不希望他知道这封信的存在。但是匆忙之中,她没能把信塞进抽屉里,只好随手放在了桌面上。所幸只有信封上的地址露在外面,信的内容还被封在里面,所以没有引起来访者的注意。可就在这个节骨眼上,D部长也来了。他一眼就注意到了这封信,认出了信上的字迹,还注意到了收信人的窘迫。很明显,他看透了她的秘密。D部长像往常一样匆匆地汇报了一些商业上的事务,然后拿出了一封几乎一模一样的信,假装读了起来,读完,便把它和桌面上原本的那封信放在了一起。然后他又谈论了十五分钟的公务。最后,D部长临走时从桌子上拿走了那封不属于他的信。当然,信的主人目睹了这一切,但某位权贵还站在她的身边,她不敢轻举妄动,只好任由D部长把信换走。"

"那么,"杜宾对我说,"信的主人确实会受到威胁,因为小偷知道自己的身份已经暴露了。"

"没错,"局长说,"而且几个月来,小偷已经用他'偷来的权力'影响了政局,这是十分危险的。信的原主人越来越迫切地想要拿回属于自己的信,但显然又不能光明正大地把信要来。绝望之下,她最终决定将此事委托于我。"

"除了你,"局长的周身缭绕着打着旋儿的烟气,"还有更合适的人选吗?我看没有。"

"您太抬举我了,"杜宾回答,"要是以前听到这样的夸奖,我大概会很开心呢。"

"确实,"我说,"就像您说的,信应该还在D部长的手里。持有信才能获得权柄,所以他不会把信给别人。"

"没错,"局长说,"不然我也不会采取行动。我做的第一件事就是全面搜查D部长的住所,但有个大麻烦,就是搜查工作得瞒着他秘密进行。因为从一开始,我就得到了警告——绝对不能让他怀疑我们。"

"可是,"我说,"您应该很擅长这种调查吧,巴黎的警察以前经常这么干。"

"哦,是的,没错,所以我才不至于陷入绝望。D部长的生活习惯也给我提供了很大的便利。他经常整晚不回家,仆人不多,住得很远,而且他们大部分都是那不勒斯人——一群酒鬼。再加上,你们也知道，我有一把能够打开巴黎所有房门和柜门的钥匙。三个月来，每天晚上我都亲自去搜查D部长的家，毕竟这关系到我的名誉。而且说实在的，委托人承诺给我的报酬很丰厚，所以我一直不愿放弃。直到我搜遍了D部长家里的每个角落，哪怕是只能藏进一张纸片的角落也不落下。但不得不承认，他比我狡猾得多。"

"那么，还有另一种可能，"我提出，"D部长仍持有这封信，但他没有把信藏在自己的家里。"

"这种可能性微乎其微，"杜宾说，"宫廷事务，特别是D部长策划的这场阴谋十分特殊，文件的随时支配权和持有权几乎同样重要，持有者要确保自己随时能够利用这份文件的敏感性来制造事端。"

"利用文件的敏感性制造事端？"我说。

"就是'搞破坏'的意思。"杜宾说。

"这样的话，"我说，"这信一定还在D部长家里。"

"对，"局长说，"我派人假扮步行强盗[1]袭击过他两次，还仔细搜查过他身边的人。"

"您其实没必要做这些，"杜宾说，"我想，D部长并不傻，他肯定提前想到了自己会被袭击。"

"并不傻吗？"局长说，"他可是一位诗人，我觉得诗人都挺傻的。"

杜宾叼着烟斗深吸了一口，思考了一会儿说："好吧，也许你是对的。说来惭愧，我有时也会写几首打油诗。"

"能讲讲搜查的细节吗？"我说。

"嗯，我们花时间搜查了那栋建筑的每个角落，这是我的长

---

1 步行强盗：指在过去的英国，步行在路上抢劫行人的强盗。

项。我们在夜里一间一间地搜查那栋建筑里的房间，每间都要花上我们整整一星期的时间。我们先是检查了家具，打开每一个可能藏了东西的抽屉——你们知道的，对于一名合格的警察来说，根本不存在'暗格'这种东西，只有傻瓜才会在搜查时遗漏了某个抽屉。但我们要找的东西实在太好藏了，不只是抽屉，任何一个柜子里都有巨大的空间可以藏进一封信，所以我们的搜查标准很严格，连一根线头也不会放过。除了抽屉、柜子，我们还检查了椅子，还用长针检查了垫子，又把桌面卸下来，检查了桌子。"

"为什么要卸桌面？"

"有时候藏东西的人会把家具拆开，比如，他们会卸下桌面，挖空桌腿，把东西藏进去，再把桌面重新装上。他们有时还会把东西藏进床头柱里。"

"那为什么不靠听声音来判断家具有没有被挖空？"我问。

"如果把洞里塞满棉花就听不出来了。而且，在这次的搜查中，我们不能发出一点儿动静。"

"可是用您讲的这种方法，许多家具都可以藏进东西，你们总不能把所有的家具都大卸八块吧。一封信可以被卷成一根针的大小，然后，比方说，被嵌入椅子的横档里。你们并没有把所有的椅子都拆开检查吧？"

"不需要，我们有一种更方便的办法。我们用很先进的放大镜检查了每把椅子的横档，还有每件家具的所有接缝处。只要看到一点点近期留下的痕迹，我们就会立刻对它进行全面检查。在放大镜下，一粒螺丝屑也会像一颗苹果一样明显。在家具的黏合处和连接处，任何值得怀疑的痕迹都逃不过放大镜的检查。"

"我猜你们还检查了镜子、橱柜、床和床上用品，还有窗帘和地毯。"

"那当然。这样仔细检查了全部的家具后,我们还检查了房子的墙体。我们把墙体分区、标号,保证没有遗漏,然后像前面一样,用放大镜仔细检查了每一寸地方,包括两边相邻的房子。"

"还检查了两边相邻的房子!"我惊讶极了,"那一定十分麻烦。"

"是很麻烦,但报酬实在是太丰厚了。"

"你们也检查了地板吧?"

"地板是砖铺的,倒还省点儿事。但是我们检查了砖缝里的苔藓,都没有发现异样。"

"你们肯定也翻找了 D 部长所有的纸质文件,还有他书房里的书吧?"

"当然,我们打开了每一个包裹。有些警察在检查书本时只是抖一抖,但我们觉得这还不够,所以一页页地翻看。我们还用最精密的测量工具测量了每本书封面的厚度,用放大镜仔细检查了封皮的表面,不放过任何一点儿人为留下的痕迹。有那么五六本书似乎是刚刚装订不久,我们就用长针横着插进封皮检查。"

"你们检查了地毯下面吧?"

"那还用说,我们把每块地毯都移开,用放大镜检查了被盖住部分的地板。"

"墙纸呢?"

"检查了。"

"还有地下室?"

"也检查了。"

"那么,"我说,"你们可能判断失误了,那封信也许并不在那栋房子里。"

"恐怕是这样,"局长说,"那么,杜宾先生,您的建议是

-173-

什么？"

"全面搜查那座房子。"

"没必要，"局长回答，"我以性命担保，那封信不在那里。"

"我没有更好的建议了，"杜宾说，"您应该能准确地描述出那封信的外观吧？"

"哦，没问题。"局长拿出他的备忘录，大声朗诵了一分钟，描述了那封遗失的信，特别是信封的外观。读完后他就离开了，沮丧得判若两人。

一个月之后，局长又来拜访了我们，我们也和上次一样正忙着。他拿了一支烟斗和一把椅子，和我们东聊西扯。终于，我忍不住问：

"那个，G先生，那封失窃的信找到了吗？我想您最终还是不敌D部长吧？"

"我不如他？好吧，我们进行了第二次检查，像杜宾先生建议的那样。但是，完全是浪费时间，我早就说过了。"

"你之前说，事成后的报酬有多少？"杜宾问。

"怎么了？很多，很丰厚。我不想说明具体的数字，但是这么说吧，如果有人能把那封信给我找出来，我愿意分给他五万法郎。事实上，这件事情拖得越久，性质就越严重。报酬最近也才翻了一番，但是，就算再翻一番，我能做的也不会比现在更多了。"

"怎么，嗯——"杜宾在抽海泡石烟斗的间隙懒洋洋地说，"我真的——觉得，G先生啊，在这件事情上——您还没有竭尽全力。我觉得，您还能——再做点儿什么，嗯？"

"做什么？怎么做？"

"为什么——呼——您不——呼——请个顾问呢，嗯？呼——呼——您还记得阿伯内西的故事吗？"

"不记得,让阿伯内西见鬼去吧!"

"当然,阿伯内西早就见鬼去了。不过,在那之前,有一个很有钱的守财奴,想要找阿伯内西询问治病之道,于是约他在私人办公室交谈。这位守财奴虚构了一个人,以此来向阿伯内西医生讲述自己的病情。

"'他的症状,'守财奴说,'有这个和那个。那么,医生,您能给他些建议吗?'

"'建议?'阿伯内西说,'当然,我建议他去看医生。'"

"可是,"局长有点儿不安地说,"我很愿意请一位顾问,如果他能帮我解决这个麻烦,我可以支付他五万法郎作为酬金。"

"既然如此,"杜宾说着,从抽屉里拿出了一本支票簿,"请给我签一张您刚刚承诺的金额的支票,签完我就把信给您。"

我惊呆了。局长完全被吓傻了,不声不响地呆坐了几分钟,大张着嘴,又惊又疑地瞪着我的朋友,快把眼球瞪出来了。他努力地使自己镇静下来,抓起一支笔,茫然地盯着支票簿,呆滞了一会儿,然后签了一张五万法郎的支票,隔着桌子递给杜宾。后者仔细检查了支票,把它装进钱包,然后用钥匙打开一个写字台的抽屉,从里面取出一封信,递给局长。这位高级官员带着难以掩饰的狂喜一把抓过信,用颤抖的手打开信封,取出信纸,迅速瞥了一眼内容后,跌跌撞撞地飞奔出门。从杜宾让他签支票开始,他就没有再说一个字,最后又如此匆忙地不辞而别,可真不是他的风格,这太唐突了。

他离开之后,我的朋友开始解释。

"巴黎的警察,"他说,"把他们的那一套用得非常好。他们执着、机敏、狡猾,而且精通警察工作的一切。所以,当G先生详细地讲述他们搜查D部长住所的方法时,我就完全相信,他们已经尽力而为，做了调查所需的一切。"

"尽力而为？"我说。

"是的，"杜宾说，"他们采取了他们知道的最好的方法，而且执行得相当完美。如果信真的藏在他们的搜查范围内，那么这些家伙肯定能把它找出来。"

我忍不住笑了，但他看起来很认真。

"既然这个方法，"他继续说，"是他们最拿手的方法，又能执行得很好，那么问题就在于，这个方法并不适用于本案，也不适用于这位小偷。对于局长来说，他们这套高度精细的调查手段就像普罗克汝斯特斯之床[2]，是个定式，他会强行让调查符合这套手段的适用范围，而非根据实际情况去调整调查方法。所以，他总会因为调查得不够深入或太过细致而失败，许多小孩的推理能力都比他强。我认识一个八岁多的孩子，他赢了猜奇偶的游戏，也赢得了所有人的崇拜。那是一个很简单的弹珠游戏：游戏双方分别在手里藏有一定数量的弹珠，并且猜测对方手里的弹珠数量是奇数还是偶数，猜对的人赢得一颗弹珠，猜错的失去一颗。我认识的那个男孩赢走了全校所有同学的所有弹珠，因为他通过观察发现了一个窍门。举个例子，如果他的对手是一个彻头彻尾的笨蛋，握紧一把弹珠问他：'奇数还是偶数？'他回答：'奇数。'之后输了。那他第二轮就能赢回来，因为他会想：'这个笨蛋第一轮拿了偶数，以他的脑子，第二轮肯定拿奇数。'于是他猜了奇数，就赢了。现在，如果他的对手稍微聪明一些，第一轮之后，他会这样想：'这家伙发现我第一轮猜了奇数，并且在第二轮，他会下意识地想要和第一轮拿得不一样，就像第一个笨蛋一样；

---

2 普罗克汝斯特斯之床：出自希腊神话，指不会变通，一成不变，强求一致的方法或政策。

但他马上会意识到这种变化太容易被看穿了，所以他最后会像第一轮一样拿偶数，我要猜偶数。'——他猜了偶数，他赢了。你说，他的'好运气'到底是怎么回事呢？"

"那不过是，"我说，"他想到了对方的想法。"

"没错，"杜宾说，"我还问了他是怎么想到对方的想法从而取得胜利的，他回答说：'当我想要知道一个人是聪明还是愚蠢，是善良还是邪恶时，我就会努力模仿那个人的表情，越像越好，然后看看我的脑子里会冒出什么样的想法来匹配这种表情。'这个回答正是拉罗什富科[3]、拉布吕耶尔[4]、马基雅维利[5]和康帕内拉[6]那些故作高深的理论的底层逻辑。"

"如果我理解得没错，"我说，"他把对方的想法猜得越准，胜算就越大，对吧。"

"从实用价值的角度来说，是这样的，"杜宾回答，"所以局长和他的伙伴们频繁失败的原因有两点：一是没有往这方面想；二是误判了，或者说根本没有考虑到对方的想法。他们只是按自己的想法去考虑问题，要找到被藏起来的东西，也只能想到自己藏东西的方法。但有一点他们是对的，他们的想法的确代表了大多数人。可一旦犯人的想法不同于大多数人——可能优于常人，也可能逊于常人——他们就必定无法找出犯人的破绽。他们只会按照那一套定式来调查，顶多是在面临重大案件时，或是在丰厚报酬的诱惑下，把他们的定式执行得更好些。比如说，在D部长的这个案子里，他们有采取任何定式之外的行动吗？用放大镜做

---

3 拉罗什富科：法国作家。

4 拉布吕耶尔：法国作家、哲学家。

5 马基雅维利：意大利政治哲学家、音乐家、诗人。

6 康帕内拉：意大利文艺复兴时期的空想社会主义者、作家、诗人。

无聊又烦琐、挑剔又严苛的探测和检查,把房子的墙体分区标号,无非是把他们自作聪明总结出来的,局长早已烂熟于心的搜查定式又认真执行了一遍罢了。你难道没发现吗?他竟然理所当然地以为所有人都会把信藏进椅子腿的螺丝洞里,或者类似的什么地方;还有,在一般的情况下,只有那些头脑简单的人才会把东西藏在这种刻意挑选的地方。拜托,人们一想到要藏东西,最先想到的就会是这些刻意隐藏的方法,这太容易被发现了!所以说,把它找出来靠的不是地毯式的搜查,而是一针见血的想法。要抓住重点,或者抓住和警察们以为的重点同样重要的东西——过于丰厚的报酬确实很能说明问题的严重性了。你现在应该明白,为什么我会说,如果小偷按照局长的定式藏东西,那么他们一定不用费什么心就能找到信了。可惜,当官的被一个小偷耍得团团转,说到底,他不该因为 D 部长是以诗人的身份闻名的,就天真地认为这个人是个傻瓜。局长觉得,所有的笨蛋都当了诗人,然后犯了中项不周延[7]的逻辑错误,得出了所有诗人都是笨蛋的结论。"

"可他真的是位诗人吗?"我问,"我知道他们兄弟俩都以才华闻名,但我记得 D 部长写过一本关于微积分的大部头书,他是一位数学家吧。"

"不不不,我太了解他了,他既是一位诗人,也是一位数学家,这样的双重身份使他很擅长推理。如果他只是一位数学家,那他也许完全不会推理,从而被局长拿捏住呢。"

"啊?"我说,"你这话说得可不合常理。数学家可是公认的推理高手,你该不会是想反驳这条公理吧?"

"'可以肯定的是,'"杜宾引用了尚福尔的一句话作为回答,

---

7 指"三段论"中的中项,在大、小前提中一次也不周延以致无法必然推出结论的错误逻辑。

"'每一个公认的想法和惯例都是愚蠢的，因为它已被大多数人所接受。'我敢保证，数学家们会不遗余力地像宣扬真理一样地宣扬这种刻板印象，但刻板印象总是不准确的。他们用了些小花招，比如，法国人把'代数'称为'解析'，其实这完全没必要。如果一个术语能说明问题，如果用词能说明问题，那'解析'本身就含有'代数'的意思，就像是拉丁文中'ambitus'有'野心'的意思，'religio'中有'宗教'的意思，'homines hosesti'有'体面人'的意思一样。"

"看来你得跟巴黎的代数学家们吵一架了，"我说，"你接着说。"

"我认为，仅在特定条件下才能成立的逻辑与普适逻辑不同，尤其像是数学研究中的逻辑，它们并不具有普适性，也就没什么意义。数学是一门关于代数和几何的学科，数学逻辑只适用于代数和几何研究。把纯代数逻辑当作普适逻辑或是真理可就大错特错了，而最让我惊讶的是，竟然有那么多人持有这种错误观念。拜托，数学公理可不是普适真理，比如，在几何和代数中成立的相等关系并不适用于所有情况：不适用于伦理学，因为部分相加之和不一定等于全部；不适用于化学；也不适用于动机学，因为两个动机各有一个既定价值，但当这两个动机同时存在时，其价值未必等于各自价值之和。还有很多像这样的只适用于几何和代数中的所谓公理，而数学家们出于习惯，竟妄图把这些限定性公理当作普适真理来使用，还误导了那么多人。布莱恩特在他的大部头著作《神秘学》中提到过一个类似的逻辑问题：'我们都知道异教徒的言论不可信，而自己却常常忘记了这一点，把异教徒的言论当作论据来使用。'而代数学家本身就是'异教徒'，自然相信'异教徒的言论'并把它当作论据用来推理结论，不过，令他们犯错的貌似不是偏差的记忆，而是混乱的脑回路。反正，我还从来没遇到过哪个数学家在除了开根号这件事之外还有靠得住的地方，而且，我敢说每位数学家都打心底坚信 $x^2+px=q$。你可以试试去跟任何一位数学家说，你觉得这个等式不一定正确，不过说完得赶紧跑，小心他给你一拳。"

"我是说，"听着听着我忍不住笑了，杜宾则接着说，"如果部长只是个数学家，那局长大概不需要签这张支票给我了。但我知道，他还是个诗人，我的办法恰好能制住他。我还知道，他是个谄媚又毫无顾忌的阴谋家。在我看来，这样一个人一定有基本的反侦查意识，了解警察常用的手段，也一定能想到自己会被拦住搜身，自己的住所会被秘密搜查。事实证明，他确实想到了。局长还觉得他总是夜不归宿，从而给他们的搜查提供了便利，但我觉得，这全是他计划好的，好让警察们尽快认定他没有把信藏在那栋房子里。你看，G 先生确实得出了这个结论。还有我费半天劲儿给你讲的那些关于警察们如何用一成不变的手段寻找失窃物的种种，部长一定也想到了，所以他肯定不会把信藏在那些警察们会细细搜查的地方。房子里的每一个隐蔽的空间都会被打开、探测、搜查，这对警察们来说易如反掌，这些他不会想不到。因此，我认为他会怎么简单怎么来。不知道你还记不记得，局长第一次来拜访的时候，我说他们失误是因为真相太显而易见了的时候，他笑成什么样子了吗？"

"记得，"我说，"我记得他哈哈大笑，生怕他笑背过气去。"

"人们常用具象事物和抽象概念做类比，"杜宾继续说，"因此，恰当的修辞除了能润色语言，也许还能使歪曲的道理更有说服力。比方说，惯性原则似乎在物理学和形而上学中表达出了完全相同的含义。在物理学中，质量越大的物体越难被移动，困难程度取决于物体的势能;在形而上学中,越是高层的人越固执,越难被撼动,也就越难以取得进步。再问你一个问题,什么样的招牌最吸引人?"

"没想过。"我说。

"有一个用地图玩的智力游戏,"他继续说,"玩游戏的一方从地图上五花八门的名称中挑选一个告诉另一方,另一方尝试把这个词从地图上找出来,城市名啊,国家名啊,河流名啊,任何出现在地图上的词都可以。新手会挑选那种字号很小、缩在某处的词,但有经验的玩家往往会选择字号大、横亘在地图上的词,就像街上的招牌一样,字号太大,太过明显的,反而容易被忽略。眼睛会忽略的,脑子也同样会,所以某些'聪明人'想不到摆在眼前的可能性。当然,这超出了局长的理解范围,他从没想过D部长可能会把信放在他的眼皮底下,还靠这种办法逃过了搜查。

"我仔细思考着这些信息:D先生是个聪明又狡猾,冲动又胆大包天的人;如果他想可以随时利用这封信,就得把信放在手边;警察们已经全面搜查了他的住所,所以他肯定没有把信放在警察们会搜查的地方……我越想越觉得,部长根本就不会试图把信藏起来,多简单,多聪明。

"想通了之后,在某天早晨,我戴了一副绿色的眼镜去拜访部长。当时D部长就在家里,像往常一样懒洋洋地打着哈欠,假装毫无倦意。独自一人的时候,他也许是最有活力的人。

"为了让他放松警惕,我装出专心跟他聊天的样子,跟他抱怨我的视力有多差,戴眼镜有多麻烦;但同时,我也在扫视整个房间。

"我注意到他身边的一张很大的写字台上乱七八糟地放着各种信件、文件、书本和一两件乐器,但细看之后,并没有发现什么可疑之处。

"最后,我的目光落在了壁炉架上。壁炉架的正中间装饰着一个黄铜小球,上面挂了一条脏兮兮的蓝色丝带,系着一个金银制的卡片盒,显得很多余。盒子里有三四个格子,里面放着五六张名片和一封皱皱巴巴、破破烂烂的信,似乎有人原本想把它撕成两半,但出于某种原因,撕到一半就停手了。信封上盖着D部长的章印,又黑又大又清晰,地址像是某位女士写的,字迹很秀气,收信人是D先生,也就是部长自己。而且,这封信被随意扔在了卡片盒的最上面一层。

"我立刻就明白,那就是我要找的信。这封信看起来确实和局长描述的很不一样,局长要找的信的信封上应该有一个很小的、红色的S公爵家的章印,但这封信的信封上却盖着很大的、黑色的D先生的章印;局长要找的信的信封上应该有某位皇室成员的清晰又豪迈的字迹,但这封信上的字迹娟秀且小巧;只有一点,这封信的大小基本符合局长的描述。但我正是通过这些不同之处才得出此结论的。以D部长的生活习惯来说,他的家里本不该出现这样一封格格不入的信,还放在这么显眼的地方,而这正是他想出的障眼法,好让旁人认为这么一封破信并不值得检查。对于一个专程来寻找可疑之处的人来说,这太可疑了。

"我拖着不肯走,一边跟部长谈论他感兴趣的话题,一边细细观察那封信,默默记下它的外观和在盒子里摆放的位置。通过观察,我还发现了一个细节,足以保证我不会轻易被怀疑,那就是信封的边缘磨损得格外严重。之所以会这样,是沿着已有的折痕反向折叠并再次压实的缘故。这就够了,这说明信封是像翻手套一样,被从里往外翻了过来,然后重新封好并填写封面的。我在桌子上留了一个金色的鼻烟盒,又说了句"早安"就离开了。

"第二天一早,我借口去拿鼻烟盒,又去了部长家。我俩正迫不及待地继续前一天的话题,突然,窗外传来一声巨响,好像是枪声,紧接着又传来尖叫声、求救声,然后又是暴徒开枪的声音。D部长冲到窗前,打开窗户查看情况,我立刻去把卡片盒里的信拿了出来,放进口袋里,然后把我在出租屋里提前做好的一封在外观上和真信几乎一模一样的假信放进了卡片盒。我还用面包模仿了D部长的章呢。

"街上的那个暴徒拿着一把步枪射击女人和小孩,但很快,人们就发现,步枪里并没有装子弹,所以大家理所当然地认为他是个精神病或者酒鬼。这个人离开后,D部长也转过身来,这时我已将一切处理妥当,假装关心着窗外发生的事情。又过了一会儿,我就跟他道别了。那个装疯卖傻的人是我花钱雇来的。"

"但你何必这么折腾呢,"我问,"还做了封假信。为什么不在第一次拜访的时候,就直接把信拿走呢?"

"D部长这个人,"杜宾解释道,"是很无法无天的呀,他的住处肯定也有不少听命于他的人。如果我像你说的那样鲁莽行事,也许就不能活着回来了,人们也再也听不到关于我的任何消息。不过也有别的原因。你知道我的政治立场的,在这件事中,我更支持那位女士——信的原主人。十八个月以来,部长手握她的把柄,干了不少越权的事情。现在,她有机会反过来抓住部长的把柄了,因为他还不知道信已经不在他的手里了,还会继续以此威胁她,而他会因此断送自己的政治生涯,因为'通往地狱的道路更好走'。对于仕途,则如卡塔拉尼[8]的曲子里唱的那样,向下比向上容易得多。D部长是个表里不一,没有原则的小人,他

---

8 卡塔拉尼:意大利作曲家。

被降职是不值得同情或可怜的。不过,我真的很想知道,当他被局长说的'某位权贵'拒绝后,检查信件时,会想些什么。"

"怎么?你在信封里放了什么?"

"嗯,如果什么都不放会显得太假了,对不对?而且什么都不放也太不礼貌了。之前有一次在维也纳,D部长害过我一次,当时我就开玩笑说,我很记仇的。他肯定会好奇是谁比他更聪明,那我也不介意给他留下一些线索。他很熟悉我的字迹,我在一张白纸的正中间摘抄了克雷比容[9]的《阿特柔斯》中的一段话:

——这样危险的计谋,
就算不是阿特柔斯想出来的,也至少是蒂耶斯特想出来的。"

9　克雷比容:法国诗人。

可怕的绳子
THE ROPE OF FEAR

〔美〕玛丽·E. 汉肖、托马斯·W. 汉肖 夫妇
Mary E. and Thomas W. Hanshew

《可怕的绳子》导读

1.《可怕的绳子》的作者是玛丽·E.汉肖（1852—1927）与托马斯·W.汉肖（1857—1914）夫妇。在汉肖夫妇创作的作品中，丈夫托马斯·W.汉肖创作的作品占大多数，他是美国演员、作家，16岁便开始了演出生涯，他使用"夏洛特·梅·金斯利"等笔名创作了150多篇小说，其中少部分是与妻子合写的。

2. 本篇故事的主角，是托马斯·W.汉肖笔下最著名的角色——咨询侦探汉密尔顿·克里克，他是汉肖自1910年开始出版的数十篇短篇小说的主角。克里克是一个为执法部门工作的、改过自新的小偷，因为有着令人难以置信的伪装技巧而被称为"有四十张面孔的人"。他居住在伦敦的克拉格斯街，苏格兰场的督察纳科姆经常向他咨询问题。

3. 日本侦探推理作家江户川乱步笔下的大盗"怪人二十面相"（有时也自称"四十面相"），便是对克里克的模仿。

4.《可怕的绳子》最初发表的时间不详，编者在将其收入本书时，在文末标注了"选自《短篇故事集》（1919年12月）"。

如果你听说过威斯特摩兰这个地方，就一定知道那里有一个默顿·谢泼德小镇；如果你听说过默顿·谢泼德小镇，就一定知道镇上的两大建筑——宏伟的政府大楼和威斯特摩兰联合银行。无论是附近有钱的大亨，还是各个阶层的平民百姓，大家都把钱存进了这家私人银行。

小镇上的每个人都会把这家银行指给你看，一方面是因为这栋富丽堂皇的建筑确实值得一看，另一方面是因为，他们都把自己的钱交给了银行经理内勒·布伦特先生随意支配。这位内勒·布伦特先生不仅擅长金融理财，而且名声很好——他为人诚实，做事正直，还经常扮演神父的角色，常常悉心照拂默顿·谢泼德小镇的贫苦居民，替他们排忧解难。

那场大型抢劫案发生在九月末。那是一个下午，阳光正明媚，内勒·布伦特先生却面带愁容，在他那间奢华的私人会客厅里沿着墙根踱步。他似乎是在等待着谁，其间，他不断地看向壁炉架上放着的那座大理石钟。这座钟的底座上钉了一块银板，上面刻着十多个"重要客户"的名字，他们的财产都掌握在银行经理的手中。

终于，橡木门上传来了几声谨慎的敲门声，门开了。一位十分苍老、佝偻着背的侍者走在前面，领着胖墩墩的苏格兰场主管马弗里克·纳科先生，后面还跟着一位身材魁梧，表情呆滞，身着深蓝色海军制服的人。

内勒·布伦特先生英俊的脸庞不再因焦急而紧绷了，面部肌肉放松了下来。

"纳科先生亲自来了！这简直是我们的无上光荣！"他伸手迎接客人，"几年前，在伦敦，我有幸跟您见过一面，不知道您还有没有印象——？"

纳科先生的脸上露出了笑容。

"哦，我记得，"他欣然回答，"印象很深刻。我打算当面回复你的来信，还带了一位同事，我的挚友——乔治·黑德兰先生，你认识的。"

"很高兴见到您，先生。那么，请两位入座，我们这就开始谈正事吧。黑德兰先生，您可以坐这把椅子。"

大家都坐下后，纳科先生清了清嗓子，一如既往地打着官腔，开始"讲话"。

"布伦特先生，我从总部了解到，您从伦敦支取了一大笔钱用于新运河的修建，对吗？这笔钱跟您在信中提到的大麻烦没有关系吧。"

内勒·布伦特先生的脸色变得苍白，语气明显听上去有些焦虑。

"有关系的，先生，"他忙不迭地说，"实际上，这笔钱就是麻烦本身。钱不见了，二十万英镑，消失得无影无踪，我不知道该怎么办！可纳科先生，事实就是这样的，钱一张都不剩，全部不见了。"

"不见了！"

纳科先生掏出一条红色的丝绸手帕，擦了擦前额，看得出，他被吓得不轻。这时，黑德兰先生大声嚷道："真该死！"

"确实有人该死，"布伦特先生语速很快地尖声说道，"我的钱不见了，我还失去了最好的夜间守卫，他办事靠谱，值得信赖——"

"失去了一名守卫?"黑德兰先生好奇地问,"布伦特先生这话是什么意思?他也和钞票一起不见了?"

"啊?您怀疑威尔·西蒙斯?不是他,他不是那种人,他就算受到贿赂,也不会背叛我。他是一位忠诚的雇员,一位很好的伙伴,一直不知疲倦地工作,从来没有懈怠过。我还是难以接受这个事实——他殉职了。黑德兰先生,我很后悔派他去值那次班,但是没有办法,最近小偷、盗贼太多了。好在丢得不多,不过也正因为金额不大,所以没法立案调查。还有,不知小偷用什么方法打开了保险箱,拿走了钱,还翻空了员工们的大衣,而这一切都逃过了看守的眼睛。所以,在周二早上取到那笔用于新运河修建的钱后,我打算在夜里加强防范,让可怜的老西蒙斯带着银行的看门狗去守着保险库。可等我再见到他时,保险库已经空了,一张钞票都不剩,他躺在地上痛苦地抽搐,没能挺到医生赶来。"

"太糟糕了!"黑德兰先生摇着头说,"死因是什么,布伦特先生?医生怎么说?"

内勒·布伦特先生脸色阴沉。

"医生也说不准,他说应该是下毒,但无法判断是什么毒。"

"呃,好吧。那当地警察怎么说,找到了什么线索?"

银行经理脸色通红,干笑了两声。

"其实,"他回答,"当地警察还不知道这件事。向苏格兰场求助之前,我没有把这件事告诉任何人。"

"布伦特先生,您丢了那么多钱,却没有告诉任何人!"纳科先生突然说,"丢失财物的人通常可不会像您这么做。现金是很难追踪的,况且还不知道小偷是谁,一般来说,如果银行丢失了一笔巨款,负责人会第一时间联系执法官员,这样才——除非——让我想想——"

"好吧,我确实欠考虑!"布伦特先生失落地回答,"您想到了什么吗?"

"很难说,但有一点,如果您想要弥补损失的话——我想您也没有别的选择——不妨说说您认为小偷可能是谁,您应该有怀疑对象的吧,只是还不敢确信。"

黑德兰先生——或者应该叫他克里克——向他的朋友投去十分赞许的目光,他看着纳科热切的表情,心想这老家伙认真起来了!然后大声说:"好了好了,不管怎么说,一切都还来得及。纳科先生,我个人认为,布伦特先生可以给我们提供些思路。而且,他一定还有事瞒着我们呢。"

"黑德兰先生,您简直是朱庇特[1]在世!"这位绅士深深地叹了口气,"您已经看透我心底的秘密了。如果我指控那个小偷,他就会——呃——遇上大麻烦,而这远超出他犯傻应得的惩罚。比如说,要是帕特森知道了,肯定会不问青红皂白地立即要求逮捕他,所以我才会保持沉默。"

"帕特森?"克里克迅速问道,"听起来好耳熟,该不会是——但这是个很常见的名字。我就认识一个帕特森,他开了一家铜厂,在战争的第一年发了横财,此后花钱大手大脚,但直到退休也都没花完那笔'赃款'。该不会是这个家伙吧?"

"就是他!"布伦特先生兴奋地说,"他是大概五年前来这里的,建了一所莫里斯山庄——那是个好地方,可以俯瞰整个小镇。最近,他开了一家银行,专门跟我对着干,用尽一切办法想要动摇我的地位。我猜他恨我,就像他恨乔治一样。乔治那孩子傻乎乎地去向他的女儿求爱,然后两个人私奔去结婚了。在这之后,

---

[1] 朱庇特:罗马神话里统领神域和凡间的众神之王。

帕特森对我俩的恨意简直到了极点。"

"这样啊，"克里克说，"那么，乔治是谁？"

"是我的继子，黑德兰先生，他是我已故的妻子和她前夫的孩子，我不太喜欢他。这么说很不好，但他生活放荡，狠狠地伤了我妻子的心，也间接地害死了她。所以我给了他点儿钱，以为终于可以摆脱乔治·布林顿了，没想到却促成了他悲剧的婚姻。"

克里克挑了挑眉，眼神里带着疑惑。

"他们的婚姻是场悲剧吗，布伦特先生？"他质疑道，"听您前面说的，我还以为是段佳话呢。"

"刚开始确实很美满，黑德兰先生，"经理语气沉重地回答，"但您也知道，贫穷会让爱情消散。据我所知，帕特森小姐成为乔治·布林顿夫人之后，每一天都在后悔。前些日子，乔治总在银行附近闲逛；就在几天前，我还看见他在'玫瑰与锚'酒吧里和西蒙斯叙旧；周二晚上，他……他就在银行附近，鬼鬼祟祟的。现在您明白我的处境了，我要是说出去，帕特森那个老家伙肯定会趁这个机会把那个小废物送进监狱，顺便还要败坏我的名声。

"我必须赶紧凑钱补齐缺口。但是，当然，老西蒙斯的死不能就这么算了，哪怕我的口袋里只剩一分钱，我也要让那个杀人犯受到法律的制裁。"

他说着说着便啜泣起来，用双手捂住了脸，过了一会儿，又晃着脑袋想要让自己振作起来。

一阵漫长的沉默后，纳科先生说："布伦特先生，这是一场悲剧，双重悲剧。不过请您放心，我们会尽全力帮您查明真相的，对吧，黑德兰？"

克里克点了点头，布伦特先生对主管的善意报以微笑。

"我就知道我可以信任你们，"他热情地说，"真的！我愿意把我的身家性命交给你们。不过我怀疑,我强烈怀疑,这一切都是帕特森策划的,我敢打赌,他现在正偷着乐呢。"

"布伦特先生,这种话可不能乱说。"克里克小声说。

"可是,黑德兰先生,他曾两次试图贿赂西蒙斯离开我。去年,他还想要花五千英镑从我的一个主管考尔科特那里买走我们的客户名单。"

"咿呀!"克里克怪声怪调地说,"他这个人怎么这样?投机倒把不成,就想毁掉别人?他没能搞到你们的客户名单,就要冒险去盗窃?嗯,好吧,布伦特先生,乔治那孩子可能只是碰巧在错误的时间出现在了错误的地方,别再为他保持沉默了。您能不能从头到尾详细地跟我和纳科先生讲讲这件事情的经过?这场谋杀是在什么时候,被谁发现的?"

内勒·布伦特先生靠在椅背上,一边擦拭他的金框眼镜,一边沉重地叹气。

"黑德兰先生,关于这场悲剧的其他细节,"他说,"我真的不知道该说些什么了,补充一点吧。那天下午六点,我让可怜的老西蒙斯去看守保险库,然后我就回家了。九点钟,一位巡警找到我,说他让小威尔逊守在那里,然后——"

克里克抬手打断了他。

"等一下,"他说,"布伦特先生,小威尔逊是谁?为什么是他守在那里而不是巡警?"

"黑德兰先生,威尔逊是银行的出纳员,没受过什么教育,但是个很好的小伙子。好像就是他发现的银行大门没上锁,就打电话给巡警,巡警刚好在附近,他们就一起去检查了保险库。至于为什么巡警让威尔逊守在那里,而不是他自己来找我,我就不知道了。"

"威尔逊这家伙直接去检查了保险库？有趣。难道他知道那里会有谋杀和盗窃事件发生吗？布伦特先生，他知不知道保险库里存放着大量现金？"

"他不知道，除了主管考尔科特先生、我和老西蒙斯，没人知道。您知道的，银行的这些事务，知道的人越少越好，而且——"

纳科先生点了点头。

"很明智，确实很明智，"他赞许地说，"涉及钱的事情越慎重越好。要我说，银行的流水太高了，有时候诱惑确实挺大的，是吧。我有几个侄子就在银行工作——"

克里克突然用一个眼神制止他继续说下去。

"布伦特先生，这位威尔逊先生，"克里克平静地问，"很年轻吗？"

"啊，很年轻，二十四五岁的样子。那时他带着一封推荐信从伦敦来。到目前为止，他的工作做得很好。员工们很喜欢他，老西蒙斯也喜欢他，他俩有时会一起吃午饭，应该算得上是铁哥们了。老爷子最后死在了这孩子的怀里，说起来都是命啊。"

"他死之前什么也没说？没说是谁要杀他？不过当时您并不在场，您也不知道吧。"

"我知道一点儿，黑德兰先生。当时小威尔逊被吓坏了，精神状态很差。他说老爷子死前一直痛苦地扭来扭去，叨叨着绳子什么的，然后就断气了。"

"绳子？"克里克惊讶地说，"他当时被绑起来了吗？"

"根本就没有，连绳子的影子都没找到。可怜的老家伙当时可能已经神志不清了，出现了幻觉吧。"

"也许吧。不过，又多了一个疑点啊，布伦特先生——希望您还没有失去耐心，唉，我们警察是挺烦人的——小威尔逊是几点钟发现银行的门没上锁的？"

"大概九点半。巡警找到我时，钟表刚刚半点报时。"

"这么晚了，员工不应该还在银行吧——他在加班吗？"

内勒·布伦特先生的头向后仰，摆摆手表示自己从没让员工加过班。

"黑德兰先生，他肯定不是在加班。"他有点儿唐突地回答，"我们公司从不要求员工加班。威尔逊说，他只是回去拿手表，他把手表落在银行了，然后——"

"然后发现银行的门刚好没锁，但他没去拿手表，而是跑去找巡警，然后把警察带去了保险库，嗯？"

内勒·布伦特先生不顾形象地跳了起来。

"天哪！我怎么没想到，真该死！您说出了最大的疑点，您觉得是那孩子杀了老西蒙斯吗？不会吧。"

"我可没下结论，"克里克温和地说，"只是从不同的角度进行分析罢了。布伦特先生，您和巡警到现场时，留意到保险库了吗？"

"当然，我最担心的就是保险库——里面存放着二十万英镑的现金呢——起初，我以为一切正常，然后小威尔逊告诉我，是他关上了保险库的门……您笑什么呢，黑德兰先生？这一点儿也不好笑！"

克里克的脸上浮现出他那标志性的歪嘴笑，不过只一会儿，这笑容就不见了。

"没什么，"他简短地回答，"突然有个想法。所以说，是小威尔逊关上了保险库的门。他知道保险库里的现金不见了吗？您肯定会说他什么也不知道，但如果他查看保险库时，现金还在里面——"

他的声音小得听不清了，但他想说的已经不言而喻。布伦特先生的脸涨得通红。

"什么？您是说，"他突然说，"小威尔逊让巡警来找我前，钱还没被偷走，而我们就这么放他走了？黑德兰先生，您是对的，如果我最开始就告诉科克伦警官现金的事——"

"冷静，先生，冷静。我可没说就是这样，"克里克平静地笑着，"只是尝试厘清——"

"不好意思，但现在更乱了。"布伦特先生尖刻地回答。

"也许，但真相往往不像人们想的那样复杂，"克里克回答，"布伦特先生，如果威尔逊没有卧床不起的话，我想见见他。"

"哦，他今天刚回来工作，我马上去叫他。"

马上，一位身材苗条、脸色苍白的年轻人进来了。他穿着一身考究的套装，系了一条颜色很鲜艳的领带——这个穿着打扮不像是普通的银行职工。克里克注意到了他一身得体的珍珠色套装，和他脸上耐人寻味的表情。

内勒·布伦特先生清脆的声音打破了沉默。

"威尔逊，这两位先生是苏格兰场的警官，"他尖声说，"他们想了解周二晚上发生的那件事，请把你知道的都告诉他们吧。"

小威尔逊的脸色变了，像刚烤出来的面包一样焦黄，并且肉眼可见地发起抖来。

"发生，先生——发生的事？"他结结巴巴地说，"我怎么知道发生了什么？我——我只是碰巧在那里，然后——"

"没错，威尔逊先生，我们知道您是什么时候去了那里，"克里克说，"我们想知道的是，您为什么带着巡警去了保险库？您本不需要那么做。"

"我听到了一声哭喊——至少——"

"隔着九英尺厚的墙壁吗,威尔逊?"布伦特先生迅速指出,"黑德兰先生,我亲自把西蒙斯关在里面的,而且——"

"您把他关在里面了,布伦特先生,您说您把他关在里面了?那威尔逊先生和巡警是怎么进去的?"

小威尔逊恳求般地摊开双手。

"门是开着的,"他艰难地说,"我以名誉发誓,保险库,保险库的门是开着的,而且,而且保险箱里的钱不见了。"

"钱?"短暂的沉默后,布伦特先生说,他抓住了这个字眼。年轻人回答完后,用颤抖的双手捂住了脸。

"哦,那些钱,二十万现金!随您怎么想,先生,但我发誓我什么也没做!我没碰过那些钱,也没有伤害我的——西蒙斯先生。我发誓,我发誓!"

"话别说得太绝,不然您可能又要'失言'了,"克里克严肃地说,"如果您不介意,我和纳科先生想去看看保险库和那具尸体。"

"当然可以。威尔逊,你也一起来吧,我们可能需要你帮些忙。先生们,这边走。"

说着,经理起身打开他私人办公室的门,沿着他的专属楼梯下楼走向保险库,克里克、纳科先生和小威尔逊跟在后面。小威尔逊似乎在为即将发生的事情感到担忧。他们穿过员工通道走进银行时,老考尔科特正好从里面出来,毕恭毕敬地站在经理面前。

"抱歉打扰您,先生,"他说,"但您得看看这个。"

他把一张英格兰银行发行的五英镑钞票递给布伦特先生,布伦特先生接过钞票仔细看了看,然后惊呼一声。

"A.541063!"他惊呼,"老天爷啊,考尔科特,这是哪儿来的?是谁——"

考尔科特搓着双手，一副饶有兴致的样子。

"先生，一个半小时前，乔治·布林顿先生拿着它来，想把它换成零钱。"

乔治·布林顿！几个人惊讶地你看看我，我看看你。克里克注意到，小威尔逊的神情放松了些。

"乔治·布林顿先生吗？"克里克的脸上又短暂地浮现出那种怪异的歪嘴笑。几个人沉默着，继续下楼。

一条狭窄、昏暗的走廊通向一座不大但很牢靠的保险库——和大多数保险库一样，它是混凝土浇筑的，仅靠一个电灯泡照明。保险库被打开时，昏暗的灯光打在灰色的石墙上。门边的那面墙上有一排直径为一英寸的小孔——这是保险库唯一的通风口，小到连老鼠也钻不进去。小孔的位置很低，所以根本不可能通过它们看到里面的情况。克里克注意到了这些小孔，但什么也没说。

迅速扫了一眼之后，他就掌握了这间屋子的全部细节：墙边放着保险箱，银行老员工的尸体靠在它旁边，仍在守卫着他生前没能守住的保险库。克里克绕过尸体，突然停下，盯住了一张蜷曲的纸片。

"嘿！"他说，"布伦特先生，保险库里应该不可以吸烟吧？虽然没什么危险，但是——"

"当然不允许，黑德兰先生，"经理热情地回答道，"那是严重违反规定的。"他盯着小威尔逊，小伙子本就比平时紧张许多，这下被盯得更慌张了。

"我不抽烟，先生。"面对经理质问的眼神，他慌忙回答道。

"太好了。"克里克说。与此同时他欣然地把他的香烟盒放回口袋，好像要表达歉意似的。"大概是我想多了，这里连个烟头也没有，不过是一张纸片，这没什么。"他弯腰捡起纸片，晃了晃，又把它"扔"到了一边。只有纳科先生了解他的好搭档，知道他其实是"攥住"纸片装兜里了。然后，克里克又穿过房间，站在尸体前开始观察。尸体已经缩成一团，呈扭曲状。死者生前大概饱受痛苦，被神秘的恐惧折磨着。

所以这就是威尔·西蒙斯了。好吧，如果可以通过面相看出一个人的性格——虽然十之八九是不行的——那内勒·布伦特先生确实没说错。他有一张干净又健康、强健又坚毅的脸，这样的人，是绝不会辜负朋友，也绝不会原谅敌人的。小威尔逊站在克里克旁边，目光落在尸体上的那一刻突然开始发抖，于是赶紧闭上了眼。

布伦特先生的声音打破了众人凝望尸体时的沉默。

"我想，"他小声说，"先生们，如果没什么事，我得回去办公了。快到下班时间了，我还有些要紧事得处理。威尔逊，你今天不用回去工作了，留在这里陪着两位绅士吧，尽你所能协助他们。如果有需要，可以带他们四处转转。有事我们电话联系。"

"好的，没问题，"经理准备离开时，克里克深深鞠了一躬，"毫无疑问威尔逊先生会全力协助我们的，布伦特先生。我们要先检查尸体，然后把尸检结果告诉您。"

布伦特先生关上了门，克里克、纳科先生和小威尔逊仍站在尸体旁。

克里克跪在僵硬的尸体前，从头至脚检查起来。他重点检查了尸体攥拳的双手，但什么也没说，只是瞥了一眼站在他身边颤抖个不停的年轻出纳员。出纳员的双手也攥得很紧。

"嗯，痉挛，"他终于轻声地自言自语起来，纳科先生期待地看着他，"可能是乌头毒草，但这是怎么做到的？"他站起身来，又恢复了沉默。如果思想是可见的，那我们就会看到他的思绪正沿着一条大路飞奔：痉挛——抽搐——扭动——被痛苦折磨——绳子。

他面不改色地拉了威尔逊一把。

"看着我的眼睛，"他严厉地说，"我希望你实话实说，威尔逊先生，你应该知道，对警察撒谎是很不明智的。你确定西蒙斯死前什么也没说？他跟你说的最后一句话是什么？"

"我求他告诉我是谁伤害了他，"威尔逊用颤抖的声音回答，"但他只是说：'绳子——小心绳子——可怕的绳子——可怕的绳子——'然后就去世了。但我没看到绳子，黑德兰先生，我也不知道他想表达什么，可想到他已经死了——死了——"

他再也说不出话，沉默了片刻之后，克里克又说：

"你什么也没看到，什么也没听到吗？"

"呃——我也不清楚。好像有点儿声音——像是风吹芦苇的沙沙声，声音很轻，又像很长的一声叹息。可能是我的幻觉，等我认真去听的时候，就什么都听不到了，然后我冲去保险箱，然后——"

"为什么？"

"因为吃晚饭的时候他告诉了我现金的事，还要我发誓不告诉任何人。所以，我害怕现金出事。"

"会不会有人偷偷听到你们的对话了？你们在哪里吃的晚饭？"

"在'玫瑰与王冠'，"威尔逊的声音又颤抖起来，似乎很不情愿回想这些痛苦的记忆，"我和西蒙斯经常一起吃饭，就我们两个。那里也没什么人，只有老拉梅奇在旁边。他是个黑人，经营着一个印度市集。虽然他在小镇住了很久，但一直不太懂英语，还经常抽大烟，所以就算听到我们的对话，他也听不懂什么。而且他肯定没听到，因为我的——我的朋友，我是说西蒙斯，那天有留心提防他。"

"这样啊！"克里克托着下巴思考了一会儿，嗅了嗅空气，随意地说："还能闻到些甜甜的味道呢，你能闻到吗，威尔逊先生？这味道是薄荷糖还是茴香丸[2]呢，嗯？"

纳科先生的眼神里充满惊诧，小威尔逊则愤怒得涨红了脸。

"我不傻，黑德兰先生，"他飞快地说，"我不抽烟，也不会像小孩子一样走到哪里都在吃糖，我不是小孩子了，也不关心糖果。您为什么要问这个？"

"没什么，就是随口问问。"不过，克里克还在嗅着空气，随后激动地俯下身开始检查石头地板。

"这不可能——但是——但是，对了，"他轻轻说着，又站起身来，"'可怕的绳子'，他是这么说的吧？'可怕的绳子'。"他突然穿过保险库，弯下腰来仔细地检查门和把手。正在这时，布伦特先生回来了，克里克抬起头，微笑着看向他。

"布伦特先生，我们能再占用您一点儿宝贵的时间吗？"他礼貌地问，"我正要上去找您呢，这里应该没什么线索了。我在保险库里找到了一些指纹，不用说就知道是谁的。威尔逊先生最好跟我们一起上楼，交代一下他把那些钞票藏在哪里了。"

小威尔逊的脸上顿时失去了血色，他双手紧紧交握在一起，呼吸十分急促。

"我说过了，那些钱不见了，"他绝望地吼着，"不见了。我找过，但是没找到，钱不见了——不见了——不见了——"

克里克似乎完全没有注意到他，抬脚跟在经理身后，威尔逊也不得不跟着纳科先生一起上楼。但克里克突然停住脚步，气呼

---

2 茴香丸：糖果名。

呼地说：

"我真是个蠢货！我把放大镜落在保险箱上了，那可是我们警察办案的最重要的工具。布伦特先生，能把保险库的钥匙再借我用一下吗？太感谢了，我马上回来。"

他的动作确实很快，其他人刚进办公室，他就冲了进来，眼神里闪烁着极大的满足。

"拿到了，"他说着，便举起放大镜给大家看，"听我说，布伦特先生，我认为没什么可讨论的了。现在，您最好和纳科先生一起打车去趟警察局，申请逮捕这位年轻人——啊，先别说话，威尔逊先生，我还没说完——带他一起去吧。我先在这里写一份事实陈述，这样会省去很多麻烦，我们可以直接把他带回伦敦。最多十分钟，我马上就过去找你们。"

布伦特先生点点头，表示同意。

"谢谢您，黑德兰先生，"他沉重地说，"我们这就出发。威尔逊，你听清楚了吗，跟我们一起去，别想溜走。继续保持沉默吧，你摊上大麻烦了。纳科先生，我们出发吧。"

他们沉默着离开了，然后匆匆地搭上了一辆出租车。克里克留在办公室里，一脸冷漠，奋笔疾书着他所谓的"事实陈述"。

克里克说等他十分钟，但过了将近二十分钟，他才跟着老管家从侧门离开银行，还险些和乔治·布林顿先生撞了个满怀——他根据布伦特先生的描述认出了这位绅士。这似乎是个巧合，但其实一切都是计划好的。克里克随口说了些什么，布林顿一脸茫然，眼神中满是惊异，随后便跟着这位陌生人一起前往警察局。

先出发的一行人一脸严肃地等待着。一看到克里克，纳科先生就上前一步，一把抓住好友的胳膊。

"你找到什么了，黑德兰？"他兴奋地问。

"和我想的一样,"他得意地回答,"现在,威尔逊先生,请允许我为您揭晓这个故事的结局。想看看我找到什么了吗?先生,看啊!"他在大衣口袋里找了一会儿,拽出了一沓破破烂烂的"钞票"!

"老天爷保佑!"

"是啊,老天爷保佑每个人,也包括坏人。威尔逊先生,您知道吗,我们时常会愧对老天爷的保佑,"克里克继续说,"看看这些钞票吧,你这个罪犯,卑鄙的小偷,他们那么无辜,那么信任你,把财产都交给你保管,可是看看你都做了些什么。"

他一边说着,一边绕过等待着的警员和纳科先生;绕过衣衫褴褛的乔治·布林顿;绕过瘦削、瑟瑟发抖的威尔逊,最后站定在内勒·布伦特先生面前,一只手撑在警察的办公桌上。

当事人被这突如其来、咄咄逼人的指控震惊得说不出话,直到脚铐发出咔哒一声,众人才明白过来发生了什么。

克里克站起身来。

"怎么回事,警官?"警察急忙询问。

克里克回答:"你觉得是我搞错了?没有,亲爱的,我没有搞错。我们的朋友也明白我没有搞错。"

"你想私吞这二十万英镑,然后携款潜逃,最后让信任你的人们来承担这一切,对吗?或者你想恐吓小威尔逊替你顶罪!这计划确实高明啊,只可惜来的不是乔治·黑德兰先生,而是汉密尔顿·克里克。让我来揭穿你的阴谋吧。"

"汉密尔顿·克里克!"众人惊呼,连布伦特也盯着这位举世闻名的奇才——他在布伦特最不想见到他的时候出现了。

"好了,各位先生,在下正是汉密尔顿·克里克。苏格兰场的克里克。威尔逊先生,您应该庆幸我参与了这次调查,事态原本对您很不利，而且您的担心和害怕会让您的处境变得更糟糕。要不是这无赖的同伙——"

"他还有同伙吗，克里克先生？"威尔逊用颤抖的声音问，"我——我不明白，谁是他的同伙呢？"

"老拉梅奇，"克里克回答，"他应该还在'玫瑰与王冠'里抽大烟呢，我刚刚才看见的。可惜他马上就得……这就是杀人凶手。"

他把手伸进另一个大口袋，拿出了一只小巧的玻璃匣子。

"可怕的绳子，先生，"他平静地说，"这就是那个可怕的绳子——一条小型的剧毒响尾蛇。不过，它的主人马上就会见识到另一种绳子的可怕之处了。警官，把他带走吧，别再让他脏了好人们的眼睛。"

警察们立刻带走了他，带走了一个狰狞的、发狂的怪物。这怪物已经用他那副和蔼的面孔骗了人们太多年。

门被关上了，克里克转过身，握住小威尔逊的手。

"我为刚才对您的指控向您道歉。"他微笑着，亲切地说，"唉，警察总是会干这种事，明知道会对你造成二次伤害，但还是得顾全大局——策略很重要。对不起。您父亲的去世一定让您很崩溃。虽然不愿意，但您还是一直按照您父亲的意愿，隐瞒着这层关系啊。"

威尔逊的脸上终于恢复了血色，就像是暴风雨过后，终于迎来了阳光。

"您——知道？"他一遍遍地重复，"您知道？啊，克里克先生，我终于不用再隐瞒了。父亲一直不让我公开我们俩的关系，他——他希望我成为一名绅士，他倾尽所有供我上学，让我能在银行找到一份工作。他为了钱——为了我，什么都能做，所以——

所以当他告诉我钞票的事的时候，我害怕他会禁不住诱惑——天哪，我竟然会这么想！可我知道他太爱我了，我怕他会偷偷地拿走那么一两张，我只能默默祈祷他别拿太多。我们家经济困难，可我的学费从来都是按时交的。所以我决定回去跟他一起看守——然后发现他就要死了——可您是怎么知道的——"

他的声音小得听不见了，克里克微笑着。

"好孩子，你们俩的手简直一模一样，我从没见过有哪两个人的手会那么像。还有您过分焦虑的状态，也引起了我的好奇……怎么了，警官？行凶过程是什么，跟这条小蛇有什么关系？嗯，很简单。他把这条蛇和钞票一起放进了保险箱，茴香的气味从保险箱一直延伸到老西蒙斯的双脚上，而茴香是蛇喜欢的食物；保险箱的门是虚掩着的，在昏暗的灯光下，老人家并没有注意到——这些都是根据威尔逊说的'绳子'和他听到的沙沙声推断出的，我花了好些工夫思考这些呢。还有，纳科先生，我回保险库拿放大镜的时候，检查了西蒙斯的脚底，找到了伤口——我猜，那条蛇爬到了他的腿上，给了他致命一击。

"我为什么会怀疑布伦特先生？其实，一开始他就显得很可疑，他有意提到了帕特森，急于把嫌疑引到布林顿先生和威尔逊身上。而且，西蒙斯不会随便放人进去的，也没什么人能打开保险箱。有指纹表明布伦特先生确实去过保险库，指纹上还带有茴香的味道，这就很有趣了，茴香一定是他自己提前去布置的。所以我推测，布伦特放出蛇后，就一直等在外面，直到确定蛇袭击了西蒙斯。我是怎么知道的？威尔逊先生，好吧，他抽了根烟。现场的烟蒂和他烟盒里的烟是同一个牌子，而且和他的烟灰缸里的其他烟蒂很像。"

"没错，"乔治·布林顿兴奋地补充，用一种冒傻气的声音讲他知道的部分,"我继父不信任我,给了我二十英镑打发我走。他肯定没意识到,他给我的那张是他偷来的。今天早上我来银行把那张钞票换成零钱,但我也不知道那张五英镑钞票是重要证据,直到我差点儿撞上克里——克里克先生,他让我跟他一起过来。"

纳科先生看着克里克,克里克也看着他,主管脸上惊讶的表情逗得他直想笑。

"看来苏格兰场又有一件可以拿来炫耀的功绩了,是吧?"他说,"我们该回去了。威尔逊先生也一起走吧,我们送你回家。再见,祝您愉快,警官,这案子就交给您了,一定要把这个衣冠禽兽给看好了。"

然后,他一手挽着纳科先生,一手挽着他新的崇拜者威尔逊,三人一起走进了阳光中。

苏格兰场的那些事儿

SOME SCOTLAND YARD STORIES

〔英〕罗伯特·安德森爵士
Sir Robert Anderson

《苏格兰场的那些事儿》导读

1.《苏格兰场的那些事儿》的作者是英国情报官员、作家罗伯特·安德森爵士（1841—1918）。

2.安德森于1888—1901年担任伦敦警察厅的第二任助理警察总监（主管犯罪方面）。著名的"开膛手杰克"连环凶杀案就发生在他的任期内，但他对此案并不重视，没有带领警察抓获凶手。他的理由是："当冷漠的英国人陷入恐慌时，他们就会抛弃所有的节制和常识。如果胡言乱语是真实的，那么关于这些谋杀案的胡言乱语将会击沉一艘无畏舰。"

3.《苏格兰场的那些事儿》并非小说，它出自安德森的非虚构类著作《罪犯和犯罪》（1907年出版），描写的是他在伦敦警察厅任职期间的所见所闻。

4.安德森发表过一篇题为《苏格兰场眼中的夏洛克·福尔摩斯》的文章，里面提到："侦探故事的创作者既制造了锁又制造了钥匙，而苏格兰场只限于找到锁的钥匙。"

接管犯罪调查部之前,我已熟谙形形色色的罪犯和犯罪事件。二十年的特务工作让我很了解苏格兰场。我上过被告席,进过监狱委员会,也因此对他们的刑侦手段和办事能力十分清楚。所以,在我上任时,我信心满满。

有时,我的一位部下会像应付白痴一样应付我,但我对此并不意外。每当有案件发生,我都会假装自己是夏洛克·福尔摩斯,侃侃而谈,而他像去教堂听福音那样,左耳朵进右耳朵出。可当我分析完毕,他总会冷冷地报出一个提前想好的名字,说那是嫌疑人。他思维敏捷,办事精明,但没什么想象力,他报出的名字无非总是那么几个——"老凯尔""沃斯""老肠""虾哥""闷乔""红头发鲍勃"……他会根据案件的类型报出与其相对应的名字。

用我做特务时学的几招,很快就能查出罪犯到底是谁,而且事实的确是如此,在大多数情况下,我的部下都能猜对。重大犯罪大多出自个别惯犯之手——这里的重大犯罪不是说那种丧尽天良、骇人听闻的案子,而是指有计划、有技巧的犯罪。侦破此类案件无须在茫茫人海中找寻凶手,只需要根据作案动机和方式,在现有的"专家"名单中挑出这次闯祸的那位即可。

有很多案子可以佐证我的说法,你们只需要看一个例子就能明白了。比方说,发生在英国柴郡一户人家的"爬梯盗窃案"。这是个很平常的故事,嫌疑人们趁着一家人吃晚饭的时候,把梯子搭在二楼卧室的窗户上入室行窃;他们还用螺丝、电线和绳子把一楼所有的门和窗户都封死了,多余的电线扔在草坪上,以防主人察觉后追出来。第二天，当地的治安总长给我打来电话，说这个案子超出了当地警方的能力范畴，想寻求苏格兰场的帮助。他粗略地描述了前一天在那户人家附近出现过的两个嫌疑人，我根据他的描述给了他三张受到警方监视的嫌疑人的照片，其中的两个人立即被指认为罪犯。随后，两名罪犯被逮捕，判刑，"得到了应有的惩罚"。这两名罪犯，一个是"闷乔"，另一个是他的"好搭档"。

等他们刑满释放时，我也要退休了，我们之间的关系自然也到此为止。然而，就在我退休后的第二年，报纸上报道了一个类似的案件，我再次认出来是他们所为。这类流氓惯犯会受到密切监视。警察们跟踪发现，他们先在兰贝斯免费图书馆碰头，在此翻看了居民名址录；还去一家书店买了一张布里斯托尔的地图；又去另一家商店买了"爬梯盗窃"所需的工具；随后，他们前往布里斯托尔，开始在被选中的那户人家的附近徘徊。这时，当地的警探接手了这个案子，逮捕了嫌疑人。由于犯罪未遂，他们仅被判处了九个月的有期徒刑。

很多人都是在遇事后才变聪明，但法律法规连这点儿本事都没有呢。要是有人问这两个罪犯出狱后会做什么，他们总会回答："做什么？接着干呗，不然还能做什么？"这次在布里斯托尔，他们还是一样的坦诚，还感谢了警察们没有在犯罪现场抓捕他们，因为刑期再长一点儿，他们可能就会老死在监狱里了——他们都已经七十多岁了，确实服不完太长的刑期了。不过，坐牢也只是把他们下次犯罪的时间推迟了几个月而已。在此期间，他们的吃穿用度全部免费，慈父一般的政府还会替他们保管全部财产，一旦他们刑满释放，就能立刻拿着这笔钱去买些糖果、电线和螺丝，马不停蹄地重操旧业。这就是我们所谓的"刑罚"制度！

"闷乔"凭着他的本事赚得盆满钵满,但他花钱大手大脚,不知节制,而且从来不交个人所得税。"老凯尔"就不一样了,他没干过一份正经工作,是个小偷。但他很有经商头脑,他培训其他小偷,然后分走他们的"劳动所得"。他的钱来路不正,但他知道怎么处理财产。他上一次被判刑后,指定我来管理他的财产。不过,我很快就发现我只能管理他的可动财产,他大量的不动产则完全不受我的控制。这些不动产看来价值不菲,因为"老凯尔"出狱后,指控我没有管理好他的财产,提交了账户收支明细,要求我支付他五千英镑的赔偿。我请了奥古斯汀·比勒尔先生做我的首席律师。我补充一句,那老流氓还提起了上诉,但并没有得到那笔五千英镑的赔偿。

此人为犯罪而生,为犯罪而活。他生于1828年,已经十分年迈。虽然"坐拥大量财富",但还是一出狱就"干回了老本行"。今年,他在国外被逮捕,当时他正要去处理在利物浦偷来的现金。至此,他罪恶的一生也在异国他乡的某间牢房里走到了尽头。

当时,我拒绝替凯尔保管房产后,让他指定一位朋友代为保管。他指定了一位"同道中人"。那人跟他一个秉性,被警察们称为"老肠"。然而,几年后,租户们说他们的租金被尽数退回,房东也不见了。我当然知道是怎么回事,便立刻申请传唤"老肠"。可是,从首都找起,找遍了全国各地,都不见他的踪影。之后我得知,他最后一次出现在苏格兰场时,说:"我再也不会在国内干任何坏事了。"这是一个警告,也是一个提示——他不会停手,但会换个地方,因为他的财产已经足够他过上奢侈又清闲的生活了。因此,我猜测这个贪得无厌的家伙会跨越英吉利海峡,找一个更加安全的地方继续从事犯罪活动。果然,不久后,他被关进了法国的一座监狱。

这些案子反映出的犯人的道德问题已经不言而喻：犯人越聪明，对社会的危害就越大。如果犯罪的风险从几年有期徒刑变成无期徒刑，那这些"专家"倒还有可能强迫自己做个良民。隆布罗索的那一套理论[1]用在他们身上也不合适。著名的"班森－科尔骗局"的主使之一——班森，是英国的一位牧师的儿子。此人举止得体，谈吐优雅，精通多国语言，是一位当之无愧的绅士。有一次，著名歌手帕蒂夫人造访美国，班森贿赂了纽约海关的工作人员，赶在"接待人员"到来前登上了她的邮轮。她并不认识这位陌生男人，却被他的美貌、举止和一口流利的意大利语所折服，认定他是被派来接待自己的。真正的接待人员赶到时，看见班森便以为他是帕蒂夫人的朋友，随后，她挽着班森的胳膊走下游艇。他做这些都是为了进行一场大型的诈骗活动。最后，他的阴谋被揭穿，他也身败名裂。此人本该在某些领域有所建树，却因为沉溺于犯罪带来的刺激和快感，最终毁了自己的一生。

　　不过，这些例子在几年前没能说服马克斯·诺尔道先生。他最后一次拜访我时，我请他用"看脸辨凶"[2]理论做了一场实验。我拿出一位社会知名人士的面部照片和一位臭名昭著的罪犯的面部照片，让他通过面相分析谁相对来说更可能犯罪。他拒绝回答。原因很简单，罪犯的脸比另一位的看上去更像好人。照片上的罪犯是雷蒙德，也被称为"沃斯"——在我的任期内，他是最猖狂的罪犯之一——另一张照片上的是坦普尔主教。我讲这个故事的目的不是想质疑坎特伯雷大主教[3]的人格，而是想说明，隆布罗索

1　即天生犯罪人理论，一种根据面向判断一个人犯罪的可能性的理论。

2　看脸辨凶：即前文中提到的隆布罗索的理论。

3　坎特伯雷大主教：又称为坎特伯雷圣座，是英格兰的首席主教，全世界圣公会的主教长，普世圣公宗精神的领袖。

的"看脸辨凶"理论并不可靠。

雷蒙德和班森一样，出身于贵族世家。但在未成年时，他就因参与纽约的一场大型犯罪活动被判处有期徒刑，不过他成功越狱，并逃往了英国。他制定的计谋有些拿破仑的风范，他最为人所知的"妙计"是一次钻石大劫案。他看上了金伯利钻石矿，便乘船前往南非打算实地考察那座矿井。他跟着运送钻石的车队一路走到港口，当场便弄清了整个流程。迪克·特宾曾招募一帮丛林土匪打劫车队，但这种野蛮人的方式早就被淘汰了。车队总是和英国开来的货船同时抵达港口，所以如果车队在途中发生意外，没能按时赶到的话，整车的钻石就只能待在仓库里等候下一艘货船。得知这一点后，雷蒙德有了想法。他没费什么劲儿就混进了公司，在乘船回英国的前一天，他和护送车队的工人们彻夜狂欢，顺便用蜡复刻下了他们的钥匙。

几个月后，他换了一身行头，用假身份再次前往南非。他找到车队去港口必经的河流，把渡船解开放走，导致了下一趟车队没能赶上货船。价值九万英镑的钻石被暂时存放在仓库的安全房中。而最终，这批钻石进了雷蒙德的口袋。后来，他吹嘘自己把钻石卖给了原本的买家——一位住在哈顿花园的富豪。

如果我能搞到九万英镑，我肯定会辞职，把看管反动分子和盗贼的活儿扔给别人干。但雷蒙德不同，他热爱自己的"事业"。他从来不愁吃穿，生活十分富足，却一生都没能走上正轨，策划并实施了多起重大的犯罪事件。

我的一位朋友跟我讲过他在伦敦某处进行医疗实践[4]时遇到的一位不同寻常的病人——一位大富豪。他的生活十分奢靡，但总

---

4 医疗实践：类似医学生实习，由于英国有家庭医生制度，所以实习不会待在医院里，故称为医疗实践。

是过于担心自己的健康，常常加急请医生上门看病。就算每次检查结果都显示他没什么问题，他也还是会要求医生开一张处方，并马上派人去药房拿药。我的朋友最后一次上门问诊时，由于富豪格外急迫，他也比往常唐突了些。他一进房间，就看见富豪猛地从床上坐起来，用一把左轮手枪指着他！为了满足他的好奇心，我告诉他这位古怪的病人可能是犯罪分子里的行家。雷蒙德知道警察会调查他的行踪，所以每次察觉到危险将至，他就会把自己关在家里，假装有病在身，这样，医生开出的药方和药店的记录都可以当作他的不在场证明。

最近，阿格纽先生花了一万英镑买下的名画《盖恩斯堡》，就是被雷蒙德偷走的。我必须得说一句，这位失主做得很好。小偷好几次向他开出了很好的价格，但他没有选择自己赎回画，而是把这件事交给了警察，直到我暗示他可以和小偷谈谈交易了，他才去赎回那幅画。

这个案子有点儿特殊，还涉及另一个故事。英吉利海峡附近有一帮盗贼，他们对旅人的手提包和口袋里的小钱从不感兴趣，而是专偷从伦敦驶往巴黎的货船上的大额金融债券。有一次，我得知他们计划在某天晚上行窃，而那天晚上，恰好有一艘城市保险公司的船要开去巴黎。小偷们是从什么渠道听说的这条消息，我不得而知，但我知道，这个犯罪团伙的组织一定十分庞大；刚好苏格兰场的组织也十分庞大。我派出专员到多佛[5]和加莱[6]设下埋伏，最终在船停靠加莱时，成功地抓捕了嫌疑人。可他们两手空空，根本没有实施盗窃。因为就在货船要启程的一个小时前，多

---

5 多佛：位于英国东南部的港口城市。

6 加莱：法国的港口城市。

佛海运公司的主管一拍脑门,临时改变了出发时间,也就是说,盗贼们虽然弄到了货船的钥匙,却没能登上他们计划登上的那艘船。我们对他们进行了搜身,说来也怪,他们居然能找到机会用蜡复制钥匙!我们还在他们身上搜出了一张寄存处的小票,并用小票换到了一只皮箱,箱子里装着他们上一次得手的赃物——价值两千英镑的债券息票。这次的嫌疑人包括"虾哥""红头发鲍勃"和一个名叫鲍威尔的老混蛋。可惜惩罚罪犯的法律总免不了维护罪犯的利益,只凭这次获得的证据很难将他们绳之以法。但我不甘心,立刻联系法国当局说明了情况,把他们送进监狱关了三个月。

话说回来,鲍威尔给他的"妻子"留下了一张空白支票,以防自己在狱中遭遇不测;但当他出狱回到英国时,才发现自己的财产已经被支取干净了,老婆也和另一个男人跑了。这个老流氓的晚年生活贫穷又可悲,他最终因身无分文,惨死在南安普敦[7]的街头。[8] 正是他和雷蒙德共同偷走了阿格纽先生的画,因此,在他去世后,盗画案只能不了了之(所以我才会让阿格纽先生和小偷私了)。

要是为了取乐,像这样的案子我还能讲出很多很多,但我之所以想要讲述这些故事,是为了让人们知道,我们现有的用来惩罚犯罪分子的法律是多么的离谱和可笑。小混混的终审判决书还不足以明显地体现出法律的可笑之处,但如果你看到根据现有的"惩罚犯罪"体系来给这些惯犯们下的审判书时,就会明白事情

---

[7] 南安普敦:英国的港口城市。

[8] "虾哥"出狱后发现自己也被背叛了,随后就消失不见了。听说他在口袋里装满石子,沉入了海底。如果这些家伙们被关进英国的监狱,还能有些聊天的伙计,但在布伦监狱(位于法国的一座监狱),他们就好像被活埋在那里一样,连自己的女人都跟别人跑了。

有多离谱了。对这些惯犯来说，"犯罪就是他们的生活"，他们乐在其中，到死也不会觉得犯罪无趣。像雷蒙德和凯尔这种人，他们犯罪当然不是为了服劳役，也不是因为渴望一夜暴富，而是出于对运动的热爱；犯罪行家们都是运动员。对于尚有良知的人来说，确实很难想象以犯罪为乐的人一生。但是想想吧，想象一下雷蒙德通过计划和实施犯罪而获得的那种持续的快感，和这种运动项目比起来，猎捕野生动物不过是野蛮人的游戏，疯子和白痴才会去捕捞沙丁鱼或者猎杀松鸡。

　　提到这个就不能不提英国阿斯科特赛马会的奖杯失窃案了。小偷开车来到赛马场，像我说过的那样，衣着得体，相貌堂堂，凭票进入看台，然后偷走了奖杯。（要知道这种案子的嫌疑人很难抓到，因为很少有人会冒着服劳役的风险去偷一个不值钱的奖杯，明明有许多风险更小但收益更高的目标。）当小偷带着偷来的奖杯开车驶回伦敦时，他会比赢得奖杯的人更兴奋，因为他们冒这么大的风险，不是为了钱财，而是出于对这项运动的热爱。此事之后，许多大学生都想过要模仿这一壮举，可一旦事情败露，其风险是他们承担不起的，也就作罢了。根据比例法则，我有一个提议可以终止此类犯罪行为：只需要让职业罪犯犯罪时所面对的风险和大学生们一样，事情就解决了。

自作聪明
THE BITER BIT

〔英〕威尔基·柯林斯
Wilkie Collins

《自作聪明》导读

1.《自作聪明》的作者是英国小说家、剧作家威尔基·柯林斯（1824—1889），他以侦探小说而闻名世界。

2.柯林斯的作品在当时被归类为"奇情小说（sensation novel）"，它启发了之后的侦探小说和悬疑小说的创作。

3.《自作聪明》是书信体短篇小说，初以《谁是小偷？》为题发表于1858年4月的《大西洋月刊》；1859年被改名为《自作聪明》，并且收录在他的中短篇小说集《红心皇后》里。

4.《自作聪明》属于最早的一批幽默侦探故事，以滑稽无能的探案人为特色。

以下内容摘自伦敦警察通信集

警局侦查部总督察西亚克斯顿致警局侦查部布尔默警长

布尔默警长：

　　来信告知，你将受命协助调查一桩案件。兹事体大，你目前负责的盗窃案将由送信给你的那位后辈代为负责。请你向他转交与该案件相关的全部资料并说明案件进展和嫌疑人（如果有）的情况，本案将划归于他的名下，后续调查将由他全权负责。

　　关于这项安排，我还想跟你多聊几句。

　　接手盗窃案的这位新人叫马修·夏彬，我们将根据这次任务的执行情况考察他的能力，如果合格，他将破例即刻加入侦查部。你大概会好奇他为什么能享有此等特权，对此，我只能说他的后台很硬。不过，最好不要公开谈论此事。他曾为一名律师办事，心胸狭隘，为人相当自负。他说他辞职并加入我们是出于自己的自由意志和个人兴趣，但我并不相信这种说辞，你肯定也不相信。我猜，大概是他老板的某位客户做了件对不起他老板的事，碰巧让他知道了，他抓住了那人的把柄。那人想把他打发走，又怕他狗急跳墙，不敢直接让律师解雇他，只好破格许诺给他这项特权，当作封口费。不过，如果马修·夏彬先生真的能够顺利结案的话，那他的脏手就要伸进我们内部了。所以，千万要小心，别让他有机会跟总部抱怨你的不是。

弗朗西斯·西亚克斯顿　敬上

18××年7月4日，于伦敦

马修·夏彬先生致总督察西亚克斯顿

尊敬的先生：

　　布尔默警长给了我一些指导和帮助。关于要被送往总部审核的调查报告，我还得到了一些相关的指示，现与你说明。

　　我得知，作为一名新人，我提交的文件将由你检查之后上交总部，以便你能随时对我提出建议（虽然我并不需要什么建议）。正因如此，我才给你写信。由于案子很特殊，我必须留在事发地，直到找出窃贼，因此，恕我不能当面向你请教侦查细节。如果不出意外，我此后也只能写信与你沟通，特此向你说明，以便我们尽早达成共识。

　　很荣幸为你效劳！

马修·夏彬

18××年7月5日，于伦敦

总督察西亚克斯顿致马修·夏彬先生

先生：

　　你在浪费笔墨和时间。我派你带着信去找布尔默警长时，我们双方就已经对将要面临的一切了然于心。无须回复此信,我只希望能从你的下封信中看到案件调查的进展。

现在,你有三件事可以写信向我汇报:

一、请整理出布尔默警长转告给你的信息,我要确保你已经掌握了与案件相关的全部已知情报,并且没有遗漏任何细节;

二、请告知我你的计划;

三、请你每天——如果有需要,也可以每小时——向我汇报你在调查中取得的任何进展(如果有所进展的话)。

以上是你的职责。至于我的职责是什么,如果需要说明,我会写信向你告知。

弗朗西斯·西亚克斯顿　敬上

18××年7月5日,于伦敦

马修·夏彬先生致总督察西亚克斯顿

先生:

你年纪大了,自然会对我这种仍处在人生和事业黄金期的年轻人心存嫉妒。不过,我愿意体恤你,但实在不愿意因为你的小错误受到影响。我生来大度,所以我原谅你在上一封信中的不善语气,忘记你那无礼的言辞。好了,西亚克斯顿总督察,我们继续谈正事吧。

我的第一项任务是整理从布尔默警长那里得到的全部信息。以下是我目前所知的一切,请你过目。

亚特曼夫妇的家在伦敦苏活区卢瑟福街十三号,临街的一楼是他们自己经营的文具店,他们膝下无儿无女,和房子里的其他人一起生活在这里。房子里有一位年轻的租户杰伊,单身,住在二楼前侧;一位销售员,住在阁楼;一位杂工,住在厨房后面,曾有另一名女工和她搭伙干过一周。只有这些人可以自由地出入这栋房子。

亚特曼先生从商多年,积蓄足够他们过上富足、体面的生活,可他仍不满足,做起了投机交易。

他很舍得砸钱,但幸运之神并没有眷顾他。不到两年,他就又变得穷困潦倒,多年的积蓄被挥霍得只剩下两百英镑。

亚特曼先生尝试过适应现状,由奢入俭。但是最近几年,随着廉价文具店生意的水涨船高,他家文具店的收入大不如前,很难满足他们的日常生活所需。到上周,亚特曼先生就只剩下存放在一家知名联合银行里的两百英镑了。

八天前,亚特曼先生和他的租客杰伊先生聊到了"当前的商品经济困难对各领域贸易的不利影响"。杰伊先生(他会根据时事热点和花边新闻写些小文章,靠把这些文章卖给报社来维持生计——简而言之,就是个穷书生。)告诉他的房东,说他听到了一些关于那家联合银行的流言蜚语。亚特曼先生本就从其他人那里听到过些许风声,又听杰伊这么说,当即决定赶紧把钱取出来——根据经验,发现一点不对劲儿就得立刻采取行动,好及时止损。于是,在当天下午,他赶在银行关门前把钱取了。

他取了一张五十英镑、三张二十英镑、六张十英镑和六张五英镑,这么做是为了随时可以向能提供可靠抵押物的个体户放出小额贷款。在他看来,这是目前风险最小、收益最大的投资。

他把这笔现金装进一个信封,放进了胸前的口袋里,然后让正准备去休息的售货员去找一个又小又扁的锡制存钱盒——这个存钱盒已经很多年没用过了，但亚特曼先生记得，它刚好能装下这叠钞票。找了一会儿没找到，亚特曼先生便去问妻子记不记得存钱盒放在哪儿了。当时，杂工正在收拾茶盘，杰伊先生正要下楼去剧院，两个人都听到了夫妇俩的对话。最后，售货员找到了存钱盒，亚特曼先生把钞票放进去，上了锁，把存钱盒装进了大衣口袋。盒子只露出来一点点，但已经足够被人发现。那天晚上无人来访，亚特曼先生一直待在楼上。七点钟，他准备上床睡觉，便把盒子压在了枕头底下。

第二天早上，亚特曼夫妇醒来时，发现盒子不见了。他们立刻向苏格兰银行报备，限制了这些钞票的支付功能，但自此，再没有与这笔现金有关的消息了。

情况并不复杂，他们坚信窃贼就是居住在那所房子里的人。因此，杂工、售货员和杰伊先生都成了本案的嫌疑人。前两位知道他们的雇主找出了一个存钱盒，但不知道这存钱盒要拿来做什么；不过，他们可能猜到了存钱盒里要存钱。同时，两个人都有可能看到了存钱盒在亚特曼先生的口袋里——杂工去取茶时，或售货员在锁门后把钥匙送还给他的雇主时——根据盒子存放的位置来看，很自然地就能联想到他可能会在夜里把它拿进卧室。

再说杰伊先生，下午谈到联合银行时，房东就告诉他，自己有两百英镑存在那里。他还知道，两人分开后，房东就去银行取钱了，然后，他在下楼时又听到房东在找一个存钱盒。因此，他一定能猜到房子里有笔钱，而且大概率被放在那个存钱盒里。但他不可能知道房东在夜里把存钱盒放到了哪里，因为他在存钱盒尚未被找到时就离开了房子，直到他的房东上床后才回来。所以，如果他是盗贼，那他就是完全靠猜测进了卧室行窃。

一提到卧室，就有必要说一下它的位置了，以及在夜里摸进

-223-

卧室有多么容易。

　　卧室位于一楼后侧。亚特曼夫人天生怕火,害怕万一起火,会被困在屋里活活烧死,所以,他们晚上睡觉的时候从来不锁卧室门。另外,两人睡着后都不容易被吵醒,所以心怀歹意之人确实有可乘之机——直接开门就能进入卧室,小心一点儿就不会吵醒床上熟睡的两人。这也能说明小偷并非警惕性强、经验丰富者,由此更加确定,窃贼就是这栋房子的住户之一。

　　以上是布尔默警长初次调查时的全部发现。他严审了所有的嫌疑人,但没能问出有效信息。嫌疑人们被质疑盗窃后,都表现出了很无辜的样子。因此,布尔默警长决定展开秘密调查。他让亚特曼夫妇假装完全不怀疑住户们,自己则开始密切观察杂工,观察她的行为习惯和小秘密。

　　花了整整三天的时间,他和另外两位同事全身心地扑在了这项工作上。最后发现,这位姑娘没有任何值得怀疑的地方。

　　随后,他又用同样的方法调查了售货员。暗地里调查此人要难得多,许多信息不是那么清晰,但调查还是顺利完成了。虽然不如上次那么肯定,但也几乎可以断定不是售货员偷走了存钱盒。

　　这样,仍未被洗清嫌疑的就只剩下杰伊先生了。

　　在我提笔写信前,布尔默警长已经完成了对他的部分调查,结果很有趣。杰伊先生的生活十分混乱,常出没于酒吧,结交了一群浪荡公子。他负债累累,债主大多是商人,亚特曼先生说,他连上个月的房租都没有交。昨天晚上回家时,他喝大了,情绪很激动,而就在上周,他还和一位职业拳击手侃侃而谈。换言之,他根本就不是什么靠着给报社供稿而生的穷书生,而是一个品位极低、习惯极差、风流浪荡的年轻人。这次调查的发现几乎可以使他身败名裂了。

以上是布尔默警长告诉我的全部细节，相信你没有要补充的了。就算你嫉妒我，应该也挑不出我哪里遗漏了。我的下一项任务是向你说明我的后续计划。

根据布尔默警长的调查，杂工和售货员的嫌疑均已被洗清，无须再议。所以，我会从他未完成的工作开始做起，继续秘密地调查杰伊先生，看他是否真的无辜。为避免案件不了了之，我会拼尽全力。

为了查明是否是杰伊先生偷走了存钱盒，列计划如下（该计划已征得亚特曼夫妇的同意）：

今天，我会以租客的身份在亚特曼夫妇家二楼后侧的房间住下；到了晚上，我会说自己来自乡下，打算在伦敦的某家商店或公司找一份体面的工作。

这样，我就能住进杰伊先生的隔壁，和他只隔一面墙。我会在檐口附近打一个小洞，来观察杰伊先生的一举一动，听听有人拜访他时，他会说些什么。他在家时，我就像这样观察他；他出门时，我就偷偷跟着他。这样，我应该可以查清他是否知道钞票的去向。

不知道你有什么看法，这项计划既大胆又简单，我个人十分满意，并且非常期待调查结果。

马修·夏彬　敬上

18××年7月6日，于伦敦

上一封信的写信者致上一封信的收信人

先生：

　　你没有给我回信。也许你可能仍然对我抱有偏见，但我的上一封信应该勉强给你留下了些好印象。我愿将你的沉默视作鼓励，斗胆继续向你汇报过去二十四小时以来的调查进展。

　　我已经顺利在杰伊先生的隔壁住下了，而且在隔墙上打了两个洞用来观察，比我原先的计划还多了一个洞。我天生就有些幽默细胞，所以花了点儿心思给两个洞起了名字——有点儿多余，但不是毫无意义的——一个叫"窥洞"，一个叫"管洞"。前者是根据它的功能起的，后者是因为我在洞里嵌了一截细管。当我从"窥洞"里观察杰伊先生时，就可以把"管洞"里的细管放在耳边，这样一来，我在观察的同时也能监听到房间里的动静。

　　正义感——我从小就具备这项美德——驱使我提前告知了亚特曼夫人这个小变化，告诉她我想在"窥洞"旁边再打一个"管洞"。这位内外兼修，集才华与智慧于一身的夫人始终怀着极大的热情与我讨论计划的每一个细节，这让我十分受用。毕竟，亚特曼先生悲伤过度，无法提供太多帮助。亚特曼夫人无微不至地照顾他，照顾着他的感受。比起钞票，她更担心丈夫的状态，于是竭尽所能地想要把他从绝望的泥潭里拽出来。

　　"夏彬先生，钱，"昨晚，她含泪对我说，"钱可以再赚，只要我们控制开支，认真做生意，钱还会再有的。但我丈夫的状态太差了，所以我才会急着想要抓住小偷。从您踏进这所房子的那一刻起，我就知道我不用再担心了，如果有谁能帮我们找出小偷的话，那个人一定就是您了。希望我的预感是对的。"我当然很开心她能这么说，也绝不会辜负她的期待。

说回正事——也就是我的"窥洞"和"管洞"。

我静静地观察了杰伊先生好几个小时。亚特曼夫人说他平时很少待在家里,但昨天,他一整天都没有出门,这就很可疑了。另外,他今天早晨起得很晚(又是一个坏习惯),起床后又花了大把时间来抱怨,嘟嘟囔囔地说头疼,也没有好好吃早饭,十分颓废。然后,他开始抽烟,用的是一只很脏的陶瓷烟斗,我敢说任何一位绅士都会羞于把它放在唇间。抽完烟,他拿出了纸和笔墨开始写作,一边写一边发牢骚——我不敢肯定他是在为盗窃而感到懊悔,还是因为眼前的工作感到厌烦。写了几行之后("窥洞"离他的桌子太远了,我看不到他写了什么),他就靠在椅背上,开始哼歌。我听出来的有《亲爱的玛丽·安妮》《闲逛》《忠诚的狗伴》……这几首歌可能是他向共犯传递信息的暗号,但真相还有待考证。哼了会儿歌之后,他起身在房间里踱步,偶尔停下来,在纸上补写几句。我一直瞪大双眼,试图看出些端倪。我看到他小心翼翼地从柜子里拿出了什么东西,但等他转过身,手里只有一小瓶白兰地!他喝了点儿酒,又躺回到床上,不到五分钟就睡着了,多么懒惰,多么堕落!

听了两个小时的呼噜声之后,我听到一阵敲门声,于是又回到"窥洞"前,我看到他十分麻利地起床去开门,动作之快令人诧异。

一个灰头土脸、年纪很小的男孩走进房间,说:"求求您了,先生,他们都在等着您。"说完竟然一屁股坐在地板上,躺下就睡着了!杰伊先生咒骂一声后,把一条湿毛巾绑在额头上,又坐回桌子前,开始用极快的速度写作。偶尔,他会站起身去把毛巾打湿,再重新绑在额头上,然后继续写作,就这样持续了将近三个小时。然后,他叫醒了男孩,把写好的几张纸叠起来递给他,说:"你这个小瞌睡虫,快去吧!如果碰到老板,就跟他说,赶紧把我要的钱准备好。"男孩咧嘴一笑,离开了。我很想追过去,但想了一下,还是决定继续监视杰伊先生。

一个半小时之后,他戴着帽子出门了,我也戴上了帽子,跟在他的后面。下楼时,我碰见了正往楼上走的亚特曼夫人。我们商量好了,杰伊先生不在家时,我需要跟踪他,看看他都会去什么地方,做什么事情,而亚特曼夫人就趁机搜查他的房间。杰伊先生出门后,径直走进一家最近的酒馆,点了一份羊排当晚餐。我在他旁边的卡座坐下,也点了一份羊排。不到一分钟,一个年轻人走进酒馆坐到了杰伊先生的对面,此人的样貌和行为都十分可疑,他拿起一杯黑啤,和杰伊先生攀谈起来。而我假装读报纸,实则全神贯注地听着他们谈话的内容。

"来见你之前,我已经找杰克聊过了。"年轻人说。

"他怎么说?"杰伊先生问。

对面的人回答:"他跟我说,如果我见到你,就告诉你他很想今晚见见你,他会在七点钟到卢瑟福街找你。"

"没问题,"杰伊先生说,"我会赶回去见他的。"

这时,那位相貌可疑的年轻人已经喝完了杯中的黑啤,对他的朋友(也许应该称他为"同谋")说他得赶紧走了,说完就离开了酒馆。

到了十八时二十五分半——处理这种案件时,有时间观念是很重要的——杰伊先生吃完了羊排,结了账;十八时二十六分四十五秒,我也吃完了羊排,结了账。十多分钟后,我回到了卢瑟福街的那座房子里,亚特曼夫人正在门廊等我,脸上带着失望又沮丧的神情。

"夫人,恐怕,"我说,"你没能在那位租客的房间里发现任何可疑之处吧。"

她摇了摇头,叹了口气——很轻,很无力,还略略地颤抖着,让我感受到了前所未有的悲伤。有一瞬间我甚至忘记了工作,心里只有对亚特曼先生的羡慕。

"夫人,请不要放弃希望,"我用温和的语气(这似乎触动到了她)对她说,"我听到了一段十分可疑的谈话,我知道他今晚会有一次动机不纯的会面。我敢肯定,今晚能从'窥洞'和'管洞'中获取到有价值的信息。我现在只希望我们的计划能顺利进行,不会被识破。"

我信心满满地看着她,朝她眨眨眼,点点头,然后就离开了。

我回到"窥洞"前继续监视:杰伊先生还是叼着那只烟斗,坐在一把扶手椅上消食,面前的桌子上放着那一小瓶白兰地、两只玻璃杯和一壶水。临近七点钟的时候,那个叫"杰克"的男人走进了房间。

他很焦虑——我很高兴看到他十分焦虑,事情的走向都在我的意料内,成就感正在一点点吞噬我(夸张一下)。我站在"窥洞"前,屏息凝视,只见来访者坐到了杰伊先生的对面,我可以清楚地看到他的正脸。这两个坏蛋的长相只有些许差异,很可能是亲兄弟。凭第一印象,感觉杰克穿得更好,人也更聪明些——当然,这种印象可能带着先入为主的偏见。我不是法利赛人[1],也不认为罪恶可以被原谅。我更认同让罪恶之人受到惩罚,一定要让罪恶受到惩罚。

杰伊先生说:"杰克,怎么样了?"

"你看看我的表情,还不明白吗?"杰克说,"兄弟,再拖

---

1 法利赛人:是公元前2世纪至公元2世纪犹太教上层人物中的一派,强调保守犹太教传统。据基督教《圣经》记载,耶稣指责他们是言行不一的伪善者。在西方文学中常用来指伪君子。

下去就太危险啦。别再犹豫了,赌一把,就后天。"

杰伊先生满脸惊色,喊道:"太着急了吧!不过也行,如果你准备好了,我也没问题,可是,某人准备好了吗?"

他说这话时面带微笑——是那种很瘆人的微笑——还强调了"某人"这两个字。看来他们还有另一个同伙,本案共涉及三个混账,其中一个还不知是谁。

杰克说:"明天和我们见一面,然后你自己判断吧。明天上午十一点,我们在摄政公园旁边的林荫道的拐角处等你。"

"那明天见,"杰伊先生说,"你现在就要走吗?喝点儿什么再走吧,有水,有白兰地。"

"我得走了,"杰克说,"我现在在哪儿都不敢待得太久,不敢超过五分钟,是不是很可笑?我每天都紧张兮兮的,害怕自己露馅儿。大街上但凡有谁多看我一眼,我都觉得他是个探子——"

听到这儿,我双腿发软,全凭意志力才能坚持站在"窥洞"前,真的。

杰伊先生很像那种经验老到的犯罪分子,他大声嚷道:"别胡说八道!不会露馅儿的,不是一直到现在都还没人发现吗?喝两杯再走吧,没什么好怕的。"

杰克断然拒绝,转身往门外走去。

他说:"我会撑住的。记得——明天——上午——十一点——摄政公园旁边——林荫道。"

他说完就离开了,屋里的这位听完哈哈大笑,再次抽起了烟,还是用那只脏兮兮的陶瓷烟斗。

我坐在床边,激动得直发抖。

他们还没来得及销赃,我心想着,布尔默警长把案子交给我之前肯定也是这么想的。但这番对话是什么意思?是不是说明,他们三个明天会带上各自的那份赃款在林荫道会合，然后商量日后该怎么销赃？杰伊先生明显是主谋，所以他大概率会承担最大的风险，去处理面值五十英镑的钞票。我明天还得继续跟踪他，跟着他去摄政公园，听听他们的计划。如果他们又约在后天见面，我也会跟去。此外，我还需要两名助手，这样我们就可以同时跟踪他们三个了。不过，如果他们三个一起离开，我就不需要助手了，主要是因为我更想独自侦破此案。

7月8日

十分感谢！两名助手一早就赶来了，虽然他们能力一般，但我可以随时指导他们。

为了避免引起麻烦，我先向亚特曼夫妇解释了他们来此的原因。亚特曼先生（我们中最老、最虚弱的那个）嘟嘟囔囔地摇了摇头；亚特曼夫人（那位女强人）则用她那对迷人的明眸看着我。

她说："天哪，夏彬先生，我真不想看见他们！您是觉得要失败了，才找来了帮手吗？"

我朝她使了个眼色（她很单纯，不觉得这是冒犯），意思是情况不是她想的那样。

"夫人，我是知道一定不会失败，才找来帮手的。我一定会把钱找回来，不是为了我，而是为了亚特曼先生，为了你。"

我说到最后三个字时放慢了语速，她又惊呼："天哪，夏彬先生！"然后她涨红了脸，低下头做活儿去了。看到这一幕，我心想要是亚特曼先生去世了，我愿意陪伴着她，直到地老天荒。

我让两名助手出门转转，时间一到就在摄政公园旁的林荫道会合。一个半小时之后，我跟着杰伊先生去了会合地点。

他的两个同伙都很守时。站在这两兄弟之间的是第三个混蛋——我之前提到过的那个不知名的共犯、神秘的"某人",竟然是一位女士!一位年轻的女士!一位面容姣好的年轻女士!太可怕了,这一定是老天爷跟我开了个玩笑!这简直打破了我心中对美好性别[2]的滤镜!我再也不会对女性抱有任何美好的幻想了,再也不会对她们另眼相看了(亚特曼夫人除外)!

杰克伸出了一只手臂让那女人挽着,杰伊先生在那女人的另一边,三个人就这么并排在树荫下缓缓地散步。我远远地跟着他们,我的两名助手远远地跟着我。

我不敢跟得太近,那样太容易被发现了。我听不到他们在说什么,但能根据他们的动作看出来他们聊得很起劲儿。走了一刻钟之后,他们突然掉头折返。我并没有慌乱,示意我的两名助手放轻松,继续往前走,自己则悄悄地躲在树后。他们从我旁边经过时,我听到杰克对杰伊先生说:

"明天上午十点半怎么样?坐出租马车来,咱们最好别在这附近……"

我没听到杰伊先生的回答,但能感觉得到很简短。他们走回到最初碰面的地方,互相握了握手,看得我直倒胃口。等他们分开后,我继续跟着杰伊先生,我的两名助手分别跟着另外两个。

杰伊先生没有回家,而是去了位于河岸街的一栋旧房子。那房子已经破败不堪了,门牌显示,那是一家报社的办公室,但我认为,这里是伪装成报社的赃物藏匿点。他进去不久就出来了,出来时双手插兜,吹着口哨。其实当时我当场就可以逮捕他,但一想到他还有两个同伙,我就决定先不打草惊蛇,看看他们明天

---

2 美好性别:原文为 The fair sex,指女性。

上午见面后会做些什么，再做打算。像我这样能力尚未得到认可的新人，面对如此复杂的情况还能镇定自若，应该不多见吧？

离开那栋可疑的房子后，杰伊先生去了一间吸烟室，一边抽雪茄一边读杂志。之后他又去了那家酒馆吃羊排，我也跟着去吃了一份，吃完我尾随着他回到了住处。他很早就上床睡觉了，直到听到他的鼾声，我便也早早上床睡觉了。

第二天一早，我的两名助手赶来汇报工作。

他们看到杰克把那女人送到了摄政公园附近的一处别墅区的大门口，然后右拐，走向商贩们居住的街道，拿出钥匙打开了一扇房门，同时警惕地环顾四周。当时我的助手正在街对面溜达，还被他瞪了一眼。其他的就没什么了，我让他们留下来陪我，顺便帮帮忙，轮流盯着"窥洞"。

杰伊先生花了很长时间打扮，好让自己看起来不那么邋遢——我就知道他一定会费心打扮的，像他这样的无业游民，去银行前肯定要把自己收拾得体面些。十点零五分，他拍了拍破帽子上的灰，弹掉了脏手套上的面包屑。十点十分，他出门往出租马车上车点走去，我和我的助手紧紧地跟在后面。

他上了一辆出租马车，我们也上了一辆出租马车。昨天没能听到他们今天约定的会合地点，跟车走了一段，才发现，还是老地方——林荫道路口。到了公园门口，杰伊先生乘坐的出租马车慢慢驶进公园，为了不被怀疑，我让我的车夫停下，我赶紧下车步行跟了上去。杰伊先生的出租马车停在树林边，他的两个同伙上车后，车马上掉头驶走了。我赶紧跑回到公园门口，上车让马车夫追上去。

他按我说的做了，但车开得有些冒冒失失的，引起了他们的注意。我们跟车沿着来时的路行驶了三分钟，我探出头去想看看我们离前车有多远,结果正好看到从车窗里露出的两顶帽子——两个人扭头看着我,我赶紧缩回车里,直冒冷汗——话糙了点儿,但我想不出更合适的形容了。

"我们被发现了!"我对两名助手说,声音有些发虚。他们一脸惊讶地看着我,让我的心情从绝望变成了愤怒。

"都怪这个马车夫!你们俩谁下去给他一拳?"

他们都没有照做(请将他们不听从命令的行为上报给总部),只是看向车窗外。不等我再次发火,他们俩就笑着跟我说:"先生,您再看一眼。"

我又往外看去,前面那辆出租马车停下了。

这里是什么地方?

教堂!

我不知道教堂在其他人的心中意味着什么,但对于一位虔诚的教徒,对于我而言,教堂是信仰的象征。我听过太多犯罪分子的种种毫无原则、奸诈狡猾的行为,但还从没见过有哪个小偷为了摆脱追捕而躲进教堂的!这是对上帝的亵渎!绝没有人像他们这样厚颜无耻!

我的两名助手还在微笑,我皱起了眉,看着他们一脸天真的样子。他们大概觉得这不过是两位绅士和一位女士相约在今天上午十一点前到教堂做礼拜,但我可不会被表面现象所蒙蔽。我让一名助手去盯住教堂的侧门,我则带着另外一名助手走进教堂。就算所有人都犯困了,我也不会懈怠,我可是马修·夏彬,我永远都会认真而谦逊地工作的。

我们悄悄上楼,拐到风琴台[3]的位置,透过帷幕往下望,只见

---

3 风琴台:教堂或音乐厅中的管风琴楼厢。

他们三个就坐在教徒们听福音的长椅上！他们竟然坐在长椅上！

一位牧师和一名工作人员走出法衣室[4]，我的脑子嗡嗡作响，眼前发黑，不好的回忆涌上心头，我想起了那些发生在法衣室的盗窃案，替牧师和工作人员捏了把汗。

那三个亡命之徒起身走近牧师，牧师站在圣餐台围栏内，打开经书开始诵读。想知道他读的是什么吗？

婚礼誓词！我敢保证我没听错。

助手看了我一眼，把手帕塞进了嘴里。我就不该看他。杰克是新郎，杰伊先生扮演父亲的角色，把新娘托付给新郎。弄清楚后，我带着助手离开，和守在教堂侧门的助手会合。如果换一个人，现在大概会十分气馁，觉得自己弄错了，但我不会。我依然镇定自若，信心十足，当时是这样，现在也是这样。

离开教堂后，我决定继续跟踪他们，看看会有什么新发现。我这么做是有原因的，但我的两名助手并没有理解我的用意，满脸惊讶，其中一位还顶撞了我：

"先生，小偷到底偷了什么？是钞票，还是别人的老婆？"

另一位用大笑附和他同伴的莽撞（他们两个都应该得到处罚，他们肯定会的。）

婚礼仪式结束后，三个人又一起上了那辆出租马车，我们也再次跟了上去（我们的出租马车之前藏在教堂边的角落里）。

我们跟着他们来到了西南铁路终点站，那对新婚夫妇买了去里士满的车票，付账时使用了金镑[5]。唉，如果他们用钞票付款，我就可以立刻逮捕他们了。他们离开时对杰伊先生说："记住，

---

[4] 法衣室：教堂里的房间，可以在此更换教堂仪式上需要穿的特殊衣服；也会用来保存教堂仪式上使用的东西。

[5] 金镑：英国于1817—1914年之间使用的面值为1英镑的金币。

是巴比伦排房[6]十四号,下周来找我们吃晚饭。"杰伊先生答应了,还说现在要赶紧回家脱下干净衣服,换上脏衣服舒舒服服地过完今天。之后,我便跟着他安全到家,他也确实换上了脏衣服,正舒舒服服地混日子呢。

案子即将进入下一阶段。

我知道没耐心之人的想法。他们会觉得可笑,认为我一直在自欺欺人;他们会觉得我上报的那次可疑对话只是他们对私奔一事的担忧;他们还会觉得,教堂里的一幕证实了他们是对的,而我是错的。没关系,随他们怎么想。我此刻只有一个问题,不过,睿智如我都会被它难住,想来谴责我的人们也未必能给出答案。

这场婚礼提供了什么证据,能够证明这三个人无辜吗?我认为没有,相反,他们的嫌疑更大了,因为婚礼和私奔就是他们盗窃的动机——还债需要钱,去里士满度蜜月也需要钱。这个动机难道还不够吗?以我的名誉起誓,这就是真相了。他们能联手拐走一个女人,难道就不能联手偷走一个存钱盒吗?我的结论源于我严谨的逻辑推理和美德,任何邪恶的诡辩都无法改变我的立场。

说到美德,我已经把我的想法通通告诉亚特曼夫妇了。起初,我们富有才华和魅力的夫人还没能跟上我的思路,她眼眶湿润,不停地摇头,和她老公一样以为他们永远失去了两百英镑,沉浸在悲伤中。不过,在听完我翔实的解释之后,她改变了看法,认为那场秘密婚礼确实不足以使杰伊先生、杰克先生和那个女人脱罪。顺带一提,我的挚友说那女人是"鲁莽的贱妇"。如此,亚特曼夫人并没有对我失去信心,而亚特曼先生也保证会相信妻子,尽量试着对未来心怀希望。

---

[6] 此处巴比伦为排房的名字。

鉴于案子发展到了新的阶段，我静候你的帮助和建议；而作为严谨、镇静的人，我会等待你新的指令。我继续跟着三个嫌疑犯从教堂到车站的原因有二：一是为了公务，因为他们仍有嫌疑；二是为了私心，我想知道那对小夫妻到底藏身在哪里，这样就可以把信息卖给那位女士的家人和朋友。因此，无论如何，我都没有浪费时间。如果上级信任我的判断，我将按计划继续调查；如果上级不认可我的判断，我就自己去搞清楚，然后去摄政公园的别墅区小赚一笔，这样也不亏。

有一点要补充：如果有人认为杰伊先生和他的同伙们是无辜的，不管这个人是谁，就算是西亚克斯顿总督察自己也一样，那么就请他来告诉我苏活区卢瑟福街盗窃案的真凶是谁。

马修·夏彬　敬上
7月8日

总督察西亚克斯顿致布尔默警长

布尔默警长：

跟我想的一样，那位没有头脑的马修·夏彬先生把卢瑟福街盗窃案搞得一团糟。我还有公务在身，所以写信请你代为查明。随信附上几封字迹潦草的信件——夏彬那小子管这叫报告——烦请你翻翻他的胡话，看你是否和我的观点一样，觉得他在胡来，他这根本就是查错了方向。接下来。就请你立刻着手调查此案，将案件的真相向我汇报，再通知夏彬先生，他被暂时停职了。

弗朗西斯·西亚克斯顿
7月9日，于伯明翰

布尔默警长致总督察西亚克斯顿

西亚克斯顿总督察：

来信及其附件已收到。人们说，智者会向任何人虚心请教，包括笨蛋和傻瓜。读完夏彬自吹自擂、喋喋不休的报告，我对侦破卢瑟福街盗窃案有了明晰的思路，没有辜负你的期待。半小时后我到达了卢瑟福街十三号，第一个见到的就是夏彬先生。

他说："你是来协助我的吗？"

我说："不完全是，我是来通知你，你已经被暂时停职了。"

他还是十分自信，说："很好。很显然，你也嫉妒我，不过我不怪你。你请便吧，我要去摄政公园继续我自己的调查了。回头见，警长，回见！"

说完他就出门了，这正合我意。

女侍者关上门后，我让她去告诉她的主人，我想私下里和他聊聊。她带我去了位于文具店后方的会客厅，亚特曼先生正独自在那里看着报纸。

我说："关于盗窃案——"

他很快就打断了我，十分暴躁，但又可怜巴巴地像个柔弱的姑娘，他说："我知道，我知道，你是来告诉我，你们派来的那位在我家二楼隔墙上打洞的杰出警探弄错了，他没能找出偷走我的钱的混蛋。"

"是的，先生，"我说，"这确实是我要说的，但不是全部。"

他火气特别大,说:"难不成你能告诉我小偷是谁吗?"

"可以,"我说,"我想我可以。"

他放下报纸,又惊慌又急切地看着我,说:

"不是我的售货员吧,拜托了,不是他吧?"

我说:"你再猜猜看。"

他说:"那个懒货女佣,那个贱人?"

"她确实不勤快,"我说,"但并不下贱,这一点在之前的调查中已经被证实了。她也不是小偷。"

"那到底是谁?"他说。

"先生,请你先做好心理准备,"我说,"另外,为了避免你因情绪过激造成一些无法挽回的后果,我要提醒你,论打架你可不如我,要是你动手的话,我可能会为了自卫,误伤你。"

他面色苍白,拉着椅子后退了几步。

"先生,你问我是谁偷走了你的钱对吗,"我继续说,"如果你真的想知道——"

"我想知道,"他轻声说,"是谁?"

"是你的夫人。"我声音很轻,但十分笃定。

他像是被针扎了一样跳起来,重重一拳捶在桌子上,木桌裂开了一条缝。

"冷静点儿,先生,"我说,"发脾气没有任何帮助。"

"你撒谎!"他又朝桌子上砸了一拳,说,"你就是个彻头彻尾的骗子!你怎么敢——"

他打住了话头,跌坐回椅子上,迷茫地环顾四周,然后大哭起来。

"先生,等你冷静下来之后,"我说,"我想你会为你适才的言行道歉。现在,如果可以,请听听我的分析。夏彬先生提交给总督察的报告很不正规，全篇都是他愚蠢的想法和行为，十分可笑，但这篇报道也如实地记录了亚特曼夫人的一言一行。这种报告按理来说应该直接被扔进垃圾桶，但针对此案的情况，夏彬先生胡乱写的报告确实指向了某个结论，尽管作者由于太过愚蠢，自始至终都没有意识到这一点。但我敢肯定，亚特曼夫人看出并利用了夏彬的愚蠢和自负，鼓励他朝着错误的方向调查了下去，好隐藏自己的嫌疑。我还知道夫人为何想要这笔钱，以及她拿这笔钱做了什么——她拿这笔钱中的一部分做了什么。任何人看到她高贵又精致的打扮都会挪不开眼——"

我说到最后这句话时，这个可怜人似乎想说些什么，他用眼神制止我继续说下去，他的神情让他看起来不像是开文具店的小老板，倒像是一位公爵。

"另找借口诽谤我的妻子吧，"他说，"她去年的裁缝账单都在我这里放着呢。"

"可是，先生，"我说，"账单说明不了什么。你可能不知道，裁缝们在我们警察这里的名声可不好，他们会给夫人们开两份账单：一份是日常账单，拿给丈夫看，由丈夫支付；另一份是奢侈品，自己留下，分期支付。根据我们往常的经验，她们会在家庭日常支出中省下一些钱来支付留下的账单。话说回来，我猜，亚特曼夫人早已无力偿还欠下的账，在得知你的处境后，她被逼无奈，只好偷走你仅剩的两百英镑去支付账单。"

"不可能，"他说，"你是在侮辱我的妻子！"

为了节省时间，也为了不白费口舌，我直接打断了他："你敢不敢和我一起拿着你手里的那份裁缝账单去亚特曼夫人光顾的店里核对一下？"

他双颊绯红，找出了账单，戴了一顶帽子，我从笔记本里找出丢失钞票的编号的记录,我们俩即刻出门。

到了裁缝店(正如我想的那样,这是一家高端裁缝店),我对店员说有重要事务,想跟裁缝店的女主人单独谈谈。这已经不是我第一次见她了,每次都是为了类似的调查。她一看到我,就喊来了她的丈夫,我向他们介绍了亚特曼先生,并说明了来意。

男人问:"这只是私下调查?"我点点头。

他老婆问:"绝对保密?"我又点点头。

"亲爱的,我们有理由拒绝给警长看账单册吗?"丈夫说。

"如果你觉得没有的话,我也想不出任何理由拒绝警长,亲爱的。"妻子说。

当我们谈话时,可怜的亚特曼先生只是坐在旁边,一脸的惊讶和苦恼。店主拿来了账单册,翻到写着亚特曼夫人名字的那一页——只需要看一眼,就知道,我之前说的都是真的。

一共有两本册子,其中一本记录着丈夫的账单,也就是亚特曼先生手里的那份;另一本则是妻子的私人账单,上面写着存钱盒失窃当天的账单记录——支付了一百七十五英镑零钱,付清了过去三年的账单。这期间的分期从未按时支付,最后一行下面写着这样一条记录:"6月23日,第三次提醒。"我指着这条记录问店员是不是"去年六月",店长表示就是去年六月。店主还十分抱歉地说,他们当时还威胁过如果再不付钱,就会采取法律手段。

我说:"我记得你会给大客户三年以上的还款期限。"

店主看了看亚特曼先生,小声对我说:"如果她们的丈夫遇到了麻烦,可就不行了。"

她说着,指了指账单册。记录显示,在亚特曼先生走下坡路之后,夫人在裁缝店的开销仍和之前一样奢侈。也许她在其他方面节省了开支,但在穿衣打扮的消费标准上一切照旧。

现在只需走个形式——检查存钱盒。账单以现金方式支付,所用钞票的编号和我之前记录的完全一样。

随后,我认为最好尽快带亚特曼先生离开裁缝铺,就叫了辆出租车送他回家。一开始,他像个孩子那样哭喊,语无伦次,我很快让他安静下来。顺带一提,他下车回家前,很郑重地为之前的言行向我道了歉;作为回礼,我给了他一些建议,帮助他处理好此事,处理好他和妻子的关系。他没有留心听,上楼时还念叨着要离婚,不知道亚特曼夫人能不能解决这次危机,但我猜她肯定会歇斯底里,拼命地恳求丈夫的原谅,不过这都与我们无关了。本案告一段落,随信也许会附上总结报告。

托马斯·布尔默　敬上
7月10日,于伦敦

附:

补充一件事。离开卢瑟福街时,我又遇见了马修·夏彬先生,他正要回去收拾行李。

他很激动,搓着手说:"听听!我去了别墅区,跟警卫说明我的来意,结果他们直接把我赶了出来。有两个目击证人能为我证明呢,我至少要拿到一百英镑的赔偿。"

"那么祝你好运。"我说。

"谢谢,"他说,"我什么时候能恭喜你找出了小偷?"

"随时都可以,"我说,"已经找到了。"

"和我想得一样,"他说,"我把该做的都做完了,你在这时候插进来,夺走了我的功劳。小偷就是杰伊先生。"

"不是哦。"我说。

"那是谁？"他说。

"去问问亚特曼夫人吧，"我说，"她会告诉你的。"

"好吧，听一位美丽的夫人讲确实比听你讲要好得多。"他说完就匆匆地往回走了。

你觉得如何，西亚克斯顿总督察？你会同情夏彬先生吗？反正我不会。

总督察西亚克斯顿致马修·夏彬先生

先生：

布尔默警长此前已经告知你被暂时停职了，现在，我正式通知你，你加入侦查部的申请被驳回。你可将本信作为申请被驳回的正式声明。

另外，我还想说，拒绝你的申请并非否定了你的人格，这只能证明你并不适合侦查部的工作而已。如果我们要招募一位新人，大概会考虑亚特曼夫人。

弗朗西斯·西亚克斯顿　敬上

7月12日

通信集上的便条，西亚克斯顿先生注

督察本无须对最后一封信附加任何解释。据说，马修·夏彬先生在卢瑟福街十三号门口与布尔默警长分开后，在房子里只待了不到五分钟就出来了。出来时神情惊惧，左脸上有一片红晕，似乎是"耳光"所致。售货员还听见他对亚特曼夫人恶语相向，看见他攥紧拳头，面露凶相地跑过了街角。此后，再没有他的消息了，他似乎离开了伦敦，想去其他地方警察局碰碰运气，谋一份工作。

知道亚特曼夫妇的家务事的人不多。人们只知道，那天亚特曼先生从裁缝铺回家后不久，家庭医生就急匆匆地赶去了，随后，药房根据处方给亚特曼夫人开了药。第二天，亚特曼先生开始在文具店售卖嗅盐[7]，又去了流动图书馆，想找一本描写上流社会的小说，来取悦一位残疾女人。根据以上情报可判断，（可能是）考虑到妻子此时的精神状态，还没有提出离婚。

---

7 嗅盐：一种常用于提神醒脑、恢复意识的化学制剂，通常由氨水和氯化铵制成，通过闻其刺激性气味来达到效果。

黑手
THE BLACK HAND

〔美〕亚瑟·B. 瑞福
Arthur B. Reeve

《黑手》导读

1.《黑手》的作者是美国推理小说家亚瑟·B.瑞福（1880—1936），他因于1910—1918年间在《大都会》杂志上发表82篇克雷格·肯尼迪的故事而闻名。

2. 克雷格·肯尼迪是瑞福虚构的小说人物，被称为"美国的福尔摩斯"。他是一位科学家侦探，本职是哥伦比亚大学的化学教授，会利用自己的化学和精神分析的知识来解决案件，并在探案中使用在当时尚属奇异的设备——测谎仪、陀螺仪和便携式地震仪等。就像福尔摩斯故事中的华生一样，肯尼迪也有一个讲述他的冒险经历的同伴——记者沃尔特·詹姆森。

3.《黑手》首次发表于1911年9月的《大都会》杂志，主角也是克雷格·肯尼迪。

4. 在《大都会》上停止连载之后，克雷格·肯尼迪这一角色仍然经常出现在二十世纪二三十年代的各种美国通俗杂志里，但根据故事风格来看，其中很多并不是瑞福所写的。

曼哈顿西区的南边有一家意大利饭店，自学生时代起，我和肯尼迪每个月都会来这家餐厅吃一顿，重温用叉子卷起意大利面送入口中的优雅。所以，看到老板路易吉专程前来问候，我们也没觉得奇怪。他站在桌前，悄悄地瞥了瞥旁边儿桌正在用餐的意大利人，突然俯下身，低声对肯尼迪说：

"教授，我听说您很擅长侦查工作，我的一位朋友遇到了点儿麻烦，您能帮个忙吗？"

"当然可以，路易吉，是什么事？"肯尼迪靠在椅背上说。

路易吉又神色担忧地瞥了瞥四周，用更轻的声音说："先生，麻烦您小点儿声。等您用完餐，买完单，请您从大门离开，绕到华盛顿广场去，那里有一个小门可以进来，我在走廊等您。我的朋友正在楼上的私人包间用餐呢。"

我们继续享用基安蒂干红葡萄酒，又坐了一会儿，就默默买单离开了。

按照路易吉的指示，我们在一条昏暗的走廊里找到了他。他示意我们保持安静，然后，领着我们上到二楼，迅速地走进一个私人包间。房间很大，桌子上放着饭菜，看起来还没人动，一个男人正紧张兮兮地来回踱步。门开时，他似乎被吓了一跳，有那么一瞬间，他黝黑的脸上泛起了一丝红晕。此人是意大利著名男高音歌唱家真纳罗，那么他的普通朋友也绝不可能是无名之辈，所以，应该不难想象我们认出他时有多惊讶。

"啊，是你啊，路易吉，"他的声音浑厚又柔和，操着一口流利的英文大声说："这两位先生是？"

路易吉先是用英语简短地回答："朋友。"随后又用低沉而流利的意大利语解释了起来。

等待时，我看出肯尼迪和我一样，想起了一件事。就在三四天前，报纸上刊登了一篇新闻：真纳罗唯一的女儿，年仅五岁的阿德利娜被绑架了，绑匪写信要求家人支付一万美元赎金，并署名"黑手"（这个神秘的署名很容易让人联想到黑心绑匪和敲诈勒索事件）。

路易吉话还没说完，真纳罗先生就走向我们，肯尼迪在他开口前抢先说："先生，我知道您要问我什么。我读过报纸了，您是想找人帮忙抓住绑架您女儿的绑匪吧。"

"不，不，"真纳罗十分激动，大声说，"不是的。我想先接回我的女儿。然后，如果可以的话，再去抓住绑匪……我当然希望绑匪被抓住。不过，先看看这个吧，告诉我您怎么想，告诉我，我该怎么做才能接回我的小阿德利娜，我该怎么做才能把她安全地接回来？"这位著名歌唱家从他的钱包里抽出一封脏兮兮、皱巴巴的信，信纸很廉价，字迹很潦草。

肯尼迪迅速地在脑海中翻译了一遍，内容如下：

尊敬的先生：

你的女儿现在在我们手上，她很安全。但是，如果你把这封信交给警察或者其他什么人，你的女儿、你的家人还有你身边的人都会完蛋。我们说到做到，就和周三那天一样，不会失手。如果想要赎回你的女儿，就准备一张一万美元的支票，夹在周六的《意大利进步报》里，在周六的午夜十二点，你一个人到恩里科·阿尔巴诺的酒馆，不要带其他任何人。

后屋会有一个大衣口袋插红花的人坐在桌前等你,找到他,对他说:"《丑角》是一部很棒的歌剧。"在他回答"没有真纳罗出演可就不是了"之后,把你带去的报纸放到桌子上。他会拿走报纸,然后给你一份公报,翻到第三页,你会看到一个地址,你的女儿会在那里等你,直接过去接走她就可以了。但是,上帝保佑,如果我们在恩里科的酒馆附近看到了警察的影子,那么你当晚就会收到你女儿的骨灰盒。不过别害怕,我们保证,如果你按照我们说的做,我们也一定按照我们答应的去做。这是最后通牒,以免你忘记,明天我们会再让你见识见识我们的厉害。

黑手

信的末尾处画着骷髅头和交叉骨,一颗被匕首刺穿的、流着血的心脏,一口棺材,还有一只巨大的、黑色的手。毫无疑问,这是一封敲诈信。近年来,此类信件在美国各大城市层出不穷。

"我猜,您没有给警察看过这封信吧?"肯尼迪问。

"当然没有。"

"那您打算在周六晚上过去吗?"

"我不敢去,但又不敢不去。"他回答。此时此刻,这位季薪五万美元的男高音歌唱家的声音和一位周薪五美元的父亲的声音没什么两样,说到底,无论地位高低,我们都是人。

"'我们说到做到,就和周三那天一样,不会失手。'"肯尼迪把这句话又读了一遍,问,"这是什么意思?"

真纳罗在钱包里不停地翻找,最后抽出了一封打印出来的信,信头印着"莱斯利实验室股份有限公司"。

"收到第一封威胁信后,"真纳罗解释道,"我和妻子从我们自己家搬到了她父亲家。你们知道的，他父亲名叫切萨雷，是一位银行家，住在第五大道。我把信交给了警察局意大利分队之后，第二天早上，我岳父的管家就发现了牛奶不太对劲儿。他只是用手沾了点儿尝尝，随后就病倒了。我请莱斯利实验室的朋友帮忙检测了牛奶，信上是检测报告，看看管家遭了什么罪。"

"亲爱的真纳罗，"肯尼迪读道，"十号送检的牛奶结果已出，随信附上报告：

在 15℃下的比重为 1.036	
水	84.6%
酪蛋白	3.49%
白蛋白	0.56%
球蛋白	1.32%
乳糖	5.08%
灰质	0.72%
脂肪	3.42%
蓖麻毒素	1.19%

"蓖麻毒素是一种小众的新型毒药，提取自蓖麻油豆。欧利希教授[1]研究得出，一克纯净的蓖麻毒素可以杀死一百五十万只豚鼠。后来，罗伯特教授在德国罗斯托克成功地分离出蓖麻毒素，虽并不完全纯净，但已经十分致命，其毒性远超士的宁、氢氰酸等常见毒药。万幸您和您的家人都平安无事，我也会按照您的意愿，替您保密，请放心。

C.W. 莱斯利"

---

[1] 欧利希教授：德国细菌学家。

肯尼迪把信还给真纳罗，然后意味深长地说："我明白您不愿意让警察插手的原因了，这件事确实不是一般警察能对付的。"

"还有，明天，他们会再让我见识见识他们有多厉害。"真纳罗呻吟着，跌坐在他还一口没碰的饭菜前。

"您说您已经搬出了自己家？"肯尼迪问。

"是的。我老婆之前一直说，去她父亲家住会更安全，但在下毒事件后就很难说了，所以我偷偷来找我的老朋友路易吉，他给我准备了饭菜，一会儿，切萨雷会派一辆车来，我把饭菜带回去给她吃，这样就不会留下任何记录，也不会引起麻烦。她的心都要碎了。肯尼迪教授，如果我们的宝贝女儿真的出了什么事，那简直是要了她的命。

"先生啊，我不缺钱。他们要的赎金不过是我在歌剧院工作一个月的薪资而已，我很愿意支付一万美元赎金，哪怕他们想要更多，我甚至也可以把我和卡西那立导演签约所得的每一分钱都给他们。可是那些警察，呸！他们只想抓住绑匪。可是如果阿德利娜被杀害，抓住了绑匪又有什么用？盎格鲁-撒克逊人追求正义，维护法律，但我……你们管我们叫什么……多愁善感的拉丁人？我只想我的女儿平安回来，为此我可以不惜一切代价。然后再去抓绑匪……没错，我愿意付双倍的酬金请人抓住他们，不然他们还会再次敲诈我。但是，首先要让我的女儿平安回来。"

"您岳父是怎么想的？"

"我岳父跟你们混得太久，已经跟你们差不多了。他不肯向他们妥协，还在银行张贴了一句标语：'绝不在被胁迫时交钱'。我觉得这种行为很愚蠢。我不是很了解他，也不是很了解美国人，但我很了解警察：他们从没成功过。他们不知道是有人偷偷支付了赎金，还以为一切都是他们的功劳。要我说，先交赎金，然后，我发誓会复仇,让那些狗东西和他们敲诈来的钱一起完蛋。快告诉我该怎么办,告诉我该怎么办啊!"

"首先,"肯尼迪说,"请您相信我。我希望您能回答我一个问题,像回答挚友那样毫无保留地回答我。在您看来,您的亲戚、您的熟人、您的妻子,或者您的岳父,有没有人可能会用这种方式敲诈您?请别误会,根据经验来判断,熟人作案在敲诈案中十分常见。"

"没有,"歌唱家毫不犹豫地回答,"您说的我都知道,我也想过这种可能性,但我想不出有谁会这么做。我知道你们美国人总说'黑手'很神秘,这个词是由一位报纸撰稿人创造的,它也许并不是个组织。但是,肯尼迪教授,我不认为'黑手'很神秘。也许真正的'黑手'背后就是一个犯罪团伙,他们借用了这个现成的名号来敲诈别人。这不是很合理吗?我的女儿就是被这样一伙人给绑走的!"

"说得对,"肯尼迪赞同地说,"您面对的不是什么大道理,而是冷酷的现实,这些我都明白。阿尔巴诺的酒馆在哪里?"

路易吉回答是马尔伯里街某号,肯尼迪记了下来。

"那其实是一家赌场,"路易吉解释道,"肯尼迪教授,阿尔巴诺是那不勒斯人,意大利黑手党的成员;他还是我的老乡,真丢人。"

"您觉得阿尔巴诺参与勒索了吗?"

路易吉耸了耸肩。

这时,一辆豪华轿车咆哮着停在了饭店门口。路易吉拿起房间角落里放着的一只大篮子冲下楼去,真纳罗先生紧紧地跟在他身后。离开前,歌唱家握住了我们两个的手。

"我有想法了,"肯尼迪简短地说,"今晚再想想。明天去哪里可以找到您?"

"明天下午可以来歌剧院找我,早一些的话,我在切萨雷先生家里。晚安,肯尼迪教授,真的太感谢您了,还有您,詹姆森先生。既然路易吉信任你们,那我也完全相信你们。"

我们留在包间里,听见车门"砰"的一声关上,然后豪华轿车轰鸣着驶向了远方。

包间的门再次被打开,肯尼迪问:"路易吉,我还有一个问题。我没去过阿尔巴诺的酒馆所在的马尔伯里街,你知道那条街上,或者那附近有什么商店吗?"

"我兄弟在阿尔巴诺的酒馆南边的街角开了一家药店,和阿尔巴诺的酒馆在马路的同一侧。"

"太好了!周六晚上我能借他的店铺用用吗?就几分钟,绝不会给他添麻烦。"

"应该可以,我去跟他说。"

"太好了。那么,明天,早上九点吧,我还来这里和你碰面,我们一起去找他。晚安,路易吉,谢谢你的信任,我很开心可以帮上忙。我很喜欢真纳罗先生的歌剧表演,很愿意帮助他,也愿意帮助每一位善良、诚实的意大利人。希望我的想法可以被顺利实施。"

第二天一早,临近九点,我和肯尼迪出发去和路易吉碰面。昨晚,肯尼迪从他的实验室往家里拿回了一个行李箱,出门时,他拉上了那只箱子。路易吉正在等着我们,我们快步走过去和他会合。

我们穿过格林威治弯弯绕绕的小路,沿着布利克大街往东,朝着纽约南边的闹市区走去。还没到马尔伯里街,我们就被街角上一处拥挤的人群吸引了视线。那里挤满了从欧洲南部和东部涌

-253-

来的旅客——他们身高五英尺,拎着大包小包;在他们中间,有一群身高六英尺的爱尔兰警察,好声好气地疏通人潮。

我们走近之后,立刻注意到了旁边的一栋建筑。那座房子的墙面惨遭破坏,窗户上的厚玻璃也被打碎了,满地都是绿色的玻璃碴,房子二楼的窗户和相邻建筑的窗户也没能幸免,原本支撑窗框的铁架弯曲变形;门口的地板上裂开了一道口子,往房子里面望去,可以看到桌椅被尽数烧毁,现场一片狼藉。

"这是怎么回事啊?"我问旁边的一位警察,并给他看我的记者证。鉴于当今社会对新闻工作者的提防态度,我对问出真实的情况并没抱太大希望,但总要试试。

"黑手的炸弹。"他简短地回答。

"呦呵!"我吹了声口哨,继续问,"有人受伤吗?"

"他们不是从不杀人吗?"警察反问道,似乎想试探我对此事了解多少。

"确实,"我说,"他们对财物更感兴趣。所以,这次也没人受伤吗?看样子,他们用的应该是一枚超负荷炸弹。"

"再走近点儿看看。银行刚刚开门,'砰'的一声爆炸了。烟还没散尽,这里就聚集了一大群人。银行经理受了点儿轻伤,情况不是很严重。如果你还想知道更多情况,就去总部看看吧,这会儿,在解雇通知栏里应该能看到一封'告发信'了。啊,不该跟你说这些的。"他温和地补充了一句后又转向人群说,"走起来,别站在这不动了,你们已经严重阻碍交通了,快走起来!"

我转向肯尼迪和路易吉,他们正盯着一块镀金的挂牌,牌子也已经破烂不堪,上面的字迹歪歪斜斜,但勉强还能看清:

西罗·迪·切萨雷联合银行

纽约，热那亚，那不勒斯，罗马，巴勒莫

"这就是他们提醒真纳罗和他岳父的方法？"我倒吸了一口冷气。

"没错，"肯尼迪拉着我们离开人群，补充道，"切萨雷先生还受伤了。他们这么做也许是为了报复他在银行贴标语的行为，也许不是。真奇怪，他们以往只会在夜里没人的时候使用炸弹，这次可能不只是为了恐吓真纳罗。他们怎么好像专门跟切萨雷过不去似的，先是下毒，现在又用了炸药。"

我们从人群中挤了出来，继续往马尔伯里街走去，一路上有形形色色的商店，嬉笑玩闹的小孩子们，还有购物归来，拎着大包小包的妇女。这里只是一处小型的意大利人聚居地，纽约生活着数十万名意大利人——比居住在罗马的意大利人还多——纽约其他地区的人并不了解他们，也不关心他们过得怎么样。

终于，我们来到了阿尔巴诺的酒馆门前。那是一栋五层小楼，看上去肮脏下流。肯尼迪没有犹豫，走进酒馆，我们跟在他后面也进了门，加入一场只属于穷人的派对。还不到中午，酒馆里已塞满了无业游民。他们看向我们的眼神里带着敌意，但他们并不像坏人。阿尔巴诺本人似乎没什么教养，满脸油污，面相狡猾得像只狐狸。这家伙肯定很擅长恐吓别人，估计他只需要按按太阳穴，再用食指在喉咙前比画两下，就能把胆子小的人吓得够呛——有许多证人就因为害怕所谓的黑手，根本不敢在法庭上作证。

酒馆后侧的房间空着，我们推门进去，点了阿尔巴诺酒馆的招牌——加利福尼亚"红墨水"，一言不发地坐在桌边。肯尼迪正在默默地将这间屋子描画在记忆中。低矮的天花板中央吊着一盏煤气灯，反光的灯罩上落了一层灰；门对面的墙上有一扇装着铁栅栏的窗户，窗户开着，扁长的形状很像木门上方的那种玻璃窗；桌椅歪歪斜斜、沾满油污、一碰就会嘎吱作响；墙面没有刷漆，承重柱就露在外面，像是间毛坯房。总之，我不喜欢这里。

肯尼迪观察完毕，一边起身准备离开，一边夸赞调酒师的手艺。看来，他已经想好行动计划了。

"卑鄙、肮脏、下流，"我们回到室外后，他说，"看看阿尔巴诺的酒馆是个什么地方，就算是《星报》的记者，看到这种地方，也写不出什么好话来。"

我们马不停蹄地直奔街角的药店，路易吉的兄弟把我们领到一个堆满处方的小隔间，给我们搬来了椅子。

路易吉简要地说明了我们的来意，药店主人听完后，笑容僵在脸上，似乎在思考值不值得为了一桩敲诈案搭上他的小店和小命。肯尼迪察觉出他的迟疑，说道：

"我只是想在今晚，在这里，使用一个小设备，就几分钟。温琴佐，我保证你不会被牵扯进来，这是一项秘密行动，不会有不相干的人知道的。"

温琴佐沉思良久，然后同意了。肯尼迪打开那只行李箱，里面有几卷绝缘电线、一些工具、几个包裹和几条工装裤。肯尼迪穿上一条工装裤，双手沾满油污涂抹到脸上，示意我也这么做。

我们从行李箱拿出工具包、电线和其中一个包裹，走上街头，走进旁边的一栋公寓楼。上楼时，在昏暗闭塞的走廊里，一个女人拦住了我们，眼神里满是询问和怀疑。

"电话公司，"肯尼迪简略地说，"房东雇我们在房顶布线。"

他从口袋里拿出一封信给女人看，但走廊里太暗了，根本看不清信上的字。我们就这样被放行了，随后都畅通无阻，我们顺利地登上房顶，看到不远处的另一个房顶上，有一群孩子在玩闹。

肯尼迪把电线分出两股垂到温琴佐药店的后院,然后开始沿着房顶的边沿固定电线。

很快,孩子们就注意到了我们,朝我们这边聚集过来。我们一直把电线拉到了与阿尔巴诺的酒馆相邻的房顶,肯尼迪这才停下手头的工作。

"詹姆森,"他小声对我说,"想办法把孩子们哄走,马上就好了。"

"孩子们,"我喊道,"别再往前走了,小心掉下去,离房檐远点儿!"

没用,他们不怕掉下去,不怕挂到两栋房子之间杂乱的晾衣绳上。

"欸,这附近有糖果店吗?"我绝望地问。

"有!"孩子们齐声回答。

"谁能下去帮我买两瓶姜汁汽水?"我问。

孩子们的眼里闪烁着喜悦的光芒,七嘴八舌地回应我——他们都愿意去。我拿出五十美分钞票递给年龄最大的孩子。

"快去吧,多余的钱归你们了,自己分吧。"

孩子们蹦跳着跑下去了,房顶上只剩下我和肯尼迪。他站在阿尔巴诺的酒馆的房顶上,又把电线分出两股垂到酒馆的后院,就像在药房的房顶时那样。

我正要往回走,他拦住了我,说:"等一下,孩子们会发现电线只拉到这里就停了,为了混淆视听,我们最好多拉一段距离。希望他们不会发现垂下去的电线。"

我们拉着线又往前走了几个房顶,孩子们叫喊着回来了,一个个手里塞满了黏糊糊的廉价糖果和贫民区产的黑巧克力。做戏要做全套,我们接过姜汁可乐,勉强地喝了几口,等了一会儿之后，就从阿尔巴诺的酒馆房顶下楼回到了地面。

我还在想，肯尼迪打算如何再次进入阿尔巴诺酒馆而不会引起怀疑。不过，看样子他早就计划好了。

"詹姆森，你想不想再来一杯阿尔巴诺调制的'红墨水'？"

我说，不为别的，就为了科学和正义，我愿意再喝一杯。

"很好，你的脸上沾满了油污，"他评价道，"还穿着工装裤，与刚来酒馆时相比就像变了一个人，我觉得他们认不出来。我看起来如何？"

"活像是一名运煤工人，"我说，"实在不敢恭维。"

"太好了。拿上这个玻璃瓶，去酒馆后侧那个房间，点一杯和你这身打扮相配的便宜酒。等到房间里只剩下你自己，就打碎这个瓶子。瓶子里是液态煤气，闻到后你就知道该做什么了。告诉酒馆老板你刚刚看到煤气公司的车停在后街，然后出来找我。"

我走进那个房间，一位满脸凶相的男人正坐在桌前，一边抽烟，一边写着什么。他的脸上有一道很深的伤疤，从耳垂一直延伸到嘴角——那是克莫拉秘密组织的标志。我坐在旁边抽烟喝酒，心里暗暗咒骂，祈祷他赶紧离开。几分钟后，他离开了房间，去找侍者要邮票。

我赶紧踮脚走到墙根，踩碎了小玻璃瓶，然后又坐了回去。刺鼻的气味开始在房间内散开。

"不好惹"先生回来后使劲儿吸了吸鼻子，我也吸了吸鼻子，随后，老板走进房间，也吸了吸鼻子。

"喂，"我用我能想出的最粗俗的口音说，"你们家煤气漏了。我刚刚在后街看到煤气公司的车来着，我去喊人。"

我冲出酒馆，冲去约定好的地方，肯尼迪已经等得不耐烦了，拎起当啷作响的工具包，一脸不情愿地跟在我后面。

进店后，他学着煤气工人的样子冷哼了一声，怪声问："啥地方漏啦？"

"你自个儿去找是啥地方漏啦，"阿尔巴诺嘟囔，"你是干吗滴，要俺替你不？"

"你几个出去就行啦。咋？还想抽个烟？咋啦你们几个！出去！"肯尼迪吼道。

他们几个赶忙后退离开，肯尼迪立刻打开工具包。

"快，詹姆森，关门，守好。"肯尼迪说着，便迅速开始行动。他打开那件小包裹，拿出一块圆盘形的黑色硫化橡胶，跳上桌子，把橡胶粘在了煤气灯罩顶上。

"詹姆森，在下面能看到它吗？"他小声问我。

"看不到，"我回答，"完全看不到。"

他从橡胶上接出一根电线，把电线一点一点地固定在天花板上，藏在房梁的阴影里，直到电线来到窗户边，和先前从房顶垂下的电线接到一起，塞进视线盲区。

"但愿没人会看到这些电线，"他说，"时间紧迫，但也只能这样了。从没见过这么空旷的房间，能藏东西的地方太少了。"

我们把玻璃瓶的碎片收拾好，推门出去。

"弄好啦。"肯尼迪信步走向吧台，说，"下回再有啥事儿找公司，俺没义务干私活儿，知道不？"

肯尼迪说完，走出酒馆——终于能离开那个压抑的地方了。我跟着他回到温琴佐的药店的后院，看着他忙碌。药店的后墙上没有窗户，他花了很长时间才把电线引到侧墙的窗户里，在电线末端接上了一个橡木盒子和一组特制的干电池。

一切准备完毕，我们打扫了"犯罪现场"，脱下工装裤再装回行李箱。肯尼迪说："完美，可以告诉真纳罗让他放心去见'黑手'了。"

我们和路易吉在药店门口分别，约定好晚上十一点半还在这里会合。他回去照看饭店，我和肯尼迪朝中央大街走去。

我们走进警察总局，穿过长长的走廊，找到意大利分队办公室，肯尼迪向朱塞佩警督递交了他的身份证件，然后我们就被带了进去。警督是个身材矮小、满脸横肉的意大利人，一头金发，双眼无神。不过，很快你就会发现，那只是他的伪装，他其实很烦躁，因为要处理的事情实在是太多了。

"我来是因为真纳罗的案子，"肯尼迪说，"在此之前我参与过很多案件的调查，和总局的奥康纳督察长是老熟人，所以您可以相信我，当然，我也信任您。我有些情报提供，不过，能否先请您讲讲警方掌握的情况？"

警督悠闲地靠在椅背上，看似漫不经心，实则在仔细审视肯尼迪。良久，他才开口回答："去年，我在意大利搜查逮捕克莫拉组织的成员，小有成绩。我有自己的消息来源……就不告诉你们具体是什么了，但消息很可靠。根据我的情报，宪兵队在维塔博审判了一批嫌疑分子。好吧，其实也没什么可隐瞒的，我是从纽约一家银行得到秘密情报的。"

"我大概知道您的情报人是谁了。"肯尼迪说，点点头。

"那您也该知道，那位银行家愤世嫉俗，生性好斗，组织起一群人，号称'白手'，宣称要帮意大利人摆脱'黑手'的威压。他们搜集了不少情报，涉及那不勒斯克莫拉组织和西西里岛黑手党的前成员，还有纽约、芝加哥等地的'黑手'团伙。我说的这位银行家就是切萨雷，您知道的，他就是真纳罗的岳父。"

"在那不勒斯调查时，我听说了在几年前发生的一起古怪的谋杀案。被害者是一位年迈的音乐家，他为人谦逊，生活清贫。

不过，认识他的人都知道，切萨雷给了他一大笔钱，因为老人是真纳罗的第一位音乐老师，也是他的引路人。他没有什么仇敌或者死对头，但有人觊觎他的财富，于是，某一天，一个人刺伤他，夺走了他的财产。凶手行凶后，跑到大街上大喊大叫，很快，老人遇害的消息人尽皆知。当时正值中午，附近的人们听到消息，纷纷赶来聚到老人身边。等到身负重伤的老人艰难地说明情况时，凶手早已不见踪影，消失在那不勒斯旧城区弯弯绕绕的街头巷尾里，躲进朋友家避难了。这位凶手名叫弗朗西斯科·保利，至今仍然在逃，据悉，他已经逃来了纽约。他家在那不勒斯郊外的小镇上，父亲只是一个小诊所的医生，他聪明过人，考上了大学，却因为行迹恶劣被开除了。他是个败家子，心气又太高，不肯从事修铁路、挖水渠之类的体力工作，但又没学到什么谋生的技能，所以就动了歪心思，开始觊觎在镇子上辛勤工作的居民们的财产——像他这种，头脑聪明，却没有谋生技能傍身的人，有这种想法倒也正常。

"我就直说了，"警督继续说，"老切萨雷在纽约看到了他，知道他正因谋杀被通缉，就把这一消息告诉了我，让我调查他的行程记录。不过，等我从意大利赶回来，保利又消失不见了，自那之后，我们再也没有发现过他的行踪。他肯定是知道了'白手'已经向警方告发了他的行踪，他过去是克莫拉组织成员，在美国肯定有情报线。"

他停住了话头，手里把玩着一张纸片。

"我认为，如果我们能找出保利的藏身之地，阿德利娜·真纳罗被绑架的事情自然会迎刃而解。这是他的照片。"

我和肯尼迪凑过去看照片，看清的一瞬间，我愣住了——照片上的人，正是那个脸颊上有一道疤的"不好惹"先生。

"没关系,"肯尼迪把照片递还回去,说,"无论如何,我知道今晚可以在哪里抓住绑匪,警督。"

现在,轮到朱塞佩愣住了。

"如果您愿意帮忙,今晚我们就可以把他们一网打尽。"肯尼迪说。他迅速向警督说明计划,但跳过了一些细节,以防警督在冲动之下坏了大事。

最终,警方同意派出四名精英,趁天黑之前埋伏到温琴佐药店对面的空店里,以药店窗口的彩灯熄灭作为行动暗号。同时,警方还会安排另外三名精英坐在一辆出租车上在总部门口等待,电话一响,就立刻出发去往给定的地址。

我们到达歌剧院时,真纳罗已经等着急了,切萨雷银行的爆炸事件彻底压垮了他。他已经去银行开了十张一千美元的支票,夹在了一份《意大利进步报》里。

"肯尼迪先生,"他说,"我今晚要去见他们。他们可能想杀了我,我准备了一把手枪,如果他们不肯放出阿德利娜,我就跟他们拼了。但是,如果他们只是想要钱,我就把钱给他们了事。"

"我只说一件事……"肯尼迪说。

"不,不,不!"歌唱家大喊,"我一定要去——你别想拦住我。"

"我没想拦您,"肯尼迪向他保证,继续说,"但有一件事,您必须按我说的做——只要您按我说的做,我们就能抓住绑匪,而且绝不会让您的女儿受到一点儿伤害。"

"什么?"真纳罗眼巴巴地问,"我该怎么做?"

"很简单,您按他们的要求准时去阿尔巴诺酒馆的后屋,跟他们交涉。等您拿到公报,先生,请立刻翻到第三页,假装看不清上面写的地址,让跟您碰头的那个人把地址读给您听,再跟着他读一遍。然后,请装作大喜过望的样子,替所有人买单,再拖上几分钟就可以了。我保证,您明天会成为全纽约最幸福的人。"

真纳罗握住肯尼迪的手,热泪盈眶,哽咽着说:"这比派一群警察跟在我后面好太多了。我一定按您说的做,决不会忘记。"

当我们往外走时,肯尼迪说:"没办法,他们就愿意给自己找麻烦。他们派去意大利调查的第一位警察殉职了;第二位回来后做了文职,只负责翻译情报,副手还被降级了。这算什么事儿?犯罪分子被驱逐出境的时限只有三年,而三年里他们一事无成,数百份情报变成了废纸。聪明吧?我敢说,七百个已知的意大利嫌疑人里就有五十个在逃,而且逃犯大都在本市,可这里的意大利警察不足逃犯的十三分之一,他们能制服'黑手'就见鬼了。"

我们走到百老汇街角等出租车。

"别忘了十一点半来布利克街地铁站找我。我要去趟学校,有一个很重要的含磷盐实验,我想今天做完。"

"跟案子有什么关系吗?"我问。

"没什么关系,"肯尼迪回答,"我没说实验跟案子有关系。十一点半,别忘了。不过,老天爷,保利肯定很聪明,他居然知道蓖麻毒素,我都是最近才听说那种毒药的。车来了,一会儿见。"

肯尼迪坐车走了,只剩我自己靠读着《星报》来消磨难熬的八个钟头。

终于到了和肯尼迪碰面的时间,我早已迫不及待。我和肯尼迪朝着温琴佐的药店走去,走入深夜黑暗如雾的街区。白天出售橄榄油和水果的店铺一间间熄了灯,断断续续的音乐声从酒吧传到了街上,街角处,三三两两的未眠者还在兴致勃勃地谈论着什么。阿尔巴诺的酒馆附近徘徊着几个放哨的人,他们装作漫无目的的样子,在附近走来走去,我们只好从酒馆对面的人行道穿过,不敢靠得太近，生怕会引起他们的怀疑。

走到街角，我们朝有警察藏身的店铺窗户里望了望，然后穿过马路，走进药店，慢慢悠悠地晃进了隔间。路易吉已经到了，但是店里还有几位顾客，所以我们都没有说话，等待温琴佐为最后几位顾客抓药。

不久，温琴佐锁了店门，熄了灯，只留下用作信号的彩灯。

"还有十分钟到午夜十二点，"肯尼迪拿出一个长方形盒子放在桌子上，"真纳罗随时会抵达酒馆，我们来进行设备测试。如果今早铺设的电线被剪断了，真纳罗就只好独自对付了。"

肯尼迪伸出食指，轻轻按下开关。

顷刻间，响起嘈杂的说话声，先是几个字、几组词，然后是完整的对话，似乎有一群人正在我们周围谈天说地。我还听见了开瓶的声音、碰杯的声音，听见掷骰声和掷骰人的咒骂，还有什么人划火柴的声音。

我们疑惑地看向肯尼迪。

"想象你们正坐在阿尔巴诺酒馆的后屋里，"肯尼迪说，"这就是你们会听到的所有声音。我装了'电子耳'——也就是窃听器，这是我从美国特工机构弄来的。马上我们就能听到真纳罗进屋的声音了。路易吉、温琴佐，麻烦你们帮忙翻译他们的对话，我的意大利语不是很好。"

"他们能听到我们的声音吗？"路易吉小声问，声音里满是敬佩。

肯尼迪大笑道："当然不能，但是，如果我打开另一个开关，他们就会像看到伯沙撒[2]国王卧室墙上的字一样震惊——不过不是

---

2 伯沙撒：古巴比伦最后一任国王。

因为墙上的字,而是因为墙里传来的声音。"

"他们好像在等人,"温琴佐说,"有人说:'他马上就要来了,你们出去吧。'"

许多人都离开了,房间里就只剩下了一两个人,四下不再一片嘈杂。

"有一个人说,孩子一切安好,已经被带去后院了。"路易吉翻译。

"哪里的后院?他说了吗?"肯尼迪说。

"没说,只说了后院。"

"詹姆森,去外面的电话间打给总局,问问他们的人和出租车都准备好了没有。"

我打给总部,他们说一切就绪。

"让他们随时做好准备,我们一分钟都不能耽误。詹姆森,你在电话间等着。温琴佐,你去窗户前假装工作,但别太引人注目,他们安排了人手在街上巡视。怎么了,路易吉?"

"真纳罗到了。我刚刚听到有人说:'他来了。'"

在电话间里,我依然能听到窃听器里传来的,街那头阿尔巴诺酒馆那间昏暗狭小的后屋里的声音。

"他点了一瓶红酒。"路易吉小声说道,他兴奋得坐立不安。

温琴佐十分紧张,失手打碎了一个玻璃瓶,我的心怦怦直跳,声音大概已经传到了电话的另一头,警察一遍又一遍地问我好了没有。

"快听——是暗号,"肯尼迪喊道,"'《丑角》是一部很棒的歌剧。'该回答了。"

马上,窃听器里传来一位意大利人粗哑的声音:"没有真纳罗出演可就不是了。"

随后是一阵沉默,空气中弥漫着紧张的气息。

"等等,"我听出,那是真纳罗的声音,"我看不太清,是王子街23½吗?"

"不,是33½号,她在后院。"

"詹姆森,"肯尼迪喊,"让他们开车去王子街33½号,女孩在后院——要快,不然'黑手'们就要反悔了。"

我朝着电话喊出地址,听筒里传来回答:"出发!"

"怎么了,"肯尼迪问路易吉,"我没听懂,他们在说什么?"

"另外一个人对真纳罗说:'等我数完再走。'"

"嘘!他又开始说话了。"

"要是数额不够我就会立刻打给恩里克,你就别想找到女儿了。"路易吉翻译。

"真纳罗说话了,"肯尼迪说,"很好,他在拖延时间。看来,他是老大,他问声音粗哑的那人要不要再喝一杯。他同意了。很好。他们现在应该到王子街了——再等一会儿,不能太久,消息会像一阵风一样传回阿尔巴诺的酒馆,他们会抓住真纳罗。啊,他们又喝起来了。怎么了,路易吉?他说支票没问题?好,温琴佐,熄灯!"

街对面的店门砰地一下打开,四名皮肤黝黑的壮汉冲上大街朝阿尔巴诺的酒馆跑去。

肯尼迪拨开另一个开关,大喊:"真纳罗,我是肯尼迪!立刻去街上!警察!警察!"

跑动声和惊呼声乱作一团,随后,似乎是从吧台的方向,传来一个人的喊叫声:"灭灯!灭灯!"

嘭!一声枪响,两声枪响。

方才还大声嚷嚷的窃听器哑然失声,躺在桌子上,和普通的火柴盒没什么两样。

肯尼迪匆忙绕过我往外跑，我问："怎么回事？"

"他们朝灯泡开了一枪，接收器坏了。跟我来，詹姆森。温琴佐，如果你不想卷进来，就留在这里。"

又一个身影赶在我前面冲了出去，是路易吉。

阿尔巴诺的酒馆门前，一场打斗已然爆发，乱飞的子弹划破了黑暗，街上的居民纷纷探出窗户观望这场闹剧。我们冲进人群，一眼就看到了真纳罗，他肩膀中弹，鲜血直流，正和一名警察缠斗。路易吉试图拉开二人，但只是徒劳。另一个人被另一名警察抓着，正在怂恿打斗中的警察，他大喊："就是他，他就是绑匪，我看到了。"

转眼间，肯尼迪站到了他身后，说："保利，别睁眼说瞎话了，你这个绑匪。抓住他，钱在他身上。那个才是真纳罗！"

那名警察放开了歌唱家，两个人一起抓住了保利。另外两名警察在混乱中被锁进了酒馆里，正在拼命砸门。

就在此时，一辆出租车飞速驶来，三个男人跳下车，帮助被困的同伴一起砸门。

真纳罗哭喊一声，一头钻进出租车。从他的肩头望去，我看到了一团杂乱的深棕色鬈发，那里传来稚嫩的童声："爸爸，你怎么不来找我？坏人说，我要是乖乖在院子里等着，你就会来找我，如果我哭，他就开枪打我。然后我就等啊，等啊——"

"利娜乖，没事啦，不怕不怕，爸爸现在就带你回家找妈妈。"

又是一声巨响，酒吧的门被撞开了。臭名昭著的保利帮最终落入法网。

瑞典火柴
ШВЕДСКАЯ СПИЧКА

〔俄〕安东·巴甫洛维奇·契诃夫
Антон Павлович Чехов

《瑞典火柴》导读

1. 《瑞典火柴》的作者是俄罗斯剧作家、作家安东·巴甫洛维奇·契诃夫（1860—1904）。契诃夫被誉为20世纪世界现代戏剧的奠基人之一，与莫泊桑、欧·亨利并称为"世界三大短篇小说家"。

2. 《瑞典火柴》创作于1884年，于同年在《蜻蜓年鉴》首次发表。《蜻蜓》是讽刺幽默周刊，契诃夫在该刊物发表了12篇短篇小说。

3. 契诃夫说，《瑞典火柴》是对当时流行的犯罪小说的戏仿。

4. 《瑞典火柴》于1922年被改编为无声电影。1954年，苏联导演康斯坦丁·尤金再次将该小说改编为电影，获得了广泛好评。1987年的《苏联百科辞典》称尤金的电影："传达了契诃夫风格的独创性、悲伤的幽默和微妙的讽刺。"该小说也被苏联以外的国家多次改编为电影。

一

1885年10月6日上午,警局S区第二分局的警务办公室里来了一位衣着体面的年轻人——脸色惨白,眼神里充满恐惧,双手不受控制地颤抖着。听他说话的声音,能判断出他正处于极度不安的情绪中。他说,他的主人——骑卫队退役军官,现已离异独身的马库斯·伊凡诺维奇·克劳索夫被杀害了。

"怎么称呼您?"警督问。

"普赛科夫,我是农艺师,机械技师,还是克劳索夫中尉的管家!"

督察和他的副手跟着普赛科夫来到案发现场,发现克劳索夫的家门口已经挤满了人。看来,消息已经不胫而走,火速传遍了邻里街坊,这天正逢假日,十里八乡的农民都聚来看热闹。

人头攒动,大家议论纷纷,不少人都面色惨白,眼含泪水。克劳索夫的卧室房门被反锁,钥匙在房间里面。

三个人检查完房门,普赛科夫说:"那个混账准是从窗户翻进去的!"

他们在花园里看到了敞开着的窗户,窗户里漆黑一片,萦绕着不祥的气息。淡绿色的窗帘遮住了大部分光线,只有一角微微卷起,暴露了屋内的情形。

"有谁朝里面看过吗?"警督问。

"当然没有,阁下!"说话人是头发花白的老园丁以法连,看上去像是一位退役军士,"一个个从头到脚都在发抖,谁敢往里面看?"

"唉,马库斯·伊凡诺维奇啊,马库斯·伊凡诺维奇!"警督望着窗户,唉声叹气地说,"我告诉过你,你不会有好下场的!我提醒过你,可你偏不听!天天挥霍无度,能有什么好处!"

"多亏了以法连,"普赛科夫说,"要不是他,我们还发现不了呢。是他首先察觉到了事情不太对劲儿的,今天上午找到我说:'主人怎么还不起床?他已经整整一周没有离开卧室了!'这话就像给了我一拳,我立马想到:'我们上次见他还是在上周六,今天又到周日了!'整整七天——绝对没错!"

"哎呀,太惨了!"警督又唉声叹气道,"他有教养,识大体,心地善良,还那么聪明!放眼全社会,都没有人能和他比!可他不知勤俭,愿上帝拯救他的灵魂!他和奥尔加·彼得罗夫娜一分居,我就知道肯定会出事。倒霉的家伙,有个善于持家却尖酸刻薄的妻子!斯蒂芬!"警督对一位副手说,"你现在回我的办公室,让安德鲁去和局长说明情况!告诉他,马库斯·伊凡诺维奇被人谋杀了。然后去找勤务员——他怎么还能无所事事地坐在那里?让他赶紧过来!再然后,用你最快的速度去找预审法官尼古拉斯·叶尔莫拉耶维奇,请他也过来!等等,我得给他写封简信!"

警督派出警卫在房子的四周巡视,又给预审法官写了一封信,然后跟着管家前往他的住处泡茶。十分钟后,他坐在凳子上,小心翼翼地咬下一角方糖,然后喝下一大口滚烫的浓茶。

"看看吧!"他对普赛科夫说,"看啊!一个含着金汤匙出生的人!一个视财如命的大富翁!结果怎么样呢,就像普希金[1]说

---

1 普希金:亚历山大·谢尔盖耶维奇·普希金,俄国著名诗人,散文家和剧作家。

的那样。看看他都干了些什么？沉迷酒色，耽于享乐，然后，看看吧，他被人杀了。"

几个小时后，预审法官乘马车赶来。尼古拉斯·叶尔莫拉耶维奇·丘比科夫，年近六十，但依然又高又壮，已经兢兢业业地工作了二十五年。这里的每一个人都知道他为人正直、博学多识，知道他热爱工作，做什么都干劲儿满满。平常总是跟在他身边的那个个子很高的年轻人这次也跟来了，他叫杜博夫斯基，二十六岁，是法官的秘书。

"先生，真的吗？"丘比科夫喊了一声，走进普赛科夫的房间，迅速和每个人握了握手，继续说，"怎么可能？马库斯·伊凡诺维奇？被杀害了？不！这不可能！不——可——能——！"

"去看看吧！"警督叹气道。

"看在老天的分上！上周五我还在法拉班克夫的一家酒吧里见过他，我们还一起喝了点儿伏特加呢，少说些胡话吧！"

"去看看吧！"警督又叹了口气。

每个人都叹了一口气，发出惊恐的感叹，又分别喝了一杯茶，一起走向那栋凶宅。

"退后！"勤务员正在呵退围观的农民。

到达案发现场，预审法官立刻开始工作。他先检查了卧室房门——由松木制成，被漆成了黄色，完好无损，没有留下一点儿线索。不过，他们必须打开这扇门才能进入卧室。

敲敲打打，又锤又凿了一阵，房门总算是撑不住了。法官说："所有无关人员请远离案发现场！这是为了保证调查能够顺利进行。勤务员，别放任何人进来！"

丘比科夫、秘书和警督一起推开了房门，又不约而同地迟疑了一瞬，才一个接一个地走进房间。卧室只有一扇窗户，窗边的实木大床上铺着皱皱巴巴的羽绒床垫,还有一床皱皱巴巴的羽绒被,被胡乱卷成一团堆在床垫上。枕头上套着纯棉枕套,也是皱皱巴巴的,被扔在了地上。木床边的桌子上有一块银表、一枚面值二十戈比的银币和几根硫磺火柴。一张床、一张桌子、一把椅子——这就是卧室里的全部了。警督还在床底下找到了几十个空酒瓶、一顶旧草帽和一瓶伏特加,在桌子底下找到一只落满灰的高筒皮靴。法官再次环顾整间卧室,皱起眉头,脸颊绯红。

"混蛋!"他挥着拳头咒骂。

"马库斯·伊凡诺维奇在哪儿?"杜博夫斯基小声问。

"管好你自己的事!"丘比科夫粗暴地回答,"仔细检查地板!这不是我第一次遇上这种案子了!尤格拉夫·库兹米奇,"他压低了声音,转向警督说,"1870年我处理过一件类似的案子,你应该还记得——商人帕特托夫被杀案。跟这次一模一样,凶手完成谋杀后,从窗户带走了尸体——"

丘比科夫走到窗边,拉开窗帘,轻轻一推,窗户打开了。

"你看,没有上锁,一推就开了!嗯,窗户下面应该会有痕迹。看啊!这里有一个膝盖压出的痕迹!有人从这里翻了进来。我们得再仔细地检查检查窗户。"

"地板上没有发现异常,"杜博夫斯基说,"没有痕迹,也没有刮痕。但我找到了一根瑞典火柴,看看!我记得马库斯·伊凡诺维奇从不抽烟,而且只用硫磺火柴。这根瑞典火柴可能是突破点!"

"天哪,别瞎说了!"法官讽刺地大喊,"让火柴见鬼去吧!都别做梦了,真让人头疼!你最好把火柴扔到一边,再仔细地检查检查那张床!"

仔细检查完木床,杜博夫斯基汇报:

"没有污渍,也没有血迹,什么都没有,也没有新的人为破坏的痕迹;枕头上有一点儿齿痕;被子看起来好像被狗熊之类的东西踩躏过,闻起来也像。整体来看,似乎有人在床上挣扎过。"

"我知道有人在床上挣扎过,不用你告诉我!我不是想听你跟我说床上有挣扎的痕迹。别傻了,你最好——"

"长筒皮靴只有一只,另外一只没有找到。"

"所以呢?"

"所以,凶手在捂死他的时候,他正在脱鞋,还没来得及把另一只鞋脱下来,就——"

"得了!——你怎么知道他是被捂死的?"

"枕头上有齿痕,还皱成了那个样子,又被扔在了地上。"

"听听他说的什么胡话!我们去花园吧。你最好别在这儿瞎转悠了,快去仔细地检查一下花园吧。用不着你在这儿瞎指挥!"

他们去花园检查了草坪,卧室窗户正下方的草地上有很明显的踩踏痕迹,旁边的牛蒡也弯折了。杜博夫斯基在上面找到了折断的枝条和一小撮羊毛,枝条的最上面有几根深蓝色、质地很好的羊毛。

"他穿过的最后一身衣服是什么颜色的?"杜博夫斯基问普赛科夫。

"黄色粗布衣服。"

"太棒了!凶手穿的是蓝色衣服!"

调查员剪下几根枝条,用纸包了起来。这时,警察局长阿尔特苏伊巴舍夫·斯维斯塔科夫斯基带着秋特耶夫医生赶来了。局长向大家问了声好,就开始八卦现场的情况。医生又高又瘦、双眼无神、长鼻子、尖下巴,他谁也没理,什么也没问,径自地坐到一截圆木上,叹了口气,说:

"塞尔维亚人又开始打仗了！老天爷啊，他们这回又想要什么？奥地利的家伙们，看看你们都干了什么！"

窗户外侧没什么值得注意的，不过，旁边的草地和灌木上倒是有一些有用的线索。比如，杜博夫斯基在草地上找到的一条通往花园中央的深色斑点带。这条斑点带最终停在一丛丁香花下，而在那里有一个较大的深棕色斑点和另外一只长筒皮靴。

杜博夫斯基仔细地检查了那些斑点，说："这是血迹，已经有一段时间了。"听到"血迹"二字，医生缓缓站起身，慢悠悠地走过去看着那些斑点，然后嘟囔道："确实是血迹！"

"如果有血迹，那就说明他不是被捂死的。"丘比科夫说完，嘲讽地看向杜博夫斯基。

"凶手先在卧室里捂死了他，再把他拖到了这里，但害怕他会醒过来，又用什么利器补了一下。花丛下的血迹说明他在这里躺了很长一段时间，凶手应该是在寻找能把他运出花园的工具。"

"哦？那这只靴子该怎么解释？"

"这只靴子印证了我先前的猜测：他遭遇谋杀时正准备脱鞋上床。他当时已经脱下了一只，而另外一只在这里，他只来得及脱下一半；凶手把尸体拖到这里后，这只被脱下一半的靴子自己掉了下来，掉在……"

"纯粹是胡说八道！"丘比科夫大笑，"他还胡说个没完了！你什么时候才能停止胡乱推测？别再胡诌了，你最好收集些沾有血迹的草去送检！"

检查完毕，他们绘制了现场的平面图，前往管家的住处撰写报告，顺便吃早餐，边吃边聊：

"手表、钱，还有其他财物，都没碰……"丘比科夫第一个挑起了话头，"就像二加二一定等于四，这说明凶手一定不是为了抢劫而杀的人。"

"凶手一定受过教育!"杜博夫斯基坚持说。

"你有什么证据这么说?"

"瑞典火柴。这附近的农民既不了解瑞典火柴,也不会用它,只有地主才会使用这种火柴,但又不是每个地主都用。而且,很明显凶手不止一人,至少有三个——其中的两个抓住了他,另外一个杀掉了他。凶手们肯定知道克劳索夫很强壮!"

"强壮有什么用,也许他当时睡着了呢?"

"凶手们动手时,他正在脱鞋,没有睡着!"

"别再说你那套歪理了!你最好赶紧吃饭!"

"阁下,我觉得,"园丁以法连把茶壶放到桌子上,说,"这事儿是尼古拉斯干的!"

"很有可能。"普赛科夫说。

"谁是尼古拉斯?"

"阁下,他是主人的贴身侍卫,"以法连回答,"不是他还能是谁?他是个无赖,阁下!他酗酒,混黑帮,真该死!他负责给主人送伏特加,服侍主人上床,不是他干的还能是谁?阁下,我还想斗胆向您汇报,他曾在酒馆里大声嚷嚷要杀了主人!他那么说是因为阿奎莉娜这个女人。他本想巴结这位军人遗孀,但她却和主人好上了,所以尼古拉斯……当然了,他很生气!他现在正在厨房喝酒呢。他在哭,在撒谎,他说他为主人遭遇的不幸感到难过……"

法官派人去叫来了尼古拉斯。他是一个瘦瘦高高的年轻人,长鼻子、满脸雀斑、骨架很小,穿着他主人的一件旧夹克。他走进普赛科夫的房间,对着法官深深地鞠了一躬。他有些站不稳,脸上沾满泪痕,面露疲倦。

-277-

"你的主人在哪儿？"丘比科夫问。

"被人杀害了！阁下！"

尼古拉斯回答时，拼命眨着眼，不让泪流下。

"我们知道他已被人杀害了，但他现在在哪里？他的尸体在哪里？"

"他们说他被凶手从窗户拖出去，埋在花园里了！"

"呵！调查结果都已经传到厨房了！——真糟糕！伙计，你主人遇害的那天晚上，你在哪儿？我是说周六晚上。"

尼古拉斯抬起头，伸长了脖子，回忆着。

"我不知道，阁下，"他说，"我喝多了，记不清了。"

"狡辩！"杜博夫斯基小声说，微笑着搓搓手。

"这样啊！卧室的窗户下面为什么会有血迹？"

尼古拉斯猛地抬起头开始思考。

"快说！"警察局长说。

"那些血迹不能说明什么！阁下，我当时在杀鸡。我像平常那样割开鸡的喉咙，但是突然，鸡挣脱了，到处乱跑，所以才留下了血迹。"

以法连作证，说尼古拉斯确实每晚都会杀一只鸡，而且每次都换一个地方，但也确实没人见过被杀到一半的鸡会在花园里乱跑，不过也不是没有这种可能。

"狡辩，"杜博夫斯基讥笑道，"多么拙劣的借口！"

"你认识阿奎莉娜吗？"

"认识，阁下，我认识她。"

"你的主人坏了你的好事？"

"根本就没有这回事。是这位普赛科夫先生——伊凡·米哈伊洛维奇，主人坏了伊凡·米哈伊洛维奇的好事。就是这样。"

普赛科夫看起来很慌张，用手抓了抓左眼。杜博夫斯基聚精会神地看着他，注意到了他的慌张，继而注意到了管家穿着的那条深蓝色的裤子，又联想到了在牛蒡枝条上发现的深蓝色线头。丘比科夫也怀疑地瞥了普赛科夫一眼。

他对尼古拉斯说："你走吧。"又说，"请允许我向您提一个问题，普赛科夫先生，上周六晚上，您肯定在这里吧？"

"没有错！晚上十点钟，我和马库斯·伊凡诺维奇一起吃了晚饭。"

"然后呢？"

"然后……然后……讲真的，我记不清了，"普赛科夫结结巴巴地说，"吃晚饭时我喝了点儿酒。我忘了我是几点在哪里睡觉的。你们怎么都在用看杀人犯的眼神看我？"

"睡醒时你在哪里？"

"在厨房，躺在炉子后面！他们都能作证。怎么去的炉子后面，我不知道……"

"别紧张。你认识阿奎莉娜吗？"

"那没什么稀奇的……"

"她起初喜欢你，后来却和你主人好上了？"

"没错。以法连，给我们拿点儿烤蘑菇！您还想再喝点儿茶吗，尤格拉夫·库兹米奇？"

一阵压抑的沉默持续了整整五分钟，其间，杜博夫斯基一直默默地盯着普赛科夫苍白的脸。最终，法官打破了沉默：

"我们得去和死者的妹妹玛利亚·伊凡诺夫娜聊聊，她也许能提供新的线索。"

丘比科夫和他的秘书谢过款待，在家族圣人画像前找到了正在祈祷的玛利亚·伊凡诺夫娜。这位四十五岁的半老徐娘看了一眼来访者手中的档案袋和头上的官帽,脸色愈发惨白。

"很抱歉打扰您祷告,"丘比科夫郑重地鞠了一躬,"我们想请您协助调查。您一定听说了,您的哥哥被人杀害了,凶手和作案方式尚不明确。您不妨向我们提供一些线索,或者一些说明?另外,人终有一死,从皇帝到奴隶都无一例外,请您节哀。"

"天哪,别来问我!"玛利亚·伊凡诺夫娜用双手捂住了脸,她的脸颊已经毫无血色,"我什么都不知道。什么都不知道!求您了!我什么都不知道……我能怎么办呢?哦,不!不!别提我哥哥!我到死都不会说一个字的!"

玛利亚泪流满面地离开了。访客们你看看我,我看看你,耸了耸肩,也离开了。

"蠢女人!"离开后,杜博夫斯基咒骂着,"她肯定知道点儿什么,却在故意隐瞒!那个女仆看起来也很可疑!等等,你们这些傻瓜!我已经全都清楚了!"

晚上,丘比科夫和他的秘书在皎洁的月光下,向着家走去。坐上马车后,两人都疲惫地沉默着,脑子里思考着今天一整天的调查结果。丘比科夫一向不爱在坐车时说话,健谈的杜博夫斯基也很识趣地没有多嘴。不过,在快要到达目的地的时候,他终于忍不住了,说:

"显然,"他说,"尼古拉斯和这件事脱不了干系。毋庸置疑!看看他那张脸就知道他是个什么样的人!他的狡辩已经出卖了他,显而易见。不过,明显他不是主谋,只是颗愚蠢的棋子。你觉得呢?普赛科夫也脱不开干系,他穿着一条深蓝色的裤子,极度焦虑,亲历谋杀后太过害怕,于是躺在了炉子后面。他的狡辩,还有……阿奎莉娜……"

"'加油干吧,埃米利安。轮到你了!'照你说的,认识阿奎莉娜的人就是凶手！莽夫！办起事来像个还没断奶的孩子！你以前也追求过阿奎莉娜，难不成你也参与了这次谋杀？"

"那阿奎莉娜还在你家当过一个月的厨娘呢。我不是那个意思！出事前一天的晚上我和你在一起打牌，我怀疑你干什么！跟那女人没关系，老兄！重点是那低贱、卑鄙、下流的嫉妒心。你看不出来吗？那个孤僻的年轻人接受不了别人比他好！你看不出他的虚荣心吗？他想要复仇。而且，他的厚嘴唇里满满都是深情。明白了吧，他的自尊心和情意受到了双重打击，这足以成为他杀人的动机了。已经找出两个了，但第三个是谁？尼古拉斯和普赛科夫是帮凶，但到底是谁闷死了他？普赛科夫又害羞又懦弱，完全是个胆小鬼；尼古拉斯不会用枕头杀人的，他们那种人只知道用斧头和棍棒。是第三个人把他闷死的，到底是谁呢？"

杜博夫斯基拉低帽檐遮住了双眼，苦苦思索着，没再说话。车停在了法官家门前。

"我成功了！"他说着，走进了那栋小房子，脱下大衣扔在一边。

"我成功了，尼古拉斯·叶尔莫拉耶维奇！我怎么没早点儿想到呢！你知道第三个人是谁吗？"

"拜托，算我求你了，别再说了！晚饭已经准备好了！你最好赶紧坐下吃饭！"

丘比科夫和杜博夫斯基坐下用餐，杜博夫斯基给自己倒了一杯伏特加，一饮而尽，两眼放光，说：

"好吧，听着，和普赛科夫那个混蛋一起行凶的第三个人，是一个女人！没错，没错！就是——被害者的妹妹，玛利亚·伊凡诺夫娜！"

丘比科夫呛了一口伏特加，盯着杜博夫斯基的眼睛。

"你还是不是你？你的脑子还在不在？你的头不疼吗？"

"我很好！行，你就当我是疯了吧，不过你怎么解释她看到我们之后的慌乱？她为什么要对我们有所隐瞒？这些都无关紧要是吧，行！可以！那么，想想他们之间是什么关系。她恨他。她无法原谅他把老婆赶出家门。她是一位虔诚的信徒，在她看来，他是个不信上帝的疯子。她一定对他恨之入骨，因为据说，他告诉她自己是撒旦的天使，还当着她的面大谈特谈灵异学！"

"所以呢？"

"你还不明白吗？她是一位虔诚的教徒，在她狂热的信仰的指引下实施了谋杀。她不光杀死了一个败类，还替上帝处死了一个异教徒！——她觉得，这是她的功绩，是她为她所信仰的宗教做出的贡献！天哪，你根本不了解那些老派教徒的想法。有空就去读一读陀思妥耶夫斯基的作品吧！还有莱斯科夫对他们的评价，或者彼得查尔斯基也行。就算你把我开膛破肚，我也要说，绝对就是她，没有别人了。她闷死了他！啊，歹毒的女人！她跪在那里祈祷，不就是为了转移我们的注意力吗？'我得跪下祈祷，'她对自己说，'这样，他们就会觉得我是无辜的！'教徒们犯了罪都会这么做的。尼古拉斯·叶尔莫拉耶维奇，老兄！拜托，你怎么就这么不信任我呢？让我去处理这个案子吧！马上开始，马上就会结束的！"

丘比科夫摇摇头，又皱起眉头。

"我自己知道该怎么做，"他说，"你只需要做好自己该做的，别多管闲事。你应该根据命令行事，那才是你的工作！"

杜博夫斯基怒不可遏，摔门而出。

"脑子真是灵光，"丘比科夫看着他走远，嘀咕着，"太聪明了！就是沉不住气。我一定要去集市上买一盒雪茄送给他。"

第二天一早，法官的办公室里来了一个头很大、嘴唇突起的年轻人，他说他叫丹尼尔，是个放羊的，从克劳索夫家里过来，有线索要汇报。

"我有点儿喝多了，"他说，"和兄弟们一直喝到午夜。因为喝多了，在回家的路上，就想跳进河里洗个澡。正洗着呢，抬头看见有两个男人正沿着河坝走，手上还抬着一个黑乎乎的东西。'喂！'我朝他们大喊了一声，他们害怕极了，一溜烟地跑进了马卡列夫的菜地。我敢说，他们抬着的肯定是主人的尸体！"

当天傍晚，普赛科夫和尼古拉斯就被逮捕，押送到镇上，关进了监狱。

二

两星期后。

又是一个清晨。丘比科夫坐在办公室里那张绿色的桌子前，翻阅"克劳索夫案"的卷宗；杜博夫斯基在房间内不安地踱步，像是一只被关在笼子里的饿狼。

"你肯相信尼古拉斯和普赛科夫有罪，"他紧张地拉扯自己的胡子，说，"为什么就不肯相信玛丽亚·伊凡诺夫娜也有罪？我说得难道还不够清楚吗？"

"我没说不相信。我相信，但还不敢肯定！而且我们没有事实证据，只是一些逻辑推理——狂热啊，之类的……"

"你们这些法官，没找到斧头和带血的床单就不会破案了吗！很好，我会证明给你看的！看你还敢不敢嘲笑心理分析！带着你的玛利亚·伊凡诺夫娜滚去西伯利亚吧！逻辑分析还不够，对吧，我会让你看到实质性证据的,让你看看我的分析有多准确,你得让我……"

"你想干什么?"

"瑞典火柴!不记得了吗?我还记得!我要找出是谁把它扔在了被害者的卧室。不是尼古拉斯,也不是普赛科夫,因为从他们两个的身上都没有搜出火柴;是第三个人,就是玛利亚·伊凡诺夫娜。我会找到证据的。你得让我再去案发现场找找。"

"够了!坐下。我们得继续审讯工作了。"

杜博夫斯基坐在另一张小桌子前,抓起一叠纸擤了擤鼻子。

"把尼古拉斯·泰特霍夫带进来!"预审法官大声喊。

尼古拉斯被带进房间,他很憔悴,骨瘦如柴,浑身颤抖着。

"泰特霍夫!"丘比科夫开始问话,"1879年,你因盗窃罪被第一分区法院判处监禁。1882年,你又一次因盗窃罪被判处监禁。这些我们都知道——"

尼古拉斯露出惊讶的神情,他显然没有料到预审法官会知道这些。不过,惊讶很快就转变为愤懑。他开始大哭,请求去洗把脸冷静一下。他们允许了。

"把普赛科夫带进来!"预审法官命令道。

普赛科夫被带进房间。这位年轻人在过去的几天里变化很大,瘦了许多,也憔悴了许多,变得眼神呆滞,神情恍惚。

"请坐,普赛科夫,"丘比科夫说,"我希望你今天可以说实话,不要再像之前那样撒谎了。这些天,在证据充足的情况下,你依然不肯承认参与谋杀了克劳索夫,这是不明智的,坦白从宽吧。今天是我们的最后一次谈话,如果今天你还不告诉我,明天再想说就晚了。来吧,把你知道的全部……"

"我什么也不知道,我不清楚你的证据是什么。"普赛科夫回答，声音小得几乎听不见。

"狡辩是没有用的！好吧，让我来告诉你发生了什么。星期六晚上，你在克劳索夫的卧室里和他一起喝酒。"（整个审讯过程中，杜博夫斯基一直死死地盯着普赛科夫。）"尼古拉斯在等着你。凌晨一点，马库斯·伊凡诺维奇说他要上床睡觉了。他总是在凌晨一点上床睡觉。趁他脱鞋不设防的时候，你给尼古拉斯使了个眼色，你们俩一起抓住你们的主人，把他扔到了床上，其中一个人坐在他的腿上，另一个人控制住了他的头。这时候，第三个人从走廊走了过来——一个穿着黑裙子的女人，你们都跟她很熟，是她提出这个计划并给你们安排任务的。她抓过一个枕头死死捂住了他的脸。他挣扎时，蜡烛熄灭了，于是，那女人从口袋里拿出了一盒瑞典火柴，擦燃一根重新点亮了蜡烛，对吗？看你的表情，我应该没说错，那我就继续了。你们捂死了他，看着他停止了呼吸，你和尼古拉斯从窗户把他拖了出去，放在牛蒡底下。你们害怕他会醒过来，就用什么利器又砸了他。之后，你们把他拖到了丁香花丛下，停留了一会儿，思考下一步怎么办。然后抬着他的尸体从篱笆间穿过，走上马路。然后就到了河坝，在河坝的附近，你们被一个农民吓了一跳。你怎么了？"

"我有点儿呼吸困难！"普赛科夫回答，"很好……得了。让我出去吧，求求你们了！"

他们放普赛科夫离开了。

"太好了！他终于承认了！"丘比科夫大喊着，夸张地伸了个懒腰。

"他装不下去了！我是不是很巧妙地抓住了他的小辫子……"

"提到穿黑裙子的女人时，他也没有否认！"杜博夫斯基大喜过望，"但还有瑞典火柴的事情没有弄清，太折磨人了，我受不了了。再见！我要去了！"

杜博夫斯基戴上一顶帽子乘马车离开了。丘比科夫继续审问阿奎莉娜，她说自己完全不知情。

到了晚上六点，杜博夫斯基回来了，神情比离开时更加激动，双手抖得解不开大衣扣子。一脸容光焕发的样子，说明他肯定不是空手而归。

"我来，我见，我征服！[2]"他大喊着，冲进丘比科夫的房间，一屁股坐在一把扶手椅里，说，"我简直是个天才！听着，我们差点儿就被耍了！很有趣，但也很不幸。我们已经找出了三个凶手，对吧？好了，我找到了第四个，也是一个女人。你绝对想不到是谁！听我说。我去克劳索夫家附近转了转，到每一家小卖部、小酒馆和路边酒吧问有没有瑞典火柴。哪儿都没有。我又往更远的地方走了走。每问一家店几乎都要绝望一次，但我又一次次重拾信心。整整一天我都在四处寻找，直到一小时前才有所发现，在距离这里三俄里的地方。他们拿出一大包瑞典火柴给我看，里面本应该装着十盒的，但少了一盒。我马上问：'少的一盒被谁买走了？''那样一个人！她很喜欢这些火柴！'老头！尼古拉斯·叶尔莫拉耶维奇！看看我这个被神学院开除，天天读侦探小说的人的本事吧！从今天开始，我会为我自己感到自豪的！哦耶！好了，咱们快走吧！"

"去哪儿？"

"去找她，去找第四个人！咱们得快点儿，不然的话……不然，我就要失去耐心了！你知道她是谁了吗？你绝对想不到！是奥尔加·彼得罗夫娜——马库斯·伊凡诺维奇的妻子，他老婆！

---

2 恺撒大帝的名言，原文为："Veni, vidi, vici!"

就是她！是她去买了瑞典火柴！"

"你……你……你疯了！"

"其实很简单！首先，她吸烟。其次，她爱克劳索夫，爱到无法自拔，即便他因为受不了她的唠叨而拒绝和她同居，她也依然深深爱着他。据说她还因为爱得太深打过他呢。因此，他断然拒绝继续和她住在一起。她由爱生恨。真是'下地狱也好过惹怒女人'。好了，走吧！赶紧的，天马上就要黑了。走啊！"

"我还没有疯狂到要在午夜和一个疯子一起去打扰一位品德高尚、备受尊敬的女士。"

"品德高尚，备受尊敬！品德高尚的女士会谋杀亲夫吗？你还是不是预审法官，怎么这么愚蠢！我以前可从来没有骂过你，可是你现在就是个笨蛋！蠢货！尼古拉斯·叶尔莫拉耶维奇啊，走吧，算我求你了！"

法官不以为然地摆了摆手。

"算我求你了！不是为了我自己，是为了公平和正义。我求你了！我恳求您！听我的吧，就这一次！"

杜博夫斯基跪下了。

"尼古拉斯·叶尔莫拉耶维奇！行行好吧！如果我弄错了，我就是天底下最愚蠢的傻瓜。你早该看出是怎么一回事儿了，你早该看出这是个什么案子了。情杀！一个女人因为爱情杀害了自己的丈夫！这件事准会传遍整个俄罗斯。以后再有大案子，他们都会请你去调查的。哦，你这个愚蠢的老男人！"

法官皱起眉头，犹豫不决地拿起自己的帽子。

"老天爷啊！"他说，"快走吧！"

奥尔加·彼得罗夫娜借宿在她弟弟的老房子里，等两人乘马车赶到时，天已经黑透了。

"我们简直猪狗不如,"丘比科夫摇响门铃,"居然像现在这样打搅一位可怜的妇人。"

"没事的!没事的!别害怕!别怕!我们可以说车子坏了一根弹簧。"

开门迎接丘比科夫和杜博夫斯基的是一位身材高挑、体态丰满的女子,二三十岁的样子,有一对浓黑的眉毛和饱满的红唇——正是奥尔加·彼得罗夫娜。她显然还在因为最近发生的悲剧而感到痛苦万分。

"哦,真高兴能见到你们!"她咧开嘴笑着说,"你们刚好赶上了晚饭。库兹马·彼德罗维奇去拜访神父了,估计很晚才会回来。但我们不用等他!请坐吧。你们是来问我话的吗?"

"啊,我们车子上的一根弹簧坏了,嗯。"丘比科夫说着,走进客厅,坐在一张扶手椅上。

"趁她不备,快!"杜博夫斯基小声说,"趁她还没有反应过来!"

"一根弹簧……嗯……对……所以我们进来……"

"趁她不备,我告诉过你了!你这么拖延时间,她马上就会猜到是怎么回事了。"

"好吧,你来。我要受不了了。"丘比科夫嘟囔了一句,站起身走向窗边。

"是的,一根弹簧。"杜博夫斯基走近奥尔加·彼得罗夫娜,皱了皱鼻子,说,"我们乘车来这里,不是要与您共进晚餐,或者拜访库兹马·彼德罗维奇。我们是来问您,尊敬的妇人,马库斯·伊凡诺维奇在哪里。你杀了他!"

"什么?马库斯·伊凡诺维奇被杀死了?"奥尔加·彼得罗夫娜饱满的脸庞一瞬间涨得通红,她结结巴巴地说:"我不……

不知道！"

"我以法律的名义问你！克劳索夫在哪里？我们已经查清了一切！"

"谁告诉你们的？"奥尔加小声问，回避着杜博夫斯基的目光。

"请告诉我们他在哪里！"

"可是你们是怎么发现的？谁告诉你们的？"

"我们查清了一切！我以法律的名义命令你回答我的问题！"

看到她慌了神，预审法官有了信心，走上前说：

"告诉我们，我们就会离开。否则，我们……"

"你们找他做什么？"

"夫人，有必要问这些吗？请你告诉我们！你害怕了，慌了神！没错，他被人杀死了，而且，凶手就是你，是你杀死了他！你的同伙已经出卖了你！"

奥尔加·彼得罗夫娜的脸上失去了血色。

"过来吧！"她小声说，两只手紧紧捏在一起。

"我把他……藏在……澡堂了！看在老天的分上，别告诉库兹马·彼德罗维奇。求求你们了，行行好！不然他永远都不会原谅我的！"

奥尔加·彼得罗夫娜取下一枚钥匙，领着两位客人穿过厨房和走廊，来到漆黑一片的院子，院子很宽敞。这时下起了小雨。奥尔加·彼得罗夫娜在前面带路，丘比科夫和杜博夫斯基跟在后面，三个人穿过草地，雨水溅在野花上，也溅在他们身上。很快，他们踏上一片新翻过的土地，走到树荫下。沿着树丛望过去，有一栋带烟囱的小房子。

"那就是澡堂，"奥尔加·彼得罗夫娜说，"求求你们了，别告诉我弟弟！他会杀了我的！"

丘比科夫和杜博夫斯基走近澡堂，看到门上悬着一只很大的挂锁。

"准备好蜡烛和火柴。"预审法官小声对他的秘书说。

奥尔加·彼得罗夫娜打开了门锁，领着她的客人走进澡堂。杜博夫斯基划燃一根火柴，照亮了门厅。门厅的正中央有一张桌子，桌子上放着一只茶壶、一碗已经冷掉的白菜汤，还有一只盛调料的味碟。

"往里走！"

他们走进第二个房间——浴室。里面也有一张桌子，桌子上放着一盘火腿、一瓶伏特加，还有一些刀叉和几个盘子。

"到底在哪里……被害者在哪里？"预审法官问。

"在顶楼。"奥尔加·彼得罗夫娜脸上依然毫无血色，颤抖着小声说。

杜博夫斯基拿着蜡烛爬上了顶楼。他看到一个颀长的人躺在一张羽绒床上，一动不动，轻轻打着鼾。

"你在耍我们，真见鬼！"杜博夫斯基大喊，"这里没有被害者！只有一个睡着的傻瓜。嘿，不管你是谁，给我起来！"

床上的人急促地喘了口气，扭动了几下。杜博夫斯基用胳膊肘捅了捅他，他举起手，伸了个懒腰，抬起了头。

"是谁鬼鬼祟祟的在这里！"一个低沉沙哑的声音问，"你想干什么？"

杜博夫斯基举起蜡烛，照亮了那人的脸，然后发出了一声尖叫。他看到了那人的红鼻子和一头蓬乱不堪的头发，还有那人浓黑的胡子——其中几根卷曲着，指向天花板。他认出那人就是那位身强体健的骑兵军官——克劳索夫。

"你……马库斯……伊凡诺维奇？怎么可能？"

预审法官用犀利的眼神盯着他，怔在原地。

"没错，是我。你是，杜博夫斯基？你跑来这里干什么？你旁边的另一个人是谁？真见鬼！不会是预审法官吧！什么风把他给吹来了？"

克劳索夫跳下床，给了丘比科夫一个大大的拥抱。奥尔加·彼得罗夫娜悄悄地溜出了房间。

"你是怎么进来的？见鬼，咱们一起喝一杯吧！哒啦——哒——哒啦——咱们喝一杯！可是，是谁把你们带来的？你们怎么找到我的？无所谓啦！咱们一起喝一杯吧！"

克劳索夫打开灯，倒了三杯伏特加。

"这是……我没明白，"预审法官用手摸了摸他的身体，说，"这真的是你吗？也许不是？"

"快闭嘴！你是来说教的吗？别费口舌了！杜博夫斯基，小伙，快干了你那杯！朋友们，干杯……你们在看什么？干杯！"

"可是，我没明白！"预审法官机械地喝完一杯伏特加，说，"你怎么会在这里？"

"我怎么不能在这里？我在这里待得好好的。"

克劳索夫喝干了他杯中的酒，又咬了一大口火腿。

"正如你们所见，我被囚禁在这里了。就我一个人，被困在这个像洞穴一样的地方，就像个幽灵。干杯！她把我抓过来之后就锁在这里，然后……啊，我就在这里住下了，住在这间废弃的澡堂里，像个隐士一样。一日三餐按时送到。我本打算下周尝试着离开这里，住在这里太无聊了！"

"太不可思议了！"杜博夫斯基说。

"有什么不可思议的？"

"这简直太不可思议了!看在老天的分上,你的靴子为什么会出现在花园里?"

"什么靴子?"

"我们在你的卧室里找到一只靴子,但是另一只在花园里。"

"你问那做什么?那跟你没关系!见鬼,喝酒啊!你们把我吵醒了,就得陪我喝酒!这是个有趣的故事,兄弟,那只靴子!我不想跟奥尔加走。我不想总是被她指挥来指挥去的。她跑到窗前骂我,羞辱我,她就是个泼妇。你们知道女人都是什么秉性,她们全都一个样。我有点儿喝多了,就脱下一只靴子朝她扔了过去。哈哈哈!让她长点儿教训!但是没有用!根本没用!她从窗户爬进来,点上蜡烛,对我拳打脚踢;殴打还没停,又把我拖到这里关了起来;她把我豢养在这里……用爱、伏特加和火腿!你们要去干什么,丘比科夫?你们要去哪儿?"

预审法官骂骂咧咧地走出澡堂,杜博夫斯基垂头丧气地跟在后面,两人都沉默无言,乘车一同离开了。回家的路漫长得令人厌恶,没有人说话。丘比科夫一路上都在气得发抖;杜博夫斯基拉起大衣领子遮住了鼻子,在雨水和黑暗的掩映下也难掩愧色。

他们回到家中,秋特耶夫医生正在等着他们。医生坐在桌前,然后,深深叹了口气,翻开了《尼瓦》杂志。

"到处都是这种事!"他的脸上挂着很难看的笑,对预审法官说,"奥地利又开始了!某种程度上,格莱斯顿也……"

丘比科夫把帽子扔到了桌子下面,和医生握了握手。

"停停停!别折磨我了!跟你说过多少次,少拿你的政治事件烦我!我对政治不感兴趣!还有你,"丘比科夫转向杜博夫斯基,握了握他的拳头,说,"我记住了,永远也不会忘记!"

"可那根瑞典火柴?我怎么会知道?"

"拿着你的瑞典火柴见鬼去吧!滚出这里!千万别把我惹急了,不然天知道我会把你怎么样!别让我再看到你!"

杜博夫斯基长叹一声,戴上帽子离开了。

"我要去喝点儿酒。"他下定了决心,推开房门,郁闷地朝着酒吧走去。

波西米亚秘闻

A SCANDAL IN BOHEMIA

〔英〕柯南·道尔
Conan Doyle

《波西米亚秘闻》导读

1. 《波西米亚秘闻》的作者是英国作家柯南·道尔（1859—1930）。柯南·道尔以其创作的夏洛克·福尔摩斯系列侦探小说而闻名世界。

2. 福尔摩斯，这一世界上最著名的侦探形象，首次出现于柯南·道尔的长篇小说《血字的研究》（1887年）中。

3. 《波西米亚秘闻》是以福尔摩斯为主角的56篇短篇小说中的第一篇，于1891年首次发表在《海滨杂志》上，也是1892年出版的短篇小说集《福尔摩斯探案全集》的第一篇。

4. 《波西米亚秘闻》中出现了福尔摩斯系列中最著名的女性角色之一——艾琳·艾德勒。福尔摩斯钦佩她的智慧和狡猾。在《五个橘子》中，福尔摩斯对一位客户说，他只在少数情况下被击败过，而且只有一次是输给了女人。

一

夏洛克·福尔摩斯总是叫她"那位女士",我很少听到他用其他的方式来称呼她。在他心中,没有哪个女子能和她相比。不过,这倒不是说他爱上了艾琳·艾德勒。他那个冷酷、精密、不偏不倚的大脑容不下任何感情,尤其是爱情。要我说,他大概是举世无双的侦查推理机器,可唯独对爱情一窍不通。提起那些柔情蜜意,他不是讥笑,就是嘲讽。作为一位观察大师,他能够通过情感窥视对方的行为动机,但是,作为一位训练有素的推理专家,把这种柔弱纳入他严谨的、无懈可击的性格中,就等同于在他的严密逻辑里增加了一道干扰项,影响之大甚至超过了精密仪器里进了一粒沙子,或者高倍镜片上出现了一道划痕。尽管如此,还是出现了这么一位女子,成了他记忆中的那道干扰项,此人便是艾琳·艾德勒。

近来,我很少去看望福尔摩斯,自从我结婚后,我们之间的来往就不像之前那么密切了。我全身心地投入家庭的怀抱,第一次享受到成家的满足和幸福;而福尔摩斯还居住在贝克街,住在那间曾经属于我们俩的出租屋里。他有着波西米亚人放荡不羁的灵魂,不喜欢任何一种世俗生活,整天泡在他的那堆旧书里,这段日子可能还在颓废地抽着烟,过段日子便又活力四射地追求理想抱负去了。他一如既往地沉醉于研究犯罪案件,竭尽所能、不知疲倦地寻找线索,破解了不少令警方束手无策的悬案。我时常会听说他的最新进展：去敖德萨处理特雷波夫谋杀案；在亭可马里[1]揭开阿特金森兄弟特大悲剧的真相；圆满地完成荷兰皇室交给他的任务；等等。不过，除了在日报上读到的这些信息外，我对我这位旧友的近况知之甚少。

一天晚上——那是在1888年3月20日——我刚刚拜访过一位病人（我现在又开始给别人看病了），在往回走的时候路过了贝克街。我站在那熟悉的房门前，回想起求婚的经过，还有《血字的研究》中的那些黑暗事件，突然很想见见福尔摩斯，想知道他最近在为什么事情大展拳脚。他的房间还亮着灯，我朝窗户望去，只见他高大而瘦削的身影两次闪过窗帘。他头低得很低，双手背在身后死死扣住，正在屋里急切地踱步。我太了解他的脾气和习惯了，知道他的每一个动作代表了什么意思。他又开始工作了，正在琢磨着什么新的问题。我按响门铃，跟着开门人一起走上楼梯，走进那间过去也属于我的出租屋。

他的招待不算热情，当然，他一向不算热情，但我觉得，他应该很高兴看到我。他一句话也没说，只是亲切地看着我，递给我一把椅子，扔给我一盒烟，又指了指房间角落的酒箱和饮料。他站在炉火前，专注地看着我，还是惯常的那副沉思状。

"看来你很享受婚姻，"他评价，"华生，你看起来比我上次见你时重了有七磅半吧。"

"七磅整。"我回答。

"当然，我应该再少说点儿。只差了一点点，不过我很满意，华生。那么，再来试一次。你没有告诉我你又开始工作了。"

"那你又是怎么知道的？"

---

[1] 亭可马里：斯里兰卡东北部港市。

"观察和推断。我怎么会知道你最近淋过雨,还雇了一位马马虎虎、粗心大意的女仆呢?"

"哦,我亲爱的福尔摩斯,"我说,"可以了。如果你生活在几个世纪之前,一定会被当成巫师给活活烧死的。没错,我周四去乡下散步,回家时淋了雨,可我已经换了一身衣服了,真不知道你是怎么推断出来的;至于玛丽·简,她确实屡教不改,已经被我老婆赶走了。但我还是不明白你是怎么知道的。"

他咯咯地笑着搓了搓手。

"很简单,"他说,"我的眼睛告诉我,你左脚的鞋子上,就在火光照亮的地方,有六道几乎平行的划痕。很明显,有人想要刮掉鞋底结痂的泥土,却不小心刮到了鞋帮。由此,我得出了这两个结论:你在坏天气出过门;你碰上了伦敦仆人界的'皮鞋杀手'。至于你的工作,我看到一位绅士走进了我家,身上有碘伏的味道,右手食指指尖被硝酸银烧出了一块黑斑,他戴的帽子上凸起了一块,里面藏着听诊器。如果这样我还看不出他刚刚还给人看过病,那未免也太愚蠢了。"

听着他讲述推断过程,我忍不住放声大笑。"听你解释完,"我说,"就觉得这也太简单了,我也能看出来,可是在你解释之前,我又完全想不到。而且,我觉得我的视力并不比你差。"

"确实如此。"他点燃一根烟,窝进一把扶手椅里,说,"可是,你不会观察,这就是你和我的区别。比方说,从大门口处通向我们的出租屋的那段楼梯,你走过很多次了吧。"

"太多次了。"

"有多少次?"

"嗯,得有几百次吧。"

"那么,一共有几级台阶?"

"有几级？我不知道。"

"这就对了！你不会观察，哪怕你已经看见了它们，这就是我想说的。而我知道一共有十七级台阶，因为我不光看到了楼梯，还观察了它。对了，既然你对这些小事情感兴趣，又愿意写一写我做过的一两件小事，那么，你也可能会对这个感兴趣。"他拿起摊在桌上的一张很厚的粉色便条，扔给了我。"这是和上一封信一起寄来的，"他说，"读一读。"

便条上没写日期，没有署名，也没有地址。

上面写着："十九点四十五分时会有一位先生登门拜访，向您咨询一件十分重要的事情。关于您的消息，我们已从多方渠道获悉。得知您最近为欧洲某皇室所做的事后，我们相信您有能力处理这件至关重要的事情，烦请您届时在家中等待。另外，访客将戴着面具拜访，请不要介意。"

"神神秘秘的，"我评价道，"你觉得这是什么意思？"

"我还没见到访客。在还没得到任何信息时就妄下推理是不明智的，那会让人不自觉地先入为主，曲解事实，而不是根据事实进行理智的分析。不过，就这张便条本身，你有什么推论吗？"

我仔细地检查了字迹和纸张。

"写这张便条的人应该很有钱，"我竭力模仿我朋友的推理方式，"这张纸很奇特，又厚又硬，售价应该不低于两先令半一包。"

"'奇特'这个词用得好，"福尔摩斯说，"这不是英国产的纸。把它举到灯光下看看。"

我照做了，透过灯光看到纸张中间夹刻着几个字母：大写的"E"挨着小写的"g"，大写的"P"，还有大写的"G"挨着小写的"t"。

"你有什么想法吗？"福尔摩斯问。

-300-

"是笔者的名字,或者说是他名字的缩写,对吧。"

"并不是。'G'和't'是'Gesellschaft'的缩写,这是个德语词,意思是'公司',类似于英语里'Co.'这种尾缀。'P'当然是'纸张(Papier)'的缩写。至于'Eg.',让我们来查找一下地名索引。"他从书架上取下一本深棕色的大部头书,说:"埃格卢,埃格隆尼兹——啊,在这儿,埃格里亚。这是波西米亚一座说德语的小镇,离卡尔斯巴德不远。华伦斯坦[2]在此地去世。另外,此地聚集了多家玻璃工厂和造纸厂。哈哈!兄弟,现在你有什么想法?"他两眼放光,连吐出的烟圈都散发出得意的气息。

"这张纸产自波西米亚。"我说。

"完全正确。而且,这些字是一个日耳曼人[3]写的。再读读这句话——'关于您的消息,我们已从多方渠道获悉。'——语序很奇怪,对不对?法国人或者俄国人是不会这么说话的,只有日耳曼人会颠倒着说话。因此,我们后面要做的就是,搞清楚这位使用波西米亚纸,不想露脸的日耳曼人想干什么。如果我没有看错的话,他会来解答我们的疑惑的。"

话音还没落,门外传来马蹄声和刹车时车轮发出的刺耳的摩擦声,紧接着,是一声尖锐的车铃声。福尔摩斯正在小声分析。

"听起来,有两匹马共拉一辆马车,"他说,"没错。"他又瞥了眼窗外,继续说,"一辆很不错的有篷马车和两匹好马,每匹价值至少一百五十几尼[4]。别的不说,帮这个忙准能让我大赚

---

2 华伦斯坦:阿尔布雷希特·文策尔·尤西比乌斯·冯·华伦斯坦是波西米亚著名的军事家、政治家。

3 日耳曼人:波希米亚王国的贵族多是日耳曼人。

4 几尼:一种古代欧洲金币。一磅黄金,能够铸造四十四几尼半的金币。在法定兑换中,一几尼能够兑换二十一先令。但是金价在十八世纪的英国有很多波动,一几尼能够兑换的先令数并不一样。

一笔,华生。"

"我想我得赶紧离开了,福尔摩斯。"

"不用,医生。留下吧。我的博斯韦尔[5]已经离我而去了。我保证这件事会很有趣,错过它,你会后悔的。"

"但你的客人——"

"别管他。我可能需要你的帮助,他也会需要你的帮助。他来了。坐下吧,医生,请尽力帮帮我们。"

一阵缓慢而有力的脚步声踏上楼梯,穿过走廊,停在门前,随后,响起一阵重重的敲门声。

"请进!"福尔摩斯说。

来者足有六英尺六英寸高,胸脯挺拔、四肢健壮,活像个大力神;他的衣着华丽至极,不过,这种奢侈风在英国人眼里多少有些俗气;他的双襟大衣前侧直到袖口都缀满了羔羊毛;深蓝色的斗篷内侧露出赤红色的丝绸面料,领口别着一颗亮闪闪的绿宝石;他的靴子直拉到小腿肚,靴筒顶端装饰着厚厚的棕色羽毛,为他这身原始人式的奢华打扮画上了点睛之笔。他摘下戴在头上的宽边帽,黑色的面具遮住了上半张脸,一只手还悬在脸旁,说明他进来前还正了正面具。从露出的下半张脸看,他是个性格刚强之人——厚嘴唇,嘴角向下撇着,下巴尖长,棱角明显——此人一定十分固执。

"你收到我的便条了吗?"他有很明显的日耳曼口音,用低沉又沙哑的声音说,"我告诉过你我会来拜访。"他的目光在我们两个人身上来回扫视,似乎拿不准该对谁说话。

"您请坐,"福尔摩斯说,"这位是我的同事,也是我的挚友,

---

5 詹姆斯·博斯韦尔:英国家喻户晓的文学大师、传记作家,以为英国文学家塞缪尔·约翰逊作传记而闻名。文中是福尔摩斯对华生的戏称,称华生为自己的传记作家。

华生医生,他在很多案子里都帮了我很大的忙。怎么称呼您?"

"你可以叫我冯-克拉姆伯爵,我是波西米亚贵族的后裔。希望你的朋友是一位品德高尚的谨慎之人,值得托付最为重要的事情,不然的话,我更愿意跟你单独聊聊。"

我起身要走,可福尔摩斯抓住我的手腕把我拉回椅子上。"要么跟我们两个一起聊,要么免谈,"他说,"任何您想跟我说的话,都可以跟这位先生说。"

伯爵耸了耸他那宽大的肩膀。"得了,"他说,"那么,首先请两位保证,在两年内对此事守口如瓶。两年后就没关系啦,但是,现在,这件事关系到全欧洲的发展。"

"绝对没问题。"福尔摩斯说。

"我也没问题。"

"请原谅我戴了面具,"我们的陌生访客继续说,"派我来的大人不希望你们知道我的真实身份。同时,我还得承认,方才做自我介绍时,我说的并非自己的真实姓名。"

"明白了。"福尔摩斯干巴巴地说。

"事情很棘手,已经采取了各种预防措施,防止此事演化为一桩损害欧洲某皇室名誉的惊天丑闻。实际上,此事涉及波西米亚王室奥姆斯坦因家族的名誉。"

"我知道了。"福尔摩斯嘟哝了一声,窝进扶手椅里,闭上了眼睛。

客人看向他,难掩惊讶的神情。他听说福尔摩斯是全欧洲最出色的侦探,最热情的代理人,眼前的这个人却是一副慵懒的模样。福尔摩斯缓缓睁开眼,不耐烦地看向他的大客户。

"陛下,如果您愿意屈尊讲讲您遇到的麻烦,"他说,"也许我可以更好地帮到您。"

那人猛地站起来，不受控制地在房间里走来走去，随后，做了个绝望的手势，摘下面具，狠狠地扔到了地上。

"没错，"他喊，"我就是国王。我到底为什么要试图隐瞒身份？"

"就是嘛，为什么呢？"福尔摩斯嘟哝道，"在陛下您开口说话之前，我就已经意识到，我接待的是波西米亚国王，卡塞尔-费尔斯坦因大公爵，威廉·歌特莱西·西吉斯蒙德·冯·奥姆斯坦因。"

"但你一定能够理解，"陌生的客人重新坐下，摩挲着自己颅骨突出、光洁白皙的额头，说，"你一定能理解我为什么不找自己的部下处理这件事情。此事太过微妙，我不能冒险让任何一位官员拿住我的把柄，所以，我换了假身份，专程从布拉格[6]赶来咨询。"

"那么，请开始您的咨询吧。"福尔摩斯说着，又闭上了眼。

"简单来说，五年前，在一次赴华沙[7]的长期访问期间，我结识了那位著名的女明星艾琳·艾德勒。你一定听说过她吧。"

"医生，麻烦你从我的档案库里找出她的资料。"福尔摩斯嘟哝了一声，依然闭着眼。（他花了许多年将所有值得注意的人和事分门别类，整理成一份份资料，这样，当提到某人或某事时，他就能立刻找到必要的信息。）我在档案库找到了艾琳·艾德勒的生平，她的资料夹在一位犹太拉比[8]和一位深海鱼类专著的作者的生平资料中间。

---

6 布拉格：波西米亚王国首都。奥茨特里斯战役后，波西米亚王国自动转成奥地利帝国辖属，1867年，"奥匈帝国"成立之后，波希米亚王国则成为奥匈帝国的省份。

7 华沙：波兰首都。

8 犹太拉比：指犹太学者。

"让我看看！"福尔摩斯说，"嚯！于1858年出生于美国新泽西州。女低音歌唱家——嚯！斯卡拉[9]——嚯！华沙皇家歌剧院首席女歌手——哦！已经离开了歌剧舞台——哈！现居住在伦敦——没错！陛下，我明白了。您与这位年轻人有过来往，给她写过几封有失体面的信，现在迫切想要索回这些信件。"

"完全正确。可是你怎么——"

"你们之间有未公开的婚史吗？"

"没有。"

"也没有任何合法凭证？"

"没有。"

"那我就不明白了，陛下。如果这位年轻人想用这些信件敲诈您，或是做些别的事情，她怎么能证明这些信件是真的出自您手呢？"

"那是我的笔迹。"

"呸——呸！是她伪造的。"

"我的私人信纸。"

"偷来的。"

"我的私章。"

"仿刻的。"

"我的照片。"

"买来的。"

"我们的合照。"

"哦，天哪！这就很糟糕了。陛下行事草率了些。"

"我有些意乱情迷了——精神不太正常。"

---

9 斯卡拉：位于意大利米兰的著名歌剧院。

"您给自己惹上了很大的麻烦。"

"当时我还不是国王。我太年轻了,我最近才满三十岁。"

"必须得要回来。"

"我试过,但失败了。"

"陛下,您得舍得花钱把它买回来。"

"她不卖。"

"那就偷回来。"

"试过五次了。其中两次,我雇的扒手洗劫了她家;另一次,是在她外出期间把她的行李箱翻了个底朝天;还有两次拦路抢劫。没有任何收获。"

"一点儿发现都没有?"

"连影子都没找到。"

福尔摩斯大笑道:"真是个有趣的小难题。"

"但这对我来说是个大麻烦。"国王充满责备地回应。

"没错,相当麻烦。那么,她留着那些照片想要干什么?"

"毁了我。"

"她打算怎么做呢?"

"我马上要结婚了。"

"我听说了。"

"未婚妻是斯堪的纳维亚国王的二公主——克洛蒂尔德·洛特曼·冯·扎克斯迈宁根。您应该知道他们的家规有多严格,加之她本人也十分教条。如果我有一丝一毫令他们怀疑和不满的地方,这桩婚事就黄了。"

"所以,艾琳·艾德勒?"

"威胁说要把那些照片寄给他们。她真的会这么做的,我知道她的为人。你还不了解她,她有着钢铁一般坚毅的灵魂;她是所有女人中最美丽的那一个，但也是对男人最决绝的那一个。但凡我不娶她为妻，她什么事情都做得出来……真的。"

"您认为她还没有寄出照片？"

"是的。"

"为什么呢？"

"因为她说，她要在我公布婚约的那一天寄出照片，也就是下周一。"

"哦，那我们还有三天时间，"福尔摩斯打了个哈欠，说，"真不错，我还能处理一两件重要的案子。陛下这段时间肯定会留在伦敦吧？"

"当然。你可以来朗廷酒店找我，我在酒店登记的姓名是冯-克拉姆伯爵。"

"那么，我会写信告知您我们的进展。"

"请你一定要写信来，不然我会发疯的。"

"那么，酬劳怎么算？"

"你说了算。"

"真的？"

"就算你找我要我领土中的一个地区，我也会给你的。"

"那么，定金呢？"

国王从斗篷里掏出一只很沉的麂皮口袋，放到桌子上。

"里面有三百英镑金币和七百英镑钞票。"他说。

福尔摩斯在他的笔记本上草草地写了一张收据，撕下来递给了他。

"这位小姐的地址是？"他问。

"圣约翰伍德蛇纹大道布里奥尼小屋。"

福尔摩斯把地址记下来，思考了片刻，说："还有一个问题，是标准的六英寸照片吗？"

"是。"

"那么，祝您晚安，陛下，很快就会有好消息的。也祝你晚安，华生。"皇家马车的车轮声消失在道路尽头后，他补充道，"如果你还愿意跟我讨论这件事，明天下午三点钟再来吧。"

二

三点钟，我准时到达了贝克街，但福尔摩斯还没回来。房东太太告诉我，他早上刚过八点就出门了。我决定坐在炉火旁等他回来，不管要等多久。这次的案件尽管不像我先前记录的两件那样惊险离奇，却也因当事人的显赫身份而十分独特，所以，我对案件的调查很感兴趣。不过，令我感兴趣的不止案件本身，还有福尔摩斯对案情的精准把握和敏锐分析。我很喜欢跟着他一起探案，看着他快速又巧妙地破解一个个看似无解的疑难杂案。我早已习惯了他从不失手的成功，也从未想过他会有失败的可能。

房门被打开时已经临近四点，走进来一个醉醺醺的马夫，邋里邋遢、胡子拉碴、脸庞红肿、衣冠不整。尽管我已经多次见识过我朋友那高超的伪装术，但还是从头到脚看了那人三次，才敢确定他就是福尔摩斯。他朝我点头示意后，把自己关进了卧室，在里面倒腾了五分钟，出来时，已经恢复成他惯常的模样。他双手插兜，把腿伸在炉火前，开怀大笑，一直笑了好几分钟。

"啊，真是的！"他喊道，又吭哧一声大笑起来，过了许久，才重新瘫在椅子里。

"怎么样？"

"有趣极了。你一定猜不到我从今天早晨到现在都做了些什么事。"

"确实很难想象,不过,我猜你是去艾琳·艾德勒小姐居住的地方转了转,观察她的房子和居住环境。"

"猜得不错,但结果完全出乎意料。今天早上八点左右,我打扮成一名失业马夫的样子出门。马夫们对同行都很友好,彼此惺惺相惜,我扮成他们中的一员,跟他们聊聊,就可以掌握许多八卦情报。我很快就找到了布里奥尼小屋,那是一栋面积不大却十分美观的二层别墅,门前的一侧扩建过,紧挨着马路,房屋的另一侧还有一个小花园。房门紧锁,但可以看到客厅位于一楼的右侧,装修很考究,几乎落地的窗户上使用的是那种就连小孩子也可以轻松打开的,滑稽可笑的英式窗闩。从马车房的房顶应该可以打开门廊的窗户,除此之外就没什么了。我围着那栋别墅仔细地观察了一番,没有发现其他值得注意的地方。

"随后,我沿着从后花园延伸出的一条小路溜达,找到了一个马厩——如我所料。我帮里面的马夫安抚了狂躁不安的马,作为回报,他们给了我两便士、小半杯酒和两支胡乱卷起的纸烟;他们还告诉了我许多关于艾德勒小姐的八卦,还有附近其他十多个居民的八卦——我对那些人完全不感兴趣,但还是被迫了解了许多他们的生平轶事。"

"关于艾琳·艾德勒,你都了解到了什么?"我问。

"哦,她是这世上不可多得的尤物,头戴帽子的模样会吸引所有男人的目光——蛇纹大道的马夫们是这么说的。她的生活很低调,如果有演出工作,早晨五点就会坐马车出门,晚上七点回家吃晚饭;其他时候则很少出门。访客的话,只有一位男性,来访频繁,少则一天一次,更多时候是一天两次。他叫埃弗雷·诺顿,在英国内殿律师学院[10]工作,皮肤黝黑、样貌英俊、举止风度翩翩。马车夫们和他很熟,经常在蛇纹大道的马厩接待他,并把他送回家。跟他们聊完,我又回到布里奥尼小屋附近溜达,思考我的计划。

"这位埃弗雷·诺顿先生显然是关键人物。他是一位律师,这可不是什么好消息。他们是什么关系?他如此频繁地拜访又带着什么目的?她是他的客户,还是他的朋友或情妇?如果他们是委托关系,那么她很有可能已经把照片交给他保管了;如果他们是朋友或情人,她就不太可能会这么做。所以,这个问题很关键,决定了我后续是应该继续围绕布里奥尼小屋展开行动,还是要到律师学院那位先生的办公室看看。无论如何,事情都变得更加复杂了,我的调查范围也扩大了。这些琐碎的细节没有让你觉得枯燥吧?我只是想告诉你我遇到的困难,好让你了解完整的情况。"

"你继续,我听着呢。"我回答。

"我还在琢磨,突然来了一辆马车,一位绅士跳下车,他黑皮肤,有个鹰钩鼻,蓄着胡子,十分英俊——不用说,这就是我打听到的那位先生。他似乎很着急,大喊着让车夫等在外面,还径直绕过为他开门的女仆,直接走进了房间,自在得像回了自己家一样。

"他在小屋待了大约半个小时。从客厅的窗户可以看到他在里面走来走去,挥着手臂激动地大谈特谈,但我完全没有看到她。他出来后,神色比来时更加匆忙。他走向马车,顺便从口袋里掏出一块金表急切地看了一眼,大喊:'出发!先去摄政街的格罗斯-汉基珠宝店,然后去埃奇威尔路的圣莫尼卡教堂。如果能在二十分钟内赶到,我就多付给你半个几尼!'

"他坐上马车离开后,我还在思考是否应该跟上去,就看到

---

[10] 内殿律师学院:英国四大律师学院之一,位于伦敦市内,靠近皇家法院。

小路的另一头驶来一辆干净整洁的四轮马车，但车夫大衣的扣子只扣了一半，领结直接系在脖子上，马具上的扣环也没系紧。马车还没停稳，别墅里的女人就急急忙忙地冲出门，冲上车厢。我只来得及匆匆瞥了她一眼，但已经足够看出她的魅力——那张脸蛋会让任何一个男人为之出生入死。

"'约翰，带我去圣莫尼卡教堂，'她喊道，'如果能在二十分钟内到达，我就付给你半个金币。'

"情况简直好得不能再好了，华生。正当我琢磨着到底是跑着跟上去，还是跳上马车藏在后面时，又有一辆空马车驶来了。我的寒酸样子让车夫迟疑了片刻，但没等他开口拒绝，我就跳上马车，对他说：'去圣莫尼卡教堂，如果能在二十分钟内到达，我就付给你半个金币。'当时已经十二点三十五分了，即将发生的事情也不难想到。

"我的车夫很卖力，几乎不能更快了，不过，他们还是在我们之前到达了，教堂门口停着那两辆马车和几匹气喘吁吁的马。我付给了车夫钱，快步走进教堂。教堂里只有他们两个和一位身穿白色法袍的牧师。他们三个围在一起站在圣坛前，牧师似乎正在规劝他们。我像一个闲来无事溜进教堂的无业游民那样，沿着教堂边的走廊踱步，他们三个突然齐刷刷地转过头看向我，吓了我一跳。然后，埃弗雷·诺顿飞速朝我跑来。

"'感谢上帝！'他朝我喊道，'来得正好。过来！快过来！'

"'干什么？'我问。

"'快来，伙计，快啊，只剩三分钟了，要赶不及了。'

"我还没搞清楚是怎么回事，就被半拖着走到圣坛前，下意识地回答了钻进我耳朵里的问话，为一些我一无所知的事情做了担保，见证了老处女艾琳·艾德勒和单身汉埃弗雷·诺顿的神圣结合。事情发生得很突然，结束得也很干脆，等我缓过神，一对新人已经站在我的两边，一个劲儿地道谢，牧师则站在我面前，慈祥地微笑着。这简直太荒谬了，所以我刚才才会笑成那个样子。情况似乎是这样：他们的结婚证件似乎不太符合要求，所以牧师拒绝在没有证婚人的情况下为他们举行仪式。而我的及时出现让新郎无须费力地跑到大街上寻找一位合适的证婚人，新娘还给了我一枚金币作为酬谢。我打算把它挂在表链上，留作纪念。"

"真是个让人意想不到的转折，"我说，"然后发生了什么？"

"唉，我的计划被严重打乱了。那对新人似乎打算马上离开，所以我必须立刻想出合适的新计划。可是，他们走出教堂门后就分开了，新郎坐上他的那辆马车回学院，而新娘坐上了她的那辆。上车前，新娘对新郎说：'我还像以前那样，五点坐马车去公园。'再没有其他任何对话了，两人朝着相反的方向离开了，而我也有自己的安排。"

"那是？"

"吃点儿冷餐牛肉，喝杯啤酒吧，"他按了按铃，回答道，"我太忙了，一直没找到时间吃饭，而且可能还要继续忙到深夜。那么，医生，我需要你的帮助。"

"荣幸之至。"

"你介意违反点儿法律吗？"

"完全不介意。"

"甚至愿意承担被逮捕的风险？"

"如果值得的话。"

"哦，非常值得！"

"那么，我很荣幸为你效劳。"

"我就知道可以指望你。"

"你想让我做什么？"

"等特纳夫人送来吃的再说。"他急切地转向女房东送来的简餐，说，"我只能边吃边说了，留给我们的时间不多了。马上就五点了，两个小时之后，我们就得行动了。艾琳小姐，夫人，这不重要，她大概七点到家，我们得去布里奥尼小屋见见她。"

"然后呢？"

"交给我就行了。我已经安排好了。不过有一点要强调一下。不管发生什么，你都不能插手。明白吗？"

"做个旁观者吗？"

"无论如何，什么都别做。可能会发生一些小小的不愉快，但千万别掺和进来。最后我肯定会被送进别墅。我进去四五分钟后，客厅的窗户会被打开。你尽量待在窗户旁，离得越近越好。"

"好的。"

"如果可以，就看着我。"

"好的。"

"等我抬手向你示意……嗯……你就把我给你的东西扔进客厅，与此同时，你要大喊起火了。有问题吗？"

"完全没问题。"

"这不是什么难事，"他从口袋里拿出一根长长的烟卷一样的东西，"这是水管工常用的一种烟雾筒[11]，两头各有一个盖子，打开盖子它就会自燃，拿好它。等你大喊起火后，会有很多人响应。你趁机溜到街角，我会在十分钟内与你会合。还有什么疑问吗？"

"我做个旁观者，靠近窗户，看着你，得到示意后，把这个东西扔进客厅，再大喊起火了，找机会跑到街角等你。"

---

[11] 当时的水管工会用烟雾来检查管道的密闭情况。

"完全正确。"

"那么，放心交给我吧。"

"太棒了。我想，大概是时候开始为新的身份做准备了。"

他又把自己关进卧室，再出来时，已摇身一变成了一位和蔼、淳朴的新教牧师。他戴着宽边黑礼帽，穿着宽松的裤子，系着白领结。他真诚、慈祥、笑容可掬的样子简直可以媲美约翰·黑尔牧师[12]。福尔摩斯并非简单地换了身衣服，而是连带着表情、举止甚至是性格都一起换了，可谓是彻底变了个人。自从他成为犯罪专家，演艺圈就痛失了一位极佳的演员，科学界也痛失了一位敏锐的推理家。

六点一刻，我们离开贝克街，等我们到达蛇纹大道时，距离七点还有十分钟。天色已近黄昏，我们在布里尼奥小屋门前来回踱步，街灯一盏盏亮起，等待着外出者归来。小屋的外观和我根据夏洛克·福尔摩斯的描述想象出来的样子差不多，但街上却不像我想象中的那样安静。相反，这条小路上热闹极了。有几个流浪汉在角落里抽烟谈笑；一个磨剪子的工人正在踩砂轮；两名卫兵正在和一个女护士打情骂俏；还有几个衣着考究的年轻人，叼着雪茄散着步。

"你瞧，"我们还在小屋门前来回踱步，福尔摩斯说，"这桩意外的婚事让情况不再那么复杂了，很明显，照片现在成了烫手的武器——我们的客户害怕公主看到照片，同样，她也不愿意让埃弗雷·诺顿先生知道照片的存在。那么，唯一的问题是——照片在哪里？"

"对啊，在哪里呢？"

12　约翰·黑尔牧师：一位清教徒牧师，他以参与塞勒姆女巫审判以及后来对塞勒姆女巫审判的批评而闻名。

"她不太可能随身携带那些照片，六英寸，太大了，很难藏进女人们穿的裙子里。而且，他知道国王会派人拦路抢劫，搜她的身，这种事情已经发生过两次了。那么，我们可以姑且认为，她没有把照片带在身上。"

"那会在哪里呢？"

"她的银行经理或者律师手里。这是两种可能，但我觉得，两者皆非。女人天生神秘，她们更愿意自己保守秘密。为什么要交给别人保管呢？她可以保证自己守口如瓶，却不知道一位商人会不会受到政治和其他直接或间接的影响选择出卖她。此外，还要考虑到：她已经下定决心在几天后寄出这些照片。照片一定在她随时可以拿到的地方。一定在她自己家里。"

"但是国王已经派人搜过两次了。"

"哼！他们又不知道怎么搜。"

"那你知道咯？"

"我不会自己去搜。"

"那你打算？"

"我会让她自己拿给我看。"

"她不会的。"

"她没得选。我听到车轮声了，是她的马车。现在开始，严格执行我的命令。"

他正说时，蜿蜒的小路尽头出现了马车的轮廓，不一会儿，一辆精致小巧的马车快活地停在布里奥尼小屋门前。马车停稳后，流浪汉中的一个抢上前去拉开车门，想趁机赚点儿小费，但马上就被另一个有相同企图的流浪汉撞开了。两人吵了起来，随后，争吵越来越激烈，那两名卫兵也加入了争吵并支持其中一人；磨剪子的工人也加入了进去，支持另一个人，双方争得面红耳赤。

他们还打了起来,刚刚下车的女子被互相殴打的男人挤在中间,动弹不得。福尔摩斯冲进人群里想要护住那位女子,但他刚刚走近,就哭嚎了一声,跌坐在地上,鲜血从他的脸上滴落。一看如此,卫兵们急忙走开了,讨小费的流浪汉也走开了。那几位衣着体面的人先前只是在一旁看热闹,这时候都走上前来,帮助女人和受伤的男人。艾琳·艾德勒快步走上台阶,停在最上面一级,在门口灯光的照映下,身材更显出挑。她回头看向路面。

"这位先生伤得重吗?"她问。

"他死了。"几个人喊道。

"没有,没有,他还活着,"另几个人喊,"但是奄奄一息,来不及把他送医院了。"

"他真勇敢,"女人说,"如果不是他,我的钱包就只好交给他们了。他们是一伙的,而且很粗暴。啊呀!他又有呼吸了。"

"不能让他就这样躺在大街上。我们能把他抬进去吗,小姐?"

"当然。把他安置在客厅吧。客厅里有一张很舒适的沙发。请进。"几个人小心翼翼地把他抬进布里奥尼小屋,抬进客厅。我依然站在窗边,透过窗户继续观察事态的发展。客厅的灯亮了,没有拉窗帘,我看到福尔摩斯躺在沙发上。不知道他会不会为自己的行为感到愧疚,但对我来说,看到那位美丽的女子正在优雅而亲切地照顾伤者,又想到我们正在做的勾当,我是十分自责的。不过,如果在这种时候背叛福尔摩斯,不去完成他交给我的任务,显然也是不厚道的。我定了定心,从大衣口袋里拿出烟雾筒。毕竟,我们并没有真的伤害到她,只是在阻止她伤害其他人而已。

福尔摩斯动了动,好像是一位缺氧的患者。一个女仆赶忙冲到窗前,打开了窗户,与此同时,我看到他抬起了手。我把烟雾筒扔进客厅,大喊:"着火啦!"只这一声,周围的人群——无论男女老少、高低贵贱——都开始跟着尖声大喊:"着火啦!"浓烟弥漫了小屋,从敞开的窗口里散出。我瞥见几个行色匆匆的身影,片刻之后,又听到福尔摩斯向他们解释一切只是虚惊一场。我穿过吵闹的人群,走到街角等待。不到十分钟,我就挽着我朋友的胳膊,和他一起离开闹剧现场了。他步伐轻快,但一直保持沉默。在我们转向通往埃奇威尔路的一片安静的街区的时候,他开口说话了。

"你做得很不错,医生,"他说,"没人能比你做得更好了。搞定了。"

"你拿到照片了?"

"我知道它们在哪儿了。"

"你怎么知道的?"

"正如我之前告诉你的那样,她自己把照片拿出来了。"

"我还是没懂。"

"我没打算弄得神秘兮兮的,"他笑着说,"其实很简单。不过当然,你肯定已经看出来今晚街上的所有人都是我们的同谋了吧,他们都为今晚的行动出了力。"

"猜到了。"

"争吵爆发时,我在手掌上涂了些红颜料。我冲进人群的时候假装摔倒,趁机把颜料拍在脸上,伪装成受伤的样子。这把戏不算新了。"

"这我也猜到了。"

"他们把我抬进了小屋。她也一定会同意的,不然她还能怎么做?我被安置在客厅,我怀疑信就被藏在客厅,或者是她的卧室,我打算看看到底是哪一个。他们让我躺在沙发上,我动了动,表示需要空气,他们立刻就打开了窗户。这才让你有机会完成你的任务。"

"有帮到你吗？"

"帮大忙了。当一个女人以为自己家中起火，第一反应一定是去找她最重要的东西。这种下意识的反应往往很真实，加以利用就会有很大的收获。我在侦破达林顿市的冒名顶替案，还有在阿恩斯沃斯城堡办事时都用过这一招——一位已婚妇女紧紧地抱住了自己的孩子；一位未婚女士冲向自己的首饰盒。而我认为，我们今天的女主角当下最珍视的东西，正是我们要寻找的东西。她一定会确保它们的安全，而你的起火警告证实了这一点，浓烟和惊恐的喊叫声足以撼动任何钢铁般的意志。她反应十分迅速。照片被放在右侧拉铃绳上方的一块可以移动的瓷砖后面，她几乎立刻就冲去了那里，然后，我瞥见她取出了照片。我大喊火警是假的，她听到后又把照片放了回去，看了一眼烟雾筒之后便匆匆离开了房间，之后我就没再看见她了。我站起身，表达了感谢，就赶紧逃离了那栋别墅。我想了想要不要当时就把照片拿走，但马车夫进来了，死死盯着我。所以我只好作罢。太过鲁莽会坏了大事。"

"那么，接下来呢？"我问。

"这事已经基本办妥了，明天我就去拜访国王，如果你愿意，也请跟我一起去。咱们去客厅等待那位小姐，不过，等她回来时，也许我们已经离开了，还顺便带走了照片。陛下一定会很开心能够重新拿回那些照片。"

"你打算什么时候去拜访？"

"明早八点。她那时还在睡觉，我们不会受到干扰。而且，我们得抓紧时间，婚姻可能会完全改变她的生活习惯。我得马上给国王打个电话。"

我们回到了贝克街的出租屋门前。他在口袋里翻找钥匙时,有人路过并说:

"晚上好,夏洛克·福尔摩斯先生。"

此时此刻,人行道上有很多人,但打招呼的似乎是一个身穿长大衣,匆匆走过的瘦削的年轻人。

"我好像在哪里听到过那个声音,"福尔摩斯看向灯光昏暗的道路尽头,说,"是谁来着?"

三

那晚,我留宿在贝克街。第二天一早,我们还在享用吐司和咖啡,波西米亚国王就冲进了房间。

"你已经拿到了?"他大喊,双手抓住夏洛克·福尔摩斯的肩膀,急切地看着他。

"还没有。"

"但你有信心能拿到?"

"很有信心。"

"那快走吧,我等不及了。"

"我们需要雇一辆马车。"

"不用,我的马车就等在外面。"

"那就方便多了。"我们又一次出发前往布里奥尼小屋。

"艾琳·艾德勒结婚了。"福尔摩斯说。

"结婚了!什么时候?"

"昨天。"

"啊?和谁?"

"一个叫诺顿的英国律师。"

"但她不可能爱他。"

"我希望她爱他。"

"为什么?"

"因为如果她爱他,以后就不会再打扰陛下了。如果那位女子深爱自己的丈夫,她就不会爱陛下。如果她不爱陛下,那就没有理由继续打搅您的清净了。"

"你说得对。不过,唉,要不是地位悬殊太大,真希望她是我的,她多适合做王后啊!"后面的路上,他没有再说一句话。

我们到达了蛇纹大道,看到布里奥尼小屋的门开着,一位老妇人站在门阶上。我们跳下马车时,她一脸嘲讽地看着我们。

"您一定就是夏洛克·福尔摩斯先生吧?"她说。

"我是福尔摩斯。"我的朋友说,惊讶又狐疑地看着她。

"这就对了!我的女主人告诉我,您很可能会来拜访。不过,她已经和她的丈夫一起乘坐今早五点十五的火车从查令十字车站出发前往欧洲大陆了。"

"什么!"夏洛克·福尔摩斯后退了一步,惊讶又懊恼地说,"你的意思是,她已经离开英国了?"

"再也不回来了。"

"那照片?"国王声音嘶哑地说,"全完了。"

"去看看。"福尔摩斯从老妇人的身边挤过,匆匆走进客厅,我和国王紧紧地跟着他。家具散落得到处都是,架子被拆毁了,橱柜门大开着,似乎是女主人在逃离前忙乱地把这里的物件洗劫一空。福尔摩斯直奔拉铃绳,一把拉开那块可移动的瓷砖,伸进凹槽里,拿出了一张照片和一封信。照片是艾琳·艾德勒本人身穿晚礼服的照片,信封上写着:"夏洛克·福尔摩斯先生亲启。"

我的朋友撕开信封，我们三个凑在一起读信。信是昨天午夜写的，内容如下：

致我尊敬的夏洛克·福尔摩斯先生：

您真的很厉害，完全把我玩弄于股掌之间。在火灾警报响起之前，我没有丝毫怀疑。不过，得知并没有起火之后，我很快发现自己是如何稀里糊涂地暴露了自己的秘密。于是，我开始思考对策。早在几个月前，就有人提醒我要当心您，那位好心人说，如果国王打算委托别人代办此事，一定会去请您的。我还得知了您的住址。可就算我有所防备，也还是让您得手了。即便是在我起疑心之后，也不敢怀疑那样一位可敬、善良的牧师会心怀不轨。不过，您知道，我自己就是一位演员，反串也不在话下，这点儿本事总算派上了用场。我让马车夫约翰盯住你，跑上楼，换上我的"行装"，跟着您离开了我家。

嗯，我跟着您到了您家门前，才确信我真的被大名鼎鼎的夏洛克·福尔摩斯先生给盯上了。然后，我还一时兴起，问候您晚上好。之后就去律师学院找我丈夫了。

被这样一位难缠的对手盯上，我们能想到的最好的办法就是离开这里。所以，明天您到达时，会看到我家已经被搬空了。至于照片，请您让您的客户放心。我已经找到了一位比他更好的男人，我们深爱彼此。国王可以随意去做他想做的事情，不会再受到任何被他伤害过的人的阻挠。我保留照片只是为了保护我自己，以免他在未来再一次伤害我。我还留下了一张照片，也许他会乐意收藏。

最后，再次向亲爱的夏洛克·福尔摩斯先生致以我最高的敬意。

艾琳·诺顿－艾德勒

"这女人——哦,这女人!"我们三个读完这封信后,波西米亚国王喊道,"我不是告诉你们她有多么雷厉风行了吗?她难道不能成为一位可敬的女王吗?可惜啊,和我不是一个档次!"

"要我说,这位女士和陛下确实不是一个档次,"福尔摩斯冷冷地说,"很抱歉没能给陛下一个更好的交代。"

"怎么会,我亲爱的先生,"国王喊道,"不会比这更好了。我知道她会说到做到。现在就相当于一把火烧掉了那些照片。"

"很荣幸听到陛下这么说。"

"我亏欠你太多了。请告诉我该怎样报答你。这枚戒指……"他说着,从手指上摘下一枚绿宝石蛇形戒指,放在手掌上拿给我们看。

"我更想得到陛下的另一样东西。"福尔摩斯说。

"请说。"

"这张照片!"

国王惊讶地瞪着他。

"艾琳的照片!"他喊道,"当然可以,如果你想要的话。"

"谢谢陛下。那么,这件事就算结束了。祝您度过十分愉快的一天。"他鞠了一躬,没有理会国王伸出的手,径直转身离开,和我一起回了他的出租屋。

以上就是这件差点儿毁了波西米亚王室的秘闻的始末,从中还可以看到夏洛克·福尔摩斯先生的完美计划如何被一个女人慧眼识破。他过去常常贬低女人愚笨,不过,在那次事件之后,我再也没听他这么说过了。后来,当他再提到艾琳·艾德勒,或是她的照片时,总会带着敬意称她为"那位女士"。

消失的第十三页

MISSING: PAGE THIRTEEN

〔美〕安娜·凯瑟琳·格林

Anna Katharine Green

《消失的第十三页》导读

1. 《消失的第十三页》的作者是美国诗人、小说家安娜·凯瑟琳·格林（1846—1935）。她是美国最早的侦探小说家之一，以其创作出的情节优秀、律法严谨的故事而闻名，被誉为"侦探小说之母"。

2. 美国记者凯西·希克曼写道："（格林）为模糊的小说流派贴上了鲜明的标签，而这影响了从阿加莎·克里斯蒂、柯南·道尔到当代专写悬疑侦探小说的作家。"

3. 格林是最早创作女侦探故事的作家之一，《消失的第十三页》的主人公便是她笔下最著名的女侦探——维奥莱特·斯特兰奇。

4. 《消失的第十三页》被初次收录于她的短篇小说集《〈金色拖鞋〉与维奥莱特·斯特兰奇的其他谜案》（1915年），是书中的第八个谜案。本篇开头提到的"扎布里斯基夫妇的悲剧"出自该小说集里的第七个谜案《医生及其妻子与时钟》。扎布里斯基是一位盲人医生，他受人挑唆开枪误杀他人，妻子为证明他的清白牺牲了自己，他则抱着亡妻的尸体沉入河中。

一

"最后一个!再接一个报酬多的案子,就绝对洗手不干了,我保证。"

"丫头,何必再接一个呢?你已经完成了之前定下的目标,大差不差了。虽然帮不上什么忙,但我肯定能在三个月内帮你凑齐……"

"不,亚瑟,你已经帮我很多了,真的很感谢你。其实,你只做点儿力所能及的小事,我都很开心了,我知道你没办法在三个月或者六个月内凑到钱。况且,仅仅达到是不够的,还需要更多,得有富余才行。我许下了承诺,也知道可能无法兑现承诺了。但至少,我不用再按照别人的指令行事了。而且,我还没走出扎布里斯基夫妇的悲剧的阴影,也许应该转移一下注意力,全身心投入到一个新的案子里。我还是很愧疚,都怪我……"

"怎么会,丫头,不怪你。情况那么复杂,一切也许早已成为定局。早晚有一天,他会一枪打死自己……"

"但她不该……"

"是啊,可是,在最后的那几分钟里,她和她的盲人老公终于明白了彼此的心意,这对她来说,远远好过几年更加悲惨的生活吧,你说呢?"

维奥莱特没有回答。她惊讶极了,这还是她认识的那个亚瑟吗?工作了几周,又见识了一场人生悲剧后,他的变化这么大吗?

想到这里,她笑了。他虽然不知维奥莱特为何而笑,但看到妹妹终于开心起来,便俯下身吻了吻她的额头,又用惯常那副无所谓的口吻对她说:

"别多想了,维奥莱特,也别再为了这样或那样的原因插手这种案子了。如果你再接这种案子,我就要问问你的某位朋友如何阻止你做傻事了。我可没说是谁。哎呀!别用那样的眼神看我。听话,管好你自己的事就行了。"

"他是对的,"他离开后,她对自己说,"他说得丝毫没错。"

只是,她还需要更多的钱……

现场响起鸣笛声——刚过午夜,一位名叫维奥莱特的年轻女子驱车赶来。昏暗不见月光的小路尽头矗立着一栋不知其名的房子,大门敞开着,向里望去,能看到一个女人拼命向前伸出手臂的模糊轮廓,似乎在求救!可是她眼看着女人消失不见了,那身影还留在她的脑海中,惊得她呆坐了片刻。如她所料,情况有些古怪,甚至有些危险。她在一场私人舞会上被中途叫离,从乡下开了十几英里的路到此调查,自然能想到要对付的是一桩惨案,也许是一桩离奇的惨案。从过往的经历看,维奥莱特·斯特兰奇对环境格外敏感。所以,当大门被打开,而期待看到的人只是在记忆中闪过片刻时,她感到喉咙一紧,心中腾起一股不可名状的恐惧。

好在,这种感觉稍纵即逝。她双脚一踏上地面,心情就重回平静了。一个男人正站在方才女人消失的地方——她认识他,并且十分信任他,他的出现给了她莫大的勇气。这样一来,情况就十分明朗了。她面带微笑迎上她期待看到的那个人,握住了罗杰·厄普约翰向前伸出的手。

"你在呢！"她笑着说了一声，但感到有些尴尬，微微红了脸。他领着她走进门厅。

他立刻开始说明情况，间或为不合时宜的打扰道歉。这栋房子里发生了一件麻烦事——很大的麻烦。明早之前必须要有个交代，否则，会有不止一人的名誉和幸福生活毁于一旦。他说他知道时间很晚了，而且她得独自一人开车赶很远的路，但他又想到了她是如何成功地拯救自己于水火，便鼓起勇气拨通了她办公室的电话。"可你怎么穿着舞裙，"他惊呼，"难道你……"

"我是从舞会现场直接赶来的。我在跳舞的间隙接到了电话。我没回家。他们催我快点儿到。"

他面露感激，却没有表达出来，只是说：

"是这样，迪格比小姐……"

"她是不是明天结婚？"

"她想明天结婚。"

"什么意思？她想明天结婚？"

"如果我们能在宾客们回家前就找到今晚遗失在这栋房子里的那份文件，她就会在明天结婚。"

维奥莱特惊叹一声。

"那，康奈尔先生……"她说。

"康奈尔先生很值得信赖，"罗杰迅速打断了她，"但有证据表明，他很希望得到那份文件，而且是在场所有人中最有机会偷走它的人。你也该明白，收入一般的男人即将迎娶一位富家小姐时，是心怀傲气的，所以他声称，如果在天亮之前不能证明他的清白，明天圣巴塞罗谬教堂就不会开门迎客。"

"这到底是丢了一份什么文件啊？"

"迪格比小姐正在等你，她会告诉你更多细节。"他说完，指了指右边一个半掩着门的房间。

维奥莱特朝那边看了一眼,又上下打量起他们所在的走廊。

"你还没告诉我这里是谁家呢。不是她家吧,我记得她住在市里。"

"这里距离哈莱姆区[1]足足有十二英里。斯特兰奇小姐,你现在正站在著名的范-布鲁克林公馆里。你从没来过附近吗?这个公馆很有名的。"

"来过,但外面太黑了,所以没看出来。在这种地方调查一定很有趣!"

"那范-布鲁克林先生呢?你从没见过他吗?"

"很小的时候见过一次,然后就被他吓到了。"

"说不定他现在还能吓到你呢,不过岁月已经让他变得亲和了不少。而且我已经给他打过预防针了,不然的话,看到你这样一位女调查员来,他肯定会很吃惊。"

她笑了笑。维奥莱特·斯特兰奇本是一位窈窕可人的年轻女孩,却热衷于调查各种古怪离奇的谜案。

她和迪格比小姐的会谈总体来说十分愉快。后者看到赶来帮忙的是一位打扮时髦、楚楚动人的小姑娘,还是忍不住流露出了片刻的惊讶。她盯着眼前这位活泼可爱、仙女一般的神秘人物看了许久,然后对上她的眼神,看到她双眸中蕴藏的智慧,只觉得和她嘴角旁的那对迷人的酒窝很不搭。不敢相信眼前之人会是位才思敏捷、沉着冷静的人物。

至于她给维奥莱特留下的第一印象,和她给所有人留下的第一印象一样。任何人见到弗洛伦斯·迪格比都能很快感受到她高

---

[1] 哈莱姆区:美国纽约市曼哈顿的一个社区,在曾经很长的一段时间里是美国黑人文化与商业中心,也是犯罪与贫困的主要中心。

贵的品德和宽广的胸怀。她本人很高，当她俯身同维奥莱特握手时，两人的差距之大让各自的闪光点更显突出，构成了一道美丽的风景线。

自从维奥莱特走进公馆的那刻起，她就对这栋因为一系列悲剧事件而闻名的房子和正要着手调查的案子充满好奇。她环顾四周，却有些失望。墙面朴实无饰，家具陈列也很普通，看不出什么名堂来，也许，这意味着这栋老宅子里没有任何新式的摩登物件。乍一看，仿佛回到了伯尔和汉密尔顿的时代[2]。维奥莱特还惊讶地发现，房间内的照明装置竟然是蜡烛，而非煤气灯。

维奥莱特思考着这背后的原因，突然开始对旧时代心驰神往起来，若是任她这样思考下去，真不知道她会神游至何方。她突然注意到了迪格比小姐兴奋的目光，才将思绪拉回当下，开始专心倾听这位女士的讲述。

内容大致如下：

今晚有六七个人聚集于此，共进晚餐，为了庆祝她即将结婚，也为了祝贺一位名叫施皮尔哈根的客人。这位客人刚在本周向几位专家展示了他的最新发现，而这一发现足以改变某行业的发展方向。

对于这项新发现，迪格比小姐自己表示一知半解，因此没有展开讲；不过，对于这项新发现可能创造的价值，她表示，康奈尔先生的工作内容确实与此关系密切。她还说，这项发现涉及一个配方和一些数据，如果过早被披露，施皮尔哈根先生凭此大赚一笔的希望将落空。

目前，配方只有两份纸质记录，其中一份被完好地保存在位

---

2 伯尔和汉密尔顿的时代：指19世纪初期。

于波士顿的一个保险库中，另一份由他本人带到了这里，但不见了。有人从一份十六页左右的手稿中拿走了写有配方的那一页，具体情况，施皮尔哈根先生已经讲过了。

他们的东道主，范-布鲁克林先生，一生中只有一项还算有趣的爱好——研究炸药。所以，晚饭期间最大的话题就是施皮尔哈根先生的发现，以及这个发现可能给这个特殊行业带来的改变。配方一旦公开，很可能会影响到康奈尔先生的利益，所以他也听得很认真。在施皮尔哈根先生侃侃而谈时，范-布鲁克林先生打断过他，声称自己也有一项经多次实验证实的大发现，不过不如施皮尔哈根先生的有市场。他只是发现，在某些特定条件下，需要做相应的特殊处理。如果施皮尔哈根先生没有考虑到这些特殊情况，那么他的配方可能无法做到万无一失。"您考虑到这些特殊情况了吗？如果考虑到了，那可就太好了。"

施皮尔哈根先生立刻给出了肯定的回答，说他考虑到了。不过，随着两人越聊越深，他也越来越没把握。等到吃完晚餐，他大声地对所有人说，晚点儿要重新过一遍手稿，以确保配方适用于范-布鲁克林先生提到的所有特殊情况。

当时，她并没有注意康奈尔先生，不知道他听到这话时有没有什么反应。在这之前，他点出了他同行的好运气，还说这个配方一定会大获成功，谁都听得出其中的嘲弄之意。再加上晚饭后有一段时间，他没有在大家的视线里出现过，大家自然会怀疑配方的消失与他有关。

女士们（除了迪格比之外，还有两位女客人）一起去了音乐室，男士们则全部去了书房抽烟，终于不再抓着那一个话题不放，开始谈天说地。中途，施皮尔哈根先生打断了大家，神情紧张地望着其他人，语气激动地说：

"我快要疯了,我想现在就去检查我的论文。哪里可以让我安静地待一会儿?我读得很快,不需要太长时间。"

这个问题本该由范-布鲁克林先生回答,但他什么也没说。众人齐刷刷地看向他,才发现他已经神游物外了。了解他的人都知道他的脾气,没有人敢贸然地把他拉回现实。

怎么办呢?他们的这位古怪朋友有时能在这种奇怪的状态中呆坐半小时之久,而施皮尔哈根先生一秒钟都等不了了,大家都看得出,他是真的快要疯了。他马上注意到对面的房间半开着门,立刻对其他人说:

"那间屋子!还有光!你们介意我进去待一会儿吗?"

没人吱声。他走过去,轻轻推开房门——小房间里很亮堂,墙壁安装了护墙板,但没有放置家具,连把椅子都没有。

"好地方。"施皮尔哈根先生说了一句。回过头搬起一把藤椅放进小房间,关上了房门。

几分钟后,侍者端着托盘走进书房,为客人们送来几杯上好的甜酒。他放下托盘,看到主人又进入了那种古怪的状态,便指了指其中一杯酒,说:

"麻烦先生们稍后把这杯给范-布鲁克林先生,里面加了他平时服用的镇静剂。"然后,他请大家自便,就默默离开了房间。

厄普约翰先生拿起了他手边的那一杯。康奈尔先生似乎本也打算如此,却突然变了想法,探过身抓起较远处的一杯,朝着施皮尔哈根先生藏身的房间走去。

他为什么要这么做——没有碰自己手边的酒,而是拿起托盘另一头的一杯。还有之后种种无法解释的冲动行为,为什么?施皮尔哈根先生惊讶地盯着这个闯进小房间的不速之客,机械地接过酒杯一饮而尽。而康奈尔先生好像完全没有注意到对方的反常表现，看到对方毫不遮掩地藏了藏手中的一叠纸，似乎才明白自己的行为欠妥，怏怏地离开了小房间。这时，范-布鲁克林先生突然清醒过来，看了看面前的托盘，有些恼火地说："多布斯忘了我的那份。"听到这话，可怜的康奈尔先生才终于意识到自己究竟做了什么。他拿给施皮尔哈根先生的那杯酒本来是留给范-布鲁克林先生的，侍者特意指出过，还说过里面放了药！瞧他干的傻事，再解释什么也没用了！

他有些发慌，和厄普约翰先生对视了一眼，后者面露同情。他又走向刚刚施皮尔哈根先生关上的那扇门，正要开门时，有人拍了拍他的肩膀。他转过身，迎上了范-布鲁克林先生的目光，更加慌张了起来。

"你要去哪儿？"他问。

那不悦的语气，那严肃的表情，任谁都会不寒而栗，不过，康奈尔先生还是勉强说道：

"施皮尔哈根先生在里面检查他的论文呢。您的侍者送酒过来后，我没太留神，把给您准备的那杯拿给施皮尔哈根先生了。他喝了，我……我想去看看他还好吗。"

听他说完，范-布鲁克林先生松开了他的肩膀，一个字都没说，也没有挪动脚步。

于是，康奈尔先生独自走进了小房间，没有人看到他做了什么。据他所言，他进去后，被眼前的景象吓傻了——施皮尔哈根先生还坐在那里，捏着手稿，但双目紧闭，头低垂在一边，死了，或者睡着了——他也不知道是怎么回事。

不知道他有没有说出全部实情，不过，等他再次出现在范-布鲁克林先生面前时，表情有些奇怪。东道主的表情还是不大自然，但他表示那药没毒，只要施皮尔哈根先生没有休克，能自己醒过来，就没事。大家觉得不能让他那么坐在那里，就把他平放在书房的长沙发上了。在此之前，厄普约翰先生从他无力的指间拿出那份手稿，放到了相隔很远的一张桌子上。除此之外，再没人靠近过了。大约过了十五分钟，施皮尔哈根先生突然惊醒，一看两手空空，一跃而起，冲去检查手稿。

他把手稿翻得哗哗作响，动作越来越慌乱，表情越来越凝重。大家知道，他最担心的事情还是发生了。

写有配方的那一页，不见了！

现在，维奥莱特明白自己需要做些什么了。

二

确实不见了，没有人看到第十三页。几个人又把手稿翻了一遍，但只是徒劳，第十四页被放在最上面，第十二页在最下面，没有第十三页，哪儿都没有。

它被藏到哪里了？是谁干的？没人知道，至少，没有人敢妄加猜测，大家只是默默地寻找。

可是，该去哪里找呢？那个小房间里空空荡荡，光秃秃的四壁围绕着光秃秃的地板，一把椅子孤零零地立在中间，连个烟头都藏不住，更别说是一张白花花、泛着光的纸了。它也不大可能在他们待过的其他房间里，除非有人把它藏在身上了。会是这样吗？没有人挑明说怀疑康奈尔先生，但他可能还是猜到了大家的想法。他双颊绯红，走到范-布鲁克林先生面前，用十分清晰但冷冰冰的声音说：

"我请求立刻对我进行全面搜身，快。"

几秒钟的沉默，其他人纷纷说：

"我们都应该被搜身。"

"施皮尔哈根先生，您确定您进屋读论文的时候，消失的那一页还夹在手稿里吗？"烦躁不安的公馆主人问。

"非常确定，"一个坚定的声音回答，"肯定在，我就是在看配方时睡着的。"

"您敢保证？"

"我可以发誓。"

康奈尔先生重复了一遍他的请求：

"我请求您认真、仔细地对我进行搜身。请证明我是清白的，立刻马上！"他严肃地说，"如果我不够光明磊落，明天还怎么迎娶迪格比小姐呢？"

大家没再犹豫，包括施皮尔哈根先生在内的所有人都参与了这次"神圣"的搜身。结果当然又是白忙活一场，消失的那一页并不在康奈尔先生身上。

他们还能怎么想？还能做什么？

似乎没什么能做的了，但又必须再做点儿什么，好让施皮尔哈根先生赶在早晨六点前把完整的手稿交给一位乘坐早班轮船前往欧洲的制造商手中，否则，他的事业，还有康奈尔先生的婚姻，就都完了。

只剩五个小时了！

范-布鲁克林先生会有什么建议吗？没有，他和其他人一样不知所措。

大家你看看我，我看看你，每个人都是一脸茫然。

"我们去把姑娘们叫来吧。"其中一个人说。

有人去叫了，迪格比小姐赶来时，本就不轻松的气氛变得更加紧张。好在她并非内心脆弱的人，这样的场面也没有让她乱了心神。她听着众人七嘴八舌地讲清了眼下的困境，看了看康奈尔先生，又看了看施皮尔哈根先生，平静地说：

"只有一种解释。这么说可能有些冒昧，不过，施皮尔哈根先生，您可能记错了，误以为读论文时看到过消失的那页，毕竟当时您已经不小心喝下了镇静剂，很可能产生了幻觉，以为睡着前正在研究配方。当然，我相信您没有故意说谎，也相信康奈尔先生不会故意说谎。"她说最后一句话时笑了笑。

她的话不无道理，范-布鲁克林先生恍然惊叹一声，除施皮尔哈根先生之外的其他人也低声议论起来。事情的走向本可能因她这一番话而发生变化，但令人意想不到的是，康奈尔先生马上反驳道：

"谢谢迪格比小姐的信任，您会看到我没有辜负您的信任。不过，我必须得替施皮尔哈根先生说句公道话。他没有产生幻觉，我去给他送酒时，他确实正在看配方。你们没看到当时他有多慌张，几乎立刻就遮住了那一页。如果这还不够有说服力，那我必须要说明一件事实，在他遮住手稿之前，我不小心看到了放在最上面的一张纸的顶部的数字，写着——十三。"

又是一声惊叹。施皮尔哈根先生随即表达了他的感激之情，也转变了对他的态度。

"不管那张该死的手稿跑到哪里去了，"他向康奈尔伸出手，"您都与此事无关。"

气氛骤然缓和下来，人人都松了一口气。但问题还是没有得到解决。

有人指出了这一点。厄普约翰先生突然记起，他自己也曾经历过类似的大麻烦,但他得到了帮助,一个小姑娘在紧要关头帮他解决了一场危机。她是一家私人侦探社的"秘密"员工,如果她能在天亮前赶来,也许还有救。他决定试试联系她。这种不走寻常路的方法有时候还挺奏效的。于是他打电话给侦探社办公室,然后……

斯特兰奇小姐还有什么想了解的吗?

三

斯特兰奇小姐询问男士们现在在哪里。

她得知,所有男士还都在书房里,女士们回家了。

"那,我们去找他们吧。"维奥莱特说。她用笑容掩饰内心强烈的恐惧,她害怕这次会失败。

一般来说,在听完事件陈述之后,尚未面见当事人的短暂时间里,由于恐惧和紧张,她会心无杂念。但这次的情况并不一般,或者说相当特殊。她跟着迪格比小姐穿过一条条走廊时,无法抑制自己对这座公馆的浓厚兴趣——这里发生过多少令人心碎的悲剧啊。

范-布鲁克林家族的大名,范-布鲁克林家族的历史,还有范-布鲁克林家族的传说,都赋予了这座公馆独一无二的地位。她好奇地打量着视线内的一切,浮想联翩。据说,有一扇门从来没被打开过——自大革命时代[3]后就从没被打开过了——她会看到那扇门吗?假如她看到了,她能认出来那就是那扇门吗?还有范-

---

3 大革命时代:即美国革命。是指在18世纪后半叶导致了北美洲十三个州的英属殖民地脱离大英帝国并且创建了美利坚合众国的一连串事件与思潮。

布鲁克林先生本人！在任何地方，任何情况下能和他见上一面，都算得上是人生大事了，况且她是要在这座埋藏了他所有秘密的公馆里和他见面！她无比期待这次见面，心中甚至涌起了一种可怕的快意，也难怪她一路上一句话都没说。

他的身世几乎无人不知。他没有老婆，愤世嫉俗，一个人生活，身边有一群上了年纪的男仆服侍左右。从来没人拜访他，不过，他有时会在公馆招待几个人，就像这次一样。他从不答应别人的邀约，并且拒绝参加一切晚间的娱乐活动，因为那会导致他在晚上十点后还逗留在市里，而他只习惯在自己的床上睡觉。他已经五十多岁了，但据他所说，自打他小时候从欧洲回来，能够合法居住在波士顿后，只有两个晚上没有在自己的床上睡觉。

这是他最古怪的癖好。其实还有一个，也不难看出——他不近女色。他偶尔会离开乡下去城市里转一转，遇到女人时，也总会表现得彬彬有礼，十分友善。不过，他从不和任何女人有过多的交流，他也没有任何八卦值得世人议论，好像流言蜚语与他无关似的。

不过，他很有男性魅力，身材健硕、相貌英俊，哪怕是在挤满人的会客厅，或是公共场所，也会成为最引人瞩目的那个。可惜，自青年时代起，他就对社交活动不感兴趣，这么多年过去了，也很难做出改变了，人们也早已不再指望什么。伦纳德·范-布鲁克林已经得到了世人的认可和尊重，没有人会对他评头论足。

是什么造就了他如此以自我为中心的生活方式呢？熟悉他的人做了如下解释：他出生于一个被不幸笼罩的家族；他的父母没能摆脱家族世代相传的厄运，生活古怪而悲惨。夫妻二人的兴趣和性格大相径庭，在老房子里过得并不幸福，最终，两人双双背叛了这段婚姻，从此天各一方，老死不相往来——应该是这样的。

总之，在一个"永远值得铭记"的早晨，现任家族大家长的祖父——约翰·范-布鲁克林先生在书房的桌子上找到了儿子留下的字条：

父亲：

　　我再也无法忍受继续和她一起生活了，我们两个必须有一个人离开这座房子。孩子不能离开母亲，所以我会离开。永别了，父亲，忘了我吧，但请照顾好她和孩子。

威廉

六个小时后，他又找到了另一张字条，是儿媳留下的：

父亲：

　　如果一个人被绑在一具正在腐烂的尸体身上，她该怎么做？我选择砍断自己的胳膊，然后逃离。我和您儿子的缘分已尽，我不想再看到他。这里是他家，他理应留在这里。希望我们的孩子能在他父亲的陪伴下忘记离他而去的母亲。

罗达

两个人都走了，再也没回来过。他们几乎同时离开，却互不知情，而且从此杳无音讯。假如他们一个向东，一个向西，也许未来会在世界的某个角落重逢。但是，没有人回来看过他们遗弃在公馆的孩子。对于这孩子和他的祖父来说，那对夫妻已经走入茫茫人海，独留他们在孤岛上苦苦徘徊。为了孙子，老人扛下了两锤重击；但十一岁的小男孩被彻底击垮了，他承受的痛苦和这份痛苦带给他的影响远超世界上大部分的受难者，无论年龄大小，

-340-

无论所经何事。他前额的那道皱纹自儿时起便深深刻下，直至成年后也没舒展开。有人说，他成年后的许多年，还经常能在午夜听到他压抑地尖叫："妈妈！妈妈！"这声音总是吓得仆人们不敢靠近，也让这座被诅咒的公馆更显恐怖。

维奥莱特听说过关于深夜尖叫声的传说，也听说过关于前文提到过的那扇门的传说——她还在寻找那扇门。她看到前面带路的人停住了脚步，才发现自己已经站在书房门口了，已经能看到范-布鲁克林先生和他的两位客人了。

她身形窈窕，宛若天女下凡，谦逊、矜持的气质倒是与她此行的任务十分相称，也更衬得她青春靓丽。书房里的男士们见到此般美人于此时出现在此处，不由得一惊，随即发现，眼前这位不就是舞会的宠儿，混迹谜案现场的女侦探吗！施皮尔哈根先生和康奈尔先生对视了一眼，两人同时看向厄普约翰先生，眼神中充满不信任。

而维奥莱特的眼里只有范-布鲁克林先生，后者此刻的惊讶程度并不亚于他的客人们，但他的表情依然温和。

他没有让她失望。在她的想象中，他应该像苦行僧般肃穆、威严，而他本人确实有过之而无不及。即便她内心强大，也还是不由得后退了一步。她看到他居然笑了笑，心里终于升起一股暖意。他居然会笑，而且还笑得那么温柔，给了她很大的安慰，尤其是后来……后面的事后面再说，还有很多前情提要呢。

让我们跳过客套和寒暄的环节，假设维奥莱特已经又听了一遍案情陈述，正低垂着眼帘站在几位先生面前。她在心里抱怨了几句：

"他们难道指望我不做任何调查就立刻说出消失的那一页手稿在哪里吗？我必须稍微降低点儿他们的期待，但又不能让他们彻底对我失去信心。究竟该怎么做呢？"

她鼓起勇气，对上每一双询问的眼睛，挤出一副要宣布大事的表情，镇静地说：

"这件事光靠猜测是无法解决的。请给我点儿时间，我需要对刚刚获得的信息有更深一步的了解。厄普约翰先生是把施皮尔哈根先生的手稿随手放到了那张桌子上吗？"

众人点了点头。

"那它——我是说那张桌子——有被动过吗？除了那页手稿被拿走之外，还有别的东西被拿走或者被移动过吗？"

"没有。"

"那么，消失的那页手稿就不在那里。"她笑着指向空无一物的桌面。一阵沉默，她凝视着面前的地板，努力地思考着。

她突然有了主意，转过身问厄普约翰先生，问他从施皮尔哈根先生手中拿出手稿时，有没有打乱纸张顺序，或者漏拿了其中一页。

答案是否定的。

"那么，"她目光坚定，言之凿凿地说，"如果从桌子上拿起手稿检查时，第十三页就已经不见了，而它又不在康奈尔先生或施皮尔哈根先生手里，那么它就只可能还在那个小房间里。"

"不可能！"众人七嘴八舌地说，"那间屋子完全是空的。"

"我能看看那间空屋子吗？"她问道，同时一脸天真地看向范-布鲁克林先生。

"那间屋子里除了施皮尔哈根先生搬进去的一把椅子，确实什么也没有。"他补充了一句，有些不太情愿。

"但我还是想进去看看，可以吗？"她再次提出请求，脸上挂着那种让人看一眼就会放下戒备的笑容。

范-布鲁克林先生欠了欠身。在如此急迫的形势下，他当然不能拒绝这个合理的请求，不过，他领路时走得极不情愿，开门的动作近乎无礼。

和大家告诉她的一模一样！只有四壁、地板和一把空椅子！但她没有立刻离开房间，而是看着四周墙壁上的护墙板，陷入了沉思，似乎在怀疑墙板后面还有隐藏空间。

范-布鲁克林先生察觉到了这一点，急忙说：

"墙壁是实心的，斯特兰奇小姐，没有隐藏的橱柜。"

"那扇门呢？"她指向护墙板的一处，那里似乎和其他地方没什么两样，只有最敏锐的眼睛才能察觉有一圈略深的轮廓，能够看出那可能是一扇门。

范-布鲁克林先生瞬间僵住了，一贯苍白的脸上竟然浮现出一抹红晕。他解释说：

"那里曾经有一扇门，后来被封死了；用的是水泥。"他竭尽全力说出最后两个字，脸上的红晕褪去，脸色比刚才更加惨白。

维奥莱特拼命让自己看上去依然镇定自若。是那扇门！她心想："我找到它了。传说中的那扇门！"

她说话时，语气依然冷静："那意味着，您无法打开那扇门，其他人也无法打开那扇门，对吗？"

"连斧头都砸不开。"

维奥莱特在开心之余轻轻叹了口气，好奇心得到了满足，可眼下的任务却是毫无进展。不过，她可不是轻言放弃之人。除了厄普约翰先生之外，其他人显得很失望。她打起精神——她才刚刚打起精神——宣布了最终提议。

"一张纸，"她说，"这么大的一张纸，是没有办法被偷偷带走的，也不可能凭空消失。它还在，就在这里，我们只需要想个办法把它找出来。必须承认，我暂时还没有想出办法，不过，我有一个有些奇怪的手段：忘掉自己，并想象自己是当事人。如果我可以按照当事人的逻辑思考问题，也许可以还原出他的行动。具体到这个案子，我想先暂时想象自己是施皮尔哈根先生。（她说话时，脸上挂着甜甜的微笑）我想模仿他拿着论文阅读，然后被送甜酒的康奈尔先生打断；我想模仿他喝下甜酒，假装沉沉睡去。也许我会在梦里看到事情的全貌。先到这儿吧，各位愿意配合我玩一会儿吗？"

有点儿可笑，但眼下也没有别的办法，大家最终选择配合她。于是一场闹剧上演，他们按照她的安排出演，最后留她一人在小房间里做梦。

突然，他们听到了她的尖叫声，下一秒，她出现在他们面前，很兴奋。

"椅子现在的样子和施皮尔哈根先生当时摆放的样子完全一样吗？"她问。

"不太一样，"厄普约翰先生说，"原本是朝另一个方向的。"

她走回小房间，用空着的手将椅子旋转了一个角度。

"是这样吗？"

厄普约翰先生和施皮尔哈根先生点了点头。她依次看向其他人，大家都点了点头。

她发出满意的感叹声，朝众人招招手，激动地大喊：

"先生们，看着我！"

她坐在椅子上，放松全身，模仿睡着的姿态。他们不知所谓何意，但都期待地盯着她，然后，他们看到，有什么白色的东西从她的大腿间滑落，掉落在地板上，又顺着地板滑到了护墙板边。那正是她手中捏着的手稿的最上面一页。真相呼之欲出，众人深

感震惊。她跳起身,指着滑落的白纸,大喊:

"明白了吗?看看它滑到哪里了,看看这儿!"

她一个箭步跨到墙边,跪在地板上,指着护墙板的下沿,距离滑落的白纸左边几英寸的地方。

"一道裂缝!"她喊着说,"这里曾经有一扇门。裂缝很窄,不容易发现。不过,请看!"她用一根手指压住那张滑落的纸,拖到自己跟前,缓缓推着它滑向护墙板的下沿。半张纸瞬间消失。

"我可以轻易地把整张纸塞进去。"她十分肯定地说着,把纸拉出裂缝,站起身,俨然一副胜利者的姿态,说,"您现在知道那页手稿消失在什么地方了吧,施皮尔哈根先生。接下来,就只需要范-布鲁克林先生协助您把它取出来了。"

四

简单地说明过后,响起一阵混杂着惊喜和释然的呼声。不过,轻松的气氛很快就被打断了,众人身后传来一声抽泣,然后是一声哭号,那声音如此不合时宜,简直是莫名其妙。从她开口说出第一句话时,就有一个人开始默默后退,谁都没有注意到他。此刻,他正站在书房中央的那张大桌子后面,神情很是反常。

"抱歉,"他说第一句话时态度很不好,看到众人都惊愕地看着他,语气才慢慢缓和下来,"请原谅我无法帮助你们摆脱这场不幸。如果真如您所言,且再无其他可能性的话,恐怕那一页只能留在里面了,至少今晚是这样。因为封门的水泥和墙壁一般厚;得有工人用镐子,甚至得用上炸药,才有可能打出只可供一人进入的洞口。我们做不到。"

在重新弥散开的惊惧气氛中,他身后壁炉架上的挂钟响了两声,凌晨两点了。利益攸关者的心倏然抽紧。

"可我必须在早晨六点前把配方拿给我们的老板,他坐的船六点一刻就起航了。"

"您能凭记忆现写一份吗?"有人问,"写一份新的夹在手稿里?"

"用纸不一样。他们会询问原因,我就只好说出实情。这份配方之所以有价值,就是因为它仍然不为人所知。如果有第三份副本,不管藏得多深,我都会遭到质疑,怎么解释都没用。那样的话,这天大的良机大概就与我无缘了。"

康奈尔先生的心情如何,我们不难想象,他感到十分后悔,无比绝望。他看向维奥莱特,后者点了点头表示明白了,然后走出小房间,走到范-布鲁克林先生面前。

她抬起头——因为他很高——踮起脚尖,凑到他耳边,十分谨慎地小声询问:

"那地方没有别的入口了吗?"

事后,她表示,有那么一瞬间,她吓得心脏停跳,他的脸上出现了微妙的变化,但表情没变。随后,就当她以为会听到尖叫或拒绝时,他突然转过身,背对着她走到窗边,拉开窗帘向外张望了一会儿。等他转回身,已经一如常态。

"有一个办法,"他用和她一样的低语向她坦白,"但只有小孩子才能进去拿。"

"我不行吗?"她问,脸上露出孩童般稚嫩的微笑。

他似乎被吓了一跳,双手开始颤抖,嘴唇开始抽痛。不知为何,她开始可怜眼前的男人,感觉到了他内心的挣扎。她心想,跟他承受的苦难相比,小房间里那两位先生遇到的小麻烦大概根本不值一提。

"我会谨慎行事,"她低声承诺,"我听说过关于那扇门的故事,我知道打开它有悖家族惯例。一定发生过相当可怕的事情,但我不害怕什么古老的迷信。如果您愿意把进去的办法告诉我,我会接受您的任何要求,并且向您保证,我进去只是把那张手稿拿出来,绝对不会做其他任何事情。而且那张手稿肯定就在距离那扇被封死的门不远的地方。"

他看着她,表情好像在指责她胆大包天的计划,又好像只是隐隐有些不安。应该是后者吧,她也看着他,表示理解他的心情,他抬起手抚摸她肩膀上的绸缎。

"你会把这弄脏的,再也洗不干净了。"他说。

"我可以去商店里再买一件。"她笑着说。他渐渐用力,一只手重重地压在她的肩头。她仍然看着他,似乎看到包裹着他的恐惧和迷信在渐渐融化,她知道他会同意的。他用极轻的声音说:

"如果你不害怕我们家黑暗、闭塞的地窖,新裙子我可以给你买。那里没有光,你只能按照我的指示摸索前进。"

"我什么都不害怕。"

他突然远离她。

"我会通知迪格比小姐,"他补充说,"她可以陪您一起去地窖。"

五

维奥莱特在其短暂的侦探生涯中,已经经历过不少需要过人的胆量和勇气才能应付的离奇事件,但从没有哪次和这次一样可怖。当她和迪格比小姐一起站在地窖尽头的小门前，明白这就是她必须只身进入的小门时，她感到十分绝望。

第一，这门也太小了吧！只有小学生才有可能从这扇门里挤进去，好在她的体型和小学生相差不大，应该能对付。

第二，事态的发展将完全无法预料；即便她已经认真听完并牢牢记下了范-布鲁克林先生的每一条指示。但她也还是有点儿后悔，想到自己早些时候离开舞会时，对父亲过于糟糕的态度，她本可以再耐心点儿的。她是害怕了吗？如果真是这样，那她会瞧不起自己。

第三，她讨厌黑暗。她答应范-布鲁克林先生的要求时，这个想法曾一闪而过，可当时的她还站在明亮宽敞的房间里，对即将面临的情况只有模糊的想象。地窖里，小门旁，亮起一盏射灯，但范-布鲁克林先生好像根本不需要借助光线就可以把门锁打开。维奥莱特敢肯定，那扇小门上一定挂着不止一把锁。

小门内，疑虑藏在阴暗处，布满墙壁，只有一点儿微光为她指明了方向。弗洛伦斯·迪格比紧紧地握住她的手，给了她些许勇气和安慰。她报以微笑，振作精神，俯身钻入门洞，开始了一场一个人的旅行。

这段旅程看似很短，但每挪动一寸都会心跳加速，每前进一尺都是一种折磨。起初还算容易，她只需要爬过一段缓坡，而且她知道，有两个人等在外面，他们还可以听到她说话的声音，甚至可以听到她咚咚的心跳声。接着是一个拐角，她摸不到左边的墙壁了；一个台阶，她被绊了一下；一个矮木梯，她被告知要仔细检查每一级，以免木梯腐烂，无法承受她的重量。一级，两级，三级，四级，五级！她到达一个较为开阔的平台，路程过半。她决定在这里停留几分钟，调整呼吸，同时，她还需要在这里完成公馆主人的吩咐,他给了她三根火柴和一支蜡烛。现在,她可以点亮蜡烛并把它放在地板上,这样,等她回到这里时,就不会因为错过楼梯而摔下去了。她照做了,看到伸手不见五指的黑暗中亮起火光,她开心极了。

她现在正站在这个与世隔绝的房间里。在美国独立战争时期,曾有军官在这里集会,用餐或是讨论事务;被隔绝于世之前,这个房间还曾见证过不止一场悲剧——范-布鲁克林先生只说了这么多。他还警告她,在到达壁炉架之前,绝对不能离开右手边的墙壁。经过壁炉架后,她需要拐一个急弯,然后就可以在一片黑暗中看到从被封死的那扇房门底下的裂缝里透过来的一丝亮光,并去那附近找到手稿。

如果她只能看到那一丝亮光,心里也只想着那一丝亮光的话,那事情就会变得简单许多。如果那扼住她喉咙的恐惧没有出现,如果一切依然隐蔽在无边的黑暗中,如果她的思想可以不受到那些模糊轮廓的干扰,一切该会有多么顺利!可是,一路上伴随她的黑暗并没有延伸到这里——这也许是因为楼梯边的蜡烛,也许是因为她的双眼已经适应了这种环境——某些高大的什物从黑暗中显现出来,四周不再混沌,她能看见了。她马上弄清了原因:右手边的高墙上有一扇几乎不透光的小窗,窗户外边密密麻麻覆盖着藤蔓,里面则布满了一个世纪以来层层相叠的蛛网。今晚的天空很晴朗,点点星光钻了进来。在她的眼中,昏暗光亮中的平常物件变得扭曲变形。什么都看不见就已经够吓人的了,若隐若现的环境几乎要吓得她晕厥过去。

"我要受不了了。"她自言自语,扶着墙壁缓慢向前移动,随后想道:"我得闭上眼,我得自己创造一个绝对黑暗的环境。"她紧闭双眼,继续扶墙挪动,她摸到了壁炉架,撞到了什么东西,那东西发出了一阵可怕的哗啦声。

紧接着,她听到一阵压抑的人声,听出那是在护墙板前焦急等待着消息的几人的声音,这让她摆脱了可怕的幻觉,清醒了过来。如果一切顺利,她现在应该接近那面墙了。她睁开眼,欣喜地看到面前不远处就是她此行的终点——那一丝亮光。

她几乎立刻就找到了那页消失的手稿,便迅速地从落满灰尘的地板上捡起它,愉快地转身准备原路返回。然后,怎么回事?几分钟后,她发出一声可怕又怪异的尖叫。那声音瞬间填满地牢一般的房间,又像一根尖刺,刺入在这禁入之地的两头等待消息的人们的胸膛。

发生了什么?

此时,如果等待中的人们看向窗外,就会看到被云层遮住的月亮挣脱了束缚,明亮的月光洒了下来,照进每一个没拉窗帘的房间。

六

弗洛伦斯·迪格比在其短暂而无忧无虑的人生经历中,可能从未体验过任何过激的情绪,可当她听到维奥莱特的尖叫后,一股强烈的恐惧涌上心头。那尖叫声还在她的耳边回响,她转身看向范-布鲁克林先生,看出那灾难的一瞬对这位看似内心强大的先生也造成了不小的影响——他的脸色比死人还要苍白。她浑身颤抖,几乎要跌倒,便抓住了他的胳膊,看着他,想从他的表情中读懂究竟发生了什么。肯定是一场灾难,一场他意料之中却害怕发生的灾难。可怜的小姑娘是掉进什么陷阱里了吗?如果是这样的话……他正说着什么,他正在小声地嘀咕,自言自语。她听清了几句。他在自责,一遍一遍地重复说他不该允许这样的事情发生,他应该想起她小时候的样子,想起她只是个胆小的小女孩。他当时有些疯癫,但现在……但现在……

他又反复念叨了几遍,然后停止了自言自语,开始专心致志地聆听门洞后传来的声音,他迫切想知道,在他无法到达的地方,究竟发生了什么。他不可能钻得进那扇小门,也没办法把小门扩大,什么忙也帮不上。除了她的声音,能穿过这扇小门的就只有她自己,而她现在正躺在……哪里呢?

"她受伤了吗?"迪格比也弯下腰,竖起耳朵听着一切,结结巴巴地问,"您能听见什么……什么吗?"

他没有立刻回答,而是将全部精力集中在听觉上。而后,他缓缓地倒吸一口冷气,嘀咕道:

"我想……我听见了……什么。她的脚步声……不,没有,没有脚步声。里面一片死寂,什么声音都没有……连呼吸声都没有……她晕倒了。哦,天哪!哦,天哪!为什么这样的灾难还是发生了!"

他说这话时跳了起来,但马上又跪在地上,听啊……听啊……

寂静,只有可怕的寂静,他们仿佛听见了死亡在低语。迪格比完全被恐惧包围,身体开始不受控制地摇晃,范-布鲁克林先生下意识举起一只手,示意她保持安静!在恍惚之中,她听到了一点儿微弱的声音,她等待着这个声音,声音逐渐变大,又渐渐变小,听不见了。一会儿又重新传来声响,渐渐清晰,变成了脚步声,似乎有些跌跌撞撞,不过越来越近了。

"她没事!她没有受伤!"迪格比唇间迸发出一声宽慰。她觉得范-布鲁克林先生一定和她一样高兴,就看向他,兴奋地冲

他喊:

"如果她顺利找到了那张手稿,我们就都能松一口气啦。"

他动了动,站起身,似乎没有听见她的话,表情也并没有放松。"他好像并不高兴,他好像害怕她回来。"迪格比这样想着,看着他不自觉地一步步向后退。

由于他的反应实在太过反常,她决定让气氛活跃起来。既然他对维奥莱特的归来无动于衷,那她就自己来。她俯身朝门洞里大喊,对维奥莱特表示欢迎,她喊得很大声,以确保这个可怜的小侦探能够听到她的呼唤。

在迪格比的帮助下,维奥莱特终于钻出了狭窄的门洞,重新站在了地窖里。她的模样糟糕极了,脸色苍白,浑身颤抖,身上沾满了地窖里积年累月的灰尘和污垢。她站在那里时显得那么无助。看到迪格比脸上喜悦的笑容,她稍稍定了定神,又低头看了看手中的纸,请求迪格比把施皮尔哈根先生叫来。

"我拿到配方了,"她说,"如果您能把他带过来,我就在这里把配方交给他。"

她没有谈论她的冒险,也没有看向范-布鲁克林先生,只是远远地站在阴影中。

施皮尔哈根先生拿回了手稿,一切重回正轨,大家重新聚集在书房,而维奥莱特的话依旧少得可怜。

"我被过于安静和黑暗的环境吓到了,所以才喊出了声,"她回答着他们的问题,"独自一人待在那种地方的时候,任谁都会喊出声。"她故作轻松的回答让范-布鲁克林先生的脸色更加苍白,难看到了简直令人侧目的程度。

"没有鬼魂吗?"康奈尔先生大笑。他太高兴了,想让所有人都感受到他的喜悦,"没有听到幽灵的低语或者被看不见的手触碰吗?没有发现那个房间被永远关闭的秘密吗?虽然范-布鲁克林先生声称连他也不知道那里的秘密。"

"都没有。"维奥莱特回答。她使劲儿挤出两个酒窝。

"如果斯特兰奇小姐有这样的经历,有任何值得分享的东西,现在一定会说出来的。"当事人发话了,他的语气严肃而庄重,其他人立刻停止了轻率的言行,"您还有什么想说的吗,斯特兰奇小姐?"

她惊呆了,瞪大眼睛看向他,朝门边挪了挪,环顾众人,说:

"范-布鲁克林先生最了解他自己的房子,如果他愿意,一定会亲自讲述房子的历史。而我已经完成了自己的工作,很疲惫,是时候回家休息休息了,然后等待我命中注定的下一个案子。"

她已经靠近了门口,就要离开了,突然,她感觉到有两只手搭在了她的肩膀上。她转过身,对上了范-布鲁克林先生灼灼的目光。

"你看见了。"这句话从他的双唇间挤出,声音小得几乎听不见。

无须言语,她根本不受控制的颤抖已经回答了他的问题。

一声绝望的叹息后,他松开了她,面向其他人。他看着他们,恢复了镇静,说:

"请求你们再多陪我一小时。我无法独自承受这一切……就在刚刚,我的人生翻开了崭新的一页。我请求你们聆听我的过去,施舍我一点儿同情。斯特兰奇小姐,请您留下,您是最应该知道实情的人。"

七

"我要开始讲了，"大家都坐下，"我想讲的不是家族传说，而是它带给所有范-布鲁克林家族成员的影响。在美国，除了这座房子，还有一些房子里也有禁止闯入的房间。英国甚至有更多，但大多数和我们这里的都不太一样，他们不需要像我们这样强行把房间封死，不用堵门也不用上锁。长期以来的迷信和恐惧早已根深蒂固，所有人都会自觉遵守规矩的。

"我其实并不知道家族长辈下令封闭那个房间的原因，但是，在很小的时候，我就被告知，这个公馆里有一扇门绝对不能打开，除此之外，犯下的任何错误都可以被原谅。我只知道，不遵守这个规矩会给家族蒙羞，而我必须至死维护家族的名誉。你们可能会觉得这简直太荒诞了；会疑惑已经过去这么多年，连传说的原貌都已经被遗忘，心智健全之人为何还要毫无理由地服从这个可笑的禁令。这样想没有错，可是，人心就是如此。最牢固的枷锁并非真实存在的铁链，而是观念。观念可以塑造一个人的性格，可以改变一个人的思想；观念可以造就英雄主义，可以使人受到尊敬，也可能给人带来无穷无尽的恐惧。

"观念带给我的，是孤独。我大概是世界上最孤独的孩子。我的父母讨厌共处，他们很少同时在家，总有一个人出门在外；即便他们都在家里，我也很少能看到他们。他们对彼此的厌恶影响了他们对我的态度。我时常会问自己，他们是不是都讨厌我。我在父亲面前提到母亲，在母亲面前提到父亲，没有一次是愉快的。我必须得讲这些，不然你们就理解不了我的故事。我能不能讲讲别的故事？我能不能讲讲父亲的拥抱和母亲的亲吻……哈，不能！我经历了太过伤痛的童年，那简直糟糕透顶。也许这已经是最好的情况了,不过,也许我有机会拥有一个不一样的童年,也许我可以过不一样的人生……谁知道呢。

"我只好自己找点儿乐子。于是有一天,我发现了新大陆。我在地窖的深处,几个很沉的木桶后面找到了一个小门,小门很低,很小,但刚好能容下我小小的身体。我太想进去了,但是我搬不动那些木桶。我想到了当时家里最宠我的老仆,萌生了一个办法。等到我再有机会独自去地窖时,我带上了皮球,把它扔到了木桶后面,然后跑去找迈克尔,哭着求他帮我把木桶移开。

"把木桶移开并不是一件轻松的差事,但他还是做到了。我看到木桶被推到了两边,通往那扇神秘小门的路变得畅通无阻。我很开心,但我并没有立刻行动,有一种直觉拦住了我。不过,等到又有机会独自冒险时,我还是下定决心一探究竟。我绕到木桶后面,尝试着转动小门上的门把手,我发现能拧动,然后我用力拉门,门开了。我的心提到了嗓子眼,我俯下身朝里面望去,里面漆黑一片,什么都没有。这让我有点儿犹豫,因为我害怕黑暗——一直都很害怕。最终,好奇心和冒险精神还是战胜了恐惧,我假装自己是鲁滨孙·克鲁索[4],要前去探索秘密山洞。我开始往里面爬,但是始终一无所获,里面只有无尽的黑暗。

"里面没什么意思,所以我很快就爬了出来。等到第二次尝试进入时,我带了一截蜡烛和几根偷来的火柴。当我用颤抖的手点燃其中一根蜡烛时,我看到了堆在角落里的杂物和旧木板——大多数男孩应该不会对这些东西感兴趣的,但那于我而言就是有无限的可能。在昏暗的烛光中,我隐隐约约地看到前面似乎有一把木梯,我也说不清楚当时我的心里在想些什么。在短暂的犹豫

---

[4] 鲁滨孙·克鲁索:《鲁滨孙漂流记》中的主人公,非常有冒险精神。

之后,一股强烈的勇气涌上全身,我拾级而上,来到一扇紧闭的门前。我现在甚至还能清晰地回忆起当时的感受,这扇门让我想起了祖父的小屋里的那扇门——就是护墙板里,不允许打开的那扇。那时,我才真正开始感到害怕,在混杂着好奇和反感的复杂情绪中,我没站稳,失手掉落了蜡烛,它不知掉到了什么地方,烛火熄灭了,黑暗从四周将我包围,恐惧从心底把我吞噬。我满脑子都是那个禁止入内的房间,产生了幻觉,觉得四周满是令人毛骨悚然的鬼魂。我该怎么摆脱它们,我该如何安全地回到自己的卧室?

"这些幻想非常阴森可怖,但终究也只是幻想,还有更真实的恐惧在等待着我。当我终于逃出黑暗,重获光明的时候,我才意识到,被我弄丢的不止有蜡烛,还有我的火柴盒——不是我的火柴盒,是我祖父的。为了那次冒险,我偷偷地从他的桌子上拿走了火柴盒。那天早上,我发现家里一片混乱,年少无知的我认定祖父不会发现他的火柴盒不见了,而且我只是想把它拿走一会儿,用完就放回去,然而,我却把它弄丢了。那可不是一个普通的火柴盒,那个火柴盒是纯金的,而且出于某种原因,祖父很珍视它。他常常对我说,总有一天,我也会明白它的价值,并且会很乐意继承它。可我把它丢在那个洞里了,他随时都有可能发现火柴盒不见了——可能还会问我有没有看见!那是难熬的一天,我母亲不在家,或者她可能把自己锁在房间里了,而我父亲……我也不知道我到底该如何看待他,他也不在家。我喊仆人时,他们看我的眼神都怪怪的。当时,我还没有意识到他的出走对这个家庭意味着什么,只是担心我自己惹出来的麻烦,不知道等晚上祖父让我坐在他的膝头对我说晚安时,我该如何面对他。

"当天晚上,我幸免于难,起初还很庆幸,但随后又感到痛苦万分。他一定很生气,他一定发现火柴盒不见了,明天他就会来问我,而我只能撒谎,我不敢告诉他我偷偷跑到哪里去了,他绝对不会原谅我的。我这样想着,在小床上瑟瑟发抖。我并不知道他的冷漠和对我的忽视源于那天早上的另一场灾难,也不知道我的爸爸妈妈已经永远离我而去了。仆人们像往常那样照顾我,哄我上床睡觉。笼罩着公馆的阴郁的气氛,在我的心里是另有成因的,尽管那与真实原因截然不同。可当时,负罪感占据了我的大脑,我以为一切的不愉快都因此而生。

"我悄悄溜下床,站在冰冷的地板上。我不知道当时是几点,可能是晚上十点多,但当时的那个小男孩觉得是深夜了,我完全没有睡意,只觉得度秒如年。我决定了——尽管只是想想都会很害怕,尽管这个决定意味着痛苦——我还是决定回到地窖,回到那个噩梦般的洞里,把火柴盒找回来。这一次,我决定从自己的壁炉架上拿一支蜡烛和一把火柴。公馆里一片死寂,大家肯定都睡着了,没有人会知道我去做什么。

"我在黑暗中穿好衣服,找到蜡烛和火柴,把它们装进口袋,轻轻地推开门,往外看去。没有人,只有下面的门廊里有一点儿光亮。我不知道那里为什么还亮着灯。我怎么会知道家里这么安静是因为所有人都出去寻找我母亲的下落了。如果当时我看一眼挂钟就好了……可惜,我心里只有一件事,我迫不及待地想要快去快回,完全不在意与此无关的一切。

"转过一个拐角时,我被墙上自己的影子吓了一跳,现在想起仍然历历在目。但惊吓并没有拦住我继续向前,什么也无法阻拦我。我抵达地窖,绕过木桶,蹲在门洞前调整呼吸。

"摸索着绕过木桶时,我不小心制造了一些声音,很害怕这些声音被楼上的人听到!但很快,让我更害怕的事情发生了。我听到了别的声音，一阵阵轻微的、什么东西在快速移动的声音在上面、在下面、在四面八方响起！老鼠！墙缝里的老鼠！地窖地板下的老鼠！我不知道我是如何离开那里的，等我恢复行动能力后，摆在我面前的唯一的路只有前面那可怕的门洞。

"我本想一进去就点亮蜡烛，但出于某种原因，我选择在黑暗中摸索着前进，一直爬到我的火柴盒掉落的木梯前。这时候其实很需要光亮了，但我还是没有把手伸进口袋。我选择先爬上木梯，把一只脚轻放上第一级，再把另一只脚放上第二级，然后还剩三级，一直扶着墙的右手可以拿火柴了。我爬完剩余三级，靠在那扇门上做最后的准备。这时，发生了一件事情，相当诡异，完全出乎意料，令人难以置信，而我居然没有吓得大喊大叫。那扇门动了，缓缓地向内打开。我感受到了从门缝中散出的寒意，门缝越大，寒意就越重。房门还在慢慢打开，有什么东西在那里，就在我缩成小小一团的身体前面。那东西会过来吗？它有脚吗？手呢？那东西是真实存在的吗？

"不管那东西是什么，它没有过来。随后，我抬起头，又开始颤抖。我听到了一个声音……一个女人的声音……我母亲的声音……那声音离我那么近，我伸手就能碰到。

"她在和我父亲说话。我从她的语气中听出来的。我当时还不太理解她在说什么，但那些话对幼小的我来说是个巨大的打击，我永远也无法忘记。

"'我来了！'她说，'他们以为我已经逃离了这座房子，正在外面到处找我呢。我们不该被打扰。谁会想到来这里找我或者找你呢？'

"这里！这两个字像一块巨石坠入我的胸腔。就在几分钟前，我就意识到自己正在这间禁入之屋的门口，而他们就在里面。很难解释清楚我意识到这一点时内心的慌乱,不知为何,我从没想过这条戒令有一天会被打破。

"我听到了父亲的回答,但没有听懂是什么意思。他的声音很远,似乎他正站在房间的一边,而我们在房间的另一边。这一事实马上得到了证实。当时我正在拼命压制猛烈的心跳,以免她听到或感觉到我的存在,突然,一道闪电,一道只有电光而没有声音的闪电击穿了黑暗,那一瞬间,我看清了父亲的身影,看到他站在远处,被某些发光的东西环绕。当时我以为那是什么超自然现象,几年后,我意识到那可能是挂在墙上的武器的反光。

"母亲也看到他了,因为她笑了一声,说他们不需要蜡烛了。紧接着,又是一道闪电,我看到父亲的手里拿着什么东西,母亲的手里也拿着什么东西。我还是没明白他们要干什么,但是那种感觉糟糕透了,我倒吸了一口冷气。我听到母亲冲向房间中央的声音,还有她那尖厉的低吼。

"'当心!我们中只有一个能活着离开这个房间!'

"一场决斗!在这个被死亡和悲剧笼罩的洞穴尽头,在他们自己的孩子面前,这对父母,这对夫妻,展开了一场生死决斗!是撒旦策划了这场阴谋,只为毁掉一个十一岁男孩的一生!

"我没有立刻明白过来,我还太小太天真,还不理解那种彻骨的仇恨。我只知道,有什么可怕的事情,有什么我还无法理解的、可怕的事情,正在我眼前的黑暗世界里悄然发生。我吓得说不出话,但我为什么还能看见,还能听见,我为什么还活着!

"又一道闪电划过,我看到他们从墙边冲向对方,还看到了他们手中的武器,我敢肯定,那是长剑。以前,我曾看到过他们在阁楼拿着花剑比试,他们说,他们在锻炼身体。但这两柄长剑的剑柄上缀有饰章,剑锋十分锐利,闪着寒光。

"我几乎听不见他们移动的声音,但听到了母亲的尖叫和父亲狂怒的咆哮,紧接着是撞击声,两柄长剑相遇了。

"如果那时划过一道闪电,他们中的一个或许已经倒在血泊中,但四下黑暗如旧。等到房间重新被点亮时,他们已经远远地分开了。父亲说了一句话,这句话我永远也忘不了,他说:

"'罗达,你的袖子上有血,我已经伤到你了。我们能否就此罢手,离开这里,像那些可怜人以为的那样,从此天各一方?'

"我几乎要开口说话了,几乎要发出孩童的恳求。求求他们想想他们的孩子,想想我,求求他们停手。但我的喉咙发不出一点儿声音,我的嘴唇僵住了,我的心脏快要被压碎了。在我挣扎时,母亲说话了,那是一声清晰而冰冷的'不'!

"'我发过誓,而我会遵守我的誓言,'她用我从未听过的语气说,'如果知道对方还快乐地活在这个世界上,那么你或我的存在还有什么意义?'

"父亲没有回答。他们重新开始缓慢地移动。突然,响起了一声尖厉、悲恸的嚎叫,如果祖父在他的房间里,他一定能听见。几乎就在同时,一道闪电划过,我看到了这么多年来无数次出现在我的噩梦里的画面:我的父亲被钉在了墙上,手里还拿着那把剑,而我的母亲就站在他面前,大获全胜,她盯着他的眼睛,然后……

"我再也受不了了,我感觉喉咙被松开了,压在胸腔的重量消失了,我发出一声凄烈的哀号。母亲转过身,刚好亮起一道闪电,她看到了我小小的身体,认出了我。她一定很惊讶,她一定是太恐慌了,她向后一倒,撞在了指向她的剑尖上。

"一声呻吟,然后是父亲带喘的叹息。然后,寂静填满整个房间,填满我的内心,填满整个世界。

"朋友们，这就是我的故事。你们还会对我异于常人的生活方式感到奇怪吗？"

听众们露出同情的神色，但没有人说话。沉默片刻后，范-布鲁克林先生继续说：

"我的父母躺在那个房间里，死了，我不敢奢望这只是一场噩梦。当我恢复意识时——也许很快，也许很久——天空中不再有闪电划过，黑暗把我和可怖的现场分隔开来。我不敢进去，我不敢往那里挪动哪怕一步。我本能地想要逃离这里，把我颤抖的身体藏进我的小床里。与此相关的另一件事，更重要的一件事，让我迅速成熟、迅速衰老的那个原因，是保密。绝对不能让任何人知道，尤其是祖父，不能告诉任何人那间禁入之屋里藏着什么。因为我迅速意识到，这件事关系到我父母的名誉。另外，恐惧也迫使我保持沉默，说出这件事会要了我的命。沉默遮住了思想和感情，随着时间的推移，变得一发不可收拾。一个孩子发现了一个秘密，他被吓坏了，却不敢告诉任何人；在这个世界上，大概不会有比这更痛苦的事情了吧。

"有许多事情帮助了我。绝望中，我又一次看到了光亮，看到了那些鲜活的物件：我的小床、窗台上的玩具、笼子里的松鼠……我强迫自己再次穿过空荡荡的房子，期待着在某个拐角处听到父亲的声音，看到母亲的身影……是啊，我的大脑一片混乱，我知道他们已经死了，我知道我再也不会听到他们的声音，再也不会看到他们出现在我面前。上床睡觉时，我穿得很少，寒冷令我有些麻木。第二天早晨，我从一场噩梦中惊醒，哭着大喊'妈妈！妈妈！'——再没别的了。

"即使是在精神错乱的时候，我也很小心。他们看到我精神错乱，看到我绯红的双颊和泪光闪烁的眼眶，便更加细致地照顾着我。他们告诉我，我的母亲出远门了。又过了两天，他们发觉几乎不可能找到我的父母的时候，就又对我说，母亲去欧洲了，等到我恢复健康，我们就去找她。这个承诺产生了巨大的效用，立刻把我拽出了恐惧的深渊。我跳下床，说我已经没事儿了，现在就可以出发。医生检查发现我的脉搏平稳，身体情况有了惊人的好转，自然而然将其归因于我对见到母亲的渴望。他建议他们趁着我有兴致，带我去旅游，带我认识其他的小朋友，那样，也许我会变得足够坚强，坚强到可以接受我注定要接受的那个残酷的事实。他们听从了他的建议，二十四小时后，我们就做好了远行的准备。我们看着公馆的大门被锁上——你们可以自行想象当时我是何种心情——我们踏上了漫长的旅程。整整五年时间，我们在欧洲大陆上漫无目的地游荡，在异国他乡寻求慰藉，祖父寻找着可以令他忘记痛苦的消遣，我也是。

"回家的那一刻终于还是到来了。再次走进这座房子时，我所经历的痛苦只有上帝和陪我失眠的枕头知道。在我们离开的这些年里，有人发现了什么吗？他们现在会打算做一些必要的翻修吗？时间给了我答案。没有人发现我的秘密，以后应该也不会有人发现了。这个事实让我的日子好过了许多，但也算不上愉快。自那之后，我只有两个晚上是睡在外面的，都是在实在没有办法的情况下。祖父去世后，我用水泥从小房间这边封死了护墙板上的门，把它漆得和周围的护墙板融为一体。包括我在内，再也没有人打开这扇门。有时候，我会觉得自己很蠢，另一些时候，我又觉得自己这么做是很明智的。我的理由很充分。我不知道会发生那样的事情，我不知道该怎么做，我不敢面对那种可能性——如果我当时没有闭口不谈我的冒险，也许他们中的一个，甚至两个，会得救。"

他停了一会儿，看到每个人的脸上都写满恐惧。良久，他看向维奥莱特，说：

"斯特兰奇小姐，这个故事的结局是什么？我已经讲述了过去，您可以描绘出未来。"

她站起来，目光在几张面孔上游走，最终停留在等待着它的那张面孔上。她梦呓一般地说：

"如果有一天，早报上刊登了古老的范-布鲁克林公馆在一夜间被烧毁的新闻，举国上下都会感到惋惜，这座城市也将失去一座珍宝。不过，会有五个人在废墟中看到您询问的结局。"

几个星期后，当这件事情发生时——是的，确实发生了——人们惊讶地发现，这座公馆竟然没有上保险。可是，蒙受了如此巨大的损失，范-布鲁克林先生怎么好像重获了青春？这件事成了朋友们新的谈资。

捧读文化
触及身心的阅读

出 品 人	张进步　程　碧
责任编辑	赵帅红
执行编辑	孟令堃　吕思航
装帧设计	WONDERLAND Book design 仙境 QQ:344581934
封面插画	方楠 Pumpkin
内文排版	张晓冉